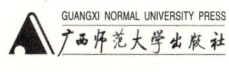

乡村诗人札记

李浩 著

广西师范大学出版社
·桂林·

乡村诗人札记
XIANGCUN SHIREN ZHAJI

图书在版编目（CIP）数据

乡村诗人札记 / 李浩著. --桂林：广西师范大学出版社，2022.8
　　ISBN 978-7-5598-5032-4

Ⅰ.①乡… Ⅱ.①李… Ⅲ.①中篇小说－小说集－中国－当代 Ⅳ.①I247.7

中国版本图书馆 CIP 数据核字（2022）第 088426 号

广西师范大学出版社出版发行
　（广西桂林市五里店路 9 号　　邮政编码：541004
　　网址：http://www.bbtpress.com）
出版人：黄轩庄
全国新华书店经销
广西广大印务有限责任公司印刷
（桂林市临桂区秧塘工业园西城大道北侧广西师范大学出版社集团有限公司创意产业园内　邮政编码：541199）
开本：880 mm×1 230 mm　1/32
印张：11.25　　字数：264 千
2022 年 8 月第 1 版　　2022 年 8 月第 1 次印刷
定价：66.00 元

如发现印装质量问题，影响阅读，请与出版社发行部门联系调换。

目 录

故，事 / 001

乡村诗人札记 / 035

被噩梦追赶的人 / 095

为了，纪念 / 129

变形魔术师 / 180

夏冈的发明 / 227

藏匿的药瓶 / 274

丁西，和他的死亡 / 312

故，事

1

是的，"故"事，它发生于我离开风草村之前，那时，我的母亲还健康地活着，甚至没有病，甚至隐秘得很好的血栓大约还没有形成。那时，我在县里的一家单位上班，周六日会骑着缺油的自行车回家，布满了铁锈的链条偶尔会蹭脏我的裤脚。"真是懒出花儿来，"父亲也偶尔会斥责，"你就不会把车子擦一擦！"我应答着，却从未认真地去做。我的确是个懒人。

我是个懒人，不过我要说的故事可不是我的，在这则发生略有些久远的故事里我不是主角，只是一个负责叙述、负责"串场"的人，所以没必要在我是个懒人或我的确是个懒人上纠缠下去。现在，我应当让他们出场了。

他们是刘义超，李明。

我决定把他们放在一起来写是因为他们身份上的相似：他们俩，

都是被不曾怀孕的父母收养的孩子，从很小的时候——也就是说，他们和自己的"家庭"其实没有血缘关系，有着不同的DNA。在我们的方言里，他们被称为"拾来的"孩子，仿佛是在路口或树林里捡到的被人遗忘的包裹一样，有一种漠然的冷。在我的老家风草村，据我所知的"拾来的"孩子就有十几个，而时下，在我离开县城去省会生活的十几年里，"拾来的"又增加了许多，年轻夫妻的不孕不育不知道为什么变得多了起来。而我大伯家的强哥哥却拥有次第出生的五个女儿，就在他被公家人从村外的地窖里拉出来做了结扎手术之后，他的第六个孩子"甜来"则从种子慢慢发芽，生在了县医院的产房里。这个迟到的儿子让我强哥哥心满意足，他领着大大小小五个女儿走进医院，甚至有意在标有"不孕不育"科室门牌的房间外面还停了一会儿。"怎么有人就不生孩子？怎么会生不出孩子？"不止一次，强哥哥对我们表示不解，他抱着自己的甜来完全不顾孩子的哭泣和洒得四处都是的尿。这是题外的话。我要说的是刘义超和李明，我把他们放在一起写的另外原因还有：他们先后知道了自己的身世；他们在一段不短的时间里，形影不离。我要说的故事，主要是在他们形影不离的那段时间发生的。

　　因为时间有些过久，我只能从我的记忆里对他们"打捞"——而记忆有时是靠不住的。之所以这样说是因为我始终坚硬地记得刘义超个子高大，留着长发，看人的眼神总是有一股冷冰冰的阴气，和人打招呼，声音也是在口腔里沉闷地含着，你既听不清他的称呼也听不清他问候的内容。去年回家，我和大伯家的强哥哥提起消失很久的刘义超，他说他出来了，在天津一家卖钢材的企业打工，负责看门，"他是个小个子，就是狠。"强哥哥还纠正我，刘义超从来没留过长发，从来没有。刚刚进屋的李明也跟着附和：是的，他没有留过长头发，个子不算矮,也不能算高。"浩叔你记错了。浩叔你都离开多少年了。浩叔,我爷爷奶奶当时在家,我常上你家去找书看,我还偷过咱爷爷的两罐啤酒,咱俩一起偷的……"说实话我记不起他去找书看的事也记不起和他一起偷我父亲啤酒的事,而他一口一个"浩叔"也让我浑身不自在。在我记忆里他可不是这个样子。他,和我同岁,只是那个虚构的生日比我晚了半年。

——在讲述这个故事的时候,我还是坚持自己的记忆吧。否则,它很可能会被不同的橡皮擦拭得面目全非。

2

刘义超得知自己的身世,知道自己是被"拾来的",是在他十五六岁的时候。在此之前,所有的人都掩盖得很好,全村的人都坚持刘义超是刘建亮的儿子,天经地义,无可辩驳,虽然有人会说他是个"可怜的孩子",但这个可怜指的是刘义超母亲死得早,而父亲又成了一个爱在喝醉了酒后打孩子的酒鬼。即使在刘建亮因为什么事和刘建起打了一架把刘建起的头打破住院的时候,刘建起还是对前来赔礼的刘义超做了隐瞒,他坚持不原谅"你爹",一气儿说了"你爹"许许多多的坏话,但刘义超不是刘建亮的儿子这事儿还是被隐瞒了下来。可墙总是有它的缝隙。有风,透进了刘义超的耳朵。

这风是怎么透的是谁透的我们无从知道,只是从那时起刘建亮和刘玉平、刘建华的关系突然地疏远起来,一直持续了很多年。刘玉平、刘建华都觉得委屈:我们没说什么啊,我们没有得罪他啊。那事,谁愿意多事?不是我说的,他爱怎么想就怎么想吧,我也没办法!不理就不理,他刘建亮又算什么东西!不就是一个赖皮、一个酒鬼吗?

我们也无从知道得知自己身世之后在刘义超的心里都发生过什么，我们都不是刘义超肚子里的蛔虫。本来，他对村上许多人来说也不过是晃来晃去的一条影子，一个没娘的可怜孩子，没有人过多地注意过他，在这点上，我们一向粗枝大叶。直到，我们听到了故事。

某个晚上，刘建亮又喝醉了。他总是喝醉，而一旦喝醉刘义超就会遭受酒的牵连，在刘建亮这个父亲看来这时候的刘义超更不顺眼，这时的刘义超几乎就是他眼里的钉子，至少是一粒沙子，刘建亮不得不把这枚钉子拔出来，把沙子吹出来——于是，"战争"是难免的，先是从训斥开始，然后训斥升级为咒骂，有时会再次升级：喝醉之后的刘建亮会使用拳头和脚趾，偶尔还会使用肚子——他用肚子把刘义超顶向墙角，然后盯着刘义超的眼睛咒骂。那个晚上，他像往常一样，然而他并不知道，在此之前刘义超已经知道了自己的身世。

像往常一样，刘建亮开始对着刘义超训斥，然后开始醉醺醺地咒骂，使用一些肮脏的、没有条理的词。之前，刘义超会低眉顺目，充耳不闻，这个单向度的战争也许就会缓解或结束，醉醺醺的刘建亮用他剩余的力气把肚子里的脏词吐完，会把自己摔到炕上，然后鼾声如雷——如果他没有特别不顺心的事或者刘义超没有惹恼他的话。但那天，刘义超知道了自己的身世。当然也可能并不是那天才知道的，只是他还能忍着，只是没到必须爆发的临界而已。但那是个不同的晚上，刘建亮吐完了他在酒醉之后所能想到的脏词，把自己的头靠在了枕头上，并打起了第一声鼾。这时，一直"忍气吞声"的刘义超却突然走到他的面前，他摇动着刘建亮的头：刘石头，我受够了。我不是你的儿子。这些话肯定经历了深思熟虑，也许在刚刚刘义超已经默念了无数遍。但在真正把这些话说出来的时候，刘义超还是不够平静，他大口大口地喘着粗气，仿佛酒醉的是他，而不是被他抓着头晃醒的那个人。

刘石头,是刘建亮的小名。全村人老老少少都这样叫他,唯独,刘义超从未这样叫过。

刘建亮一向脾气暴躁,在他妻子去世之前就是这样,何况他的妻子已经去世多年,何况他又喝醉了酒,可以想见刘义超会遭受一顿暴打。在绘声绘色地讲述这件事的时候我伯伯家的强哥哥一脸兴奋,他表现了对暴力事件的某种轻微嗜好,当然我们这些听众也听得津津有味。他说刘建亮坐起来,伸手就是一记响亮的耳光。尽管他还是醉醺醺的,但下手准确,手上已经充满了力气。接下来……接下来当然还是暴力,用太多的篇幅描述暴力并不是我希望的事儿,所以我将它略去。总之,刘建亮打得自己的酒都醒了;总之,刘建亮把自己的右手都打疼了;总之,刘建亮把自己的困意都打出来了……他让刘义超滚到另一间屋里去,然后再次把自己摔倒在炕上。他大约睡了一会儿也可能还没来得及睡着,关于刘义超"滚出去"之后重新返回所用的时间,仿佛身在故事发生现场的强哥哥也说不清楚,在他的眼里这并不是关键;关键是,刘义超又返了回来,手里多出了一根棍子。"你又不是我爹,你凭什么打我!你凭什么打我!"

不是的,你想多了,没有发生更为暴力或带有血腥气的事件,至少这时还没有,刘义超的棍子并没落在刘建亮的身上。他砸向的不是这个从那晚开始变成"刘石头"的人,而是他房间里的所有器具:水壶、镜子、早已不再走的钟、凳子、被子……那些盆盆罐罐、镜框水桶,木质的、钢铁的、玻璃的、塑料的,在木棒的击打之下纷纷跳跃,发出不同的尖锐之声。就在刘义超挥动手里的大棒砸向屋里那些器具的过程中强哥哥从现场逃离,他大概害怕没有眼睛的木棒会砸到他的身上。"后来呢?"

后来怎样是强哥哥也说不清楚的，他的绘声绘色已经用完了。反正，从那个晚上之后，刘义超像换了一个人，当然刘建亮也是，他们已经不再是原来的那种关系。那后来是种什么关系呢？我可能无法确切地定义，当然所有的确切定义都是片面的、简陋的，根本无法涵盖生活中发生的变化，即使那种变化司空见惯，不是什么特例。

我只能讲述。故事告诉我们的大约会比概念能告诉我们的要多得多。

3

反正，刘建亮不再打刘义超了。在那之后，这样的事儿就再没有发生过。我二叔言之凿凿，谈论刘建亮一家，二叔远比强哥哥更有发言权，据说就是那天晚上发生的事情也是二叔先告诉强哥哥的。"打？躲还来不及呢。他是躲不了。"二叔说。多年之后，二叔说，若不是刘义超后来被公安抓了，说不定刘建亮会死在这个刘义超的手上，他绝对下得去手。说这话的时候我二叔依然言之凿凿，他说，我太知道他俩了。

是的，很少有人比我二叔更了解他们。二叔与刘建亮家是邻居，只隔了一座年久失修的破房，早已没人居住，在刘建亮家发生的情况我二叔当然会一清二楚。之前，二叔二婶还曾多次"解救"过刘义超，那时的刘义超还小，还不知道自己并非刘建亮亲生。还有，我二叔家的南偏房，常年支着麻将桌。刘建亮是常客，李明的父亲李克锋也算是个常客，二叔和他们的接触自然就多了许多。

他们打五毛、一块的小麻将。就是这样，还是从一毛、两毛"涨"起来的，多年之后二叔的麻将摊才散掉，年纪大的人不再玩了，而一些年轻的却玩得很大,当然不会在二叔的麻将桌前消磨时光。麻将摊散掉之后,刘建亮还时不时地会去我二叔家坐一小会儿,说说鱼粉市场,说说谁谁谁家又怎样了;谁谁谁家的儿媳跟着人家跑了,后来回到了娘家,去领人,媳妇不肯回,说先要三万块钱才肯回来,还不能和老人一起住;说谁谁谁家的小儿子考上大学,上了半年就问家里要钱,要不少的钱,不给还不行,家里没钱,那个谁谁谁就和谁谁谁去偷超市,结果在销赃的时候让公安给盯上了……麻将摊散掉之后,刘建亮依然还常去我二叔家坐坐,但次数慢慢见少,坐下来的时间也慢慢见少。之前,刘建亮可不是这个样子。他好酒,也好赌。不止一次,他说我二叔家的麻将桌有一条长绳子,牵着他的腿,他不能不来,一到时间他要是不来,就干什么都干不下去,觉得身上没劲儿。

可他,是个不怎么受欢迎的常客。二叔很怕他来,所有到我二叔家打麻将的人都怕他来,可他却偏偏比别人都准时,到得比别人都早,几乎是"雷打不动"。他来了之后,就一个人早早地坐在麻将桌前,用他黝黑的手一张张地摸着麻将,一副百无聊赖的样子。刘建亮没钱。他的所有收益就是卖粮食的收入,在农村,这个收入非常微薄。而他还好酒。不过那天晚上之后他的这一习性就基本改了,剩下的,便只有好赌一项。刘建亮没钱,他的钱本来就少,而越来越大的刘义超(无论是年龄还是身体,刘义超都是越来越大,在我记忆里他的大甚至超过了实际)也有了诸多的花销,现在,钱,已经开始由他控制,剩给刘建亮的很少很少。

所以他一上场,五毛、一块的赌资又得"缩小",变成一毛、两毛,就是这样他还经常欠债,弄得其他人毫无兴致。"石头,你可欠了两圈了。""建亮叔,是不是该清清账了,弄得我都忘了你欠多少了。""这样吧,你给我一块,前面就免了,行不行?拿钱拿钱!"那个时刻一定是刘建亮的尴尬时刻,在阳光之下或者在灯光之下,他的脸色会有些微的变化,即使经过了掩饰。他把自己掩饰起来,装作听不见也看不见,装作自己是条软塌塌的鱼,一边擦汗一边用手用力地摸牌。他总是爱暗着摸牌,仿佛手上的力气足以改变牌的大小,改变成他想要的样子……可那样的时刻,越是那样的时刻,抓到的牌越会跟他较劲:他要三条摸到的就是五万、七万,他要四筒摸到的一定是二条、九条……他的怨恨都写在脸上。"建亮,你真是头死猪。"有人这么说他。在这样的时候,他是不会恼怒的,不会。

不过有一次,好像是我二叔,他实在有些忍无可忍,就在桌面上向刘建亮的脸上甩过去几句很硬的话,那些话里有刀有斧,已经不再是削铅笔用的小刀儿。刘建亮终于坐不住了。他脱下上衣,从口袋里掏出一个汗味臊味很重的小布包来:老子和你们赌。老子一分钱也不留给那个王八儿子,老子把房把地都卖了,一分也不留给王八儿子!

……其实那个布包里也只有五十多块钱。五十多块钱,应当也不算少,五毛、一块的麻将四圈下来一般也就是二十几元的输赢,可那天,只用一段很短的时间刘建亮就把自己输得一干二净。没了?没了。他把最后的钱交到赢家的手上,没有停留,没有像往常那样"欠着"继续玩儿,而是直起身子,摇摇晃晃地向门口走去。我,一分也不留给那个王八儿子。若是往常,我二叔多数会顺着话茬儿和他玩笑:他是王八儿子你是什么?老王八吗?然而在那天,我二叔话都到了嘴边又咽了回去。

那是个秋天,天已经微凉,可我二婶看见刘建亮满身是汗,摇晃的样子就像刚喝过一场酒。我二婶还看见,刘建亮一走出二叔的院子就呜呜呜呜地哭了起来。"你们赢了他多少钱?"二婶走进屋里。屋里的人没有答她的话,他们的脸在劣质香烟的笼罩下竟显得有些模糊。

第二天一整天刘建亮都没有在麻将桌旁出现，于是大家纷纷猜测，他一定是心疼他的钱，不再来了。"赢他的钱，真难。""哼，还不知道多心疼呢。""这老小子，钱在身上带着就是不拿出来，我还以为他真没钱呢。经得起赢经不起输，还天天来，真好意思。""你没注意，他昨天输得！那脸色！我都怕他把鼻子给挤下来。""你发现没有，刘石头一输钱，脸就白。可昨天脸是红的。"……大家七嘴八舌。在大家七嘴八舌反复谈论刘建亮昨天输钱时的神情的时候，还会穿插他和儿子刘义超之间的关系、故事，据说坐在西风的刘之前说得最多、最欢。"儿子打老子？要我有这样个儿子，一生下来我就把他泡在尿桶里淹死。这种人，都不该让他活着。完全是个畜牲，养大了，更难办。"有人提醒，刘义超不是刘建亮亲生的。又有人提醒，刘建亮原来也是打孩子打得太多了，太勤了，太狠了，让孩子记了仇，才……"谁家的孩子不打？亲生的打不打？"刘之前把手里的麻将摔得很响，"老子打儿子，天经地义，哪有儿子打老子的？亲生的、拾来的都不行！这个刘石头也是笨，也是屎，刘义超要是我的儿子，看我怎么收拾他！这样下去还行！"

刘之前说得兴奋，他坐在西风，没有看到刘义超的到来。

但刘义超的到来我二叔和李克锋看到了。我二叔用脚悄悄地踢了一下坐在西风的刘之前，可他谈兴正浓，没有发现刘义超的出现。他先发现的是光，那束光在他的眼前晃了晃，随后他看见那束光聚成了一把刀子，刀子架在他的脖子上。"超，超超……别别别……"脖子上的刀子把刘之前变成了另外一个人，他完全吓傻了："超超超，你别别别……叔就就就是胡胡说，你你你别往心心心里去……"

我是来要我的钱的，刘义超说，你怎么说我怎么看我，我不在乎，没关系。你说我是杂种不是？你说我是狗屎不是？你说我不是人不是？是，我是，我是杂种、狗屎，不是人，你就觉得你是个人？你们觉得，你们就是个人，就不是狗屎了？！

在刀子和刘义超的眼神面前，麻将桌前的我二叔他们一一承认，自己不是人，是狗屎。"你们是不是狗屎和我没关系，谁是狗屎也和我没关系，只要别弄脏我的鞋。"刘义超语调平静，他的手上用了些力气，"我说了，我是来要钱的。昨天刘石头偷了我的钱，你们把我的钱还给我，要不然，谁也甭想出这个屋子。"

所有的人，包括几个站在旁边看麻将的人，一个个都把自己兜里的钱掏了出来。刘义超把钱一张一张地摆好，抻平，然后突然抓起来都放进自己兜里，那些刚刚抻平的钱在他抓起的时候又变成一团一团的了。他收起刀子，往外走了半步忽然又转回身子，他把一张十元的钱递到我二叔手上，"这是你的。"他就是这样硬硬地说的，没有多余的解释。"怎么、怎么是我的……"等刘义超走后，我二叔拿着那张十元的人民币还心有余悸，似乎他拿着的是一块烫手的山芋。

……多日之后，刘建亮又在二叔家出现，他的脸上和手背上有几道青黑色的疤痕，有的地方由血凝成的疤块已经掉下去了，露出惨白的皮肤来。他来的时候我二叔正在喝粥，粥很热，我二叔必须专心地对付才不会让它烫到或洒在外面，所以他顾不上和刘建亮说话。倒是刘建亮说了起来，他先提到脸上的疤痕：摔着了。摔在炕边上了。这时我二叔已经腾出嘴来：不是被刘义超打的吧？刘建亮笑起来，他不停地动着自己的屁股：哪、哪能呢，哪能呢。打麻将的人陆续来了，刘建亮的屁股还要往桌前坐下去，但他被别人拉开了：别啦别啦，你别玩啦，刘义超都跟我们动刀子了。我们可惹不起他，你还是看吧。

对刘建亮的出现表现得最强烈的是刘之前。他上前，一把推开立在前面的刘建亮："石头，你养了个什么东西！养条狗，还护三邻呢，他倒好！"刘之前的强烈也是可以理解的，因为刘义超的刀子是架在他的脖子上的，那天，他的表现实在狼狈。

刘建亮笑着，挪开，却在不知不觉中站到了刘之前的后面。麻将打了两圈，刘建亮突然说，他只是吓唬人的，他不敢。过了一会儿他又说：没事，你们不用怕他。二叔他们专心打着麻将，没人理他，就是理他又能说什么呢？说一屋子的人，前前后后地说自己是狗屎，说自己不是人，然后把所带的钱都掏给了刘义超？不能。

是的，不能。我知道这件事是听我母亲说的，而我母亲又是听李明的母亲说的，李明的母亲则是听李明说的，那时，李明刚刚和刘义超混在一起。过了不长时间，我向二叔求证，二叔支支吾吾没说是也没说不是，倒是二婶，"那个野种，什么事做不出来。石头家养了个祸害。看吧，还不知道要出什么事呢。"二婶压低了声音，"反过来了。这些日子，老石头可没少挨揍，在我院子里也听得清楚。"

4

故，事。说了这么多刘义超的事也该说说李明了，不然，这篇小说就不能算是把两个人的故事合在一起来写了。那些故事发生于我离开风草村之前，那时，我的母亲还健康地活着，甚至没有病，甚至隐秘得很好的血栓大约还没有形成。那时，我在县里的一家单位上班，周六日会骑着缺油的自行车回家，布满了铁锈的链条偶尔会蹭脏我的裤脚。我是一个懒人，我得承认，周六日回家，我往往会钻到二叔的旧麻将桌屋去，有时看，有时也参与　那时我还没有结婚，不，也没有恋爱。那时，我大伯家的强嫂子东躲西藏，一个个地生着让强哥哥瞧都不想再瞧一眼的女儿，而我的哥哥李恒则正在闹离婚。

李明家与我们家挨得很近，几步路，门口有一个很小的池塘，在我离开风草村的时候它就没水了，只有散发着霉败气息的芦苇，几年之后这片总是滋生蚊虫的芦苇也跟着没了，成了宅基地。生了五个女儿的强哥哥本来分到了它，可第四个女儿的出生就让这片宅基地换给了别人。许多年后，我的强哥哥还一直耿耿于怀，他走到李明家门前的时候总是朝着对面已经盖起的瓦房吐几口唾沫，据李明说现在还是如此。李明大刘义超半年，但两人形影不离的关系却是以刘义超为核心建立起的，李明完全是他的跟屁虫，对此李明本人也不否认，人家刘义超……义气，敢作敢为。比我强。

"这个刘义超，前几年可不是这样子……你看看他，现在……唉。"谈到刘义超，李克锋就仿佛又经历了一次牙痛，那种痛是从里而外的，我不知道他是因为刘义超在痛还是因为李明。没错儿，和刘建亮一样，李克锋也不待见李明，在他眼里，李明是这样的一个人：自私，固执，混账，好吃懒做，不懂事理，烂泥扶不上墙，学好学不会、学坏不用教……可以说李明就是他眼里一粒固定的沙子。在我二叔家，在我家，李克锋总爱说李明这不好那不好，在说完李明的种种不是之后李克锋就会用略带自得的表情说两句他"拾来的"另一个女儿：小巧就和他不一样。我们以后都得靠小巧了，李明是没有指望了，他不把我们放到墙头上就好。杀材，杀材一个。杀材，是我们当地的方言，是最终会因犯事被官府杀掉的意思，包含了恶狠狠的诅咒。

说得多了，便成了隔阂。这些话终有一些是会传到李明耳朵里去的，何况李克锋是个爱说的人，即使在麻将桌上。我二叔说他这一点也挺招人烦，某人因为输钱心里已经有一把火，他还用话撩拨，就像火上浇油，几次，都差一点儿没打起来。平心而论，在李克锋的眼里基本上没有好人，李明和刘义超并不是什么特例，不过他们俩更混蛋些罢了。唯一让他觉得好的就是他的女儿小巧,李明的妹妹。这也是一个"拾来的"孩子,当时把她"拾来"的时候花掉了李克锋三十块钱,许多年,他的媳妇都为此耿耿于怀。小巧知道自己是"拾来的",在李明知道自己是"拾来的"之后她也就知道了自己的身世,不过,她似乎一天也没表现过异常。

那在李明眼里……我要说一个我亲眼所见的故事——那是个星期天,早晨。我母亲听见了争吵,她支着耳朵,努力把它伸过围墙:"听,听,李克锋家吵架了!也不知道他们吵什么!"

为了担水。他们两个,为了早晨谁去井边担水吵了起来。李明说,我昨天干了一天的活儿,太累了。腰疼。要不你自己去担水,要不就明天再说,反正缸里的水也够喝。不行,李克锋把他的凉手伸进李明的被窝,抓着李明的耳朵:吃着老子的喝着老子的,不给老子干活可不行!你累,我就不累?你知道我是几点回来的吗?哼,你是回来晚,你回来晚是因为打麻将!

从里屋吵到了外屋,吵到了外面。他们的门外很快聚集了很多人,李克锋就转过身来冲着那些脸,诉说李明的种种不好。李明冷冷地听着,并且不时发出一两声冷笑。随后他插话了,他说,李克锋你也好不到哪里去。家里的事一点儿不管只知道围着麻将桌转,回来就发火,好像自己有多大能耐似的。你去挣钱啊又挣不来,种地也不行,就打麻将行,还光输钱,死犟。你还偷看二婶洗澡,和强叔去公社看黄色录像。你又是什么好东西。

李克锋扑过去,恶狠狠地卡住李明的脖子:叫你瞎说,叫你他妈的瞎说!两个人滚在一起,灰尘飞扬。李克锋的媳妇出来了,她泪流满面地出来了,她泪流满面地去拉两个倒在地上的男人,结果是,她也扑倒在尘土里。(我母亲说李克锋的媳妇一脸苦相,这样的人是不会有什么幸福可言的。她注定是一个苦命的人。我母亲之所以反复说李克锋的媳妇一脸苦相是因为她总是来我们家，哭上一会儿，说些自己的命真苦之类的话，然后就是借点米啊面啊钱啊什么的。每次把她送走，我母亲总是对她的面相和遭遇发一顿感慨。我母亲是个爱发感慨的人，直到她去世前的三四年，一直如此。）

5

李明和我同岁，而且是邻居，可我无论如何努力，在记忆里打捞，这个李明还是立体不起来，他，是稀薄的。除了一些很小很小的片段，除了见面打个招呼（我们小的时候，男孩子之间基本是不打招呼的，除非一起去玩），我几乎记不得他什么。去年在强哥哥家，我向李明提到：既然我们一般大，又住得那么近，我怎么就想不起咱们一起玩儿的事来呢？"浩叔你那时专心上学，就是个书呆子，我爱玩儿，咱们是没玩儿到一块儿。"他说他本来学习也行，但上到初二就不念了，"小巧也要上学。那时候，家里供不起，我就不上啦。可小巧也没考好。"这当然不是真的，即使我没有什么印象也知道这话有着明显的水分，而我强哥哥，把他的嘴直接撇到了耳朵的边上："你不是偷学校的东西被开除的吗？你和刘义超，还有谁？我忘了。"

"没有我。我……那时还和刘义超不熟。"李明支吾着，他岔开话题："浩叔你到石家庄几年啦？我前几年打工，到过石家庄，现在建得挺好的。就是有雾霾。你看看咱老家，雾霾也挺重，到哪都一样。"

经强哥哥这么一说，我似乎有了些印象，但那印象也是刘义超的：我应当也参加了那个开除刘义超的学校大会，记得墙上的开除决定，同时开除的还有谁就记不清楚了。如果强哥哥说得没错儿，那，在那个时候，刘义超就已经和李明强力地联系在了一起，不过弱小些的李明充当了刘义超的影子，他，被刘义超笼罩在后面。我写下刘义超的故事，多少就会涉及到李明，而写李明的故事，也必须要写下刘义超——

我之所以把他们两个放在一起来写，部分原因还是因为我的母亲：我母亲只要一提到其中的一个，必然会提到另一个；然后就他们两个人、他们两家人发一阵感慨。我母亲的感慨不外乎是：一、亲生的孩子不能丢，你丢了自己的孩子就等于把他推向泥潭，他肯定要走瞎的，他肯定会堕落，没有好；二、别人的孩子不能要。别人的孩子是白眼狼，怎么喂也喂不熟，你管重了他会恨你，和你对着干；而不管他任由他发展也肯定不行，你不管他，他长大了也不会顺着你，等于是白养。反正是不能要别人的孩子。"你看看李明，你看看刘义超，这不是明摆着的例子吗？还用我多说？谁家的父母要是有良心，会把自己的孩子送出去？你看看，会成什么样子？"……一旦坐到饭桌前，我的耳朵里就会灌满了她的感慨，她会反复地说给我的两个耳朵听，一个也不能少……我不搭话，我的哥哥也不搭话，他把菜叶咬得咬牙切齿。如果我告诉你，那时李恒正在闹离婚，他决定把自己的女儿让"前妻"来带，而他，准备娶的新妻子，则带着一个男孩——我母亲的感慨想必就更容易理解了。

她总是以刘义超和李明做例子。她选择这样的例子带有明显的倾向，在我母亲大发感慨的时候我哥哥李恒会悄悄离开饭桌，到屋里，选择一张报纸或是一本书来看。他挡住了眼睛同时也挡住了耳朵。"以偏概全。"我哥哥很不屑，他觉得我母亲见得太少了，而且戴着有色眼镜，村上，别人家那些"拾来的"孩子不都挺好的吗，何况，两边的孩子都是跟着自己的母亲，差不了的。

这些节外的话题暂时打住,现在,让我说说刘义超和李明都干了些什么吧。

6

很难说他们两个的"堕落"和自己的身世之谜有什么关系,但也很难说就没有关系。在写下这篇文字之前我就不断地想这个问题,一二三,可我没有答案,还是那句话,任何概念,任何道理,似乎是对的,但一旦落实到生活上,它就小了,就像一只鹰在天空中飞过,它翅膀的阴影无法笼罩住整个大地那样。这也许不是一个很恰当的比喻,可我也想不出更好的比喻来了。就是那个意思,你知道,你懂得。

还是说说,在之后几年里,刘义超和李明都干了些什么吧。

他们俩烧毁了赵祥忠家的麦秸垛。春节刚过,小卖部里的鞭炮还有不少的存货,刘义超和李明买了两挂鞭炮、一袋瓜子。临走,刘义超指着新进的风筝:这个多少钱?我不要线,要线也没什么用。我要用它来引火,点赵瞎子的麦秸垛。他把风筝递到李明的手上,然后问低头数钱的赵增婶婶:"婶婶,我这个点子好吧,有想法吧?你也不夸夸我。"

他们把赵祥忠家的麦秸垛点着了就爬到另一个麦秸垛上。没错,他们先点着了风筝,这只不会飞的笨鸟带着长长的烟一头扎进了麦秸垛,却没像刘义超想象的那样立即蹿起火苗,李明不得不蹲下去朝着笨鸟的肚皮吹气。火焰起来了,升起的火焰吸引了许多人,很快,赵祥忠也赶过来,他的手里还提着一把铁锨。

谁?谁?谁干的?是他妈谁干的?

是我。刘义超从麦秸垛上站起来,是我。我干的,怎么啦?说着,刘义超还从身侧抓起已经拆好的几个鞭炮，将它丢进火焰里。"赵祥忠，我为什么这样做你应当清楚。你最好在一边看着。要不，过来一起吃瓜子？"

可以想见赵祥忠的愤怒。何况，他的手里还有铁锨。要知道在村里，赵家向来算是一霸，他们家事事占先，所有人都避让三分，赵祥忠绝没想到有人会用这样的方式挑衅，给他屈辱。总能绘声绘色的强哥哥曾给我描述过那日的场景，他让我这个聆听者都捏了一把汗，为他们双方。大战一触即发，赵祥忠当然不肯退缩："你们也不打听打听，我们赵家五虎怕过谁！小毛孩子，也敢太岁头上动土，是活腻歪了吧！"站在麦秸垛上的李明也做出意欲拼命的姿态，他掏出怀里的刀子……只有刘义超不慌不忙。他低着眼皮，一个一个地嗑着瓜子：看你能的。李明，没你的事儿。赵祥忠，我也告诉你，救火你尽管救，我不拦。你不是拿了铁锨吗？最好一下拍死我，一下拍不死两下也行，今天，我也没带家伙，由你处置。但今天你弄不死我，你的好日子也就到头了。说着，刘义超把一挂鞭炮丢入火焰，火焰中蹿出噼噼啪啪的火星儿。"李明，没你的事儿，你往后站。"刘义超还是不慌不忙。

可赵祥忠，手里有着一把长铁锨的高个子赵祥忠却慢慢地矮下去，一寸一寸。赵家五虎，除了还在监狱里的老二其他的三虎也都来了，可他们都停到外围，远远地看着。他们和拿着长铁锨的赵祥忠一起看着，看着烧灼的火焰和浓烟，看着麦秸垛一点点见矮，看着它们成为灰烬，随后这些灰烬又在风中四处散去。算你识相。刘义超把剩下的大半袋瓜子丢在灰烬中，那时，火焰已经基本熄灭，但余下的热量还足够将那袋瓜子引燃……"没事了。"刘义超冲着四周看热闹的人们抱拳拱手，"我和赵祥忠的梁子解了，以后，井水不犯河水。"

赵祥忠只是看着，他呆得就像一只真正的木鸡，那把有重量的铁锨已成累赘，可他放也不是，不放也不是。赵祥忠和赵家其他的三虎，只是看着，那两个不过十八九岁的邪恶少年拍拍他们屁股上的尘土，摇摇摆摆地离去。这是一个很让刘义超他俩"扬威"的事件，事后，强哥哥像我母亲那样大发感慨：软的怕硬的，硬的怕横的，横的怕愣的，愣的怕不要命的。老俗话可真没有错说的。刘义超不要命，五虎也就怕了。要是换了别人……

可，刘义超为什么非要烧赵祥忠家麦秸垛？他们之间有什么过节，这过节是怎样形成的？我的父亲母亲、二叔和强哥哥都没有打听出来，赵祥忠为此守口如瓶，而刘义超和李明也同样如此。多年之后，我是说经过了漫长的时间之后，刘义超被抓进了监狱而李明已经是干涸河沟里的鱼虾，"改头换面"了，然而强哥哥问他为什么要烧赵祥忠家麦秸垛，他的回答是不知道。是刘义超和赵祥忠的事儿，他只是跟过去的，什么原因，他根本不清楚。

他们还经常和村上、镇上一些很让人头痛、很让人不齿的"混混"混在一起。人们不止一次地看见，刘义超他们骑着一些漂亮或不漂亮、新的或旧的摩托在街上飞奔，一路扬起厚厚的尘土，那些尘土要飞扬很长时间才会散去。他们成了酒馆里的常客，喝醉之后就会惹是生非，弄得一片狼藉。"砍他"成了刘义超和李明嘴边出现最勤的词儿，相对而言，李明说得最多也最清脆，可是真到"砍他"的时候李明总会比刘义超慢半拍。这半拍后来也救了李明，第一个喊出"砍他"的李明却因为并没有行为实施而成了从犯，何况刘义超还把"砍他"这样的呼喊也揽在了自己身上，他说是自己喊的，也是自己先动手的。（多年之后，李明改头换面，已经没有半点儿"侵略性"，有一次他和喝多了的赵家第四虎赵祥林相遇，赵祥林二话不说上前就给了李明两记响亮的耳光，而李明竟然一声不吭地溜下河坝，从树林中间逃之夭夭。)

在刘义超被捕前后，前面的李明和后面的李明完全是两个人。在刘义超没有被捕之前，李明一个人出现的时候也总是提着一把雪亮的刀子，可刘义超被捕后他的刀子也消失了——仿佛是，被捕的刘义超把李明的刀子也带走了。刘义超，就是李明握在手里的刀子，现在，没了刀子的李明就是一个软柿子。

他们一起偷过自行车、钢筋、摩托车和烟酒，这是刘义超被捕之后交代的，其实他不交代我们也都清楚，街边上丢了烟酒和自行车的小商贩们也都清楚，但有什么办法，即使死命将他们咬住把东西追回来，让他们还钱，但这些事都不足以判什么重刑，可这些不计后果的亡命徒一旦出来报复……算了吧，破财免灾，多一事不如少一事，大家都是这么想的。刘义超被捕后交代了很多他做过的混账事，尽管有些事是他和李明或李明们一起做的，但在被捕之后，刘义超把多数的责任都揽在了自己身上。"义超义超，就是义气。"后来被带走询问的李明只拘留了六天就被放出来，当人们问及，李明总是以它为开场。六个月后李明开始慢慢改变口径，那时我们早已得知：刘义超，被判了八年。

那时时间还早，我是说故事发生的时间还处在上个世纪，那时农村里的混混儿还只是混混儿，他们还不懂得强买强卖，还不懂得收取保护费，还不懂得垄断某个市场哄抬价格并用威逼利诱的手段将对手们赶走……有的，只是些地痞式的蛮力。那时，刘义超们的打架也还只是打架，包括混混儿们的火并，他们当时只是想争个先，让对方服气，并没有在其中掺杂什么价格之战……"浩叔，我们那时候……"刚喝过酒的李明本想和我多说几句的，按他的话说是给我"提供素材"，"你们这些作家，就会在屋子里闭门造车，根本不了解生活，写出来的东西谁爱看？你们得下来多体验体验生活……"

同样喝多了的强哥哥却不容他说完："走走走，你回去睡觉去吧，你才上了几年学，知道个素材就了不起啦？就你那些破事儿！""强叔你别这么说，你的破事儿我也知道，想当年大婶婶怀着小环，计划生育的人来村里抓人……""走走走！"强哥哥几乎是恼怒，"盐里有你酱里也有你，就你的话多！睡觉去吧！看把你能的！"

强哥哥制止李明没说完的事情我其实是知道些的，那时我还在县里上班。在这篇小说里我要说的是刘义超和李明的故事而不是强哥哥的故事，他要掩饰起来的事在这里我也就不再提了。在这里，我愿意继续把灯光投向刘义超和李明。

那时他们的家庭都不算富裕，可偷盗销赃足以让他们在那时花钱如水。据说刘义超还和某个东北的逃犯建立了联系，他为逃犯和他在东北的手下传递消息，而这，恰恰是最终暴露刘义超、被警察盯上的那根藤。本来那天，酒后的李明是想和我说这些的，但强哥哥打断了他。第三天，我再遇到李明并和他聊起东北逃犯，他的回答却是：浩叔，我不知道这事儿。要是有，也是刘义超自己和三地主他们联系的，他们没跟我说过。要是我牵扯了这些案子……我知道我错过了机会，也许，再也不会有那样的机会，他愿意说，并且滔滔不绝。

那时，他们还经常去某某洗头房、某某歌舞厅、某某理发馆之类的场所，这个"某某"是镇上心照不宣的代指，大家知道，却往往都不说出来。在这篇小说的叙述中我依然遵循旧有的原则，虽然已经物是人非，虽然那些某某洗头房、某某歌舞厅都已不复存在，而我离开也近二十年了。那时候，"红灯区"或"小姐"这样的词刚刚在风草村这样偏僻的地方被人提及。有人看见，不止一次地看见，刘义超或者李明，他们中的一个，在凌晨，天色刚有些许微亮的凌晨，从某某洗头房或某某歌舞厅的小姐的房间里走出来，只穿着一条短裤。刘义超或李明，他们中的一个，冲着某个偏僻的地方撒完尿后，就又颠颠地跑回到房间里去。他们还……这没什么好说的。你可以自由联想。

7

除了这些，刘义超和刘建亮之间的战争也愈演愈烈。有天夜里刘建亮睡得正香，刚从声色犬马的酒局上返回的刘义超走进院子就听到了刘建亮的鼾声。据说，他本是想不去理会刘建亮的，可刘建亮的鼾声实在巨大吵得他心烦，加上磨牙、放屁，最终让酒后的刘义超新仇旧恨，忍无可忍。由于酒精的缘故（当然，这是刘义超的说辞），刘义超做出了一个惊人的举动：他解开裤子，冲着刘建亮鼾声中张开的嘴撒尿。尿把刘建亮给浇醒了也浇急了，他起身，甩手，狠狠地给了刘义超一记响亮的耳光。

再次略去他们之间搏斗的场面，我不是强哥哥，我对这样的场面缺乏叙述的兴趣，虽然这篇文字不得不渗出些血腥的气息，虽然这份气息来自于我要说的故事，也来自于具体的生活。我对这样的场面缺乏叙述的兴趣，它，不是我的重点，当然呈现一个和生活相关的故事也不是我的重点，我一直试图在呈现中埋下问题：一定如此？非如此不可吗？有没有更好的可能？……这又是题外的话了。回到故事，直接进入搏斗的后果：这时的刘建亮早已不是对手。他为自己扇出的耳光付出了代价——脸青了，眼肿了，鼻子破了，耳朵破了。更大的代价则是，他右于的食指两处骨折。

第二天，得意扬扬的刘义超出现在我二叔家的院子里，他顺手摘下还很嫩小的两个小辣椒，放进嘴里：二叔，这下，他至少一个月不能打麻将了。我知道你们烦他,我帮你们解决了。辣椒虽小,却是很辣,它让咀嚼着的刘义超一脸扭曲。

……不是没人规劝,不是,我爱管些闲事的父亲就去专门找过刘义超,他是中学老师,在我的《乡村诗人札记》中曾提到了这一点,不过他没教过刘义超,那时,我父亲调到了县农业中学。我父亲说,刘义超对他倒是留了情面,但没效果。他甚至和我父亲说了一句重话:我和他势不两立。强哥哥也劝过,刘义超和当地一些混混认识还是强哥哥搭的桥,自然也留几分面子,但同样是没效果。"你知道他天天,从一醒来就哼哼叽叽地骂我、咒我,我要是能忍当然会忍下去的。可我实在忍不了了。他从来没把我当儿子,我只是他的出气筒,在外面没能耐,可一到家里……""我现在这个样子,都是因为他。"——强哥哥说这是刘义超的原话,"我现在这个样子,都是因为他。"

不止一次,刘义超表达过对我二叔二婶的感激,他说他记得,有几次要不是我二叔二婶的出现他早被那个刘建亮给打死了,打残了……我二叔当然要出面,他不能不劝。据说开始的几次,刘义超还默默听着,甚至有懊悔之意,但后来他的耳朵就塞进了棉花。他对我二叔说,二叔,你要有什么事,无论是什么事,哪怕是要人命的事,我刘义超二话不说,只要你吩咐。但我和刘建亮之间,你就别管啦。你也管不了。

村上也找过他,在他把刘建亮的食指打成骨折那次,警察也来找过,最后却不了了之。据说在关键时刻刘建亮做了伪证,他说食指的骨折是他自己不小心弄的,是他骑车摔在了桥栏上弄的,和刘义超没有半点儿关系。"可刘义超都承认了,是他打的……"刘建亮的回答是:不对,他是恨我。他是恨我才这么说的。事后,刘建亮极力否认这个据说:"怎么可能?在这时候我还为他撒谎?他不认我这个爹我能认他是儿子？我才不怕丑呢，我的脸早就丢光了我还怕什么！我恨不得他进去，坐他十年八年，坐到死！一颗枪子枪毙了才好！我们早就不是父子啦，他又不是我亲生的……我就是养了只狼，我就是养了个仇人啊！"

他们早已不是父子了，在刘义超知道自己的身世之后他们的"父子关系"就变得……这层薄弱的关系已经坍塌。后来，刘义超还踩着坍塌的废墟，把一张并不规则的白纸贴在了一面断壁之上。那是一张"告示"，告示是以刘建亮的口气写的，他说他根本不是刘义超的父亲他不配做刘义超的父亲，所以从今天开始他和刘义超脱离父子关系。后面是刘建亮和刘义超的签字。我看过那张告示，刘义超的签名写得很大，也很有力，就是太难看了。在他签名的上方，还有一块看不清颜色的污迹，偶尔有苍蝇会落在一旁——我猜测，那块污迹的形成也许缘于刘建亮的血，是从他鼻孔里滴出的。

刘义超站在告示的下面。他脱掉上衣，把身上的疤痕一条条地指给我们看：这都是他打的，他打我就往死里打，也不管我有错没错。他没有把我当过儿子，我就是他的尿壶，是他的出气筒，是他的奴才！他一天也没把我当成是他儿子，也没把我当成是个人！我都记着呢，我会加倍地还给他！我这样做，谁也没资格骂我，没资格管我！在这里我也告诉你们，以后，谁再多说一句，我也就不客气啦！

……在我调到省城的前一年春节，它值得记下。

刘建亮被刘义超赶出了家门。他穿着一件破旧的棉袄挨家挨户地拜年，说些祝福的、吉祥的话，然后就是：要杯酒喝。那天刚下过一场雪，雪下得不大，只在地面上造成了一点点的泥泞，脚印落下去，地面会显得更为肮脏难看。无处可去的刘建亮只好挨家挨户地去拜年，当然这里面有企求可怜的性质，有指控刘义超的性质，我们都能看得出来。等他来到我们家的时候已经喝醉了，可他还是坚持：哥哥嫂子，给我杯酒。不不不要筷子，我这么脏，侄子们会嫌弃我的。哥哥嫂子，你们好，你们过年好。愿你们一切都好，大侄二侄，我也给你们拜年啦。……在我大哥给他去倒酒的时候，他把冻得发紫的双手伸给我们：我在外面待了一天了。大过年的，这个杂种就这么狠心，他就是杂种，就是狼心狗肺。我说他是杂种是真的，要不怎么会让我……我这辈子……看看你们多好。哥哥嫂子，看看你们多好。

说着说着他就哭了，他的哭让我母亲也哭成了泪人。他把酒喝下，没吃一口菜。"我走啦，哥哥嫂子，过年好。过年发财。"走出门去，他似乎是自言自语，却说得极为清晰："我要杀了那个狗杂种。我要为民除害。"说这句话的时候可看不出半点儿的醉意来。

（他的一进一出，让我母亲哭成了泪人。这个可怜的人啊，这，哪是当年的石头啦……被省略号省略的是我母亲一大串浸泡在泪水里的感慨，它和平时发出的感慨大同小异，不过这次我母亲在里面塞入了更多的情绪、泪水和抽泣之声。"大过年的。"我哥哥本是试图劝止，可没想到他插入的这句话给我母亲提供了另外的方向："过年，你还知道过年，你也知道这是过年！过年，我孙女呢，我孙女在哪？我告诉你，李恒，明天，我不管你用什么法儿，明天一定要把我孙女给我接回来！谁也不能给我孙女一点儿气受！谁让我过不好年，我也让他过不好！……"我不知道是我母亲的话产生了效果还是刘建亮的一进一出产生了效果，反正，第二天，我哥哥真的把他妻子和女儿接了回来，他的离婚在之后三年的时间里没再闹过。三年之后，提出离婚的换成了我的嫂子，谁也劝不住她：这样的日子没什么意思，现在，你哥自由了。他爱干什么就干什么去吧。她做得决绝，离婚之后便带着孩子去了南方，后来我哥哥病重、病危，想见孩子一面，我们通过她的娘家联系到她,她本是答应带孩子回的,可直到我哥哥去世、下葬,她和孩子也没有出现。哦,需要补充一句:在离婚之后,我哥哥李恒一直孤身一人,那个带着男孩的离异女人也没有在他的生活里再次出现。)

8

"我要杀了那个狗杂种。我要为民除害。"刘建亮说过这句话,不止一次,对不同的人都说过——当然他并没有真的去杀刘义超,他只是说说,只是反反复复地说,无论是刘义超还是别的什么人都没有真的当真。尽管他说得咬牙切齿,一副非如此不可的样子。回到家中,刘义超躺下便睡,通向他睡觉的炕的房门是敞开着的,灶台前有刀,屋外面有斧——如果刘建亮真的想把刘义超杀掉,完全可以轻而易举地做到。说实话在风草村有许多的人希望刘建亮真的付之于行动,我是那许多人中的一个,我母亲是,甚至我二叔二婶都是,李克锋是,李克锋家的也是……这个"许多人"实在太多了,然而咬牙切齿的刘建亮就是不行动。许多人就看不下去了,他们在刘建亮说起"我要杀了那个狗杂种我要为民除害"的时候开始加油添柴,威逼利诱,甚至有人拍着胸口向他做出某种保证……可就是不见他实施。坏人死不了,好人不长寿,这是我母亲的又一感慨,当时发出这句感慨本来是针对风草村一位新死的中年人的,然而感慨之后她就转向了刘义超和李明,"这两个坏种。他们要是能早死就好啦"。

"我要杀了那个狗杂种我要为民除害"的话断断续续说了两年,这两年里,它已经尽失它的词意,"许多人"中的一些尖刻的人甚至开始讥讽:得了石头,你说的这就是屁话,放屁还有味儿呢,你这话连味儿都没有。你杀啊,你去杀啊,你要有种就不是现在这样子!只有夹尾巴的狗才见人就叫,咬人的狗根本不叫!瞧不起你这样的,一边去!""你别以为我是不敢,我、我是……"刘建亮的眼里泪花闪闪,"她、她死的时候……"

  他有理由,他总是有理由为自己辩解,谁信呢?我们见到的是,这两年里,刘义超的坏事做得越来越多,越来越肆无忌惮,这个越来越多和越来越肆无忌惮中也包括他狐假虎威的走狗李明。当然,刘义超和李明做的坏事更多是针对风草村外面的人的,"兔子不吃窝边草"的道理他们还算懂得,所以风草村上的人尽管对他们有愤恨和恐惧,但还不至于到必须要怎么着的地步。在风草村,最恨刘义超和李明的人应当是刘建亮和李克锋,其中的原因我不说你也清楚。在我母亲看来,他们是最可怜的受害者,是最直接的受害者。我母亲也是"最痛恨"群体中的一员:就是这个爹不是亲的,就是这个爹有千般万般的不是,你吃他的喝他的用他的,就不能用这样的方式对待他。没良心。没人味。对于没良心的、没人味儿的人,就应当早点掐死、灌死,吃他的肉撕他的皮喝他的血才对。"怎么就没人管管他们?"

  怎么就没人管管他们?其实我们也这样想,我们也这样期待,不过我们不会像我母亲那样说出来而已。两年之后,我母亲的期待终成现实:刘义超被公安的人抓走啦!据说他都没有反抗,或者是没有来得及反抗,反正,有人看到他被塞入到警车里去的时候完全是一只绵羊。刘义超被抓走的时候李明就在他身侧,在那时,他完全是一个围观群众,甚至都没有和一路踢踢踏踏的刘义超打声招呼,当然,更不会有什么别的行动。

  "李明没事?"我母亲的疑问里包含了失望。

  就在刘义超被抓走的那天下午,李克锋的媳妇泪流满面地推开了我们家门,一进门,她就开始呜呜呜呜地哭,像一片风中草叶的样子。"怎么啦,锋嫂子,你怎么啦?进屋去吧,我妈在里面呢。"我拉她,可我心里有着巨大的不解:刘义超被抓走了,她为什么会哭成这样?平时,她不也是痛恨刘义超吗,不是痛恨刘义超"带坏"了她家李明吗,她,她这番伤心为哪般?

她没有进屋,或者说,在她心里泛起的苦已经淹没了她,她像一个不会游泳却又落水的人,只在原地挣扎却辨不清方向。她,那么痛彻地哭着,已经把我母亲从里屋给哭出来了。

这些该死的畜生啊。她说。

这些该死的畜生啊。她说。只有这一句。

这些该死的畜生啊。她哭得更加惨烈、痛彻,几乎要把自己哭散了。

9

断断续续,我们明白了她说的话。

刘义超要了他们家的小巧。而这,竟然是李明的主意。没有错,这是真的,绝对是真的,这是刘义超亲口告诉小巧的,他说李明在很早之前找到他,要他和自己一起勾引小巧,"反正我们根本不是亲兄妹。我们一点儿关系都没有,和这个家,也一点儿关系都没有。"李明说,他已经告诉了小巧,她和我们是一样的,只是"拾来的",她和这家人没有半点血缘——李明还告诉刘义超,自从他知道了自己和小巧都不是李克锋的骨肉之后,就感觉和小巧比以前更亲了,可是,她竟然不和自己站在一起,她知道了就和不知道之前一样。他还说他恨小巧和这家人的关系,每次看到他们亲亲热热的样子自己就感觉心痛。他看不下去。

李明说，他希望刘义超和自己一起勾引小巧，"我可没少在她面前说你好话。"但刘义超拒绝了李明的提议，他说，我要和小巧好是我的事，我不和你一起去。他还警告了李明：以后不许打小巧的主意，念头也不行！"我不想落什么闲话。你要敢打小巧的主意，我们就不再是朋友。"这些，是刘义超对小巧说的。

那后来……

刘义超要了他们家小巧。这些该死的畜生！现在，轮到我母亲开始恶狠狠地咒骂了。

我哥哥说锋嫂子你先冷静一下，事儿既然出到这了，我们也只能往后看……我觉得这事不能声张，这种事，吃亏的终归是女孩子，就是把刘义超这畜生多判几年也于事无补……"对对对，"我也跟着附和，"嫂子，这事真不能声张，你得守住自己的嘴，以后小巧还得嫁人，这么好的个孩子……"

"可小巧，非要等刘义超出来娶她！"

问题就在这儿。如果不是刘义超被抓走，他和小巧的关系很可能不会被克锋嫂子知晓，几年之后也许会"无疾而终"，可是现在她知道了，李克锋知道了。"你们也知道克锋那脾气……"

我们知道。我们知道他会如何地生气，会把什么样的话甩到小巧的脸上。我们猜得到这件事会造成如何地鸡飞狗跳，只是没有想到柔柔弱弱的小巧竟然有那么大的决心。"她说，要先和刘义超领了证……这些没人味儿的畜牲们啊。"克锋嫂子在哭腔里甩出了鼻涕，你说，你们说，我的命怎么就这么苦！往后，我这日子可怎么过啊！

这帮该死的……我母亲，也和她哭成一团。

10

我不知道哥哥的劝解工作是如何做的，我在县里上班，只有周六日会回风草村，再说那时我还没有结婚没有恋爱——也就是说我缺乏经验，没有办法以过来人的身份说服小巧放弃或改变，所以只能由我哥哥去做。

但他并不顺利，很不顺利。

"你说说他做的那些坏事！说他偷东西……"说了，小巧知道。小巧说，他可以放出来后改，以后的日子穷富不怕，只要两个人好。

"你说说，他和李明在某某某发廊、歌舞厅里做的那些事！哪个好姑娘会跟这种不要脸的男人？"说了，小巧知道。她说没什么关系，她只要刘义超能对她好就行。"你就没说，刘义超和赵四媳妇……有一腿？"她知道，她也知道，她们还一起吃过几次饭。小巧说，她不在意。唯独让她放不下的，就是李克锋他们，她说他们受了太多的苦了。她想好好报答他们，但这件事，她希望他们能理解，也能体谅她一下。

"刘义超这种人狗脸蛋子，一不顺他的心就会翻脸不认人，嫁了他，能有个好？到时候还不让他害死！"小巧说，要是那样，她也认。不过，在她看来刘义超和别人说得不一样。不是那样的。她说，他变成这个样子，是因为他受了太多的委屈。没人疼没人爱，他才变成这样子的，本质上，他心地不坏，而且敢作敢为，能护得住家。她还说，让我哥哥劝劝李克锋，如果李明想回来，回到这个家，家里还是收留他吧。她说，李明其实是知道对错的，他知道自己不对。知道不对还做，是他想反抗，他觉得自己实在委屈，尤其是得知自己不是亲生的孩子之后。

"她，就那么认定了刘义超？"我母亲百思不解：你说这个小流氓，小恶霸，小巧这么好的孩子，怎么就看上他了呢？

也许是，至少现在，是。我哥哥对着哭哭啼啼的克锋嫂子说，嫂子，我看我们也别逼得太紧了，要是真出个好歹，真伤到的还是我们自己人不是？说实话嫂子我都有些后怕。我们还是先等等吧，说不定哪天她自己就想通了。我们现在这样压着，都去说她，她也放松不下来，是不是？

"不是自己肠子里爬出来的孩子，就不能要，就不能留！"我母亲突然加大了分贝，她似乎忽略了克锋嫂子在场，"养这样一些白眼狼有什么用？养个狗还能看家呢，养个猫还能抓老鼠呢，养个鸡还给你下蛋呢！不是从自己肠子里爬出来的，就不跟你一条心！"

妈，你别这么说……我哥哥拉拉她的衣袖，克锋嫂子她也不是……"我就是说给她听的！"母亲甩开我哥哥的手，"我也是说给你听的！你也给我听好了，没孩子我们不拾人家的，有孩子，我也不允许把她送到人家去！除非我死啦！"

……多年之后我到天津开会，其间遇到了小巧，她已经嫁人，有了一个两岁的女儿。我和她的相遇当然不是偶遇，是她来找我的，她说她哥哥给她打了电话，说我要来天津。"浩叔，都多少年了！你那时，那么瘦。"我们聊着，找着各种各样的话题，我刻意回避了她和刘义超的那段往事，但她提了。她告诉我，刘义超出来了，在天津一家卖钢材的企业打工，"他其实是来找我的。"我说小巧，虽然我们没有直接的血缘但我一直把你当作侄女或妹妹来看，我们邻居那么久，心理上是亲近的。你听叔一句劝，你现在有了自己的家庭孩子，好不容易从泥潭里拔出来，最好是，最好是不要再和他有什么纠缠……"浩叔，你放心。我知道怎么做。"她这样说，我也不好再说什么，只好转换另外的话题。最近回过家不，你父母怎样，锋哥还那么爱打牌吗，你把他们接过来他们还习惯不……之后，我们又聊起风草村的旧人旧事,聊着,我提到赵家五虎,提到赵祥忠——别提那个老流氓。平静坐着的小巧突然直了直身子,打断了我的话:一想起他来就恨得我牙痛。要不是他……

说着,小巧的眼圈竟然红了。

11

刘义超被抓后不久李明也被抓了进去,不过只拘留了六天他就又回到了风草村,据说他被李克锋拒之门外:我没有你这样的儿子,你也不是我的儿子,你走你的阳关道去吧!吃你的香的喝你的辣的去吧!我告诉你,别来祸害我就行!

可李明没走。据说,李明在外面跪了半个晚上,他说他知道错了,他说在小屋子里想明白了许多事情,懂得了许多事情。他在外面不停地拍门,直到,李克锋的媳妇不顾李克锋的坚决反对而把门打开。

这个"据说"来自大伯家的强哥哥,当然他讲的远比我写出的更加绘声绘色。不过这个"据说"首先遭到了李明的否认,他说没有的事儿,他爸是训斥他了教训他了,但绝不是不让进门,李克锋针对的是他做的错事而不是针对他这个人。我父亲也否认这个说法,他说那天晚上他因为闹肚子先后去了不下十次厕所,如果李明真的跪在屋外拍门,他是能听见的,可那天他只听见了风声和芦苇丛里的虫鸣。就连李克锋也不承认有这样的事,他说没有,没这事。他没有把李明关在外面不让进——老人家都说知错能改就是好同志,孩子犯些错误,能改掉就好,能改掉就好。他说,李明是拾来的,但他也是我的儿了,以后还是。他说得极为认真、严肃,不过随后跟上的却是一个"操"字:一副好牌,独缺六条。和大家说话时他的手没有闲着,可一走神儿，错把九条摸成了六条。（那段大约经过深思熟虑才说出的话说了没有三天，因为一件看起来没什么大不了的小事李克锋和李明就又打了起来，李克锋拿着一把扫帚，满大街地追赶跑得更加狼狈的李明：臭小子，你他妈还敢犟嘴！我没你这样的不孝子！你爱上哪去就上哪去，老子不管你啦！当然，这是后话。）

……到现在为止我还没有提及刘建亮的反应，现在，应当轮到他了。我说过，二叔家距离他家很近，警察去他家抓刘义超时他正在我二叔家里，当时还是上午。我二婶和他说，石头，警察来啦，看来是抓义超的，你回去看看吧！他先是一惊，匆忙地站起来但到门口的时候又退回到长凳上："抓吧，抓走才好呢。关一辈子才好呢！枪毙了才好呢！"

他在中午回了一趟家，但过了不久他就又出现在我二叔家里。"找人，找人打麻将吧。"他推推躺在沙发上看电视的二叔，"你叫叫他们，老四、克锋、膏药……"我二叔没动。"现在才几点，人家都忙着呢，你先回去歇会吧，石头。"可刘建亮还是催，叫他们来，叫叫他们吧。还是二婶细心，她也来催我二叔：起来起来，你听石头的，给他叫人。说着，二婶转向刘建亮：石头，有话你就说出来，别闷在心里。饭还没吃吧，我要不给你炒两个鸡蛋，馒头还是热的……刘建亮站起来：不啦不啦，我吃过啦。他几乎是自语："抓走了好，早就该抓走啦。我高兴还来不及呢。我早盼着这一天啦。"

人召集齐，刘建亮坐在东风，他非要坐在那里："今天就不调风啦，你们随便坐，随便坐。"麻将开始之前，二婶悄悄塞给他三十块钱，他的拒绝只坚持了一下："我会、我会还你们的。"他的手竟然有些抖。

哎，这个石头。事后二叔颇有些感慨。那天刘建亮总说自己没事没事，这么大快人心真是求之不得，他已经很久没有这么痛快了，他想的就是赢钱赢钱，"谁也不许欠钱！欠人家一分钱谁就是小狗！"牌桌上,有人提到李明(那天的牌局李克锋并没有在场)——这些坏小子都该抓走,把他们统统抓走才好!刘建亮说得生硬而坚定。不过还是看得出,他多少有些心不在焉。那天他的牌局并不顺利,很快,他就满头大汗。

大约过了三四天。有人看见刘建亮骑着一辆很旧的自行车,车架上带着被子、褥子,还有脸盆和别的什么东西……那天风大,刘建亮骑得艰难,一路叮叮当当嘈杂的声响。那个人问他,是不是去看刘义超?开始他说不是、不是,不过后来又承认了。"我要告诉公安局,枪毙他吧,别再留着这个祸害!要不把他弄到沙漠里去,弄到煤窑上去,弄到……反正谁也不想再见到他。我要感谢公安局为民除害。"那个赶路的人和刘建亮要去的方向一致,在路上,也许仅仅是为了打发时间,他便随口又问了一句:"那石头你带着被子、褥子干什么?"干什么?刘建亮一时不知道怎么回答,他甚至试图用他的身体把后面的被子挡住——没什么,没事。

两个人在风声呼号的路上骑了很久,一路再也无话。慢慢地,刘建亮被落在了后面。就在那个人转弯准备走向另一个方向的时候,刘建亮追了上来,他几乎是在喊叫:公安局要是不枪毙他,我就在公安局住,住到枪毙他的那天!我非要等他死了再回来!

他给出的,是这样一个有着明显漏洞的理由。

12

到这里,我要说的故事已到尾声。它实在是个"故"事,它发生于我离开风草村之前,那时,我的母亲还健康地活着,甚至没有病,甚至隐秘得很好的血栓大约还没有形成。那时,我在县里的一家单位上班，周六日会骑着缺油的自行车回家，布满了铁锈的链条偶尔会蹭脏我的裤脚。那时，我的哥哥李恒也还活着，他处心积虑，试图离婚——如果他知道自己的生命已经不足七年也许会把处心积虑用在别的事上面。物是人非，是有这么一个词吧，写下它的时候我突然觉得它有了某种重量，之前没有察觉的，重量。

在刘义超被抓走之后，李明也变成了另外一个人，他就是不变成另外一个人，就是他的腰上还别着那把咋咋呼呼的刀子，也没有谁还真正地怕他。每日傍晚，他会第一个出现在我二叔的家里，一边看着二叔一家人吃饭一边用力去摸桌上的麻将牌。他的动作很像刘建亮。他渐渐地，变成了刘建亮——好多人都这么说他。一般来说他是没机会参与牌局的，他没钱，总赖账，那些伯伯、叔叔和爷爷们都不乐意和他一起玩，会直接把他推到一边儿去，不过他倒也不恼。牌桌上的四个人，谁也不能上厕所。否则，这个李明一定会以最为迅速的速度坐下去，也不管别人的脸色。上厕所的伯伯、爷爷或者叔叔回来也不再拥有位置，"我再替你打一把，就一把"。这一把，可能会直到调风或者散场。我二叔和桌上的伯伯、叔叔、爷爷们用当初对付刘建亮的方式对付他，在话里夹刀带棒，指桑骂槐，然而这并不起任何作用，他也有和刘建亮同样厚度的脸皮。"你简直是第二个石头。"有人说，他李明就是刘建亮第二，他应当管刘建亮叫爹才对。

李明可以选择性耳聋，他对那些刀棒、桑槐和别的什么东西都一律充耳不闻，面不改色，倒是同样站在后面的刘建亮有些挂不住脸。他不好发作。

二叔他们会注意到，刘建亮在阴影中艰难而僵硬地笑着，再站上一会儿，便找个机会悄悄地溜出门去。

他将有几天不会再来。而李明，还会天天出现。

乡村诗人札记

1

我的父亲,李老师,是一个乡村诗人。他的学生大都对他印象深刻。他们记得我父亲突出的门牙,记得我父亲一年四季中有三季穿着一件灰色的旧西服,"皱巴巴的",他们说。其实我父亲的西服有两件,不过都是灰颜色的,不过都是皱巴巴的,所以他们弄混了。我父亲的那两件西服还是略有差别的,其中的一件衣袖上有两处被烟头烧出来的洞——他的学生们缺少仔细观察的耐心。他们认定我父亲的灰西服一年当中要穿三百多天,从来都不洗。剩下的一季是冬季,我父亲会穿一件暗绿色的军大衣给他们上课,即使如此,他突出的牙还是被冻得瑟瑟发抖——其实他的学生们也都裹在各自的棉衣里面发抖,听课都没有心思,表面的努力都是装出来的。二十世纪八十年代,我父亲在我们村上的小学里当民办教师,他负责两个班的语文、历史、地理、思想品德和体育。那时候我们村里小学的条件很差,一到冬天老师们就带领学生垒煤炉、打煤球儿,一旦煤炉在前一天下午没有管好,第二天就得重新生火。外面一下雪,教室里马上变得一片泥泞,男生女生时不时地要靠跺脚取暖——我父亲的声音会淹没在一片此起彼伏的跺脚声里,随后他的声音小下去,停止了,学生们发现我父亲的眼睛死死地盯着一处,或者窗外,或者墙壁,或者某个学生的脸、脖子——他走神了。我父亲经常在上课的时候走神儿,他突出的门牙向外伸着,一副魂飞魄散的样子……等过上一会儿会突然地打个冷战,眼神开始转动,继续他刚才的话题。尽管我父亲经常在上课的时候走神儿,但似乎从来没有因此找不上话头儿,忘了自己刚讲的是什么,他的学生们对此大为惊讶。他们在我父亲走神儿的时候也跟着屏住呼吸,期待我父亲出错,然后哄堂大笑,给我父亲一个难堪——可我父亲总是让他们失望。我父亲一走神儿,他们就窃窃私语,"诗人了"。我父亲那时候是不是"诗人了"我不知道,反正他没有一首诗是在课堂上作出来的,他作诗显得相当费力、耗神。当然也费纸,我父亲写一首诗往往要废掉十几张纸,有时那张废纸上只有一两个字。他把这个坏习惯也遗传给了我,我母亲不止一次地骂我们,"一对败家子。"说实话那时我们家很穷,这种浪费确实是奢侈的。我母亲骂得对,可我和我父亲都没有改掉这个习惯。

我的父亲,李老师,是一个乡村诗人。有时,他会将他的诗抄在教室后面的黑板上,这项工作一直是他自己来做的,他做这项工作的时候一直一丝不苟。我父亲写一种怪模怪样的楷体,他将那种怪模怪样的楷体写得相当花哨,相当夸张。我父亲将诗抄好会叫他的学生们读几遍,解释一下其中的意思,然后,在一个角落里署上自己的名字。这时他会换另一种字体来写,用隶书的时候居多——"作者:李金龙"。

下面是他的诗:

秋叶的咏叹

我不会消沉
不会流泪
也不会低头
——我会用我最后的力量
把自己的头颅昂起

生活,从来都不是只有高潮
不会总是宽敞的大道
任你漫步
任你驰骋
秋天来了,我是要变黄
但我的心里
——一直保留着那片绿

或者:

一个夜晚

月亮是一面圆圆的镜子
照在 我的床前
因此

我的床前多了一汪水坑

水坑的里面水波涟涟

水波里有银色的小鱼

它们吮吸着我的脚趾

我情不自禁地晃动着脚趾

水波和小鱼被惊得四散

这个夜晚显得漫长

这个夜晚显得短暂

我多想将它用手留住

就像留住我的童年

将诗抄录到黑板上,我父亲会退后几步,仔仔细细地看上一会儿,然后拿起黑板擦,修改他认为没能写好的字。修改后的字往往会比原来的字大一些,于是我父亲又得再改一次。他有些意气风发、藏而不露地看看黑板,拍一拍手上粉笔的灰尘,那些灰尘纷纷扬扬。

2

我的父亲,李老师,是个乡村诗人。他的学生们大都对他印象深刻,他们说我父亲不"诗人了"的时候还算容易接近,但似乎和其他老师的关系都很一般。他们的意思是,我父亲很不合群。当然,也可能有这样的意思——别的老师也瞧不上我父亲的做派。前年我曾在一个什么场合遇到过我父亲的一个旧同事,他提到我父亲:"老李那个人啊,哈哈哈。"他笑得有些暧昧。我脸上笑容也因此暧昧了起来。

我的印象中，在我们村上，我父亲的朋友只有一个，我叫他槐叔，村上的会计。我父亲和他建立友谊是因为两个人都爱下棋，据说两个人的棋都臭不可闻，也正因为全都臭不可闻，他们才惺惺相惜，时常天昏地暗地聚在一起。槐叔爱喝茶。他一来，我们家的热水肯定紧张，同时白糖也会紧张，因为槐叔喝茶需要往水里加糖。不过我倒是愿意他来，他的嘴是一个天文地理国内国际大事小事无所不知的话匣子，虽然多数属于道听途说信口开河，但无论多么枯燥的事儿，一到他嘴里就跌宕起伏，充满悬念。许世友能上天能入地有着一身功夫，他的耳朵贴在地上，八百里以外一只蚊子的叫唤都能听得一清二楚，因为这个本领他给主席当警卫员的时候救过主席的命。（我父亲插话，瞎说，许世友什么时候给主席当过警卫员？）林彪的儿子想害毛主席，在火车道上埋上了地雷，许世友得到消息的时候主席的专列已经开了，怎么办？许世友二话没说，脱下大衣，使用轻功一路追了过去。火车开得多快？可许世友功夫好啊，他跑得更快！追啊追啊，一直追了七十里地才把火车追上！（我父亲插话，哼，又瞎说。）追上火车也没用啊，人家警卫员不让他上车，说你有什么事就在下边说吧，我们转告主席。转告主席？已经来不及了，火车马上就要开到埋地雷的那儿了！许世友可真急了！他的眼都给急红了！只见他一晃膀子，一咬牙，抓住火车屁股往下一蹲——你说怎么着？火车让他这么一拉，停下了！真是悬啊，离埋地雷的那段铁轨只有二尺多了！（我父亲敲一下棋子，真能胡说八道！火车能叫人拉住？你当它是你家的牛啊。再说你能拉住牛，是因为绳子牵着它的鼻子它怕疼才不敢使劲的。）槐叔说许世友大将军脾气暴躁，枪不离手，又百发百中，不光敌人怕他，他的警卫员也怕他。为什么？因为许世友爱上前线，在最前沿，那里敌情复杂，说不定什么时候敌人就摸上来了。许世友枪法好啊,周围只要一动,他甩手就是一枪,肯定打噪声子眼儿!为了怕许世友伤着人,他的警卫员都带着铁脖套!(我父亲又会说,胡说八道。)槐叔还爱讲周围村子发生的事儿。他说前几年,刘王村一个富农突然疯了,怎么疯的?你猜!你肯定猜不到!让公安的人给吓疯的!那天公安的人执行任务,由于地形不熟就跳到他家院子里了,撞开门一看不对,人家就都走了。人家公安走了,可这个富农却傻了,变得疯疯癫癫,怎么治也治不好。过了十几天,他又突然好了,什么事都没了!怎么回事?事也凑巧,那天这个疯子走过一片坟地,走着走着突然看见三个警察在那里蹲着,在地下写写画画的。这时,一个警察看见了疯子,就站起来问了一声:什么人?那个富农,就是那个疯子经这么一吓,出了一身冷汗,竟然就好了!你说怪不怪?……

比较之下,我父亲则呆板得多,沉默得多。他专心致志地盯着棋,盯着槐叔的手,如果局势不好,我父亲的脸色就会变得潮红、鼻翼处渗出细细的汗水,而他突出的门牙则更为突出。槐叔说我父亲下得一手臭棋却经不起输。要是他要输了,苍蝇飞蚊子叫都碍事,这时可不能惹他,惹他可不行。这样说的时候我父亲往往会发火,你胡说什么!怎么不比你强!上一局我杀了你的马,你又偷着放回去了,当我不知道!这回轮到槐叔急了:什么时候什么时候!我可从来没像你那么赖皮!总是死不认账!……两个臭棋篓子,每次下棋都会发生争吵,争得天昏地暗日月无光,最后是槐叔或者我父亲把棋子都甩在地上:不来了不来了!跟一个赖皮下有什么意思!另一个则同样气鼓鼓地摔摔棋子摔摔凳子:没见过这么赖的!真不要脸!

父亲和槐叔的棋局往往是不欢而散。喘着粗气,父亲并不急于进屋,他把凳子挪到墙角儿,在黑暗中或者月光下坐一会儿。有时,槐叔走后,父亲还会点亮屋子里的油灯(距离通电还有几年的时间。我们家还常常备有蜡烛,是村上一个小加工厂生产的,但我父亲通常不用),摊开稿纸。即使我父亲脸上的愤慨还没有散去,它也不会影响到他的诗歌,他的诗歌有自己的样子。

感谢往事

风把飘荡的日子
一片片吹得很远
只留下点点的记忆
在梦中　火一样闪现

善良,不是夜色中的灯盏
却总能把热血点燃
真诚,不是霞光里的花朵
却总能把希望编成花篮

往事似乎很淡,很淡
像一条青色的鱼
在水中时浮时现
而我的感激却显得很深很深
像一张巨大的网
拉动它,沉甸甸的重量
会让我的手臂发酸

更多的时候,我父亲废掉一张张的纸,却写不出什么。他对着油灯发一会儿呆,然后吹灭它,让自己、油灯和诗歌,我母亲的鼾声,都一一陷入到黑暗里。

也有这样的时候:我母亲突然翻身,停下鼾声,抬一抬头,将他的油灯不由分说地吹灭。她才不管我父亲写下了什么,是不是他的"灵感"刚刚露出一点儿的苗头,她才不管这些。我父亲在黑暗中簌簌地翻动纸片,声音很响,但这起不到任何作用。不一会儿我母亲的鼾声就会再度响起,父亲也会慢慢放弃纸片的干扰,悄悄睡去。

3

我的父亲,李老师,是一个乡村诗人。因为这个缘故或者别的缘故他很不合群,几乎没有什么朋友。与"棋友"槐叔的关系也是一路争争吵吵,打打闹闹,后来因为一个"偷表事件"而使两人的关系彻底走远——我会在后面重新提到这件事。现在,应当让陈傻子出场了,在我看来,陈傻子应当是我父亲最亲近的朋友,他们之间的关系远比我父亲与槐叔的关系近得多。按照我父亲的说法,这叫惺惺相惜。"什么惺惺相惜?完全是麻苍蝇找绿豆蝇,臭到一块去了。"我母亲在陈傻子来我们家时也常常表现她的不屑。她乒乒乓乓,敲敲打打,刚开始我父亲还会横眉立目一下,后来,他们干脆不管不顾地我行我素起来,我母亲的乒乒乓乓也就失去了意义。"没见过你们这么厚脸皮的。"我母亲说。她是在两个人谈论什么爱情诗的时候插进来的,明明,她的话里有话,另有所指。个头矮小的陈傻子冲我母亲笑了笑,露出他的一嘴细细的黄牙:"嫂子说得真对。真理都让你说了。"

这个陈傻子,也是个诗人。他在县文化馆工作,因此,他在我父亲面前显得比实际的身高高大得多,细长的手不停挥动,唾液飞溅——我父亲的身高就显得矮了,而且还在一点点加剧。陈傻子是个诗人,不是乡村诗人,他有非农业户口,在县文化馆工作。之前,他在"向阳公社"当过"文化大革命"宣传员、公社广播员、新闻报道员等。这个陈傻子,说话的时候他的瘦手总是不停挥动,而他的脚趾也从某个破洞里伸出来,配合着,一动一动。这个动作让我母亲看见了,她没有笑容地用手上的蒲扇敲了敲陈傻子的脚趾——陈傻子的话立刻停住了,但嘴巴还在大大地张着,我母亲却一脸坦然地走了出去。

"你老婆真厉害。"陈傻子反复地说。

"你老婆肯定难斗。"陈傻子反复地说。

"老李,唉,够你受的。"陈傻子,他反复地说。他反复地说着的时候肯定已经醉了。陈傻子爱酒,却常常一喝就醉,喝醉了的陈傻子反反复复就几句话,说他老婆,说文化馆的陈芝麻和烂谷子,说我母亲。陈傻子的反反复复很快就勾起我父亲的火气,他可是一个要面子的人,于是,我父亲要在陈傻子面前表现他的权威,将我母亲呼来唤去,然而我母亲却从来没有做过省油的灯。他们俩,从小声争吵直到吼叫——要是我在场,就要遭殃了。

要是我在场,我父亲会突然地转移他的目标,伸出他臭不可闻的大脚趾,把我踹出去。或者突然地伸出手来,抓住我的耳朵:"我叫你不听话!我叫你不听话!"

所以陈傻子一来,我就尽量远远地躲着。所以陈傻子在我们家不受欢迎,当然我父亲这个和他臭味相投的人除外。我远远地看着他们喝酒,谈天说地,心里就涌起一股股的怨愤。我盯着陈傻子的脸,想着一种一种的惩罚会报复到他的身上。我只能从种种的设想中找到报复的快意。

譬如,倒霉的陈傻子被飞来的砖头砸破了头;或者喝醉了,一头掉进村南的河里。我曾经被飞来的砖头砸破过头，也曾从桥上一头栽进南河里，这种倒霉的事最好也让陈傻子经历经历。譬如，让一只狗追着咬，陈傻子一边哭一边跑，最后不得不爬到一棵槐树上，结果还是让那条疯狗咬到了屁股。我还设想，让陈傻子戴着高帽游街，脖子上挂着一双破球鞋——就挂豆子的那双。到现在为止我还没发现有谁的鞋会比豆子的那双更臭，陈傻子挂上这双鞋，他肯定就不想喘气了，从村东游到村西，不喘气的陈傻子就被憋死啦。豆子没有了鞋，就让他走村西的草地，那里可净是蒺藜、蝎子和各种虫子。让陈傻子背着粪筐上一个坡，上一步倒两步，然后一头倒下去摔死。村主任刘珂过来拿一张大铁锨，像端一摊驴粪那样将他端走——我们村的那个老地主就是这样死的。我还设想，把陈傻子吊起来，线绳只拴住他的两个拇指，然后在他的脚上涂上蜂蜜，让两只狗去舔；把陈傻子埋在一个坑里，只露着脑袋，路过的人都要往他嘴里撒尿，不撒不行，没尿的就到一边等着，喝井水⋯⋯

我知道，我母亲也这样想。有一次我就听见她自言自语，怎么不掉到井里淹死，怎么不让石头掉下来砸死！她的表情可比我恶狠多了。

然而陈傻子还是要来，隔三岔五，他既没掉到井里淹死也没有被石头掉下来砸死。听见他那辆咣咣当当的自行车响，我母亲就摔摔打打，把脸拉长，虽然这起不到任何作用。"以后你去文化馆找他！别让他再上咱家来！"母亲指着父亲的鼻子。可是，陈傻子那里没法去，那时陈傻子正在闹离婚，他老婆将房子的锁换了，陈傻子办公住宿只能待在一个存放杂物的库房里，几乎进不去门——知道了这件事，陈傻子在我母亲那里又多了一个名字：陈世美。我母亲叫他陈世美，陈傻子、陈世美，陈世美，为此我父亲可没少和她争吵：你凭什么叫人家陈世美？

"离婚的都是陈世美！"这是我母亲的逻辑。在二十世纪八十年代我们农村通行这样的逻辑。于是，在我的设想里陈傻子又多了一种死法：被狗头铡铡死。脑袋还得让狗叼去。

一喝醉了，陈傻子除了反复说那些乱七八糟的话之外，还会咿咿呀呀地唱起来，唱"大吊车，真厉害，成吨的钢铁它轻轻地一抓就起来"，唱"包龙图打坐在开封府上"，唱"朔风吹"，唱"日落夕山红霞飞，战士打靶把营归把营归"……他唱那些的时候吹胡子瞪眼，表情丰富，露出他满口的黄褐色的牙，可怎么看也不像一个正面角色。

去年，一个偶然的机会我和陈傻子坐在了一起，他那旷日持久的离婚最终也没能离掉，人渐渐老了，也就绝了念头。我和他坐在一起，没多久他就喝醉了，然后又"朔风吹"了一次，我感觉他虽然依旧表情丰富，吹胡子瞪眼，却有了正面角色的样子。看来时间是会改变些什么的。

不像正面角色的陈傻子唱着，和他的醉话一样反反复复，唱着唱着就泪流满面。他不理会。任凭眼泪点点滴滴，顺流而下，直到波涛汹涌。唱着，我父亲也跟着哭起来，他用一只手用力地擦着自己的眼睛鼻子，另一只手则同样用力地拍着陈傻子的肩膀："我知道你的苦。哭吧，哭出来好受些。""没什么大不了的，兄弟，别往心里去，兄弟。"

陈傻子哭得更加难看。他的"朔风吹"却还在吹，他家的表叔一个一个一个一个真的是数不清了。"没有大事……没有大事……"

喝醉之后的陈傻子和喝醉之前的陈傻子完全判若两人。没有喝酒的时候，陈傻子挥动着枯干的手臂，唾沫飞溅地和我父亲读诗，那时候，我父亲的诗写成了这个样子：

秋韵

啊！我所盼望的秋天！
我所盼望的果实！
又一个秋天来临，
田间的歌声响彻了大地。
啊，那迎面而来的秋风，
你要将辉煌的乐章奏起！
每一个情节都是秋天的经历，
每一个笑脸都是秋天的赠予，
而每一颗沉甸甸的硕果！
都是秋天的音符，
连接着大地的脉息……

啊，我所盼望的秋天！
玉米露出了金色的希冀，
棉花绽开了洁白的花絮，
高粱举起了挺拔的火炬，
大豆垂下了丰收的颗粒……
啊，我所盼望的秋天，
它奏起的是多么动人的旋律！

仰望旗帜

一面火红的旗帜，

飘荡起一片火红的希冀,
迎接着第一缕的曙光,
经历着起起伏伏,
风风雨雨……

啊,仰望旗帜,
就是对太阳和激情的仰望!
一股暖暖的热流,
瞬间便涌满了我的胸膛!
啊,仰望旗帜,
我自豪的胸膛努力地挺起,
用铁锤砸碎黑暗,
用镰刀,去收割新的希望!

告别过去

斟满一杯酒,
慢慢饮下,
让火辣辣的感觉烧灼着咽喉。
再斟上一杯,
将它举起,
我把它当成是昨天、过去。
把这杯酒咽下,
算是与过去告别,
让一切,

都再重新开始。
让树叶在春天里重新发芽,
让花朵在雨露后再次开放,
啊,过去,
它会变成培养今天生长的肥,
让今天茁壮,
让今天,变得更加美丽……

我父亲将他的诗用他极为花哨的楷书抄录到一个笔记本上,并在下面写上日期。我父亲有好多这样的日记本,里面还有插图,像"人民大会堂""北京展览馆""武汉长江大桥"等等。陈傻子一来,我父亲就将他的笔记本拿出来,递到陈傻子的手上。

陈傻子一边看,一边点评,而我父亲,高大的、套在灰西服里的父亲则完全像一个小学生,这和他平时可大大不同。有时陈傻子兴高采烈,他频频点头,摇头晃脑,我父亲的诗在他手里就像一朵花儿;有时陈傻子显出一副不耐烦的样子,用手啪啪啪啪地拍着父亲的笔记本:"这是诗?它怎么能叫诗?你看谁这么写诗?郭沫若是这样写么?郭小川是这样写么?臭,臭不可闻!臭大粪!臭狗屎!"

据我观察,陈傻子在批评我父亲时显得更为口若悬河,声情并茂,我父亲的脸色潮红,像一只落水的鸡。然而他并不恼。这也不是他以往的脾气。我父亲小声地申辩着,"我是想写……我是……"据我观察,陈傻子对我父亲的诗作是表扬是批评与我父亲的诗歌关系不是很大,完全取决于他进门之前的脸色和心情。当然这是我的观察,我不保证它一定正确,所以我从来没把我的观察告诉过我父亲,也没有告诉过我母亲。

"你要观察！观察！你明白吗？什么叫观察？怎么观察？"陈傻子的唾液会飞到我父亲的脸上，我父亲悄悄地伸出一只手，挡着飞来的星星点点，显得有些狼狈。

4

我的父亲，李老师，是一个乡村诗人。他的学生们大多数都对他印象深刻。他们说，我父亲讲课讲得不错，就是爱东拉西扯，再就是爱走神儿。他们会说他又"诗人了"。他们说，我们村上的民办教师一个比一个差，哪天都会闹一两个笑话，比较而言，我父亲算是不错的了。

然而，不错的父亲，却闹出了一个在我们村我们公社（后来改成乡镇）我们县引起轰动的笑话，弄得他很没面子，也弄得我几年的时间都抬不起头来。

那天，大概天气晴朗，万里无云。我父亲对后面发生的事还一无所知，我们都一无所知——所以那天我父亲的心情还算不错，上课前他还到校长那屋转了一圈儿，动了动校长桌上的地球仪，然后出去了。校长也许真的喊了我父亲然而我父亲并没有听见。像往常一样，我父亲推开了教室的门，那时还没有打上课铃。

他愣了。平时那些猴子一样上蹿下跳的孩子们一个个坐得笔直，而教室的后边，竟然坐了五六个他所陌生的人，他们有的手里还拿着小本本。我的父亲愣住了。

这时校长追了过来。他低声告诉我父亲，县教育局的王副局长和教研室的人来听课，就是坐在后面的那些人。校长对我父亲使了个眼色，好好讲，只能成功，不能失败。

上课的铃声迟迟不响。后来我父亲才知道,负责拉铃的赵老师因为紧张,将上课的铃晚拉了十分钟,这十分钟足够漫长,足够可怕。

上课铃迟迟不响。那些上蹿下跳的猴子们忍不住了,开始有了响动。这时,一个看上去挺老的听课老师回过头去,看着后面的黑板。黑板上,有我父亲新写的一首诗:

假如,我是一棵树

假如,我是一棵树
我愿把自己
扎根在山的风口——
假如,我是一株草
我愿让自己
在乍暖的初春顽强地抬头——

风雨会磨炼我的意志
寒冷会锻造我的骨头
没有挫折的人生不值得坚守

假如,我是一只雄鹰
我会飞到高高的天上
和强劲的风进行搏斗——
假如,我是一只麻雀
整天叽叽喳喳的生活
肯定不能让我满足

我要经历风雨之后的彩虹

我要获得炎夏之后的丰收

失败之后我要迅速地爬起

告诉你吧

任何的苦难,都不能动摇我的坚守

那个老师一眼一眼地看着。突然,他回过头来,问坐在后排的一个女生:"这是从哪儿抄的?"那个女生抬了抬她的鼻子:"是我们李老师写的。"反正上课铃还没响,我父亲就挪动他的腿朝后边走去,他的大脑一定飞速地旋转着,仔细地寻找合适的措辞——然而那个老教师却没有迎着我父亲的笑脸,他坐下了,低下头去和另一个听课老师小声交谈着什么。我父亲僵硬地僵在了那里,他脸上的笑容也僵硬地僵在了那里,他脸上的笑容也僵在了那里。

他像被施了魔法的木偶儿。

上课铃,是过了很漫长的一段时间才响的,它是从我父亲尾椎骨那部分响起来的,然后是整个教室,整个学校。

那是一堂极为艰难的课,它对我父亲来说是真正的煎熬,他是那种脆弱而极易过敏的人,在那堂课上他的脸上挂满了汗水,讲得结结巴巴。后来留级到我们班的豆子经常学着我父亲的模样,模仿那堂让人难堪的课。我几次想冲过去狠狠地抽豆子两个响亮的耳光,然而他比我高出半头,一脸横肉,我只好坐在后排将头埋得越来越低。我像对付陈傻子那样,一遍遍地将豆子用各种方法杀死,他又一遍遍地活过来。我对豆子的报复是某个早晨,将他忘在教室里的《语文》课本偷偷地泡进了水桶,然后飞快溜走,在即将上课的时候,才跑回学校——我制造了不在场的假象。在这里,我还想顺便提一下对陈傻子的报复,我在一次他来我家喝酒的时候拔掉了他自行车上的气门芯,将气门芯弄得千疮百孔之后再给他重新安上,以致他不得不推着咣咣当当的车子走了七里多路——这两次报复都是在偷偷摸摸的情况下进行的,并且制造了假象。

好了,接着说给我父亲和我带来羞辱的那堂课。那些人毫无征兆地到来让他不知所措,从他的方向看去,向后,那里有黑压压的头,那里有一张张严肃的脸。我父亲也许感觉,他就像一个被带到警察局的罪犯,那些眼睛一直盯到他的肉里去,他只能结结巴巴地把自己的问题"讲清楚"。那堂课,我父亲一直稳不住心神。其实我父亲的课是可以讲得不错的,他的学生们都那么说,他们说,除了喜欢东拉西扯和偶尔走神儿,我父亲的课讲得还算不错。

事后在校长那里,我父亲将责任推到了那个年纪较大的听课老师的身上。他说他没事看后边的黑板干吗,问诗是谁写的干吗,知道了是我写的,却不拿正眼瞧我,我想知道他想什么,他挑出了什么毛病。我父亲说,那个老家伙的表现让他心神不宁,总在想那首诗会不会有什么问题,特别是思想倾向上的问题。我父亲还让负责拉铃的赵老师也分担了责任,他说赵老师要是按时拉铃,就什么事都不会发生!

说这些话的时候我父亲的脸色青里带紫,因为激动,他的手也跟着在颤抖。说这些话的时候赵老师也在场,可他没有和我父亲争辩,只是用白眼珠对着我父亲的脸。我父亲指着赵老师,你教课不行,脑子里一团糨糊,谁知道你拉铃都不行,这是拉的什么破铃!赵老师站了起来。他碰倒了桌上的墨水瓶,红色的墨水鲜艳地洒了出来。校长按住了他。校长说,他对着我父亲说,你上你的课不行吗,干吗非管人家怎么看你的诗,也不是我说你,总是有事没事写什么狗屁诗,它不会影响教学？要不是它，怎么会闹这个笑话？

我父亲的嘴唇也跟着抖了起来。"我能不想吗？我能不想吗？你忘了，那个齐老师是怎么，怎么抓起来的……"说着，我父亲的眼睛里挂满了泪水。他提到的齐老师是公社中学的一个老师，那是"文革"时候的事了。那个齐老师是教数学的，平时并不写诗，他可从来都没想过当什么诗人。他有三个孩子，一男二女，五口人生活得极为艰辛，所以他总是阴沉着脸，习惯性地唉声叹气。也是他倒霉。那天他突发奇想，写了一首大概是顺口溜之类的诗，拿到学校里给他的同事们念了一遍，给伙房的师傅们念了一遍，给他班上的学生念了一遍，结果第二天下午他就被抓走了，说他写诗不断放毒攻击"文化大革命"。好在那首诗中也没有什么太过分的言辞，只是表达了他的入不敷出，每天面对孩子们哭声的怨气，他只判了一年多就被放出来了，然而工作丢了，整个人也变了样子。"现在是什么时候，现在是什么时候，"校长喃喃地说，"以后你别再写诗了，写那个有什么用。你就是写，也不要再抄到教室里的黑板上，影响不好。"

现在，返回到那堂课上，我父亲的笑话，他制造的笑话马上就要出现了。距离已经越来越近。

他在黑板上，用他花哨的楷书写下了那堂课所出现的生字，因为用心和紧张，我父亲的板书远没有平时的好，他的努力似乎只是将字写得难看。他带领他的学生，"x—i—an——现，y—u—an——元，t—ang——堂……"我父亲的声音有些发颤。在豆子的认真模仿中，他夸大了我父亲的紧张，用力地颤抖着，仿佛刚从冰窟里被捞出来的一个人在那里簌簌发抖。距离越来越近。我父亲终于碰到了那个字，那个让他闹出了大笑话的字——"免"。就是这个"免"字，我父亲念出了拼音"m—i—an"，他突然发现，他在黑板上写下的并不是"免"

而是"兔"！怎么会这样！紧张，将我父亲大脑里绷紧的弦拉断了，他竟然脱口念出"兔"！连贯起来，他是这样念的："m—i—an——兔！"他把"兔"咬得清脆、生硬，全班的学生——那些浑身发痒的猴子们立刻发出了哄堂大笑，他们笑得前仰后合，花枝乱颤，上气不接下气，就连那些严肃的听课老师们也跟着笑了起来——只剩下我的父亲，他手脚多余地晾在那里，众目睽睽地晾在那里。他突然发现，那个"兔"依然是"兔"，他并没有将字写错，多出的一点儿是黑板的一个凹坑，那里积满了粉笔的粉末儿。这个凹坑害惨了他。

不止一次，豆子站到讲台上模仿我的父亲，他模仿了我父亲的走神儿，然后又突然地恍然，大声而夸张地点着黑板：m—i—an——兔！下边一片前仰后合。那个可恨的豆子，鼓着两腮，做出一副茫然的样子看着我们，就像一个等待掌声的马戏团小丑儿。

有一次，我实在忍无可忍，扑上去抓住他的衣领——然而他一甩手，就把我从讲台上甩了下来，我被摔倒在地上。这个可恨的豆子，恶毒的豆子，伸出他的臭脚，从他的破回力球鞋里抽出的臭脚，踩在我的胸口上——一股巨大的臭味儿压得我抬不起头来。

5

我的父亲，李老师，是一个乡村诗人。与此同时，他还是我们村上的民办教师。他常常显得自以为是和人吹嘘自己的课讲得如何好，"旁征博引"和"妙语连珠"是他介绍自己时的常用语，说实话我不知道这两个词用在他的身上是否真的合适，我没听过他的课。虽然我上小学时我父亲还在教书，教高年级的课，我们班的学生豆子就是因为留级才到我们班的。我没听过我父亲讲课，一次也没有，在他的教室外我总是匆匆而过，像一种逃离，现在我也不清楚为什么。他的学生们说，除了爱东拉西扯，爱走神儿，我父亲的课讲得还算不错。然而讲课讲得还算不错的父亲，闹出了一个大笑话。那堂课，对我父亲是一个打击，严重的打击，敲裂了骨头的那种，从那堂课之后，我父亲的自信完全没了，我想他的"妙语连珠"也没了，他总怕哪里再出现错误。于是，我父亲上课有点紧张，仿佛是一个初登讲台的新老师，而在此之前，他已经教了八年书，算是老教师了。他变得更加谨小慎微，讲完了一段之后停一会儿，又重新讲一遍，所以他的课总是拖堂。这是我父亲以前没有过的。用了近一年的时间他才恢复，那时，他回来教一年级了。

多年之后，我父亲极力否认那个"m—i—an——兔"的笑话出在他的身上，他承认那堂课因为紧张没有讲好，却坚决不承认有这样的笑话，说它完全是栽赃。我父亲说，"m—i—an——兔"的笑话早就出了，比他那堂课得早三四年，是西马村的一个老师出的，他们还曾见过面。我父亲说，当年有些民办教师的素质是不够高，时常有谁闹点什么笑话，有个数学老师给四年级讲习题，结果绕来绕去把自己绕了进去，一堂课也没出来，他的学生们却早明白了。他的学生们指手画脚地给他讲解，有几个着急的孩子甚至跑到讲台上，每做一步就回一下头，问这位老师，明白了吗？怎么还不明白？那堂课后，那个老师病了四五天，说什么也不教了，后来他就在学校里看看门拉拉铃，购买教具什么的。我父亲说，东王村一个女老师讲课讲得一团糨糊，错误连连，一出错就在课堂上哭，结果她的课都是哭过来的，她的学生们给她起了个外号叫"咧嘴哭婆"。还有……反正当年这样的笑话太多啦。一谈到那个笑话，我父亲就不厌其烦地列举众多类似事件，并言之凿凿，那个笑话和他毫无关系，是西马村一个老教师出的，那个教师叫某某某,他们认识,还一起开过会。

我父亲看上去很委屈。

在我父亲坚决否认的时候,那个某某某已经死了两年多了,据说他死的时候鼓着一个大肚子,排不下尿来,于是这个某某某一边号叫一边咒骂,他的儿子儿媳都被他骂跑了。过了两天,他就死在了炕上。

不管怎么说,从那堂课之后,我父亲就再没有往教室后面的黑板上抄诗,一次也没有。他的诗依然在写,每写完一首完整的诗我父亲就用他花哨的楷体抄到笔记本上,他有许许多多这样那样的笔记本,封面的颜色和画面很少相同,但扉页上都统一用红色的黑体字印着毛主席语录。有时,我父亲变一下花样儿,用隶书或者类似魏碑的字体抄录他自己的诗,它们同样显得花哨。从那一堂让我父亲难堪的语文课后,我父亲就再也没有往教室后面的黑板上抄录他写的诗,一次也没有,就是那首发表在《沧州日报》上的让我父亲得意了至少一个多月的诗,就是那首我父亲上看下看左看右看眼睛笑成一条缝的诗,他也没将它抄录到黑板上去。

他发表的那首诗我没有找到。在我印象中,我父亲将印有他诗歌的那张报纸仔细收好了,他后来还去县城买了几张,从公社的某个办公室里要了一张,都仔细地放在一个纸包里,他足够精心。在我印象中,他还将他的诗从报纸上剪了一份儿,贴在了一个笔记本上,那个笔记本的颜色是粉红的,塑料皮的,上面是一个女农民、一个男工人和一个解放军战士的头像,很庄重,义正词严。在我印象中,我父亲像珍宝一样将他发表的第一首诗收了起来,然而它却再也找不到了。现在,我的手上有他以前抄录自己诗作的那些笔记本,却唯独缺少那一个贴了剪报的本。我不知道是不是我的记忆在哪儿对我进行了欺骗,也许,正因为我父亲的精心,它才消失了,它被我父亲藏在了一个他也遗忘了的地方。

那首诗,是一首歌颂建国的诗,发表在《沧州日报》十月二日的"文革"专刊上,占据了报纸的一个右下角。那首诗是陈傻子拿去的,为此,他来我们家给我父亲送报纸,同时来喝酒的那天有些趾高气扬,露出的黄牙也显得大大方方,有一副恩人的模样。那一天,我母亲给了他们极为意外的笑脸,像招待会计槐叔那样给陈傻子泡了茶,并在茶水里放了一把白糖。然而这个陈傻子和槐叔的习惯大大不同,他并不感激我母亲的意外慷慨,反而皱了皱眉,将壶递到我母亲的手上:"茶水里面怎么放糖?这是哪国的喝法?难喝死了!去去去,将水倒了,再泡一壶不放糖的!"

那一天我父亲先于陈傻子喝醉了,他笑眯眯的,一直那么笑眯眯的,不管我母亲,或者陈傻子说他什么他都是那一副表情,仿佛这表情会一直坚持下去,永远都不再改变。他们平时喝的是我们县酒厂生产的一种散装白酒,一块四一斤,五十四度(据酒厂的人说,其实那酒是五十八度的,但厂长让按五十四度的卖),而那天,他们喝的是瓶装的"十里香"。我父亲直喝得面红耳赤,面带笑容,一副憨态可掬的样子:"喝,喝死这狗日的。""喝,喝死这狗日的。"

陈傻子乐得前仰后合。他乐得眼泪都下来了。

"喝,喝死这狗日的。"我父亲反反复复。要知道,平时我父亲很少骂人,他是一名教师,同时还是一个乡村诗人。发表了那首诗之后,他更是一个诗人了,那首后来丢失的诗,给他的骨髓里面一定注入了一些不同以往的物质。

6

我的父亲，李老师，是一个乡村诗人。自从在《沧州日报》发表了那首歌颂祖国的诗后，我父亲就更是一个诗人了，那首后来丢失的诗，给他的骨髓里面一定注入了一些不同以往的物质。

那段时间里，我母亲说他，"写诗都写疯了，写诗都写傻了。"我母亲说，"写诗能当饭吃？能写得天上掉馅饼？能写得炕不用垒，田不用耕，母鸡一天下四回蛋，还都是双黄的？"说这些的时候，我母亲的表情复杂，内涵丰富。如果我父亲的诗一直得不到发表，她的话里就简单多了，虽然，还是这些话。

是啊，那段时间，我父亲真的有点儿"写疯了"，他一有机会就躲到小屋里去，和槐叔的象棋大战也减少了，而且，他也不再那么容易生气发火了。有几次，槐叔来了，我父亲躲在小屋里写他的诗，他喊我给槐叔倒水沏茶，他喊槐叔马上就好马上就来，然而他的马上显得漫长。

槐叔喝着茶水。他招呼我坐，然后开始他的信口开河。他说主席游泳的技术很好，特别是仰泳，有时候，主席就躺在水上看报纸。主席游长江，长江的水多急啊，可主席游得根本不费力气，一会儿游到对岸，然后再仰泳游回来。主席的许多重大决定都是在游泳时做出的，然后告诉周总理。槐叔说，在近处时，主席说话总理能听清楚，记下来，可一会儿主席游到对岸去了，怎么办？好办，周总理叫人发明了一种话筒，请主席带上，不管主席游多远，只要一说话哪怕是咳嗽一声，都会清楚地传到总理那里。（我母亲插话，你这么胡话连篇，要是在前几年，还不斗死你。槐叔笑笑。槐叔还真因为信口开河挨过斗，要不是因为他是贫农，要不是因为当时的队长刘珂保他，他可真得有的瞧了。)槐叔说,小日本的技术不咋地,就是狠。抗战那些年,我们村东掉下来过一架日本的飞机,你说是怎么掉下来的?是那个小日本儿的飞行员感冒了,总咳嗽,结果咳嗽的劲大了些,把一个螺丝给震掉了,这个螺丝一掉可不要紧,飞机的轮子也跟着掉了下来!那个飞行员就急了,他一使劲,一跺脚,结果,飞机的底儿让他给跺漏了!底儿一漏,空气就进去了,飞机里面是不能进空气的!那架飞机就一个猛子扎下来,摔烂了。你猜,那个飞行员怎么样了?他早给烤熟了,烤得外焦里嫩,喷喷香!村上的狗闻到了味儿,全都跑过去了,等村上的人赶到那里,小日本儿连骨头都没剩下。

他还给我讲过姜子牙的故事。多年之后,我在晚自习时偷偷看那本《封神演义》,发现槐叔讲的那些《封神演义》里根本没有,完全是他自己瞎编的。槐叔很有讲故事的才能,然而他的这个才能和我父亲写诗的才能,都在村上遭到了普遍的嘲笑。

如果槐叔讲完一两个故事,一壶茶水喝完,我的父亲还在"憋诗"(槐叔语),他就不再等了,冲着我父亲的小屋甩上几句话,然后悻悻离开。他常说,我父亲憋诗憋不出来,却把痔疮给憋出来了。据我所知,我父亲并没得过痔疮这种病。槐叔很瞧不上我父亲的诗,有时让我父亲拿来他左左右右地看上几眼,然后抓住其中一句,运用曲解和联想,我父亲的那句诗就变得奇臭无比,不值一提。所以,我父亲很少将诗拿给他看,包括那首发表的诗。每一个来我们家串门的人,即使他是来借扫帚借火柴的,我父亲也会想方设法将他留住,想方设法将话题引到他的诗上去,然后曲折一下,将那首诗拿给人家看。然而槐叔来过多次,我父亲也向他策略地提到了自己发表的诗,但就是没有将诗拿出来给槐叔看。槐叔也瞧不上自己讲故事的才能,他自己说,这张贫嘴算把他害苦了。

我父亲写花朵：

> 每一朵花，
> 都有自己的童年；
> 每一朵花，
> 都有着亮丽的记忆；
> 每一朵花，
> 都会有，将要属于自己的灿烂。

我父亲写他的粉笔：

> 不，我不会犹豫，
> 让我，再写上最后的一笔！
> 如果写不了一首小诗，
> 那就写一个"1"，
> 它会变成一棵小树，
> 长在孩子们的心里……

他写河边的垂柳如何发芽，燕子又如何在河边的风里穿梭，那首诗的完成日期是一个九月。而且，在我们村，包括附近的村上，都没有一棵垂柳，直到现在。他写那首《带孩子们春游》的诗时，屋外正下着一场连绵的暴雨，我之所以对那首诗有如此强烈的印象，是因为那天我们都没有去上学，而兴致勃勃的父亲一边推敲他的那首诗的用词，一边大声地将诗一遍遍念出来。那时，在我们那里，还没有出现"春游"这个词儿，除了在清明学校组织学生去给烈士扫墓之外，我们从来就没组织过任何的野外活动。那时候,村上的孩子天天长在地里,放学之后就打草拾柴放牛放马,"春游"对这些皮猴子来说没有一点儿吸引力。他还写过一首叫《游子吟》的诗:"游子,白发苍苍/带着五十年的思念/经过五十年的风浪/回到家乡/只说了一句话/便泪流两行……"写这首诗的那年,我父亲最远到过省城,到山东的青岛,那是"文化大革命"搞"串联"的时候去的,很快就回来了。当然,这不影响我父亲写《游子吟》,并将他自己感动得热泪盈眶。

在"写诗写疯了"的那段时间里,我父亲写下《早春三月》《收割之后的田野》《桥》《炊烟》《十月的光荣》《小雨》《枣儿红了》,写下《一个黄昏》《真情永远》《还有一支春天的歌》《麦子的诗》《我的高原》《桥上桥下》……

最多的一天,我父亲写了七首诗。要知道,他还得上课,给学生们讲语文、历史、地理、思想品德。他还得挑水,忙地里的农活儿,批改学生们的作业。那首发表在地区报纸上的诗,给我父亲的骨髓里注入了一些,很不同的,让人兴奋的物质。

> 我不惧怕路的坎坷,
> 也不在意怀中有没有花朵,
> 再大的风,
> 也不会让我变得惆怅,
> 再大的雨,
> 也无法令我感到忧伤。
> 前面没有灯,
> 星星为我照明,
> 就是一个乌云密布的暗夜,

我也会让自己燃亮,

内心的萤火。

(《在风雨中前行》,节选。作者:李金龙。)

7

我的父亲,李老师,是一个乡村诗人。我固执地将它作为每一小节的开始,这份固执多少也来自于我的父亲。我用这句话连接与我父亲相关的记忆,它如同一根火柴,会有瞬间的光亮,借助这瞬间光亮我看见某些构成线索的那些,抓住一点,然后将它一点一点从黑暗中导出来。现在,这根火柴又亮过了,我的手指伸出,将被光亮照亮过的事件抓在手上。这根火柴亮过了,黑暗重新合拢,但我的手上已经有了线索,我小心地将它拉到面前——

抖落其中的灰尘,记忆开始苏醒,有了气息,它在慢慢地复活。

一个旧茶壶。壶嘴上有一道很深的裂痕。壶盖上面有红色的头绳儿,它只剩下短短的一截儿。一张黄褐色的饭桌,它矮小,略显粗笨,上面是用报纸做的棋盘,我父亲画了粗粗的线,木头棋子。它们僵硬,一丝不苟,有些呆板——如果火柴的光还没有熄灭,那就向左,向左就可以照见一块手表,上海牌的,秒针在火柴的光亮里显示了蓝色的荧光,时针和分针略暗一些,它们微红——火柴熄灭之后,一股凉凉的风带着旧日的气息,从我的面前,从黑暗中袭来。那块手表发出嘀嗒的声响。这声响,越来越清晰,清脆,像水纹一样扩展——

我在记忆中抓住的是这块手表,至少是那种嘀嗒声。那块手表是我父亲的,在当时,也是我们家唯一的一件奢侈品,为了这块表,我母亲还和我父亲和我奶奶吵过不止一次架。当然,我们家时常发生这样那样的争吵,我父亲说,我母亲的怀里有一本斗争哲学。听我父亲这么说,我母亲马上跳起来,将碗重重地蹾在桌上:"我不斗争,我不斗争还不让你们卡死!我不斗争,你们有现在的日子?你还说我这个!"我父亲,专心致志地对付着脸前的稀粥,他将脸都藏在碗里。

我父亲想要一块手表。他说上下课要看点儿,不能总是迟到。他的要求在当年是有点过分,要知道,那时我们家日子并不富裕,所以他的要求遭到我母亲坚决的反对。我父亲也有他的固执。他竟然一气之下摔了三碗,而我母亲,二话不说带着我和弟弟回姥姥家去住了。三天之后,我父亲将她接了回来,随后又去奶奶那里把我叫来——我奶奶也跟过来了。

两个女人,矛头对着我父亲,话里有话,指桑骂槐——说着说着两个女人竟然抛开我父亲对骂起来,她们终于丢下伪装,赤膊上阵了——我弟弟哇哇哇哇地哭了,他越哭越激烈,可是奶奶和母亲都没有理会,她们翻动着陈谷子烂芝麻,天昏地暗地争吵着,屋子外面人头攒动,一些脸退出去又有一些脸挤进来。我父亲倒理会我们了,他的双手分别抓住我和我弟弟的耳朵:"滚,滚出去!都给我滚出去!"

争吵的结果是,我父亲有了一块手表。手表是我母亲买的,她将手表轻轻地摔到被上:"买!把钱都花了吧!以后喝西北风吧!啃你娘的猪蹄吧!"

我父亲和槐叔下棋,那块手表就放在桌子上,父亲的左侧,它在一个角落里还是醒目。我的父亲,总爱时不时地拿起来看两眼,他说不能下得太晚,一是早晨得上地看看,二是上课更不能晚了。他的这个动作,可没少受到槐叔的讥笑,但我父亲仍然过一会儿就把手和头伸向他的手表。那种嘀嘀嗒嗒的声音非常美妙,分分秒秒不疾不徐的转动也充满了神奇,但我父亲却不让我们碰他的手表,哪怕轻轻地摸一下也不行。那件奢侈品是他的宝贝。

然而，它却突然丢了。

那天我父亲和槐叔下棋，杀得天昏地暗，体无完肤，即将不欢而散的时候，他突然想到了手表，他突然感觉，好听的嘀嘀嗒嗒的声音早就没了。我父亲，怀着一种强烈的预感向左边探了探头："我，我的手表呢？"我父亲搓着手，"刚才我还看见它了！它，它，怎么就不见了？"

槐叔没有答话。他只是站起来，冷冷地看看我父亲，还沉浸在刚才面红耳赤的争吵中，他的胸中甚至带有轻微的仇恨。他甚至故意带出一点儿幸灾乐祸的样子。

"看见我的手表了吗？"我父亲盯着槐叔的鼻子。"没看见。"槐叔加重了幸灾乐祸，"丢了不会再买新的吗？再说，反正也没有了，又不当吃又不当喝。"

我父亲急了。他丢下了一句重重的话："在这下棋的就我们两个。它肯定在我们俩其中一个人那里。我又不可能偷自己的表。"在这句重重的话中，我父亲又加重了那个"偷"的重量……

后来，我母亲也起来了，我和弟弟也被叫了起来，站在凉凉的风里接受询问。"你们没拿？真的没拿？说实话！"

我们没拿。而槐叔的身上也没有，他为了证明翻过了所有的口袋，甚至还脱掉了上衣。"真是奇怪了。"父亲盯着槐叔的背，仿佛他的屁股上会变出一块手表来。"显显显，这回不显了吧，这回不显了吧！"母亲的声音包含着火药和愤怒，"怎么不把你自己也丢了！"

争吵又来了。那天晚上，满屋子都是我母亲的声音，躲在被窝里即使盖上耳朵，她的声音还是能清晰地传来。

接下来是冷战，他们进进出出都端着一副冷若冰霜的样子，即使坐在同一张饭桌前，就像一对陌生人，应当更甚些，像仇人。他们相互用眼白瞟对方，有意无意地摔摔打打，他们把空气都摔少了，和他们坐在一起我感到窒息。我吃得飞快，我弟弟也是这样，我们几乎是在逃离。

手表的丢失对我父亲来说绝对是一个重创。他被霜打了，他被雨淋了，他被……在那几天里，他的表情就像"m—i—an——兔"事件之后的表情，无精打采，一副落魄且魂不守舍的惨相。每天，他都很晚才回到家里，一言不发地吃饭，然后到小屋里点上灯，咻咻咻咻地撕纸。在那几天里，他没能写出一首完整的诗来，就是陈傻子来找他，他也依旧愁眉苦脸，手表的丢失就像抽走了他的骨骼。那时候，陈傻子正在闹离婚，心里也有一千个不痛快，一万个委屈，他们两个到一起喝酒……

没想到，那块手表竟然失而复得，槐叔将它给送回来了。他说，是他儿子给拿去的，他用的是拿。"我狠狠地揍了他一顿。"槐叔重复了几遍，没有和我父亲下棋，只是站了一会儿就匆匆地走了，我父亲和母亲怎么喊也没留住他。

"我怎么没看到他儿子来？"我父亲自言自语，"不会是孩子偷的。一定不会。"他跟在我母亲后面，我母亲风风火火没有理他。"一定不是孩子偷的！他是来过，我想起来的，可他根本没靠近桌子，一直在他父亲背后，很快就走了……我一定要查个水落石出！"

我父亲满怀热情，斩钉截铁。

自从那次丢表事件发生后，槐叔就很少来我们家了，即使在路上、田间遇到，他也只是客气而虚假地打声招呼，然后走向相反的方向——"手表事件"还是给他留下了阴影。我父亲却不。我父亲热情洋溢地招呼他："晚上去下棋。"如果等不来，我父亲就去他家坐坐，拍拍槐叔儿子的头："长这么高了！快上学了吧！"有时在路上，我父亲还会将匆匆走过的槐叔喊住，拉到家里来："不下棋，这么长的晚上有什么意思！"

我知道，我父亲醉翁之意不在棋，他随手将手表放在桌子上，不再去看它，却一改以往一本正经、把下棋下成"战争"的样子，和槐叔斗贫嘴。只是，很长一段时间槐叔的贫嘴丢了，他不再天文地理正史野史地信口开河，而显得有些木讷、呆板——他有些像我父亲过去下棋时的样子。后来槐叔在锄地的时候，伤了自己的脚，在医院住了半个多月，就是好了之后也没再上我们家来，他对我父亲说，他想出去做点什么买卖，一家子人呢。那时，"经商热"刚刚弥漫到我们那里不久，槐叔应当算是第一批下到水里的鸭子。在当年，那样的鸭子是少数中的少数，多少还受点歧视，可不像现在。当年的许多事许多"理儿"也不像现在。

"肯定是他偷的，他早看上这块表了。你看见没有，你仔细观察过没有，他的脸上带着一股贼气，你看他的眼，你看他那眼眉。"多年之后，我父亲依然认定，手表是槐叔偷的，只是当时有手表的人较少，他不能拿出来显摆，怕露馅，所以才又送回来的。多年之后，槐叔靠鱼粉加工成了当地相当有名的"财主"，我父亲也依然认定，他的钱不会是正当来的，因为他的脸上有贼气。"还不就是靠他那张嘴，一句实话也没有。"再后来，我父亲跟着槐叔去山东石岛拉鱼干、拉羽毛粉，则是许多年之后的事了。

在他的笔记本里，写着一首题为《手表》的诗，不知是不是出于疏忽，那首诗的后面没有日期。按我的推断，它应当写在一九八五年八月之前，因为后面的一首诗是写在八月一日的，我父亲八月一日的那首诗又歌颂了一遍建国。我父亲的那首《手表》，是这样写的：

亮晶晶的秒针,嘀嘀嗒嗒地走,
它的里面藏着一条静静的河流。
从清晨,到夜晚,
从初春,到深秋,
它悄悄地走着,没有一刻停留。

我戴着手表看过花开,
我戴着手表望过雁走。
将它放在枕边一侧,
窗外的树梢上明月如钩。

亮晶晶的秒针,嘀嘀嗒嗒地走,
它的里面藏着一条时间的河流。
岁月匆匆,
时光悠悠,
我要让它时时提醒:
早起吧,耕作吧,劳动吧,
不要碌碌一生,空让光阴白了少年头!

亮晶晶的秒针,嘀嘀嗒嗒地走,
它像一匹快马,在催促我加油,加油……

8

我的父亲，李老师，是一个乡村诗人。他在八三年或者八四年的十月，发表了一首歌颂祖国的诗，那首诗发表在《沧州日报》上。那是一家市级报纸，当时称地区，我们县归属于沧州地区管辖。那首诗，是陈傻子拿去发表的，很长一段时间，陈傻子都以我父亲的"恩人"自居，喝我们家散酒，醉了之后就一边哭，一边唱"朔风吹"，"包龙图打坐在开封府上"。

后来，陈傻子还带着那家报纸的编辑来过我家一次。

对于他们的到来，我父亲显得异常兴奋，他兴奋得几乎有些轻飘，他兴奋得面色红润，两眼含光。"请坐请坐。老师请坐。"我父亲搓了搓自己的手，用他的衣袖擦了擦炕沿，请那个编辑坐下，然后冲着我母亲喊："去，泡茶！去买点好茶叶！把杯子好好刷刷！"他的声音洪亮，充满了热情。

不知道为什么，我父亲的兴奋没能保持到晚上。到现在，我也不知道他们那天中午发生的事情，不知道是什么原因击毁了我父亲的兴奋和热情，将他按倒在沉默里去，无精打采里去。一个愉快的上午，在中午之后突然出现了转折，它实在出人意料，对此，我父亲从来没向我们解释过什么，从来没提。他可不是那种守口如瓶的人，不是，然而我父亲却让那个中午发生的事成了一个谜。至少对我来说，是谜，巨大的谜。不知道我还有没有机会解开它。

那天中午，大概是我父亲的坚持，他们是"去外面"吃的，当时我母亲已开始择菜，并从供销社里买来了鸡蛋和散酒。"我们去外面吃了。"父亲跟她打了个招呼，然后蹲到我母亲面前。我母亲从兜里给他拿钱。一直拿了三次。她的脸上带出了一丝厌烦的表情，有些飘的父亲才站起来，回里屋去招呼陈傻子和那个编辑，一起"去外面"吃饭了。那时候，我们村只在村外有一家小而萧条的饭馆，如果想吃得好就得去"公社"那边，距离我们村有六七里的路程——那天，我父亲是带他们去"公社"那边吃的。

直到傍晚，我父亲才回来，他的脸上、身上满是泥土和污物，眼眶里还有斑斑的血迹。他喝醉了，完完全全地醉了，不省人事地醉了。一路摇摇晃晃。他没有理会我母亲的询问，也没理会我母亲的指责，只是含混地说了声"走了，走了"，便一头倒在炕上，反复了几下，鼾声起来了。他这一睡，睡到了第二天中午。其间我父亲突然坐起来几次，断断续续说了几句梦话、胡话，还骂了一句，然后依然睡去，他的那身充满酒气和其他难闻气味的脏衣服始终没有脱下来。我母亲只用力扒下了他的鞋子。

那一次醉酒，伤到了我父亲的骨头。他有很长的一段时间都没有缓过来。十几天后，陈傻子又来了一次，我父亲似乎还没恢复，他病恹恹地打不起精神。我母亲问陈傻子，那天中午到底发生了什么，他怎么喝成那样。陈傻子斜着眼看了看我父亲："没什么啊，能有什么，就是喝多了，都说胡话吧。这不是经常的事吗，这有什么。"

我父亲推说身体没缓过来，闻不得酒味儿，那天中午一口没喝。因此，陈傻子喝得没滋没味儿，他没有喝多，既没有"朔风吹"也没有掉眼泪。临走的时候他对我父亲说："你不能把什么事都当真，没意思。很没意思。"

而我父亲，给了他一个复杂的背影。后来，陈傻子来我家来得少了，在一段时间里，他和我父亲断了联系。有一次，我母亲问及陈傻子，父亲喃喃地说，他现在挺忙，在排一个地方戏。而他正在闹离婚，没心思。他也许还如何如何……我父亲说那些的时候是乏力的，而我母亲进进出出,根本没听进去。她只是随口问问而已。

可我父亲是认真的,他盯着她进进出出的背影。说实话,我父亲的解释苍白无力,他可能,他肯定说服不了自己。

9

我的父亲,李老师,是一个乡村诗人。我在写关于他经历的小说,一个乡村诗人的生活札记,我将这篇小说当成是放置在他身侧的一面镜子。正像镜子所能做出的反映:我会保证部分的真实,但镜子里的事与物往往与现实中的"左右相反"。

我的父亲,李老师,是一个乡村诗人。我向你保证,我说的是事实,完完全全的事实。我不能让前提虚假,那可不是我习惯的做法。像镜子所能做出的反映,它不会面面俱到,它不会将整个空间的全部都纳入它的视野,这也是我必须要遵守的局限。尽管我很想描写一个完整而立体的父亲,甚至描写他所经历的时代并让它显得完整丰厚,成为一本小型的百科全书——这不是我能做的,它也不是小说应该做的。我必须遵守它的局限,在繁乱和荒杂中,在众多砂砾一样的时间和日常中,进行一些选择。

> 那片故乡的草地
> 我们曾经去过
> 那里有棵槐树
> 你也一定记得
> 山坡上放耕牛
> 能不能叫出它主人的名字

河水边的苇荡

　　我们在那里抓过小鱼儿

　　飘扬的苇花肯定都不记得……

这是他笔记本上的一首诗，本来是有题目的，然而那页纸遭到了污损，上面是一些黑褐色的斑点。写下这首诗的日期是一个九月，我记不起，那个九月还发生了一些什么。

　　那是一条
　　真实的路程

　　上面——
　　通向天堂

　　起点——
　　粗茶淡饭的人生

《炊烟》。我父亲在这首诗的后面附了一段长长的后记，记下这首诗灵感的获得和创作过程，甚至对它还进行了点评——看得出，我父亲对这首诗比较满意。后来，我父亲在一次讲课的时候，还提到了它，因为好记，他的学生们对他的这首诗印象深刻："起点——粗茶淡饭的人生"——它让我父亲很有面子。虽然，他没有将这首诗抄写到教室后面的黑板上。我说过，自从那次听课他闹出"m—i—an——兔"的笑话之后，我父亲就从未在黑板上抄录过任何一首诗。

　　写下《炊烟》这首诗的时候，其实是我父亲的一个低潮期。在他的诗中,你很难读出他当时的心境来。我说过,在我父亲和槐叔下棋,争得面红耳赤、不欢而散之后,他写下的诗句依然是明快的,"向上"的,甚至带着欢乐——

写下《炊烟》时,我父亲处在一个低潮,这点我能看得出来。槐叔不再来下棋,而陈傻子也不再来谈诗喝酒"朔风吹",我父亲的日子空空落落,缺少生气。而那时,傍晚又显得那么漫长,吃过晚饭之后的时间,星期天的时间,农闲的时间那么难以打发,我父亲只得面对一页页的白纸,将它们一页页地撕下来。

上面,也许只有一个名字,两个字。灵感不总是有的。

或许是为了打发那么多那么多的空闲时间,在我母亲眼里好吃懒做的父亲开始到河沿上打草,有时会抓几只蚂蚱给我弟弟带回来。他买了网。星期天,他早早地叫醒我,到河边撒网捕鱼,我父亲捕鱼很卖力气,每撒一网都咬牙切齿一会儿,突出的门牙露在外面。对我来说,那可是一件苦差事,提着装鱼的水桶,一步步跟着,还得去择挂在渔网上的水草、线绳、小砖头、生锈的铁块儿……我父亲并不爱吃鱼。他将抓来的鱼用刀剁碎,喂鸡或者鸭子。

有段时间,我父亲迷上了编粪筐。在我的小说《那支长枪》中曾描述过这个细节,他总是相当笨拙地把粪筐编得歪歪扭扭,丑陋无比。我父亲不是一个好农民,不是,一直都不是。我母亲说,要让我父亲一个人过,要让我父亲不教书不拿那份可怜的工资,他肯定早饿死了,用我母亲的话就是,"吃屎你也赶不上热的"。在对我父亲的评判上,我母亲和我奶奶倒是意见一致——她们很少意见一致。

我的父亲,伸着他笨拙的手,费劲地摆弄着那些柳条儿,它们往往不听使唤。一个丑陋的、张牙舞爪的粪筐编好了,我父亲直腰站起来,上下看上几眼,然后伸出他的大脚,用力地踢去——在粪筐散开之前，重新成为一堆柳条之前，我父亲会将这只勉强还算粪筐的东西拾起，丢到一个角落里。在那段我父亲的低潮期，他编了大约十几个粪筐，最终这些粪筐都没有装过草，装过粪。我打草的时候会去二栓子家借，而我父亲，使用的也是买来的那个旧粪筐，他也从没用过自己编的。最后，那些难看的粪筐都被我母亲拆了塞进了灶膛，成了灰烬。

小村之恋

在梦海里游动的小村，
小得，像一只，
刚刚露出尾巴的蝌蚪。
我随着这只蝌蚪，
在童年里快乐地游啊游。
早晨的阳光，
请不要打扰我的梦，
不要将这只蝌蚪粗暴地，
赶走——
我对小村的爱恋还没有说完，
我在童年的河水里，
还没有游够。

我得透露一点儿，在写这首诗之前，我父亲迷恋上了打麻将。因为这个迷恋，我母亲和他有过多次的争吵，甚至让我叫来了我奶奶，甚至当着我奶奶的面，她将桌子上的所有饭碗都高高举起，摔得粉碎——写这首诗的时候，我父亲差不多，已经是一个标准的赌徒。

说实话，我父亲是一个不受欢迎的赌徒，在赌桌上，他可没赢得什么好名声。他太斤斤计较。他经不起输，一输了就脸红脖子粗，使劲摔牌，"苍蝇飞都碍事儿"。他会因为一毛两毛，和某个老头儿老太太争吵起来，一副斗鸡的样子。"还人民教师呢，还诗人呢，呸！"我父亲听不得这个。于是，争吵会更加激烈，然后是不欢而散。一次争吵之后，我父亲会有几天不去打牌。他放学之后，批改完作业，就歪在炕头上，哗哗哗哗地翻报纸。成了赌徒之后的父亲夜晚更难熬了，有时他还会坐在方桌前面，准备好墨水、纸、笔，然而很少能写出什么来。

不去打麻将，会让我父亲的脾气变得暴躁不安，可我母亲并不理会这些。她时不时话中有话，指桑骂槐地讽刺他一下，那时我母亲的肚子里也有没处撒的火儿，她和我奶奶因为养蜂因为蜂蜜正在较劲。抛出一句，我父亲背过身去，哗哗哗哗翻动报纸。再抛出一句，他依然背对着她，哗哗哗哗地翻着。三句。四句。我父亲侧一下身，直一直脖子："你有完没完，滚一边去！"

我母亲，从来就不肯当什么省油的灯。

几天过去，空空落落的父亲手就痒了，其实他的心早在几天前就痒了。他借口上厕所，借口去谁谁谁家家访，说那个孩子没有请假也没来上学，借口去找什么东西问什么事，从家里溜走直奔麻将桌而去。在麻将桌前，我的父亲有点儿奴颜婢膝，他努力讨好着面前的每一人，可在那些老头儿老太太那里，上一次的争吵和不欢而散是不容易忘却的，他们有着比我父亲坚硬得多的记性。如果早凑够了四个人，他们就目中无人地做下去，全然不顾我父亲伸长的脖子，突出的门牙，蠢蠢欲动的样子，四个人的精力全部放在哗啦作响的麻将上，一点儿的注意也不分给我父亲。如果是三个人，缺一个，而我父亲恰巧又在，早于第四个人到来，他们东拉西扯，不去接我父亲抛出的绣球，对他打四圈儿的提议无动于衷，直到第四个人到来。第四个人一来，老头儿老太太们立刻行动，搬桌子、拿麻将、点蜡烛，把我父亲狠狠地晾在一边。

我父亲是一个要面子的人。他的牙开始隐隐作痛，他还得装出一副若无其事的样子，看上几把，然后找个借口离开，一路回家。他发誓，再也不去打麻将了，再也不去了！他做出痛改前非的样子给我母亲看。我母亲，用她的鼻孔重重地"哼"上一声："狗还能改得了吃屎？"

"你看改得了改不了！"父亲信誓旦旦，并不在意我母亲的比喻，他被当成是一条狗。

事实上，我父亲多次发誓，又多次违背，他没能戒掉打麻将，如果不是有一次被抓赌的公安给带到县城的话。三缺一，那些老头儿老太太实在找不到第四个人，我父亲就又有了用场。他说不去。可他的腿，已经开始挪动。他说，你们要不再找个人，看看？

"又去吃屎？"我母亲冷冷地问。她叫住我父亲向外挪动的腿。"我，我……"我父亲找一个明显属于谎言的理由，然后转个圈儿，明左实右，快速地溜走，一路烟尘。

10

我的父亲，李老师，是一个乡村诗人。他把自己的诗，用一种加入了许多花哨、枝杈的楷体抄写在笔记本上。他有许多的笔记本，它们被他精心地保存下来，这些旧笔记本散发着一股混合的旧气息。

我的父亲,李老师,是一个乡村诗人。他的身上也带有一股旧气息,他的学生们对此也印象深刻。他们也许感觉,我父亲正在发霉,像某些老人那样,早早地发霉。年轻时我父亲可不是这样,他参加红卫兵,去山东等地搞串联。他承认,那种花哨的楷体是从大字报上学来的。据我姥姥说,因为分别属于不同的战斗队,我父亲和我二姨在家里争吵,相互投掷枕头,几年的时间都相互仇视,不再说话。我父亲的旧气息是在什么时候得来的?难道是,因为他爱出汗却不愿意洗澡的缘故?

我的父亲,李老师,是一个乡村诗人。他的诗曾在《沧州日报》上发表过。他在课上,讲出了一个"m—i—an——兔"的笑话,后来他否认这个笑话出在他的身上。但那堂让他尴尬的语文课后,我父亲再没有将自己的诗抄写到黑板上,一次都没有。但他依然是个诗人,在油灯下,蜡烛下,后来的电灯下写诗。他在一大堆被撕下来的纸里写诗,那些被他丢弃的纸上有时只有一个字,两个字。

后来,我也开始写诗,他对我的诗作往往不屑一顾,嗤之以鼻,进而对我的写诗表示了不屑。他说我是走火入魔。前些年,他称我是"满清遗少",后来则把我看成是"洋买办"。我父亲和我,既没见过满清遗少,也没见过任何一个洋买办,当然这不影响他这样称呼我,适时地给我一些打击。当过红卫兵的父亲,烧毁过家谱、砸过孔庙的父亲,进入老年之后在村上的红白理事会里谋了一个职,用他花哨的楷体书写,显考讳诚山我府君得年八十岁痛于丙戌年十月二日寅时病故卜于十月初六日开吊初八晨送路午时发引候吊唁泣讣候莅……他使用繁体,并取消了标点。

我的父亲,李老师,是一个乡村诗人。留级到我们班的豆子曾是他的学生,后来,豆子成了十里八村赫赫有名的人物,偷过盗,伤过人,被判过刑,现在有了自己的车和公司,还有四个保镖。他曾是我父亲嘴里的反面典型,后来豆子被放出来,带着他的一些弟子找过我父亲一次,豆子便从我父亲的嘴里消失了。但我父亲却被豆子挂在嘴上。他给他的兄弟、保镖、客户,反复地讲"m—i—an——兔",他们乐得前仰后合,后来听多了,不可笑了,但他们依然前仰后合。他们不能让豆子不高兴。

我的父亲,李老师,是一个乡村诗人。他写下了许许多多的诗行,这些诗被抄录到笔记本上。那些诗很少获得发表,虽然我父亲一直锲而不舍地投稿。我的父亲,还是一个农民,他在充当农民的时候常常遭到其他人的嘲笑。他把自己的田种得草盛豆苗稀,他在收割、锄地时的样子被同村的"不怕老虎"夸张地表演过几次,后来他的学生,以及村里更小的孩子都学会了那种表演。也许我父亲原本就不适合当农民,他本是一个诗人的坯子,却投错了胎,生在了一个农民的家里。我父亲还当过民办教师,他的学生们至今对他印象深刻。

我的父亲,李老师,是一个乡村诗人……他不太会打理诗歌以外的生活。为此,他可没少被我母亲斥责,至少是指桑骂槐,在那些时候,他就丢掉了耳朵,用一本书或者一张报纸遮住半张脸,翻来覆去地看。他不太会打理诗歌以外的生活,当我母亲和我奶奶发生争吵的时候,他常常变得木讷,手足无措。不只是如此……他不太会打理诗歌以外的生活。他缺少真正的朋友,一直如此,无论下棋、打麻将、打扑克,他都不受欢迎,他不太会打理诗歌以外的生活。

我看见我父亲哭泣时的情景……他在黑暗处哭着,张着嘴,突出的门牙显得更为突出……等他收住哭声,从黑暗里站起,我发现他的眼睛里是干涸的。

我的父亲,李老师,是一个乡村诗人。有时他显得固执,自以为是。我和弟弟，经常因为种种不明的原因遭到他的暴打，在打我们的时候，他有使不完的力气。后来，我母亲养了十几只鸡。他的注意力被转移了，我父亲，经常追得它们鸡飞狗跳，最后将它们追成了三只。那三只鸡，有两只公鸡，它们有超常的警觉，有良好的飞翔能力。

我的父亲，李老师，是一个乡村诗人。我看到他哭泣时的情景，那时他喝醉了。不，我看到他哭泣时，他一口酒也没喝过。他是在说谎。有时，我知道他在说谎，但要装出一副不知道的样子。我父亲说，做人，必须要诚实。这"人"字只有一撇一捺，却要你写一生，这一撇一捺得一丝不苟地写，不能有一丝的马虎。

我的父亲，李老师，是一个乡村诗人。在我母亲眼里，他是一个好吃懒做的人，一个拾不起来放不下的人，一个废人，一个什么事也做不来做不好却满身毛病的人；他是一个多余的人，一个被坏习惯堆起的人，一个让人看见就气不打一处来的人，一个野心家，一个给孩子们总树立坏榜样的人。当然，有时，在我母亲那里，我父亲又会是另一副样子，他是一个聪明的有才气的人，勤奋的人，顾家的人，乐于奉献的人，一个有爱心的诚实的人。我父亲是一个什么样的人呢？

我的父亲，李老师，是一个乡村诗人。

……这是一个额外的章节，快板式的章节，在这篇《乡村诗人札记》中，它是一个楔子。它溢出了我的叙述，但我不准备将它删除。写下这一章时，我感觉放松，轻逸，同时觉得有趣。

11

我的父亲，李老师，是一个乡村诗人。在诗歌中，他把自己想象成一个顶天立地的英雄，这个英雄"壮志饥餐胡虏肉，笑谈渴饮匈奴

血",面对敌人的屠刀也依然视死如归:

  我的目光是一把火炬
  我的头发是猎猎作响的旌旗
  束缚我手脚的铁链算得了什么
  它只能增加我人生的重量

  用富贵引诱我
  你们引出的只是微微的冷笑
  用死亡威胁我
  除了冷笑,你们什么也不会得到!
  好吧,就挥动皮鞭吧
  你会再一次看到
  我血液里那种鲜红而干净的颜色

  生命的美好
  我比你们更加懂得
  但
  活着的尊严
  如果必须用死来捍卫
  那,就交给我死亡!
  你们错了,早就错了
  黎明的到来会吞掉你们的妄想
  而我,在火焰中的生命
  会在阳光的映照下获得

永生
....

  这首《无题》诗，我不知道父亲是在什么情况下写出来的，说实话在我和所有人眼里，他都不能算是英雄，肯定不是。重读这首诗，我偶然将它和我弟弟联系在一起，我记起的，是他和豆子之间的一场"战争"。时光回流二十三年，那时我弟弟九岁，豆子十五。因为年代显得久远，我不知道我父亲是不是还记得我弟弟的那场恶战以及辉煌，然而我却清楚地记得。读到这首诗，我弟弟李博当年的"英勇"形象悄悄地浮出了水面。在另一篇小说《英雄的挽歌》中，我曾写到过我弟弟的英勇，只是，我用另一个莫须有的名字替代了豆子。现在，我将我弟弟和豆子之间的"战争"完全复原，我弟弟不用再和一个莫须有的名字作战了。

  说实话，到现在为止，我也不知道豆子为何死死逮住我父亲的种种"笑话"不放，在那个年月，乡村的民办教师们谁没闹过这样那样的笑话？是不是，我父亲在充当他老师的时候因为某事刺伤了他，让他一直怀恨在心？后来，我问过我父亲，他很郑重地想了想，没有。绝对没有。不过我想，我父亲不喜欢这个豆子倒是真的，他不学习，总是捣乱，欺侮同学，什么老师也不太可能喜欢这样的孩子。

  那天上午，我弟弟李博，九岁的、一米三一的、六十七斤的李博和十五岁的、一米七一的、体重一百一十五斤的豆子打了一架。"战争"是豆子引起的，他对父亲的嘲笑激怒了李博。如果不是激怒，我想我弟弟是不敢和豆子去打架的，他不是傻子，他当然知道年龄、身高、体重都意味着什么。

  那天上午我弟弟李博和豆子一同走进了厕所。豆子解完手后并没有马上出去,而是盯着我弟弟看了两眼,"m—i—an——兔","m—i—an——兔",我弟弟低着头,装作没听见似的,装作不敢理会似的,系好裤子,然后依旧低着头,从豆子身边走过去——突然,他转身,跳起,出拳,那凶狠的拳头带着呼啸砸到豆子的脸上。毫无准备的豆子,他"啊"了一声,猛地向后倒去……

那场战斗一直持续了一个多小时。我的弟弟,李博,一次次被打倒,他脸上身上满是血迹和泥痕,可他又一次次爬起来,扑上去,我弟弟的死缠烂打惹恼了豆子,他的拳头朝着我弟弟的脸上、身上砸去,我弟弟的眼角肿了,鼻血喷流不止,两颗牙掉了下来,最后他左手食指的指甲也被豆子踩掉了……然而他没有丝毫懦弱。他寻找一切可以拿在手上的东西朝豆子的身上砸,一块砖头,一根木棍,甚至破塑料袋……最后我弟弟找到的是一个丢在路边的空敌敌畏瓶子。他抓住了它,紧紧地。瓶子在豆子头上发出一声脆响,他"啊"了一声蹲下去,血从他的头上涌出来——但我弟弟并没有就此罢手。那个已破碎的敌敌畏瓶子参差的玻璃又插在了豆子的手背上。就在我弟弟准备再把破瓶子插向豆子的身体时,豆子跳了起来,飞快地朝着他家的方向跑去。许多人,都目睹了这样的一幕:高大而壮硕的豆子,在前面抱头鼠窜,而瘦弱的李博,满身血迹和泥污的李博在后边奋力追赶着,破碎的空瓶子在他手上像一面挥动的旗帜……

此后很长一段时间,豆子放弃了他在讲台上的那种表演,他不再模仿我父亲,盯着我看时使用的是一副恶狠狠的模样,他会盯得我骨头发冷。然而他在和我弟弟的战争之后并没有对我进行报复,没有,一次也没有。他只是冷冷地盯着我看。

当然,多年之后,我想我的弟弟李博也许已经忘记了那场战争,那对他是遥远的,上辈子的,不可信的。我的弟弟李博,最终成了一个懦弱的人，谨小慎微的人，树叶落下来也怕砸破头的人。我父亲瞧不上他和豆子打架时的那个样子，也瞧不上他现在的这个样子。虽然，我和我弟弟的懦弱出自他的遗传。

许多年来，我都在偷偷地设想，我父亲能和别人痛快地打上一架，虽败犹荣地打上一架，毫不退缩，毫不畏惧……然而从来没有，他和我母亲之间的争吵也总是以他的妥协而告终。在我父亲的词典上，实用的词典上，从来就没有"勇往直前""寸土必争"之类的词儿。他另外的词典上有，他用另外的词典写诗：

> 即使后边是刺刀，即使前面是悬崖
> 即使！敌人已经远远追来
> 此时此刻
> 我没有想自己的生，自己的死
> 只要我的胸中还有鲜血
> 我就要射出这最后的子弹！
> ——《题狼牙山五壮士》

> 高，飞得更高，更高
> 高过树丛、山峦，甚至云朵
> 寒冷和危险都不能逼我退缩！
> 我用我全部的力量
> 勇敢地，去接近蓝天
> ——《雄鹰颂》

> 把我的血晒干

它会变成晶莹的珍珠

把我的肉埋葬

它会从地下，长出一株苗壮的树

即便，砸碎我的骨头

在祖国的山河里

它变成鱼，变成鹰，变成……

昂着头，它依然不肯服输！

　　　　　——《无名战士》

12

我的父亲，李老师，是一个乡村诗人。他先后有两首诗发表在《沧州日报》上。这件事，我知道，我弟弟知道，我母亲知道，我们村的许多人也知道——当然，我们村小学的校长知道，老师们知道，我父亲的学生们知道。后来，据说我们公社的一个副书记也知道了，他还与我父亲一起现场朗诵了他的诗作——

这是我父亲说的。说这些的时候他已经醉了，冲着我母亲、我、我弟弟，一个劲儿地笑，把眼睛都挤没了，却把他的门牙给挤了出来。

"书记说我的诗好。好。"他拍拍我的头。他拍得还是挺重的。

"书记说，我是个人物。我的诗写得好。好。"他又拍了拍我弟弟的头，看来他拍得痛了，我弟弟竟然推开了他的手。他也不恼，依旧笑眯眯的。

"书记说我的诗好。好。"他又去拍我母亲的头。"你有完没完！"母亲喝止了他，躲开了他的手，让他的手僵在那里，扑空了。"你去跟书记过去吧，跟你的诗过去吧。人才，哼，狗屁！"

我父亲，依然不恼。他喝醉了，笑嘻嘻的。

"书记的夸赞"让我父亲兴奋了好多天，甚至，有人来叫他打麻将他都不去了。"我还有事，我，构思了一首诗。"我父亲的回答出人意料。不是说他要写诗出人意料，而是，他竟然肯放弃打麻将的机会。我父亲躲在屋子里，面对鸵鸟牌墨水、英雄笔（这是他第一次发表诗稿后买的）、在供销社买来的略显粗糙的白纸、笔记本（每完成一首完整的诗，父亲都会用到它），皱起眉头，一副冥思苦想的样子。

然而，"书记的夸赞"最终，怎么说呢，我母亲使用着策略的方法，最终从校长嘴里得到了真相。我猜测，我母亲的求证，小心翼翼的求证是带着一种显摆的心情去的，然而她遭到的却是一盆冷水。我母亲，把这盆冷水放了起来，藏在了心里。要不是后来我父亲参加了陈傻子他们组织的"晨光诗社"，要不是我父亲闹出了笑话引发了他和我母亲的热战冷战，也许我母亲会把这盆冷水藏着，慢慢温热，不再倒出来。可是冷战热战混合战打了起来。于是，我母亲端起这盆冷水，向父亲的头上泼去。她在里面加入了大块大块的冰。

所谓"副书记"是根本不存在的，那天的酒宴根本没有什么副书记到场，最大的"官儿"也就是公社办公室主任。酒是校长请的，我母亲说，那个场合之所以让我父亲参加是因为校长把我父亲当成是一块活宝，而那天学校里又没其他人在。（我父亲对此说法非常愤怒。你，你在侮辱我的人格！我母亲用鼻子"哼"了一声算作回答，然后继续刚才的话题。）事实上，我父亲也确实起到了活宝的作用。当酒喝得差不多了，校长感觉不好招架，于是他就把我父亲抛了出来：李金龙可是我们学校的才子。他还会写诗呢，要不，让他给大家现场朗诵首诗，调调气氛？说好了，你们得先和诗人喝酒！我们的诗人可是轻易不登台的！（我父亲拍了一下桌子，你你你，净胡说八道！）

我父亲站了起来。其他人还在喧嚷、喝酒。我父亲先推三阻四，见没人搭茬，便自己找个台阶，开始了他的朗诵。据我母亲说，她问校长，我父亲朗诵的是什么。你猜校长是怎么说的？——谁知道他朗诵的是什么。那时我们光喝酒了，都喝高了，没注意。反正他读诗了。乱七八糟的听不清楚。（你、你净胡说八道！在你眼里我就不是个人！一天不糟改我你就难受！我父亲一边说着一边对我母亲怒目而视，那时我真希望他和我母亲浩浩荡荡地打一架，他应当有战胜我母亲的力气。那时我在想，不管我父亲对与错，我都会坚定地站在他一边。然而，很快，他就在我母亲同样的怒目而视之下败下阵来，把目光转向别处。）

"好气不养家。别总想什么事你都占上风，总这样，吃亏就是你自己。放远一点，十年之后，十五年之后，那些惹你生气的人在干什么？他还能让你生气吗？"

13

朋友，一路读到这里，你是否感到有些疲惫？在我的《乡村诗人札记》里，没有悬念丛生的故事，没有钩心斗角的斗争，没有凶杀也没有绯闻，甚至也没有底层的控诉……是的，没有，对此我也感到抱歉。更应当抱歉的是我父亲，谁让他生活得如此平庸，什么事件也不会制造……好了，算是某种补偿，我将在这一章节写下我父亲的绯闻。不过，它肯定不是你想要的那种。当然，我将你当成是我小说的理想读者，阅读这篇小说你就没期待凶杀、绯闻和离奇的出现——那样，我的歉疚就会少些。

在这一章里，我集中说与我父亲相关的绯闻……

我父亲的第一桩绯闻是与小学的一位女教师，按辈分，我应当叫她瘸巴嫂子——她不瘸，但她嫁的是我的瘸巴二哥，事实上，我的那个远房二哥也不瘸，他两条腿都好好的，可不知怎么得了这样一个外号。所谓绯闻，其实也没有真正绯闻的意思，只是我母亲的凭空猜测。如果我父亲在学校批改作业回家晚点，她就会问瘸巴在不在；如果我父亲去二哥家串门，我母亲就咬定，肯定是找瘸巴家的去了。"你一翘尾巴我就知道你拉什么屎。"我父亲争辩，他和二哥净说了些啥。"是啊，要不是瘸巴老二在，你还不知道要干什么呢，还不反了你。"这桩绯闻最终查无实据，不了了之，但我母亲总是时不时拾出来敲打，我父亲也极为认真地争辩。据我所知，我父亲和瘸巴嫂子之间的关系并不很近，我父亲偶尔找她说句什么她也不抬眼皮，一副不屑的样子，很伤人自尊。瘸巴二嫂是村上有名的美人儿，在生了两个孩子之后就变了样子，肥硕无比，可那股傲气却一点儿没丢。

父亲的第二桩绯闻是因为一双皮鞋。那时，我父亲刚刚发表第二首诗歌不久，而且这次是他自己投稿被选中的，好面子好虚荣的他非要买一双皮鞋。后来他也认真买了。"你知道吗？真凑巧！卖鞋的那个人是我一个学生的姐姐！她还知道我写诗！这双鞋，她少要了我两块四毛钱！"是啊，在二十世纪八十年代，两块四毛钱不算很少，可我父亲反复地说，而且总夸那个卖鞋的人，母亲的心理便生了许多的草。后来我的父亲，借口询问皮鞋的护理又去了供销社的鞋柜，这事儿竟然被我母亲知道了。于是有了冷战，指桑骂槐，热战，然后又是冷战。我的母亲善于敲敲打打，她和我奶奶之间也常常这样，她有充足的经验，功夫老到。在她的敲打下，我父亲再没找过那个卖鞋的人，不仅如此，买盐买醋买酒买袜子他都不再去了，坚决不去，就是我母亲催促也不去，他有一两年的时间没再进供销社的门。那时，小卖部和私人小商店还很少，而且得不到信任。"你不知道那个卖鞋的有多难看。一双小贼眼，一脸的哭相，还满是麻子！"这是我母亲的话，她不知什么原因和我奶奶谈到了那个卖鞋的女人，说这些的时候她的声音加大了分贝。我父亲没听见，他坐在两个人之间，专心对付着碗里的稀粥。我在买酒的时候偷偷看过在鞋柜那里站柜台的女人，她不漂亮，肤色也浅，但没有我母亲说得难看。在我父亲出现了第三桩绯闻之后，她便被我母亲忽略掉了，当然忽略得并不彻底。她把我父亲的那双皮鞋东一只西一只地丢，还故意放在阳光下面暴晒，对着鞋子敲敲打打——我父亲装作没有看见。他装作，那不是他的鞋子，那不是鞋子，不是花钱买来的，而是一堆没有用处的牛粪。以他的性格，除了视而不见他还能做什么？

下面，我来说我父亲的第三桩绯闻。它出现在一个热还没有散去，依然有着"老虎"模样的秋天。那个秋天，我父亲突然又和陈傻子取得了联系，并且重新打得火热，陈傻子又出现在我父亲口中。陈傻子在县里筹办了一个"晨光诗社"，已有十七八位社员，而我父亲是"晨光诗社"唯一一位家不在县城的社员。"他们都是县直的，都是。"我父亲的脸上闪烁着光泽，在他的脸上很少出现的光泽，他甚至反复地搓着手，仿佛这个巨大的荣耀来得太过突然，他一时还担不起似的。"我儿子还是社员呢，他也是社员啊，这有什么了不起？"我母亲说。话虽这么说，可她的脸上还是荡漾了一丝的笑容。"你不是说，不再理陈傻子了吗？你不是说，不再和这个陈世美接近了吗？"

那个秋天，星期日的早晨，我父亲收拾好他的诗稿、笔记本、墨水和一些乱七八糟的东西，然后整理一下自己的旧衣服，穿好皮鞋，兴致勃勃地上路。咣咣当当的自行车是欢快的，虽然它非常破旧。在那个秋天，我父亲甚至肯俯下身子，用旧报纸、破布去擦净自行车辐条上的灰尘和锈迹,我母亲说太阳从西边出来了。是的,我父亲的这个举动也出乎我的意料,他很少这样,很少会主动地干什么活儿。

下午三点,那辆欢快的自行车又哐哐当当地回来,回到家里,我父亲身上的剩余欢快还没有完全散尽,如果那时我和弟弟都没在学习,他也不恼,只是表示一下他的威严:"快写作业!光知道玩!"要知道,在以前他可不这样。他以前,有着永远发不完的怒气,有着层出不穷的厌烦。

然而好景不长,对我父亲来说好景总是不长:他在秋风转凉的时候就不再去县城了,不再去诗社了,那辆破旧自行车的欢快也跟着生锈了。我父亲说,陈傻子又闹离婚了,诗社的活动也受到了影响。我父亲说,秋收了,地里的活儿太多,他没时间去。

大概是这样。在那段时间里,我父亲并没中断他的写诗。他似乎爱上了短诗,他有意把诗写得很短,在那段时间。

火柴

划破黑暗
燃烧自己——
给别人的光亮,都来自于他的骨骼。

秋收即景

无论是男人、女人、老人、孩子
在秋收的田野上都多么奔忙!
拖拉机,马和牛,它们也没有空闲

黄昏之前，那些收成一定要颗粒归仓

只有那些麻雀是空闲的
可它们也被丰收感染，从一棵树
叽叽喳喳地，跳到另一棵树上
…………

我父亲不再去县城，陈傻子却来了，他还破天荒地给我父亲提了两瓶酒——"十里香"。似乎是，我父亲对他的到来有些意外，也有些尴尬，好在这一切都很快过去了，两个人又开始读诗歌，聊文学，一个口若悬河，一个频频点头。中午了。我父亲似乎没有留陈傻子的意思，留他吃饭是我母亲提议的，然后我父亲附和，他的附和里有让人听得出来的勉强。而陈傻子还是留下来了。

一杯，一杯。我父亲有意控制着酒量，他说咱们今天只喝一瓶儿，我地里有活儿。一杯，一杯。陈傻子指着剩下的那瓶酒：我的馋虫上来了，它还想再喝两杯。金龙，别总想着地里的活儿，待会儿我帮你干，要知道我在农村时干农活可是一把好手！

第二瓶酒见底了。第二瓶，我父亲抢着多喝了好几杯，然而陈傻子还是显出了醉态。"那事儿你别往心里去！下周还是去诗社！去，一定要去！"

我的父亲脸上挂着汗水。他极力想岔开话题，然而微醉的陈傻子却和那个话题黏在了一起，那个话题似乎有很强的磁性。"你别搭理她就是了。她就是这样个人，和县里市里好几个写诗的，都不清不白。这事儿我都知道。"

汗水。父亲脸上的汗水越来越多。父亲谈天气，今年的收成，学校里的趣闻,然而刚刚被拉开一条缝隙,陈傻子又被那个话题吸了回去:"那事你别往心里去!就是那么个人!"陈傻子很诡异地笑了笑,他挂着那样的笑容凑近我父亲的脸:"我当时真没看出来。我真,真想不到,你小子怎么就看上她了呢?"

"瞎,瞎说什么,"我父亲的脸色变了,他冲着陈傻子用力地使着眼色,"你,你又喝多了。对了,上次去找你的是不是你老婆?我觉得她可不像你说的那样。"

"看上谁了?是一个什么人啊?"我母亲凑过来了。她把我父亲挤到了一边。"我,我谁也没看上,"陈傻子还是笑嘻嘻的,"我看上我老婆了,可她看不上我。"

"别装傻充愣了,陈世美。你刚才的话我可听见了,都听见了。"我母亲坐下来,她非常冷静地拿起我父亲的筷子,将它伸向花生米。她竟然把陈傻子叫成了陈世美——在陈傻子面前,这可是第一次。

"谁是陈世美?"陈傻子马上一脸委屈,"我怎么陈世美了?我可是什么错也没犯过!"陈傻子一脸委屈,他的眼眶里竟然有了转动的泪水。"你怎么能这样说陈大哥啊!"我父亲插话,"离婚可不是陈大哥提的!你不知道陈大哥现在多不容易!……"

"说吧。你不说我也能弄清楚,不如你说了算了。"我母亲平静地看着陈傻子,然后回过了头:"上一边去!"这话是对我父亲说的。

后来,我母亲最终还是查明了事情的前因后果。在"晨光诗社",有一个叫林尧萍的社员,是诗社的女性中最漂亮最有人缘的一个。我父亲也愿意找她说话,读一读诗歌什么的。据说,我听到的是据我母亲说的,是依据她只言片语、指桑骂槐中整理之后的结果:我父亲后来借口请林尧萍指导,而塞给了她一首肉麻的情诗。林尧萍开始并没理我父亲,然而不知天高地厚、癞蛤蟆想吃天鹅肉、麻苍蝇专找绿豆蝇（这是我母亲给的定语）的他依然热情洋溢，于是林尧萍急了，当着诗社众社员的面，将我父亲的情诗丢到了他的脸上。

"这都是造谣，"我父亲辩解，"诗社成员都相互传看别人的诗稿，都这样。那首诗怎么传来传去传成情诗了？根本不是！"我父亲辩解，那只是一首写秋天芦苇的诗，而且这首诗在传到她手上时已在陈傻子、王一光他们那里传过了，"也许是我的诗中有随风摆荡一类的词，她以为我讽刺她水性杨花，就恼了。"我父亲说，这个林尧萍精神有问题，神经兮兮的，总以为别人都对她有多大的好感，别人看她一眼她就立即认定别人对她想入非非，没安好心。如果我父亲看过荣格、弗洛伊德的心理学，一定会让自己的辩解更有依据，然而他到现在除了马克思、高尔基、普希金的少数文章之外，对其他外国人的书一律抱有敌意，甚至是偏见。当然，他对朦胧诗以及其后的诗歌也抱有偏见，我从来没有尝试要说服他。

"哎呀，你可真冤。都冤出水来了。应当六月里下雪啊，它咋就不下呢。"我母亲冷冷地回应道。我们家的新一轮热战冷战混合战又开始了。我父亲被赶到小屋里孤立了起来，他只在吃饭的时候露一露面。而我母亲，她在我和李博的面前扮演了一个饱受委屈的角色，她的扮演有些僵硬，坚硬。

14

我的父亲，李老师，是一个乡村诗人。他写过许许多多的诗，大多数都没有发表过。直到现在，他还偶尔写上一首两首，将它们抄录到笔记本里，他依然使用那种显得花哨的楷体。我父亲，对写诗的热情已经淡了下去，现在写诗只是偶尔，一年写不了一两首——在他那里,对诗歌的热和冷有一个明显的界限,这点我们全家人都清楚。那是二十世纪八十年代末的一个年关。在春节过后,我父亲就很少再去写诗了,他甚至不愿再碰墨水、书籍以及纸片。

那时候,我父亲正在遭受着一系列的挫败,真的,是挫败。他参加晨光诗社,却因为一个绯闻事件而退了出来,要知道我父亲可是一个爱面子的人;县里针对民办教师的考核已经展开,据说这是省里的要求,多数的民办教师都被清退,按照条文和他平时与校长同事之间的关系,他认定自己应当在被清退的范围之内,要知道我父亲可是一个爱面子的人;和我母亲的冷战还在继续,她时常寻找机会敲敲打打,要知道我父亲可是一个爱面子的人,特别是在我和弟弟的面前。他又重新和老头儿老太太去打麻将,他努力地改正着自己的习惯可那些人依然不太爱找他,要知道我父亲可是一个爱面子的人。在那样的日子里,我父亲有些落魄,显得多余。他愿意在昏暗甚至是有些黑暗的地方坐着,想些心事。

过了腊月二十二,我父亲开始繁忙了起来,这种繁忙让他的脸上有了光泽,他受本村东门外一些邻居之托,请他写春联。

他们拿来红纸。有的还带着少见的笑脸,一包"大重九"香烟。坐上一会儿,他们用一少半真诚一多半虚伪,夸赞一下我父亲的学问、教学和他的书法,尽管我父亲自己也知道他们有些言不由衷,但心里还是很受用。我的父亲,露着他突出的门牙,谦虚一下,然后叫我给他拉纸,他拿出大大小小的狼毫羊毫,开始写字。

翻来覆去,一般都是这些老词儿,有时我父亲也略作变动,但经他改过的部分我常常觉得还不如老词儿更好。当然这话我从来没和他说过,我只负责拉纸,让那些写满字的红纸铺满一地,铺满了凳子、桌子和衣柜。有时我还需要拿一块旧毛巾或是一把炉灰,将过饱的墨吸干。我父亲一丝不苟,他叫我小心,别弄坏了,别弄脏了。"没事儿没事儿,过年嘛,人家有的咱不能没有,有个意思就行了。"他们说。他们的这个说法很让我父亲感到不快。

一连几天。我父亲都那么繁忙,有的人将裁好的红纸拿来,说上三五句话就径自走了,他不盯着我父亲写,等我父亲将春联写好,卷起,傍晚时那人才出现,客气一下,将那卷红纸拿走,也不理会我父亲都写了些什么内容。那几天里,我父亲的脸上是有光的,等所有人都走了,他就把那些送来的香烟排一排,认认真真地看。平时,我父亲很少吸烟。

"你就这么没心没肺?"我母亲摆出一张冷脸,"家里有多少活儿你做了吗?马上过年了,校长那里你就不去趟儿?这是个什么时候啊,别人早就……窝囊废,你说你能干什么?光在家等死啊。"

我父亲终于去了。他出门的步子迈得有些艰难。那时天已近黄昏。

很快,他又回来了。手上提着的,是他带出门去的那两瓶酒。"怎么了,他不要?"我母亲问。他没有回答。"是不是没送去?在人家门口转了一圈又回来啦?"我母亲又问。

"去买三张红纸。买四张。"他对我说。是啊,我们自己家的春联还没写呢,本来我们是买了红纸的,可父亲有时对自己写的字不满意,就从自家的红纸中裁出同样大小的一条儿,重新写一遍。我们家的红纸就不够了。

他打开了一瓶酒。我不知道母亲为何没有制止他,他一边写字,一边用酒瓶的铁盖倒酒,他没用杯子。一副,两副。大门的,屋门的,横批。我父亲写得很快,那瓶酒也喝得很快。

还剩下一张纸。他没叫我收起来,而是面对它在那里坐着,一瓶盖、一瓶盖地喝着酒。他站起来,蘸满很浓的墨,那种劣质的墨汁有一股难闻的气味，臭烘烘的。

我父亲，在红纸上写了一首诗，他用的依然是楷体，但比平时减少了一些花哨。他写得并不快，仔细想好了才落笔。

至今，我依然觉得那是他写得最好的一首诗。最好的。然而，我记不清它的内容了，只记得那时感觉胸口被撞了一下，有些心酸，有些或浓或淡的味道涌了上来。

我记不清它的内容了，我父亲也早将它忘了，它并没有被抄录到笔记本上。那天晚上，我父亲写完它，又重新看了两眼，然后将倒在碗里的墨汁全部倒在那张红纸上。他一点一点地将墨汁在红纸上涂匀，让红纸慢慢变成了黑纸。

做这些的时候，我父亲神情平静，心平气和，只是，被酒烧灼的鼻孔没发挥好作用，使他喘息的声音有些粗。

…………

我的父亲，李老师，是一个乡村诗人。

被噩梦追赶的人

警察来过的第三天,早晨,肖德宇再次被自己的噩梦所惊醒。坐起来,阳光已经照在第三根窗棂上,它们泛起一片片细细的波纹,他的那个梦,也缓缓沿着波纹的方向褪去,被收拢到一个很小的点上——但噩梦中那种心悸的感觉还在,它压在心脏的上方,使心脏出现下坠。肖德宇费了很大的力气才将自己的心脏提到正常的位置上。

"又做噩梦了?"肖德宇的妻子凑过来。她的脸色带着明显的紧张。

肖德宇没有说话。他的眼睛盯着窗棂,空气里有几条丝状的尘灰在那里悬浮、飘动。"又梦见他了?……"

肖德宇微微点了点头,他的动作幅度很小几乎无法察觉。他妻子叹了口气:"真不知我们怎么欠他的。"这时肖德宇有了反应,"嘘",他直了直身子,然后重新躺回到床上。

"你看他那张脸!命中带着呢!"肖德宇的妻子将一件什么物品收走,到外屋里去了。肖德宇还在盯着窗棂,他仍然有些恍惚,那个噩梦似乎仍在他大脑的某处潜伏,随时准备浮现出来。

那个纠缠他已经很久的梦,它既没有淡下去也没有变得斑驳,相反,它越来越清晰,甚至带出了颜色。在梦里肖德宇发出了巨大的呼喊,但这起不到任何的作用,他吓不掉梦里突然渗出的颜色,也吓不去那个步步逼近的脸。那张脸。那张带着同样的惊恐、满是血迹的脸。

那张脸,是他弟弟肖德宙的。在瓦村,许多人都说他们哥俩长得很像,肖德宙是肖德宇的翻版,是年轻几岁时的肖德宇。这些日子,肖德宇只要一躺到床上,肖德宙那张沾满血污的脸就缓缓浮现出来,即使肖德宇还没有真正地睡着。那张脸堵在他的面前,贴近他,让他的呼吸变得急促而困难。整个梦都是黑白的,可最近,从肖德宙脸上垂下的血却变成了暗红色,仿佛爬行着的蚯蚓,仿佛还冒着气泡儿。肖德宇冲着那张脸大喊:"我是你哥!我是你哥啊!别逼我!"……

尽管窗棂上的阳光很厚并且慵懒,但屋子里的风还是很凉,肖德宇感觉它们吹进他的衣服内部,冲着他的汗毛一遍遍吹着。梦在缓缓褪去,收缩到一个小点儿之中,然而那些肖德宇一直熟悉的家具、座钟都变得陌生起来,他感觉自己置身于另外一个世界。

他用力甩了一下自己的头。

他感觉大脑里有个坚硬的东西被甩了出去,掉在地上。

从厕所里出来,肖德宇现在已摆脱了那种恍惚的感觉,他看见妻子已回到家里,从他的方向首先看到的是妻子硕大的屁股,它举着,而妻子的头低下去,频频点着,口里还念念有词儿。"你在干什么?"肖德宇问。其实这完全是一句废话,对他来说。

"烧纸。"

肖德宇站在妻子背后,看着几张纸变成火焰,变成灰烬,它们飘得很高还带着星星点点的火。肖德宇看着妻子的屁股,说实话当时他并没有将它和"屁股"联系在一起,也没将它和自己的妻子联系在一起,它像刚才家具里的座钟一样陌生。

妻子站起身来,肖德宇却俯下身子,抓起那些还没有烧的纸。"你要干什么?"

走出门去,肖德宇停了停:"我到他坟前烧一烧纸。"

那个梦实在坚硬,顽强,固执,穷追不舍。

肖德宇摆脱不掉它。它是肖德宇的一条影子,是当年紧紧跟在他背后的那条狗,是他骨头里的虫⋯⋯它是肖德宙带着血污的脸。自从肖德宇将弟弟的尸体从矿上背回来之后,噩梦就跟紧了他,缠住了他。

肖德宇,这个一米八二的大个子,他的睡眠被纠缠他的噩梦完全毁掉了,一躺到床上马上鼾声如雷即使用针扎用扩音器喊也叫不醒的肖德宇再也找不到了,他的睡眠已被取走。每日,即使哈欠连连,即使昏昏欲睡,一进入到睡眠很快便会被自己的噩梦惊醒,只得重新开始。

噩梦让他心情烦躁,让他牙痛和便秘,让他精神恍惚仿佛大病初愈的样子。警察来过之后他的表现更为强烈了。

"你是肖德宇?"

"是。"

"死者肖德宙的哥哥?"

"是。亲哥哥。"

"他死前一直和你在一起,是不是?"

"是⋯⋯我是看着他死去的。要不是我想把他背出矿井也许他能多活一会儿,可我当时很着急。"

"你说一下当时的详细情况。"

"嗯，好的。当时……"

这话肖德宇已经说了上百次了，他的老婆，他的儿子肖勇，以及肖德宙的妻子赵宁也听过上百次了。赵宁倚在门框上，微微跷着一条腿，在那里面色沉郁地嗑着瓜子。也许是因为警察在场的缘故，她并没有表现出悲伤和激动，只是用余光时不时瞄一眼肖德宇，瞄一眼警察，仿佛他们谈及的事已遥远，是多年前发生的。她不停地嗑着瓜子。地面上，已满是瓜子的皮，它们还带有瓜子的香气。

"谁是肖德宙的妻子？"年纪大些的警察合上他的笔记本。他看着肖德宇。肖德宇有些慌乱地抬起手指，在空中停顿了一下，然后指向倚在门边的赵宁。警察的问话她肯定听见了，然而她依然有些木然，当肖德宇的手指指向她的时候她的神经才开始复活，"哎，我，我是。"赵宁将手里的瓜子全部丢在地上，她踩着那些面前的碎皮向前一步，"我是。"就在那瞬间，赵宁的眼眶突然地红了。

警察们开始询问。这时，肖德宇背过身去，他猛烈地抽搐起来："我的亲弟弟啊，哥哥，哥哥愿意代你去死啊。"他用力捶打着自己的脑袋，是的，当时他用的就是这一俗套的动作，警察看了他两眼继续自己的问话，而他的妻子则手足无措地站在那里，不知道该如何安慰他。

"他、他自从德宙出事之后，经常做噩梦。"她凑过去，将自己的话插在警察和赵宁之间，"他们兄弟的关系一直很好，真的。德宙这一出事……"肖德宇的妻子发现警察和赵宁的目光都转向了她，这个没经历多少世面的女人略略有点紧张："我们家德宇……我们对德宙，他们的婚事都是我们俩张罗的，他父亲死得早，没挣下什么……是不是啊？"她看了看肖德宇又看了看赵宁。

"听说，肖德宙在矿上总参与赌博，是不是？"还是那个年纪大些的警察,他用手上的笔指了指肖德宇。

如果不是有人询问,如果不是必须要回答,肖德宇很不愿意回忆自己在矿上的生活,很不愿意。一个字也不想提。他甚至不愿别人提到"矿上","矿上"对他来说是一块发烫的山芋,是一只滚动的刺猬。可他的耳朵偏偏灵敏,可他的耳朵偏偏能从远处、从别人的嘴里甚至心里提出这个词来,让他感觉到那个词所携带的强大电流。他听不得这个词。

可那个肖长河偏偏要提。在肖德宇面前,肖长河露出他那口灰斑牙,张开他的臭嘴,滔滔不绝:矿上又出事啦,一个矿工在下班后失踪了,当然有人说他下班时就没从矿井里出来。他是流河镇的,家里报了案,到矿上查了也没有结果。有个工头被人剁掉了两截手指,别人问他是咋回事他也不说,在矿上待不下去,后来辞了工作去流河镇开了一家门市,生意冷冷清清。肖佩钢和二鬼子他们打了一架,头上缝了两针,现在还在医院里住着。"要是德宙还活着,他们可不敢!"

滔滔不绝的肖长河根本没有注意到肖德宇的脸色。他大概喝了酒。矿上……矿上……

在几次有意的岔开和故意的沉默之后,肖长河仍在继续,忍无可忍的肖德宇终于站了起来:"肖长河!我不准你再提矿上、矿上!你给我闭嘴!"

肖长河大张着嘴巴,他的滔滔不绝被突然地闷住,塞回到自己的嘴里。"急什么急,你。"肖长河的脸色也变得难堪,"人家还不是以为你想知道矿上的事儿,怕你闷……"

"以后你再来坐,"肖德宇挥了挥手,"不要和我说矿上的事儿。心烦。"

肖德宇的妻子凑过来，将一支香烟递到肖长河的手上："他这几天情绪不对头，你别往心里去。你们从小玩到大，你知道他这猪脾气。"她对着肖长河的脸："这些天他总做噩梦，梦见德宙。吃不好也睡不好。你知道有什么法送送不？总这样下去也不行啊。"

肖长河看着肖德宇的脸。"唉。你不信也不行，横死的人就是凶。"肖长河咳了两声，他又回过头来看着肖德宇的脸，"这话你们也别不爱听，德宙活着的时候在矿上也是一霸，很少有人敢惹他。二老板都让他三分。也是命啊，"肖长河又咳了几声，"平时德宙很少下矿，他总是，总是……咳咳。"

"长河，你经历的事多，你说德宇这……怎么办好呢？"

肖德宇的眼睛朝向了别处。但他的耳朵在，他也没有制止的意思。肖长河挪了挪自己的屁股。

"看来，他是不愿意走。多给他烧些纸钱，送送他。"

"烧过了。烧了不少呢，不管用。"

"是啊。你要不买两条烟烧烧，德宙爱吸烟。"

"红塔山呢，早烧过了。还买了一瓶酒，倒在纸上烧，回来德宇还是做梦。"

"要不，请和尚来念念经。也许管用。"

"我早请过了，这事德宇还不知道。花了三百多呢。我见没有作用，也不敢跟他说。"

"……你请几道符吧。"

"你没注意吗？墙上有，炕上、窗户上都有，他的枕头下面也有。唉，谁家能摊上这邪事儿。"

"他做的是什么梦啊？"肖长河盯着肖德宇的眼，"你说出来，也许他在梦里想给你提个醒什么的，是冷是热是缺钱缺烟了什么的。"

肖德宇的妻子刚要张嘴,被肖德宇拦下了:"没什么,我就是老梦见他。毕竟是亲兄弟,毕竟是我将他背出来的。"

虽然意犹未尽,肖长河还是收住了这个话题:"慢慢忘吧,过些日子就好了。"

将肖长河一送走,肖德宇马上沉下脸来:"你不说话会拿你当哑巴卖了?哪来那么多屁话!"

"我说得有错吗?"她丝毫也不甘示弱,"我不是为你着急吗!你看看你现在的样子!我是在你的事里添了油了还是添了醋了?你说!"

"你知道肖长河的嘴有多快!没影儿的事也说得和真的一样!以后不用你说话的时候少插嘴!"

"哼,都是我的不是!上次警察来你就说我多说少道,我不说,我不插话,让你在那呜呜哭!守着赵宁,你不觉得丢人我还觉得丢人呢!"

在和妻子陷入冷战的那些日子里,肖德宇的噩梦仍在继续,他被肖德宙所导演的噩梦所追赶着。在梦中,肖德宇左冲右突,却始终摆脱不了肖德宙的那张带着血污的脸。血变得越来越红,越来越密集,有一天肖德宇被自己的噩梦惊醒,在醒来的一瞬间,他感觉梦虽然已经褪去,可是一滴血却落在了他的脖子上。它鲜艳,渗凉,贴着他的脖颈滑了下去。

肖德宇感觉,自己全身的汗毛都直立起来,毛孔被恐惧大大地撑开了,凉风从撑开的毛孔里簌簌灌进去,很快灌满了他的全身皮肤。他努力让自己静下来,静下来。那滴滑落的血还在,只是在他手上,变成了一颗红色的玻璃珠。这是怎么回事?即使只是玻璃珠,它又怎么会出现在自己的炕上,出现在自己的被窝里面?

尽管肖德宇一直不信鬼神,尽管事后他妻子反复向他解释,那枚玻璃珠是她项链上的,起床的时候线断了珠子由此散了,她找到了其他以为已经找全可是偏偏丢下了这颗——那枚红色玻璃珠的出现让肖德宇变得疑神疑鬼起来。他妻子的项链最终被他埋在村外的一棵树下。两个月后,他偶然发现,自己弟弟的遗孀,赵宁的脖子上挂出了一串红色的玻璃项链,和自己妻子的那串几乎是一模一样,也红得像血,红得那么冷。

"你说实话,"某一个晚上,妻子用了十二分的小心试探,"我不会和任何人说的。你是不是,"她冲着他的眼,"做了,做了对不起德宙的事?……"

"你说什么!"肖德宇直起身子,"你放什么屁!"

"没有就好。"妻子简直是在自言自语,"你这弟弟,唉。"

"你知道你在胡说什么!"肖德宇的眼神里闪过一片凶恶的光来,"你要是再胡说,我杀了你!"

妻子突然紧紧地搂住他:"不管怎么样,这个家不能没有你,你可不能垮了。"

肖德宇的身体松下来,他的嘴唇在微微颤抖。他也用力地抱紧了妻子,抱紧她身上的汗味儿和赘肉。

"杨二婶今天来说,赵宁想着再走一步。他们刚结婚,和老二也没有孩子。"妻子说,"我猜是赵宁的意思。"

肖德宇没有说话。他的手上用了些力气。

儿子肖勇和人打架了,他的脸上、身上沾满了泥和土,额头上还有一块青色的伤痕。"你这是怎么啦,怎么啦?"肖德宇的妻子伸手去掸肖勇身上的泥土,"是和人打架了,是不是?"

"他们骂我爸爸!"儿子横了横脖子,他脖子上的筋跟着跳了几跳。

"骂你爸爸就跟人打架?和你二叔一个脾气,火一点就着!他们骂你爸爸什么?"

肖德宇坐在炕边上,他感觉妻子和儿子的声音距离遥远,它们仿佛与他隔着一层玻璃。他感觉自己的神经麻木迟钝,自己正在变成一只缓缓的蜗牛。

"他们说,说我爸爸害死我二叔!他们说我爸爸是胆小鬼,遇到塌方自己先跑了!……"

"你说什么?"隔在儿子和他之间的玻璃突然碎了,儿子的声音一下子变得清晰、尖锐,插入了他的耳朵,甚至使他的耳朵被狠狠地撑大了,有些疼。"你、你说什么!"

"他们——"

儿子肖勇只说出了"他们"。肖德宇的右手狠狠地挥过去,耳光是那么响亮,肖德宇的手也跟着一阵阵发麻。

"你干什么!你这是干什么!"是妻子的声音,她的声音又退到了玻璃的另一边,遥远起来,其间似乎还夹杂着石头划过玻璃的声响,拖拉机发动的声响,蚊子飞来的声响或者流水的声响。它们交杂在一处,和妻子的声音一样遥远甚至还要更远一些,肖德宇有些恍惚,他麻木起来的神经捕捉不到它们。

肖德宇盯着肖勇的脸。血,两股血一前一后从肖勇的鼻孔里流下来。它们是一种暗红,远不如在肖德宇梦中出现得鲜艳。肖勇没有哭,他只是狠狠地咬着牙,看着别处,脸上带出一副恶狠狠的,同时又是不屑一顾的表情。这表情肖德宇太熟悉了,简直和肖德宙一模一样,肖德宙的性格和血在肖勇的身上获得了复活。看着他的脸，肖德宇怔了一下，他的胸中涌起一股股巨大的怒气。他按不住它。他的右手再次高高扬起，风声呼啸——

妻子挡住了他的手。"有本事跟孩子撒什么气啊？没做亏心事，能怕鬼叫门？！"

肖德宇抬起右腿，朝着妻子的小腿踢去，他咬牙切齿，虽然用的力气并不重。

可妻子，还是摔倒在地上。"妈！"儿子肖勇扑在他母亲身上，将她从地上的泥土中拉起来，没有看肖德宇一眼。肖德宇的脚又抬起来，它显得僵硬，只得硬硬地落在地上。肖德宇用力跺了跺脚，走出了房间。

某个早晨，天色灰蒙蒙的，细细的阳光刚刚透出点白，像被稀释过的牛奶，赵宁将院门打开，回头时看到了蹲在墙角的肖德宇。"我想给德宙做一场法事。给他超度一下。毕竟，毕竟是这么死的。"肖德宇说着，他的脸隐在大片的阴影里。

赵宁愣了一下："大哥，他都死了这么长时间了。"

"没关系，没关系。"肖德宇向前探了探身子，"做法事的钱，我和你大嫂商量过了，我们出，不用你花、花一分钱。"

看着肖德宇布满血丝的眼，赵宁感到有些酸酸的味道从心里泛起，很快弥散开来。"你们商量好了就做吧。我没意见。"顿了顿，赵宁将一只探头的鸡赶回到院子里，"大哥，我听嫂子说，已经请过和尚了。"

"那不算！那怎么能算！"肖德宇显得有些着急，"法事，可是得像样子的！至少要做三十六天！念念经，怎么能行？"

赵宁不再说话。她面前的肖德宇比平日里低矮很多,散发着一股特殊的气味儿。一只鸡,还是那只不安分的鸡,它又探出头来,向外面张望。

"你的,"赵宁的嗓子有些干,"你的,睡眠最近好吗?"

肖德宇抬起手来,将那只鸡再次赶回到院子里,"还是那样。总是梦见他。"

"大哥,其实你没必要那么对他。平日里我不好说你什么,今天我得说你几句。你说,他算个人吗?他能算个人吗?他害你,害我,害得我们还少吗!"赵宁用的是一种急速的语调,说完这些她略略放慢了语速:"你再给他烧纸,再给他超度,也没有用。我不相信他死了之后会长出人心来。"

"可、可不能这么说。"肖德宇变得更矮了,"我这个兄弟,唉,这个兄弟……"

"大哥,他和你是亲兄弟,我说这话你也许不高兴,但我想你能理解。他现在死了算是死对了,这个世界上终于少了一个祸害,我们家终于少了一个祸害。"说这些的时候赵宁的身子微微有些发颤,她的脸涨得通红——也许是由于天气有些寒冷的缘故。

肖德宇张了张嘴,张了张嘴,"你是说,我们、我们……"他的眼眶变红了,里面旋转着泪水,"我对不起他。他长成那个样子,我、我对不起他……"

天色渐渐发白,地面上落下一片片阳光的碎屑,一个人影在墙角处闪了闪,不见了。赵宁望了望远处,她打断了肖德宇的继续:"他死了,对大家都是好事,镇上不知道有多少人高兴呢,这话你不会不爱听吧?"

肖德宇没有回答。

"你也许听见村子里的风言风语了。"赵宁回过身,将那只鸡再次赶回到院子里,"谁都知道你们兄弟俩不一样,不是一类人。谁都知道,你们兄弟不和,他在矿上也打过你。大哥,你要是再给他做什么法事,你觉得村上人会怎么、怎么说你?"

"你、你不是怀疑,真是我害死他的吧?"

"不怀疑,我当然不怀疑。"赵宁冲着肖德宇笑了笑,"要说他想害死你,我倒会信。你没胆量。他、他没人性。"

…………

儿子肖勇又和人打架了,他被赵振虎打破了头,而赵振虎的两颗门牙,则被他用拳头打掉了。肖德宇和妻子去人家家里看望时,高过肖勇一头的赵振虎正在屋子里大声小声地哭着,往一个脸盆里吐着口中的血。

肖勇一晚上都没有回家。第二日凌晨,天色最暗的时刻,肖德宇突然感到一股巨大的疲倦像被子一样蒙上了他,它厚重,黏滞,肖德宇如同被蜘蛛网困住的虫子挣扎了两下,便再也没有力气。他飞速地下坠、下坠,直直地落入到那个等待已久的噩梦之中。

梦中,肖德宙换上了另一副表情,他的眼眶里渗出了血也渗出了冷冷的刀子。"我不会放过你的。"那声音低沉、浑浊,带着反反复复的回声,仿佛四周有许多的肖德宙,他们时隐时现地喊叫着:我不会放过你的我不会放过你的不会放过你的你的你的你的……

在梦中,肖德宇气喘吁吁地奔逃,他的梦是一口缺少光亮的矿井——那水的声音、那泥土和煤块溅落的声音,以及他被四周墙壁放大的气喘吁吁声,那从阴暗处透过的微微光线,完全是他所熟悉的那口矿井,然而他不熟悉出路。在梦中,肖德宇的奔逃根本没有作用,无论他如何绕来绕去却总是回到同一个地点，提醒他回到同一地点的是溅在矿井壁上的血。那血是肖德宙的。在梦中，肖德宇也禁不住打个冷战，这时，肖德宙的声音从矿井壁的深处突然响起："我不会放过你的不会放过你的不会不会……"

奇怪的是，在这个幽暗恐惧的梦中，他的儿子肖勇也出现在里面，他在一个角落里坐着，书包丢在一边。肖德宇压低嗓音急切地叫他："快、快跑！"肖勇只用余光看他一眼，然后继续盯着别处："不用你管。"不用支起耳朵，肖德宇也能听见后面的脚步已经近了，它几乎是踩在肖德宇的心脏上，一步一步。"快！快走！你叔叔会杀死我们的！"肖德宇感觉，恐惧和怨恨像两堵不断压近的墙在挤压着他，他听见自己骨头和心脏被缓缓摔碎的声音，然而那个没心没肺或者狼心狗肺的肖勇却依然漠然，甚至吹起了口哨……

在梦中，肖德宇肯定喊叫了，被推醒的瞬间他还听见自己喊叫的尾音，那声音里布满了惊恐和混乱，和他平日的声音很不一样。坐起来他看着同样面带惊恐的妻子，"我又做梦了。"肖德宇用手擦拭着额头上的汗水，"我还梦见了儿子。他还没回来吧。"

"没有。不知道这一晚上他怎么过，外面这么冷。"

肖德宇抬头，窗外还是一片黑暗，显得浓重、巨大，藏匿着太多影影绰绰的阴影。"这个孩子。看我怎么收拾他。"

肖德宇的妻子给了他一个冷冷的后背："你还是先收拾我吧，你还是先收拾这个家吧。有本事，有本事把你儿子打死，那多清静！省得一家人跟着心烦！"

"你说什么！这是什么话！"肖德宇的烦躁和怒火又被勾起来了，"孩子都让你惯坏了！到处惹是生非，我、我倒不能管了？！"肖德宇用力挥动着手，炕沿上一个什么物件被重重地挥出去，摔碎了。

肖德宇的妻子看也没看，伸出手来拉灭了屋里的灯。"摔吧、摔吧。哼哼，摔吧。你看咱多有本事。"

"你，你他妈的说什么！你再说一遍！"

"你看咱——"

家里的空气变得越来越稀薄，即使张大了嘴，也呼吸不到多少氧气，肖德宇想自己妻子大概也这么认为。自己的儿子也是，虽然他坐在桌子前面大口大口地吃着碗里的饭，虽然他端出的是一副木木的表情。至今，他也没说那一夜他究竟待在了哪里，那一夜是怎么过的。他的话越来越少了，可也越来越生硬、恶狠，让人生气。肖德宇盯着他的右手，它还在肿着，关节处有伤痕有淤血。就是这只手，将赵振虎的上唇打破了，并打掉了他的两颗牙——肖德宇忽然感觉一阵心痛，那种痛是绞动的，一坠一坠：肖德宙在肖勇这个年龄，也曾用手打掉西河镇刘羽的两颗门牙。当时，刘羽是学校里的一霸。

从肖勇的身上，隐隐地凸现着肖德宙的影子。它似乎是越来越变得鲜明、突出。肖德宇又记起了那个有肖勇参与的梦，奇怪的是，自从肖勇回家之后，肖德宇虽然仍旧噩梦连连，总是深陷在那个无路可逃的矿井之中，但肖勇的身影再没有在梦里出现过。但这不能减少肖德宇的担心，恰恰相反，他的担心正在越来越重。

肖勇离开了饭桌，很快便没了踪影。肖德宇隐约听见，自己的妻子在院子里似乎对肖勇说了些什么，肖勇的声音很不耐烦：不用你管。肖德宇感觉自己迅速地追了上去，抓住肖勇的衣领——事实上，他并没动。面前的饭已有些凉。

"他走的时候说什么？"妻子回屋来时肖德宇问。

她愣了愣："说什么，没说什么啊。"

"我听见了。"肖德宇推开面前的碗,"他说不用你管,是不是?"

她再次愣了下:"没有啊,他什么也没说。"

肖德宇张了张嘴,他将要说的话用力咽回去,外面阳光薄得像一层黄色的纸,院子里的桃花已准备开了,那些花苞变了颜色。妻子走到院子里,将一条空面袋用力地抖着,她的面前出现一团白色的雾。

"矿上不去了,家里的地能来几个钱?真要坐吃山空了。"她的手上用了更多的力气,白雾包围住她。

肖德宇没有说话。他又开始了那种恍惚,自己飘在空气里,像一片尘土或者什么的投影,没有重量,手上也抓不住什么。

"听四婶说,赵宁在张罗着改嫁,听说有合适的主儿了,是个教师。人挺本分。"肖德宇的妻子转过身子,"矿上赔的钱是不是快给了?她要是改嫁,那些钱是不是也要带走?"

见肖德宇没有表示,肖德宇的妻子有些愤愤:"他肖德宙死了把你弄成这个样,矿上就没什么表示?凭什么她能拿钱我们不能拿?你还、还是那死鬼的亲哥哥呢。"她夹起手里的面袋,凑到肖德宇的面前,"我跟二婶也说了,说也是你的意思,她赵宁不能嫁!要想嫁,先把钱留下,这钱是家人用命换来的,她凭什么!"

肖德宇摆摆手,他的目光依旧盯着院子里的桃树,"够了。"他抬起头,冲着自己妻子的脸:"我想,请尊菩萨。"

"请吧,只要能治好你这病。"肖德宇的妻子眼圈有些发红,"矿上的钱让她带走也行,她这几年,跟那浑小子也没过好日子。我们不要,只要你好好生生的,就行。"

"我——"肖德宇的舌尖上一时五味俱全。

"跟我说,"肖德宇的妻子前前后后巡视一遍,压低了声音,"德宙的死……真的只有你自己看见?当时……"

很长一段时间了,肖德宇天天担心黑夜的来临,从黄昏开始他就坐立不安,炕上、椅子上悄悄生长出许多带着尖刺的疙瘩,让他心情烦躁,心绪不宁。然而在黄昏之后黑夜还是要慢慢降临,天天如此。而且夜晚足够漫长,它几乎是驶在一只蜗牛的背上前行,每一分钟对肖德宇来说都是煎熬。

菩萨请了,门神请了。他妻子甚至听从东升嫂子的话,将一段桃枝锯下来,用红布缠绕,挂在了窗台上。它们都没有作用,噩梦还是会天天到来,只是出现的时间略有不同。肖德宇的妻子不知道从哪儿讨得了秘方,她扎了一个小人儿,叫赵宁在小人的身上写下肖德宙的名字——天黑下来,肖德宇的妻子掏出那个小人儿,拿一枚大针不停朝它身上扎。"你这个害人精,干吗总阴魂不散?你看看你还有良心吗,嗯?你哥哥将你从矿井里背出来,你不感激,你、你倒害上他了,你还有人心吗?还有人味吗?扎死你!你要不走,我就天天扎你!这些年,这些年你给这个家造了多少孽?不是赌就是喝,不是喝就是嫖,再不就是打架砍人……你再不走我就天天扎,扎烂你扎烂你扎碎你!……你缠着我们干什么,啊?你看你哥现在这样子……偷我的鸡,偷我的钱,偷我的自行车去卖,你哥找你论理你还叫人打他,点火烧我的门……活着不干人事,你现在死了,死了,你积点阴德好不好?扎死你扎烂你!"

那一夜真没有噩梦,肖德宇睡得香甜,打起了微微的鼾。第二日,肖德宇一天都心情不坏,即使儿子肖勇拿回一张三科不及格的成绩单。桃花开了,日子转暖,肖德宇仔细打磨自己那把旧镰刀,他甚至主动和妻子谈起"矿上"的事儿,一切都在恢复,一切一切——然而晚上,噩梦再一次出现,肖德宇梦中的矿井更加阴暗、恐怖,肖德宙的狞笑也更为响亮。肖德宇醒来时刚刚凌晨两点，他再次听见了自己在梦中的尖叫。即使他已经醒来，他的尖叫声在盘绕着，在房梁那里一颤一颤。当然，他的妻子同时醒了，她马上拿出布做的小人儿和尖尖的针，一针一针扎下去——

不知道问题究竟出在哪儿，反正，针已经再无效力。两天后，肖德宇的妻子将针换了改锤，那个小人儿已经不辨模样，可噩梦还是悄悄又来了，它应当早早地躲在他们背后，对他们的所做了如指掌。它也许还带着一副嘲笑的表情，就像儿子肖勇所做的那样，冷冷地看着她和他的动作，用鼻孔哼出一声。

凶狠既然已不奏效，肖德宇的妻子又开始怀柔："兄弟啊，这么多年你说你哥和嫂子对你怎么样？我们没有做对不起你的事，是不？去矿上，你哥没拉你去，再说他也不知道会出事，是不是？院墙那事儿，卖老房子那事儿，就算怨你哥你嫂，你东西也拿了，钱也拿了，我们的门也烧了……这气你总算出来了吧？你放过你哥，我们年年给你多烧纸，好好供着你，天天供着你！……"

妻子的话他当然全都听得见。一字一字，它们都从他的耳朵里钻进去，朝着心脏和大脑的方向爬行，如同一群小小的蚂蚁。当妻子将那个千疮百孔的小人儿放在供桌上回到里屋时，肖德宇忽然紧紧地抓住了她的手，摇了摇："我对不起你。我对不起你们。"

一时间，肖德宇的妻子手足无措起来，身子摇晃起来——满眶的眼泪也骤然涌下来。

"一家人，都还靠你呢。"

然而那该死的梦，该诅咒一千次一万次一百万次的噩梦，它还是会频频出现，硬硬地插在肖德宇的睡眠之中，将他的睡眠翘开缝隙。

在梦中,有时肖德宇的手上会多出一把铁锨,然而它并不能给肖德宇带来什么,它划过肖德宙的身体就如同抽刀断水,并不能阻止他一步步地逼近……

肖德宇的妻子在三十里地之外的梅村请来一个神汉,他要走了二百元钱、一瓶白酒和三十张黄纸。作法之后,他用手捂了捂肖德宇的额头:"放心吧,他被我赶走了,再也不敢来了。回头我再送他一送。你就等着睡好觉吧!"

神汉前脚刚走,他最多走了一里,噩梦就悄悄出现在肖德宇属于假寐的时刻,那时才下午三点多钟,阳光烂漫。神汉的作法反而使噩梦出现的时间提前了。

妻子的长吁短叹引起了儿子肖勇的不屑,这不屑已越来越强烈、越来越明显,他似乎故意将不屑显露给肖德宇看。"不就背个死人吗,在战场上——你当自己背的是煤,是石头,有什么呀。"肖德宇的脸色变了几变,他感觉一股怒气在胸口处猛烈地撞击着,像重重的拳头,由里到外。他看了两眼自己的妻子,还是一口一口地将怒气咽了回去,如同咽下一块一块干透的馒头。

毕竟他背回来的是人,是自己的亲弟弟,而不是煤或者石头。

"你怎么能这样说你父亲?"

儿子的鼻孔又喷出一声"哼"。他低下头,专心于自己面前的饭,一副狼吞虎咽的样子。肖德宇左边的一颗牙,一颗蛀牙,开始有了坚韧的痛。

上午十点,村主任带着那两名警察再次出现在肖德宇的院子里,村主任甚至还牵来了他家的狗。因为上次已经见过,肖德宇凑过去和两位警察打了个招呼,他们点点头。年轻的警察还蹲下来看了会桃花,他问肖德宇的妻子,这棵树的树龄是几年了,他岳母家也有一棵桃树,长得比它高大得多，可就是不开花。

村主任拍拍他家的狗，那只狗摇着尾巴趴在了地上。"两位同志过来和你了解点事。你知道什么就说什么，知道多少就说多少。"

肖德宇笑了笑，他的笑略略有些僵硬："主任，你这么说，这么说我还有些紧张呢。咱们，要不咱们屋里坐，屋里坐。"

门口、院墙上，不停有人探头探脑，主要是些孩子。

"你们、你们屋里坐，"肖德宇的妻子也显出了相当的紧张，"屋里坐吧。要不这样，你们喝着水慢慢说。"在院子里转了转，她终于找到了自己要做的事："我去给你们烧水。"

村主任独留在院子里，和他的狗。陈麻子、陈二婶和赵宇家的走进了院子，他们和村主任说说笑笑，时不时地朝屋里张望。水开了，肖德宇的妻子给两位警察倒上水，她甚至还放上了茶叶——年老些的警察点点头，用手碰碰杯子，但没有想喝的表示。

无非是矿上的情况，德宙的死，他脖子上那道痕迹，事发现场的状况，等等。这些话，肖德宇在将德宙的尸体背回之后和不同的人说过上百次，他们上次来也问过，肖德宇再次一一回答。因为有段时间没有人问了，所以肖德宇的回答远不如上次顺畅，如果上次还算顺畅的话。肖德宇的额上有了微微的汗，年纪大些的警察应当看在眼里。"我，一见警察就紧张，从小这样。"

"你弟弟和你的脾气可不一样。"年纪大些的警察露出一丝笑意，然后马上又收紧了脸。"听说，你自从肖德宙死后一直在做噩梦，是不是真的？"他声音低沉，一字一顿。

"是，是。"肖德宇的额上又渗出一些新的汗水来，并且，它的面积已扩大到大半张脸。

"那你都梦到了什么？"

"我……"肖德宇向两名警察描述着自己的梦境。很让肖德宇窘迫的是,他很想渲染梦境的阴森可怖,很想制造那种紧张感,可他一说出来自己都感觉平淡得很,没什么可怕的。汗水,在他背后也有了,风吹到那里感觉凉。

"你们兄弟俩不和,闹过矛盾是不是?肖德宙瞧不上你这个大哥,勒索过你多次,偷你的东西,有这事吧?"

"……"

"那他在矿上参加团伙、充当打手、走私烟土的事你知道吧?"

肖德宇的手和脚都有些麻木,冒出不少汗。"不,不知道。我、我、我在矿上就是一个工人。他、他、他不和我在一起。"

"那他与同伙打人致残、强奸妇女、聚众赌博的事你总听说过吧?这些事矿上的人都知道,只是没人敢往外说,是不是?你不会说这些你也不知道吧?!"

"我,我……"

"我们家德宇是个老实人,他、他不爱掺和事儿。"一旁是肖德宇妻子怯怯的声音。她在门槛那里,肖德宇刚刚发现她的存在。

"你们、你们去问赵宁吧。她知道得应当更多。"

"你肯定有事瞒着我,"警察和村主任走后,肖德宇的妻子堵在肖德宇的面前,她投下一片阴影,"现在没别人,你就说吧。"

"你想到哪去了?"肖德宇背过身子。

"你别以为我看不出来。我早猜到了。"在背后,肖德宇的妻子哭出声来:"你说了,也好让我有个准备。"

沉默。沉默像一块石头。肖德宇一时不知道说什么才好。妻子的哭泣还在继续,它渐渐远了,肖德宇觉得自己有些晕眩,一层玻璃将他和所有都隔开了。石头在变轻,他自己在变轻。

"是不是,肖德宙被人暗害了,他们不让你说出去?"妻子忽然止住哭声,"他们说一旦你走漏风声就杀咱全家,而你,觉得不说出来又对不起咱弟弟,是不是这个样子?"肖德宇的妻子俯下身子,她的眼里反射出一种幽暗的光,"说给我吧。说出来你就能好受些,就不会总做噩梦了。我不会和任何人说的。"

"瞎猜什么!"肖德宇推了妻子一把,"做饭去吧!我饿了。"

"你推我干什么?说到你痛处了?"肖德宇的妻子拧一下自己的身子,"你别给我藏着掖着!别以为我什么都不知道!肖德宙的抚恤金为什么迟迟发不下来?警察为什么总来找你?我早打听到了!在肖德宙死后的第二天早上,你们矿长就失踪了,矿上的两批混混打得不可开交,听说又死人啦!肖德宙到底怎么死的?你不是在现场吗,你不是都看见了吗!别以为你把事瞒起来就没事了,我都知道你在说谎,何况人家警察!"

"别他妈的瞎说!你知道个屁!"肖德宇的脚重重伸出去,踹在妻子的腰上,"我在矿上都不知道,你他妈的在家里,就啥事都清楚?我看着他死的我不清楚,你倒清楚啦?"

妻子从地上爬起来,拍拍身上的尘土:"你就瞒吧,你就瞒吧!整个村上的人都知道了,那天矿上就没塌方!那些架子和煤,是有人后来推倒的,制造的假象!你以为矿上就你一个工人啊?陈麻子家小三、肖长河回来都这么说!"

"肖长河的话也能信?有一他就能说成十,什么大就吹什么!你不在矿井里不知道,肖长河也是白痴?推倒矿井下的支架,不塌方也变成塌方了!谁去做那傻事送死?!"

……她不再说话。留给肖德宇一个气呼呼的背影,这让肖德宇感到突然的心酸。他张了张嘴,隔在他们中间的沉默那样巨大、稠密,他一时找不到出口。

时间,在一秒一秒地过着。

妻子在院子里站了相当漫长的一段时间,然后回屋,菜板叮叮当当响起来,她开始做饭。肖德宇瞄一眼堂屋,他看见,供奉如来和观音菩萨的桌案上香烟袅袅,即使生着气,自己的妻子也没忘为自己上香——肖德宇的口腔里真的是五味杂陈。他走到自己妻子背后:"我不会害你们的,我也没瞒你什么,你就放心吧。"

"你现在这个样子,让我怎么放心?"妻子的刀当当当当地使着劲儿,她给肖德宇的背影清瘦而坚硬。

门开了,肖强嫂子探了探头,然后才是整个身子。"你们都在啊。做饭呢?"她冲着肖德宇的妻子,"我买了一块布想让你看看,也不急,吃完饭再说吧。"

"没事儿。饭早点儿晚点儿没关系,嫂子你来坐。"

"有人看见他们到县里去了。"熄灭了灯,肖德宇的妻子在黑暗中说话。肖德宇感觉自己的左耳有些痒,"谁?"

"还能是谁?赵宁啊!那个老师啊!有人看见他们一起坐车去的县城,开始还装作不很熟的样子,车开了没多久,两个人就靠在一起了。"

"嗯。"

"唉,她来的这些年,可没少受苦。"

"嗯。"

"对了,你得去矿上问一下,肖德宙就这样白死啦?死因不明,可他是在矿上死的啊!哎,听说国家出台了政策,死一个人赔偿多少钱，少一分也不行。他们是人，肖德宙再不是东西，他也得算人，是不是？……"

"嗯。"

"你可以找一下柱子、勤生他们，这些肖德宙的小喽啰，有时还真的挺管事儿。"

"嗯。"

"唉。"妻子不再说话。但肖德宇能够感觉到，她没有睡，而且在黑暗中睁着眼睛。外面一声声狗叫。整个村子都那么安静，狗叫像是它睡熟后打的鼾，安静。肖德宇感觉这安静中仿佛隐藏着什么，里面有许许多多的东西张牙舞爪。肖德宇想到了死，死后所要面对的也许是这样的安静和黑暗，它漫长得看不到尽头。自己会被这样那样的小虫所分解，变成泥土、蚯蚓的屎，被带到另一个地方——肖德宙的尸体应当已开始腐烂。厚木头的棺材并没有真正挡住什么，虫子无孔不入——肖德宇面前的黑暗突然沉了一下，它沉得飞快，而肖德宇也跟着下沉，来到肖德宙的坟墓里。他看见肖德宙腐烂着的躯体，上面爬满一种黑色的虫子，等他凑过去看时，肖德宙的尸体忽然笑起来，声音很大，那些黑色虫子和他已被分解的肉在笑声中纷纷抖落，露出一片片斑驳的白骨……

这又是一个梦，和一直缠绕他的那个梦有所不同，但同样让人恐惧。肖德宇醒来之后仍然觉得，自己身上爬满了虫子，那些虫子在他的身上咬，一直想咬到他的骨头里去。骨头里面有另一种虫子，它们里应外合，在他刚刚醒来的瞬间还在不断撕咬。

虽然不说话，但肖德宇知道，自己的妻子还没有睡着，此刻也许正心事重重。这些日子，这样的日子！肖德宇伸出自己的手，悄悄伸向妻子的手。她一动不动，仿佛已经睡熟，任凭肖德宇轻轻抓着。过了很久,她转过身去:"睡吧,能睡一会儿算一会儿。"

说完,她的身子又转回来了:"咱儿子今天又和人家打架了。他把人家的书包丢进了水里。"

"你怎么不早说?这孩子再不管,以后……他妈的让人累心!"

几天后的一个晚上,肖德宇做了一个奇怪的梦,这个梦是极为模糊的,以致醒来后他用力地想也难以想起梦中的内容,它很不连贯,只有一片斑驳的、黑白的碎片,虽然恐怖仍在,但它的程度有了很大减少。梦里的场景似乎是在教堂,至少其中某个片段是,在那里,有乳白色的光透进来,使肖德宇感觉自己如同在水中游泳。

"我想好了。"在饭桌上,肖德宇的脸上呈现出少有的郑重,他吸引了妻子和儿子的目光,"我要为肖德宙还债。我要给那些被肖德宙祸害过的人补偿。"顿了顿,肖德宇的手指轻轻敲着桌子,"我要尽我的力。"

"嗤!"儿子肖勇显出一副不以为然的表情,他的表情只露出一半儿,另一半被碗挡下了。就是这一半儿表情,就足以堵住肖德宇的胸口让他窒息,让他怒火翻滚。他的筷子重重摔在桌上,它们跳跃起来,一前一后掉到地上:"看你那个样!越长越没出息!债也是替你还的!"

肖勇没有说话,他的脸低得更低,让碗挡住大半张脸,可那份不屑、不以为然,甚至是轻视、鄙视,还是轻易地显现出来。肖德宇感觉自己的身体在颤,身体内的心、肝和肺则颤得更加厉害:"你、你他妈的……"

肖德宇找到矿上。在矿长办公室,他对胖会计说,我来领肖德宙的抚恤金,他是在矿上死的。胖会计一脸漠然,矿长没说给也没说不给,他没有定下数额我没办法给。肖德宇说那我找矿长,胖会计眼斜了他一下,矿长不在,不知道什么时候回来。回不回来也不一定,现在矿上……警察还在找他呢。

肖德宇问,要是矿长再不回来我弟弟就白死啦?胖会计没有理会他,将一杯茶端起来饮着。肖德宇看了看周围,咱矿上不是有规定吗,死一个人给多少钱。你按那个价给不就行了。胖会计依然没有理会,他的脸上缺少表情。肖德宇一把抓过他手上的茶杯,重重放在办公桌上,你这个人真他妈的是一张狗脸!肖德宙活着的时候,你和他兄弟长兄弟短,好得像一个人似的,他才死了几个月!真不是东西!

现在轮到胖会计发火了。他指着肖德宇的鼻子:你是什么东西,凭什么说我!你他妈不知道你弟弟是什么人?!妈的,老子受他的气受够了!有一回我没借给他钱,他就找人半夜往我家院子里扔开天雷,我老婆心脏本来就不好!谁他妈翻脸不认人,你说谁翻脸不认人!

肖德宇换了副面孔,他将水杯递向胖会计的手:"我真的需要这笔钱。我也不想干别的,我想给我弟弟赎罪。他干的坏事太多了。"

胖会计没接他的水杯:"要不是矿上的事闹大了,警察介入了,你弟弟的钱也早就给了。现在我也没有办法。"

从矿长办公室出来,肖德宇找到肖长河,那天他没有下井。一向嘴快的肖长河却吞吞吐吐:"矿上出事了,人心惶惶。我知道得不多,唉,一两句话也说不清楚。"

"我不是想德宙的钱,"肖德宇郑重地说,"我要帮他赎罪。也不光是钱的问题,可、可必须要有钱。"

"是,是啊,"肖长河的目光迷离,他似乎躲闪着什么,"这笔钱,应该给德宙家的吧。她不是还没改嫁吗?"

"她就是改嫁了钱也要给她。"肖德宇说得斩钉截铁,"你又不是不知道。她跟了德宙……唉。"

"向矿上要钱的事儿,我真的帮不上你,自从你们……你找一下柱子、勤生、三地主,有时光讲理还真不行。"

"我这就去找。"

"你可别说是我的主意!"

…………

从矿上回来,在村口,肖德宇碰上了自己的弟妹赵宁。她从一辆自行车的后座上下来,那辆自行车飞快地骑走了,它走得有点慌乱。从赵宁的角度看去,肖德宇的面色有点苍白,甚至给她一种空荡荡的错觉,仿佛他的衣服里没有躯体,只是被某些硬物支着、撑着,才不至于滑落到地上。"大哥,"赵宁也略显慌乱,她的声音缺少水分,"干什么去了?"

"到了矿上。"肖德宇回答。他无精打采,眼睛还在追逐着渐行渐远的自行车。"是那个教师?"

赵宁也盯着自行车消失的方向,阳光白花花的如同腾起的尘土。她张开嘴,然后又飞快地闭上了。

"德宙害了许多人,也害了你。"看得出,这些话在肖德宇那里经过了深思熟虑然而将它们说出口依然相当艰难,"德宙的债我替他还,不管是欠的谁。"

"大哥,你又不欠谁的,他是他你是你。现在,我也不那么恨他了,毕竟,都过去了。"

"……"肖德宇抬起手,他的目光朝另外的方向飘去,"你不走,我和你嫂子都不会让你受委屈,要是、要是,"肖德宇的手再次抬起来,他咽了口唾沫,"你要想走,我们,也像嫁自己的妹妹那样嫁你!"

肖德宇甩开步子,将赵宁甩在后面——他的步子迈得用力,略略有点僵硬。

然而。他却没有因此将噩梦甩在后面。噩梦,是他的影子,是他身体的一部分,以前他可以忽略它如同它并不存在,可是现在不行了。就像他刚刚患上的胃病,它让胃在他的体内显现了自己的位置,显现了自己的存在。之前,他似乎并不需要知道胃在哪里,有什么作用。

肖德宇真的开始了他的赎罪之旅,他开始变得坚韧、认真、锲而不舍。"我已经两天没做噩梦了。"某个中午,肖德宇对自己的老婆说,他用力做了一个护胸的动作,"我感觉,自己又活过来了。让噩梦压着,就好像一半身子死掉了,它还想将我向那边拉。"肖德宇的妻子面色里带出了三分喜气,当然它也加重了她脸上的皱纹:"这半年多哪里是人过的日子。这个肖德宙……"肖德宇的妻子的眼角出现了泪水,随后它们接二连三,扯断了其中的连线。肖德宇伸出自己粗糙的手,她的眼泪怎么也止不住。

"下午我去瓦镇。"肖德宇说,"前年,肖德宙在瓦镇和人打架,他们把那个人的腿筋挑断了。我已打听到,那个人叫韩超,现在是个瘸子。据说他也不是什么好东西,吃喝嫖赌、偷盗抢劫样样都干过。"

"那你去找他干什么?这种人,被他粘上,可没好果子吃。"

"你放心,我有分寸。"肖德宇拍了拍妻子的身体,"不管怎么说,他现在这个样子,都是咱弟弟害的。"

"狗咬狗,"肖德宇的妻子说,"反正都是害人精。"

肖德宇笑起来,他已经很长时间没这么灿烂地笑了:"这些事你就不用管啦。能给他还还债,我的心里也会好受些。"

肖德宇的妻子挪开她的腿。"只要你能好好的就行,我才懒得管你这些破事呢。"随后,她转过身子,"听说,赵宁要和那个老师领结婚证了。是肖长河家的告诉我的,她说,男的那边有个孩子,孩子不接受这个后妈。"

"时间长了就行啦。"肖德宇再次露出郑重的表情,"我想好了,我们要让赵宁大大方方地出嫁。肖德宙最对不起的人应当是她。"

"这个要补偿那个要补偿,谁来补偿我们?这些年,我们受他的气还少吗!他什么时候把你当成过自己的哥哥来着?"

"……话不能这么说。再说,他也死了。"

就在他和妻子说自己已经两天没有噩梦的晚上,噩梦又悄悄到来,硬硬地撕开他的睡眠,支开支架,罩住了他。他沿着黑洞洞的井壁躲闪着,身上的力气仿佛被什么吸走了,两条腿如同没有骨骼的海绵。他向背后苦苦哀求,可他背后那张血肉模糊的脸却根本无视他的哀求,依然一步步走近,带着仇恨与肃杀。肖德宇在梦里又拿起自己熟悉的铁锹。他一边喊叫一边使出全身的力量挥动,铁锹终于砍在肖德宙的肚子上,肖德宇看见飞溅的血瞬间便染红了他梦中的角角落落,可肖德宙只晃晃自己的脑袋,一步一步……

"又做噩梦了?"肖德宇的妻子凑过来。她的脸色里带着明显的紧张,"怎么,怎么又来了呢?"

肖德宇没有答话。他的眼睛盯着窗棂的方向,那里一片黑暗仿佛与自己离得很近又仿佛离得很远。空气闷热然而风却很凉,肖德宇感觉自己身上的汗水一涌出来马上就被凉风抓在了手里。

"又梦见他了?"那边顿了顿,"还是那个梦吗?"

肖德宇微微点点头,他的动作即使不在黑暗中也让人无法察觉。黑暗那么巨大、浓重,有一股压力,肖德宇觉得面前的黑暗能一直延伸到他无法想象的远方。而自己,仿佛处在一口矿井之中,头上的矿灯却毫无征兆地熄灭了。

"你肯定有事瞒着我们。"黑暗中,肖德宇妻子的声音被静寂扩大了几倍,甚至带有电火花儿,"你想自己全扛起来,一直都瞒下去?你不说出来,那个梦,那个梦……"

"滚滚滚,滚一边去!"肖德宇冲着闪过电火花儿的方向推了一把,"你知道个屁!"

那边没了声音,只剩下喘息。肖德宇伸出手去,他的食指和拇指碰到了妻子的身体,她飞快躲开了。肖德宇的手在黑暗的被子里抻着,他不知道应当继续向前还是知趣地收回。

"你去和赵宁说,她不能嫁给那个老师,她不能嫁人。"肖德宇对自己的妻子说,他的脸色苍白而干枯。

"说让人家嫁人的也是你。这话你让我怎么去说?我们怎么拦得住?要说你自己去说!"

肖德宇死死盯着自己的妻子:"我个大伯子怎么去说?还是你去合适。你告诉她,只要她不改嫁,想要天上的星星我们也一定给她!我们不会让她受一天的委屈,一分钟都不行!"

"你到底想干什么?!"肖德宇的妻子脸上挂起一层霜,"自从你背回那个死鬼,你就让鬼撞上了!你说这么长时间你干过一件正事吗?难怪连儿子都瞧不上你!自己的事儿一大堆,却天天忙别人的事儿,人家的油里有你还是酱里有你?你还知道自己是大伯子啊!人家年纪那么轻,又没孩子,又和德宙那死鬼没感情,你拦人家改嫁,算是哪一出?!"

"反正她不能嫁人。"肖德宇咬着自己的牙齿,"我、我也是没有办法,德宙给我托梦了。他说,"肖德宇晃了晃自己的脖子,他依然紧紧咬着自己的牙齿,"他说自己死后一无所有,就剩下赵宁是自己的，说什么也不能再把老婆丢了。"从妻子的角度，肖德宇的脸有些扭曲，上面的肌肉在跳动着，里面有她完全陌生的表情，虽然陌生的表情在跳动的肌肉里藏着。"我找到我做噩梦的根源了。德宙放不下他老婆，所以，所以……"

"……"肖德宇的妻子在院子里转了个圈，"可我怎么去说？能有用吗？"

"不管有用没用。你去说，你去说就行。"肖德宇咽下一口重重的唾液，"我有我的办法。明天，我去找那个老师，我有我的办法。"

"你可别，"肖德宇的妻子怯怯地盯着他的眼，"要把事情闹大了，我和儿子以后可怎么办啊！"

"我有我的办法。"

那个傍晚，黄昏的昏从地上层层泛起，夕阳在屋脊和道路的那边沉落下去，剩下的黄已细若游丝，更多的，是一片渐渐暗下去的灰——肖德宇迈着匆忙而细碎的脚步，经过门口，他眼睛的余光瞥见赵宁正倚在门边。向前的步子无论如何也迈不出去了。这让肖德宇产生一种梦境感，那个让他惊恐的梦突然地被撑开了，至少部分地被撑开了，他的身躯如同柔软的海绵，被一股力量吞食着。海绵，没有骨骼的海绵再次从他的腿部开始蔓延。

"进来吧。"赵宁说。赵宁的声音有一股特别的力量，这股力量和前面的力量叠加在一起形成了涡流，肖德宇挣扎了一下、两下、三下，他的身体越来越轻，仿佛是被丢进涡流内的稻草。

赵宁说完"进来吧"之后马上转身，向院里和更深的灰和昏中退去。她没有看他，一眼也没有。

肖德宇默默跟在后面。他的腿还在发软，他很想指挥自己的腿走向另一个方向，可两条海绵状的腿却没有听从他。肖德宇闻到，院子里有一股酒气。

"我一直把你当成亲大哥。我以为你和他不同。"

"我今天，"肖德宇将自己的话用力挤出来，它像放得太久的牙膏，"把你的地给锄了一遍，草没长起来。"

"你觉得亏心是不是？"赵宁朝着他的方向迈了半步，他面前的空气立刻减掉大半，肖德宇向后侧了侧身子："我把草拔了。把赵世温和肖长河家的地都浇了，现在，还早。"

"你别说那些乱七八糟的。没用。你说，你和他都说了什么，让他连我的面都不敢见了？你不说清楚就别想走。"

肖德宇用足力气，然而，放得太久的牙膏也被挤没了，他只是手足无措地站在那里。黄昏中，仅剩的黄的丝缕也已被黑暗吞没，对面变得越来越模糊，越来越让他眩晕。

"我这一辈子，是让你们一家人给毁了，我原以为你和他不一样。"

肖德宇僵硬地站着，像一个做错事的小学生。空气里酒味儿时浓时淡，夹杂着其他的气味，它们堵在肖德宇的鼻孔那里，像两个软木塞。

"毁掉我，折磨我，不让我好过，你觉得这样才痛快是不是？你们一家子禽兽，禽兽不如！……"

肖德宇面前站着一个陌生的赵宁，她滔滔不绝，她把肖德宇骂成了一段木头。眩晕越来越强烈，肖德宇听见自己大脑里某根绷紧的弦断了，这让他的身体略略颤动了一下，他的部分思绪也被甩出去了。赵宁，开始历数肖德宙的种种劣迹，她知道的和她经历的那些。她说得平静、冷漠，仿佛事不关己，仿佛她遭受到的强暴、殴打以及难言的侮辱和恐吓都只是……肖德宇却感觉他的脸上长出了刺，身上长出了刺,这些刺,向着他的身体他的脸一遍遍、一层层扎下去,如果不是他提前甩了些思绪,如果不是他悄悄地让自己走神儿,他真不知道自己该如何抵挡这层出不穷的刺。

终于,赵宁停下了。她没有肖德宇想象得那样抽泣,更没有泣不成声。她是有理由哭的。何况,她可能还喝过了酒。她应当是有备而来。

院子里越来越黑。房间没有一盏灯亮起,它更显得空旷而狰狞。时间,院子里的时间被放在一只死去的蜗牛的背上,它伸出许多的线纠缠着肖德宇的腿,他解不开。他也不敢让自己显露出想解开腿上的绳子的意思。

"我……我对不起你。我会给你补偿,我和我们全家人给你做牛做马都行,只要你不离开德宙。"肖德宇大脑里绷断的弦又重新接上了,"虽然你恨他,他也的确那个,可恨。但是,赵宁,肖德宙现在什么都没了,他只剩下你了。"

"从阻止我结婚,你就想好这番话了,你早就想好怎么说了,对吧?"赵宁的口气很冷,它不会超过零度。停顿一下,她突然换成另一种语调,"阻止我结婚,你是嫉妒了,你想和我好,是吧?"

"我……"

"没关系,这有什么?你们哥俩都一样不要脸,只不过他明着不要脸,你没那个胆儿。我今天就让你好,反正从嫁到你们家,什么肮脏的事儿我也看过,我也干过。"

"不、不、不,我……"肖德宇的脸上蒙上了一层红布,他的手足更加无措,更加多余,在任何一个地方都不能得到安放,"我、我、我真的不、不……"

"你怕什么?像你这样的狗屎怕什么?"赵宁递上自己的身子,她的手伸向肖德宇的胸膛,"别人说你杀了自己的弟弟我还不信,别人说他被杀的时候你在场,你得到了好处,我也不信。现在看,我瞧低你了。"

"别、别、别瞎说!"肖德宇把自己打扮成一个结巴,他想推开赵宁的身体,可他的手却没有足够的力气:"是、是、是塌方!我、我、我眼、眼看着他……"

肖德宇的脸上金星四溅,他挨了一记重重的耳光。在这记响亮的耳光之后,赵宁的身躯迅速小下去,缩进了黑暗里。哭声,从她身体小下去的地方蔓延了出来。

…………

他又一次梦见了肖德宙的那张脸,满是血污的脸。那张脸从矿井的墙壁上缓缓显现出来,一步一步向他贴近。整个梦都是黑白的。然而肖德宙脸上的血却是暗红的,就像爬着的蚯蚓。在梦中,肖德宇冲着那张脸大喊:"别过来!你别过来!我是你哥我是你哥啊!"

那张脸根本无动于衷。

肖德宇向后退着,他退到了角落里,再无退路,这时,他的手上又多出了那把铁锹。在梦中,他甚至还感到纳闷儿,铁锹怎么来到自己手上的?可来不及多想,铁锹已带着呼啸朝肖德宙的脸上挥去。肖德宙的脸竟然消失了。可出现肖德宙脸的那面矿井摇晃起来,支架倒塌下去,煤和石块噼噼啪啪……肖德宇转身一路狂奔,在他身体周围,塌方也紧紧尾随而来,几乎要吞掉他了……最后,他跑得疲惫不堪,绝望抓住了他的喉咙,他顺势倒下去,放弃了抵抗。可奇怪的是塌方也跟着停下了,他躺在那里,像一场梦。肖德宇坐起来。他这时才发现身下是一片缓缓的水;他这时才发现,自己依然处在梦境中最常出现的那段矿井；他这时才发现，前面的黑暗并不是完全的黑暗，那里有一束细细的、混浊的光。他顺着光的方向向前爬行，这时，那里出现了一张脸，就是肖德宙的，肖德宇发出一声尖叫然后向后退去，他的手上，又多出了那把铁锹……

肖德宇被自己的噩梦又一次惊醒。他坐起来，阳光照在第三根窗棂上，它们泛起一片片细细的波纹，那个噩梦缓缓沿着波纹的方向褪去、收缩，空气里有些丝状的尘灰在那里悬浮、飘动。

空空荡荡。肖德宇依然有些恍惚，似乎还有三分之一的身体沉在梦中，沉在恐惧里。

空空荡荡。那种空空荡荡让肖德宇难以承受，他突然感到特别委屈，泪水一点两点八点十点簌簌下落着，这让他更加委屈。他喊了一声自己的妻子，她没回答，堂屋里却传来切菜的声音，当当当当……

"你先不用做饭。"肖德宇说，他用手去捂眼眶里的泪水却怎么捂也捂不住。

切菜的声音停止了，堂屋里一片静寂。肖德宇下炕，走到堂屋里，堂屋里阳光充沛，它们暖暖的，可妻子并不在那里。切菜的声音完全是他的错觉。

为了,纪念

1

我和诗人雷马的相识是在一个小酒馆里,上个世纪的事了,其实上个世纪并不像想象的那么遥远。那时雷马已经是很有影响的诗人,他在许多刊物上发表过长诗和组诗。我记得居于整个饭局中心的雷马说出的第一句话就是:我失恋了。说完这句话,骄傲的雷马环顾四周特别是坐在他身侧的安雯和姚遥,并没有收回他突出的门牙。

那是一家很小很小的酒馆,现在早已不复存在,它甚至没能挺过上世纪的八十年代。我记得那天天气很热可雷马点的是羊肉火锅以致他的脸大半都在不断升腾的热气里,安雯用她的手帕给他擦汗被他抓住了手。那时候的女士大概还不太会用"讨厌"这个词,所以这个词被安雯说出来的时候有些生硬,她先羞红了脸。那是一家很小很小的酒馆却是人声鼎沸各种各样的声音塞满了你的耳朵,当然还有层出不穷的热气。小酒馆的对面是一家新开的舞厅,当然现在它也不复存在,当年的小街道已被拓宽。当年,小街道的柏油路面都破碎了,变成了砂砾,每当有车辆驶过,砂砾路面上便尘土飞扬,好像路面在呼气似的。

那天诗人雷马口若悬河,滔滔不绝,那么多奇异特别的句子越过那颗突出的门牙,几乎是一种喷涌。话题当然从时下的诗歌开始,那年月,在酒桌上谈论诗歌还是一件相当正常的事儿,谈论挣钱和女人反而会觉得可耻——雷马在席间谈到他正在创作的一首诗,题目是《埋在空房间里的生活》,"我的窗户是坟墓,窗框中的一切都是死的/我像一枚正在霉烂的苹果/流淌着,过多无用的体液……"不得不承认他要写那种属于人类本质(后来我和雷马有了更多接触,我发现他习惯性地把"人类本质"挂在嘴上,就像我所认识的另一个诗人,他反反复复地"痛苦",哪怕是在看上去异常快乐的时候)的荒芜感、陌生感和弃婴感,一直渴求爱却从来也得不到爱,"活着,在本质上就是一种不得不承受下去的遗弃。"

也许是因为酒的缘故,也许是出于想要在两个也在写诗的女孩面前小有卖弄的缘故,当然,也许是出于希望获得雷马重视的缘故,隔着不断翻腾的热气我借机提到了我刚刚读到的《荒原》,我想说我在雷马的这首诗中看到了与艾略特《荒原》在母题上,在认知上的某种一致性,但它刚刚说出便被打断了:"别和我谈这个三流诗人!他算什么东西!虚伪、花哨、华而不实……"看得出雷马有些激动,他用力地,夸张地挥了一下右手,然后把他的这只手搭在了安雯的肩上,"……许多人都是浪得虚名,许多人,而刚学写诗的人又往往被他们的名气所迷惑……如果你要读,金斯伯格和老惠特曼还值得一看……你看他们诗歌中的力量!激情!丰富的荷尔蒙!艾略特和他们相比,简直是一个被阉掉了的太监……"雷马的话引得了一团哄笑,除我和雷马之外都一起前仰后合，特别是姚遥，她几乎是花枝乱颤，笑得自己的肩不得不依在雷马的身上，她脸上未褪尽的痘痘再次发红……

和雷马相识的那个晚上被我写进了日记。在那个早已发黄变脆的硬皮本里详细地记录下了当时的细节，包括雷马某些我以为闪光的句子——不过在日记里我没有提到自己的受挫，但即使此时再读我也能读到隐在背后的受挫感，那时，我还是一个刚刚发表过两三首诗歌的文学青年。

那个时候，我应当算是一只敏感的蜗牛，或者还属少年的刺猬。这是现在的比喻，那时候……自以为是另一个样子。

在我的日记里，还有意无意地记下了这样一个细节：席间，安雯问道，雷马老师，你说你失恋了，到底是怎么一回事？是啊是啊，是怎么回事？姚遥和长庚也跟着起哄，为此姚遥还和雷马接连干掉了三杯啤酒。诗人雷马是如何回答的日记中没有留下记载，但我却记下了安雯的脸红，和她再一次的"讨厌"。

2

很快雷马成了我的朋友，很快，有外地的、本地的朋友来雷马都会叫上我，并向他的朋友们介绍：华子，我的哥们儿，诗写得不错。最后那句让我倍感受宠若惊，它肯定升高了我的体温，从内到外。当然在介绍过后雷马就会对我有所小小的忽略，他要把藏在口腔后面的悬河倒出来，让细话、粗话、充满哲理的话、前言不搭后语的话倾泻而下，大珠小珠落玉盘……他们谈论荷马和埃利蒂斯，荷尔德林与尼采，世界形势和中国问题……声音越来越大然后很可能演变成一场争吵。雷马充分利用他突出的门牙充当那个羽扇纶巾、舌战群儒的角色，他指点江山,指点民主和自由,指点诗歌写作和文学的可能性,指点……

作为小雷马十一岁,并且受宠若惊的朋友,我在自己的日记里详细地记下了相关的论争以及被他们反复提到的名字,现在它们也跟着发黄、变淡、变脆。写这篇小说之前我又重新翻出它们,一行行看下去竟然有种隔世感,好个年月和现在有多么大的不同!已有多年,朋友们聚会已不再谈乔伊斯、博尔赫斯与劳伦斯,不再谈中国应向何处去,更主要的是大家都不再那么固执而尖刻地争执,始终保持着一团和气酒足饭饱之后四散而去。由此,它会让你感觉上个世纪距离现在确实远了。

无用的感慨就此打住,我要继续和诗人雷马有关的叙述,为了……纪念。

每次叫上我,雷马总会有意无意地随口问一下,"你看,看安雯是不是有时间?一起来吧!"

安雯每次也都相当痛快。只是有一次,她借口身体不适拒绝了我们,但在我们谈着中国的现代性和诗歌的现代性,并一杯杯灌着啤酒的时候她还是赶了过来。我发现,安雯的眼圈是红的,像刚刚哭过的样子。

3

在那本旧日记里,我记下了诗人雷马参加一场诗歌朗诵会的情景,它记下的相当简单:

"雷马走上台去。他的额头上有一束淡黄的光。我原以为他会朗读自己的那首《倾斜而下的,和不断上升的》,但他从自己的裤子里掏出一张纸片。'太阳每天都是旧的，它旧得萎软／像一块正在腐坏的鸡皮……／道路、灯光，窗口和屋顶上肮脏的鸟／它们散发着精液一样的气息……'最后，气喘吁吁的雷马将纸片丢了下来，仿佛也丢下了他最后的力气。那只是一张白纸。"

即使事隔多年，即使看上去像经历了漫长的一个世纪，但凭借日记所搭建起的路径，跨上去，那日发生的事还有足够的清晰，它似乎没被蒙上任何的灰尘也不存在阻挡的雾。那个沉在旧时的日子不需要打捞便可浮出水面。

我记得那日涌动的人潮。旧电扇悬在屋顶上，有气无力，发出吱吱吱吱的声响，它们吹动屋里的热浪，几乎能堵住人的鼻孔，堵住身体上正流着汗水的腺体。多年之后，我曾经有机会重返那所大学，急着拓展的大学正忙于建筑施工，旧日的一切都已不复存在。我记得那日，诗人雷马在几个学生和安雯、姚遥的簇拥之下走上了讲台，他站在一侧，用一种很随意、很有些玩世不恭的样子叉开双腿，然后将手伸入肥大的短裤里，从自己的裆部掏出了那张纸——确实如此，雷马的短裤应当有三个裤兜，但那张纸的的确确不是从其中任何一个兜里掏出的，他的这一动作还引起了口哨和尖叫。接下来，诗人雷马朗诵了他那首即兴的长诗。

在他额头上有束淡黄的光：这也许是我的错觉，也许是我爱虚构的习性欺骗了我，但那日雷马的表现实在太精彩了，包括他那个突出的门牙和长着粗重毛发的罗圈腿，包括他搭配得很不和谐的大头皮凉鞋和灰色的袜子……朗诵完诗歌的雷马显得委顿、憔悴，像是没有了骨骼，两个奋勇而骄傲的学生在阵阵掌声中将他架到台下，然后离开教室……他丢到台下的那张纸遭到了抢夺，我和安雯、姚遥、李文东也加入了抢夺，当然我们快不过站在前面的学生。抢到了纸的学生如获至宝,她在众多拥挤而羡慕的眼光睽睽之下翻动着那张纸片,"一张白纸!只是白纸,没有一个字!"她用了高八度、仿佛玻璃即将破碎的声音宣布,她的脸上和声音里都没有任何遭受欺骗的不快。"就一张白纸!"那个女孩将纸片高高举起,使劲地晃动着。

这张被诗人雷马丢下的白纸在朗诵会上造成了不小的骚动,教室里声音混浊复杂,以致在雷马之后走上台去的诗人寒指有些手足无措,他站在雷马刚站过的位置上,望着吱吱吱吱、摇摇晃晃的旧电扇,不停地擦着汗。

"我爱上雷马了!"安雯向我宣布,她显然还在那个早已结束的诗歌朗诵会的气氛里沉浸,她还在被诗歌的火焰烧灼,"多棒的诗!他竟然是,就在朗诵会的现场想出来的!他……"

那一夜有很好的月亮,清凉如水。我不知道在这一时刻我的记忆是否依然正确,也许那个晚上乌云密布它甚至压低了我的房顶使它吱吱呀呀闷热而让人烦躁,谁知道呢。我承认我的日记为我搭建了通往那日的桥,在朗诵会结束前都那么历历在目,如同是昨日发生的事,但安雯和我告别之后的事却变得异常遥远,异常模糊。

说是异常模糊也许并不确切,我的记忆大概悄悄启动了它的回避机制,那一刻我也许在不停辗转,枕头上生出了刺猬的刺。

我肯定,在反复回味着的安雯在分别前说的那些话,它们在我的舌尖上移动,滋生各种滋味,刺激着舌尖的味蕾。我想安雯那句"我爱上雷马了"也许只是一种随意的、激情的、忘乎所以的表达,它并不意味是那种真的爱上。不可能。诗人雷马有一个还在遥远乡村的妻子,他大安雯有二十几岁。

4

我想安雯那句"我爱上雷马了"应当只是一种随意的、忘乎所以的表达,它出自安雯身上潜在的诗人心性,它并不意味——

5

某个下午,我敲开了诗人雷马的房门,他穿着一条蓝花的短裤出现在我面前。"有什么事?"他问我,虽然伸出手来拍拍我的肩膀,但明显显得很不耐烦,心不在焉。他用半个身子堵住了屋门,"哥们儿,现在,我不方便。"

我将一组新写的诗递到他的手上。"我尽快看,尽快看!"他冲我挥挥手,像要挥走一只苍蝇。我似乎分明看见,有一个人影在他的房间里闪了一下,飞快地闪到了暗处。

半小时后,我找到了安雯和另一位诗人卡卡,随便地谈论着什么。后来安雯提议,我们去找雷马如何,我很热烈地响应着,但有些不太自然了,而卡卡的表情非常冷漠。"我就不去了,还有点儿事。"卡卡骑上他的自行车,朝我们摆了摆手,然后一路走远。"他和雷马可能有点儿,算了吧,我们去。"安雯拉了拉我的手。她的手有些凉。

一切都了无痕迹,尽管雷马的房间一如既往的混乱,空气里似乎还有一股特别的味道。雷马此时穿的还是一条短裤,但已不是之前的那条,而是乳白色的——在我的日记里记下了这一细节,同时被记录的细节还有:安雯将雷马扔在床上的衣物向一边推了推,然后坐下去。过了一会儿,她突然直起,向自己刚才放置屁股的位置看了看,那里竟还有一条皱巴巴的内裤以及一只旧袜子。安雯的脸飞快地红了一下，然后，然后她有些手足无措，好在这手足无措的时间并不很长，她将那条内裤和袜子推向一边，自己重新坐了下去。雷马似乎想给我们倒点水，但他也许没有第三个杯子。

话题当然围绕诗歌、哲学、中国现实。强辩的雷马自然神采飞扬，滔滔不绝，他的一条腿翘到椅子上，那把已经松散的椅子配合着他的动作吱吱嘎嘎，仿佛随时可能会坍塌，将他丢在一堆碎木之间，丢在地上——那时已近黄昏，灰黄而强烈的阳光透过窗子照着他三分之二的脸，而他大半个身子则处在阴影里，阴影也足够强烈。

雷马谈到我下午交到他手上的诗，他说，他只是随手翻了两页。"这样写不行，肯定不行！你走了一条错误的道路！"他顿了顿，却盯着安雯的脸："我在你的诗中读不出冲动的、澎湃的、躁动的、来自身体内部的那种、那种……荷尔蒙的或类荷尔蒙的……诗歌是一种对抗、反叛，只有在对抗和反叛当中才能获得力量！你看金斯伯格！你看《巴黎的忧郁》！你看看他们是怎么写诗的！"这时，他的眼神终于转向了我："黄昏，伤感，什么什么的树……"他翻动着我给他的几页纸，"这些都是被那些旧文人，缺乏创造力的诗人们用俗了的意象，它们里面的全部水分都已被榨取干净，是一堆死物，你必须要重新寻找，给新事物命名，从你身体出发而不是从虚假和矫情出发……"我面红耳赤，如坐针毡般认真地听着，不敢漏掉一字。从雷马家出来时已是夜晚，路上星星点点的灯光已经点燃，微风一吹，被汗水湿透的后背有些凉。

那天晚上，从下午一直延续到晚上，雷马还对安雯的一句诗大加赞赏。他从这句诗读到了觉醒，自觉的反抗，对五千年来中国女性被压抑被困囿着的内心和身体表达了她的反思、感叹和不屑，是生命的觉醒，是活力的觉醒，是欲望和自我的觉醒……坐在不断夸赞中心的安雯面若桃花，她的眼神里有一汪清澈的水。

那天晚上雷马有一个饭局，他说安徽的一个流浪诗人在，想见一见他。那天晚上雷马强烈地要求我和安雯一起出席，我拒绝了，但安雯答应了下来。"那好那好，"雷马拍拍安雯的肩，"也到点了，我们出发吧。"

在我的日记里，还记下了这样的几个词：诗人，流浪，欲望，失败，懊悔。它们孤零零地在白纸上存在着，缺乏联系。它们，也属于被榨干了水分的词吗？

6

为了……纪念。有时觉得纪念这两个字来得太重，它早早地就带入了沧桑感、物是人非感、过往感，以及……但有时又觉得纪念这二字又有些过轻，它根本无法足够表达我所感受着的沧桑感、物是人非感、过往感……写下这篇文字，把那些已经离我而去的岁月和人留在纸上，它肯定是一种纪念，甚至多多少少也是为了忘却。面对那些已经发黄的纸片和上面我曾写下的文字，常让我有种莫名的隔世感，那个不遥远的"上世纪"竟像是在前生。只有面对这几本日记和上面有些花哨、生硬的字迹的时候，我才恍然地记起那样的日子、那样的思考、那样的生活曾经的确是我的经历，它们和现在的一切如此不同。"我不知道这个十九世纪将给我们带来些什么。它一开头就不好，接着越来越糟下去。复辟的阴影笼罩着欧洲。一切革新者——雅各宾党或波拿巴分子——几乎都失败了。专制制度和耶稣会重新掌权。青年时代的理想、光明，我们的十八世纪的希望，统统化作灰烬。""我把我的思想寄托于这本书中，我不知道用其他的方式表达。我始终是一个冷静平和的人,没有强烈的激情或狂热,是一家之主,是世袭贵族,思想开明,循规守法。政治上的急剧动荡从来没有使我经受大起大落,而且我希望如此继续下去。可是内心里,又是多么地难过哟!"这是卡尔维诺《树上的男爵》中的句子,每次读到它的时候都让我有些百感交集,唏嘘不已。翻开自己的旧日记,那里曾经直露地记下了青年时代的理想、幻想、光明和梦,记下了那么多混乱、乐观和不着边际的希望,如果不是在我四十岁的时候重新将它们翻开,我自己也很难相信我还曾经,曾经……

为了,纪念。从一个诗人开始。

7

在那个年代,诗人雷马是繁忙的,他要参加诗人们的聚会、沙龙、朗诵会,还要到各个学校演讲,谈论诗歌、艺术和哲学。在那个年代,诗人雷马是繁忙的,他被我们这些诗歌爱好者簇拥着,在酒桌上倾泻他口中的河,参加各地的笔会以及和不同的女人……约会。后一句话是诗人雷马自己说的,为此也带给他无尽的"痛苦",他说为此他有了强烈的奔波感、消耗感以及疲惫感,他说每一个女人都令他那么投入地迷醉、无法自拔,"爱情是把自己交出,把自己打碎,像,雨点落入到雨水里……"像雨点儿落入到雨水里,这样的句子让我着迷,让我绝望。在我看来,和雷马比较,他更是一个诗人,一个天才,我从来都想不出这样的句子,何况他只是随口说出的。后来,我在博尔赫斯的诗句里读到了一个类似的句子,但雷马的似乎更为巧妙。

在那个年代,诗人雷马是繁忙的,他还有许多的诗要写,有许多的书要读。那时的信息刚刚开始有一种爆炸感,远没有发展到什么网络时代，"我们应当为信息爆炸而欢呼，信息闭塞会造成人类的盲目、偏狭、无知——让信息来得更猛烈些吧！"雷马猛地挥动他的手臂，一个剩有半杯茶水的杯子被扫到了地上，它的杯壁上被撞出了一道裂痕——一个手疾眼快的女生飞快地将茶杯捡了起来，然后放入自己背来的书包里——我的日记里没有记下这一细节，但跨过日记中文字建起的桥，那日的情景便浮出了水面。新的世纪开始之后，我曾有机会再返那个校园，坐在讲台上面对稀稀落落的学生谈诗歌创作，真的是物是人非，应当说连物也不是了。我有些语无伦次地谈及了当年、雷马，看着一张张茫然而漠然的脸，忽然觉得自己真的挺傻。

"我知道你们是一群患者，生有沉默和盲目的病。
时代掏空了你们的思想
在大街上，像被线和霉菌牵动的木偶
我知道，你们，是一群可怕的患者
在广场和纪念碑的天空下，行色匆匆
没有谁肯望一眼突然飞过的鸽子
哪怕，一颗鸟屎会同样突然地落到你的头上
……我知道，我知道，你们，是一群，患者！
我隐藏在你们的中间，但我从来都不是医生
无法从你和我自己的体内
取走让人木讷、让人疯狂的病！"

这是雷马的一首诗，叫《该死的患者》，当年朗诵它属于雷马的保留节目之一，在每所学校、每次诗人们的沙龙聚会和一些这样那样的场合，雷马的这首诗像一种非常有效的助燃剂，而我和众人的头脑多多少少有火焰的性质,这首诗向人群中一丢,马上会溅起一堆哔哔啪啪的焰火来,升腾起尖叫和小火苗——我在那次讲座中也谈到了这首当年很有影响的诗,也许是我的声音不够沙哑也缺少些磁性的缘故,我卖力的表演并未获得什么效果,却如同将一根点燃的火柴扔进了水盆里。有人像被拍扁的黄瓜,软塌塌地垂在桌子上,有人面对自己的手提电脑飞快地移动着鼠标,坐在最后排的两男两女,分明是两对情侣……

在那个时代,诗人,是繁忙的。

8

当然诗人雷马也有不忙的时候。雷马不忙的时候会找李去雷、小亚、非红或我。他会在我的椅子上坐着,将自己的两只脚跷到桌子上,用他摆动的脏鞋底挡住我的视线,或者是径自躺到我的床上,让一本或薄或厚的书挡住自己的脸——空闲下来的诗人雷马多少有些苍老。我们只是相对坐着,或者我坐着他躺着,谁也不说话,只让时间一点一点一点地过去,在那时,时间会显得有点漫长,它们中间留有蜗牛爬过时的黏液。

收起了滔滔不绝的雷马是另一个人,多少有些陌生,就像是一块冷冷的石头,缺少另一个雷马所具有的活力、激情和热度,似乎比那个滔滔不绝的雷马也矮一些。

当然还有另一种可能,雷马来找我,一边谈论政治哲学一边和我下棋,但即使我故意留些破绽,有些步子故意走得拙劣些,他也总是无法赢下棋局——于是他找到无数的借口悔棋,一步一步,愣是把象棋下成了煎熬。他从不承认失败,他也总能找到给自己下台阶的理由。下棋的时候雷马依然滔滔不绝,但这不影响他对棋局的专注,他专注的表情让人感觉可怕,仿佛在我手上的每一枚棋子都与他仇恨刻骨——

说实话我宁可他一个下午一言不发也不愿意和他下棋。那真是一种煎熬。

那天雷马找我下棋,他明显是喝醉了,把棋盘拍得山响,并把我倒给他的茶水洒在自己的裤子上。我们终于下完了那盘他好像是赢下来的棋。临走,他倚在门框上问我,"你知道我来找你的时候都是什么时候?"我一片茫然。

"都是我,失去了一个女人的时候。"他低低地哭了起来,一副很伤心很荷尔蒙的样子。

9

事情并不像我说的或者期望的那样,安雯真的是爱上了雷马。是那种女人的爱。

我听到了一些有关他与她之间的传闻。当然在有安雯之前,诗人雷马的传闻就真真假假有一种层出感,但那些从未引起我的在意。我的耳朵里装有一根搜罗、收集有关安雯消息的天线,我在意当然是因为我爱着安雯。是那种小男人的爱。

所有经历过爱情的人应当都能理解我的苦痛、辗转、患得患失和相当拙劣的掩饰。我能感觉自己的委顿同时也感觉自己在生出刺猬的刺,有了些许的尖酸。我的日记中没有记下这些,在较长的一段时间里它只记下一些混乱的、不着边际的、带有阴霾感和泛有毒汁的抒情,但它足以搭起延伸的桥梁。其中两页,我没有记录任何的事件发生,却用魏碑张猛龙的字体抄写了一段《洛丽塔》的文字：

> 星期六。我知道继续这日记真是疯了，但这么做，给我一种奇特刺激……
>
> 星期一。贪恋不舍的快乐。我阴郁的时光都耗在垃圾堆和悲哀中了。……
>
> 星期二。下雨。雨水湖。妈妈外出买东西。我知道L就在附近的什么地方……使我失去理智的是这个小仙女的二重性——可能也是所有小仙女的（日记中，我在这行文字的下边加上了着重号）：我的洛丽塔身上混合了温柔如梦的孩子气与一种怪异的粗野，是从广告和滑稽画片上那些狮子鼻的扭捏作态学来的；是从"旧时代"（弥散着碾碎了的雏菊和汗味）故作名士派头的年轻仆役身上学来的；是从地方妓院里那些已经足够年轻，却还要装成孩子的妓女那儿学来的；而后，所有这一切又与白玉无瑕无与伦比的温柔混杂在一起，渗入麝香味的草丛和泥土之中，渗透尘埃和死亡。（在日记中，这一段文字同样被加上了着重号。）噢，上帝，噢，上帝啊，最特别的是她，这个洛丽塔，我的洛丽塔，已经具体化了作者的古老欲望，因此在一切的一切之上和之后就只有——洛丽塔。
>
> ……星期五。我期待着一次可怕的灾难。地震。壮观的爆炸……

我把它看成是一种隐喻，对我爱着她她却爱着别人的安雯和爱情的一种隐喻。我在日记中埋伏了什么，隐藏了什么：痛苦、失望或恶毒，严重受挫的失败感，或者是，还是……

有一次，我把积攒成一团的勇气鼓起向躺在我床上的雷马询问他和安雯的关系，雷马的一只手淹没在自己的裤子里，他谈论的是另外的女人、性、弗洛伊德。我拉出了他藏在裤子里的手，使用着一脸笨拙的严肃：安雯是一个好女孩。她是用、用她的全部去爱一个人的。你要好好地待她。雷马打量了我两眼，然后透过他突出的门牙露出一丝得意："兄弟，要不要我做点儿牺牲成全你俩？"

"可是兄弟，我也爱她。她让我着迷。"雷马摇晃着他的屁股，床在他的身下吱吱吱吱，松垮地让人愤慨。

10

姚遥过来找我。她的左肩靠在门框上，手里拿着一袋傻子瓜子，一枚枚地抛向自己的嘴里。"我来，和你说说那个女人的事儿。你把她当好人，其实她是，"姚遥用了些力气，把瓜子壳吐进我的屋里，"一个破货，一个，一个妓女。"姚遥吐出了第二枚瓜子壳。

她说的是安雯，她们俩曾是无话不谈的闺中密友。

在姚遥嘴里，安雯的所做相当不堪，我不知道其中哪些属于真实哪些进行了虚构。"她这个人不值得你爱，我知道你喜欢她。还有，"她接连将几枚瓜子抛入自己口里，硬硬地嚼着，"还有那个雷马。也不是什么好东西，纯粹一个色狼，流氓！"

寻得一个怎样的机会，我对安雯说，你这样是危险的，真的，你现在的样子让人心痛。我对安雯说，雷马不可能只属于哪个女人，不会，虽然我尊重你爱他的权利，可是，可是……安雯咬着嘴唇，她的脸上竟然挂出了泪水，这让她显得更为憔悴。"我知道，道理我懂，可我就是爱了，不能自拔。"显然，这个"不能自拔"是安雯深思熟虑的一个词,这个词,在她的心里生有内向的根。

不,你应该有另外的或者更好的选择,你必须要从这种"不能自拔"之中拔出来……低着头的安雯继续低着她的头,她看着自己脚上的那双鞋,以及鞋边的一片水渍,"你是我更好的选择吗?"

她挪动了一下自己的脚,让它覆盖在那片水渍上,"对不起,我的心里装不下别人。他把我填满了。"

11

我承认我和诗人雷马有了心照不宣的疏远,尽管在表面上,一切都未发生,雷马还是那样热情地介绍:这是我的哥们儿,华子,一个诗人,诗写得不错。我的表现当然也一如既往,不过画家默含看出了破绽。他问雷马,你小子是不是又在背后使坏,抢走了哥们儿的女友?雷马端起酒杯,晃动着里面的啤酒:"哥们儿,有这事吗?我跟默含那样的人可不是一路货色!"

有两次某校文学社的活动我都借故没去参加,我知道雷马会在。在日记中,我记下其中一次未去参加的原因是"忽然肚痛",模仿的大概是王献之的字迹,后面有一句用我自己的字体写下的话:"写出好诗来比一切都重要。"它显得有些突兀,后面还缀有一个大大的叹号。

在那段时间里,我开始着一个苦行僧的刻苦旅程,多年之后,那段刻苦依然让我珍视和怀念。

从一些诗人朋友那里,我得到一些有关安雯的消息,它们那么片段、无序,需要调动联想和想象。诗人卡卡的说法是,"大概又一个女孩子毁在了他的手上"。一直以来,诗人卡卡都对雷马的诗和为人很不屑:"胡言乱语一顿,加点儿政治、大便和精液,就算现代诗?就后现代?无非是些骗人的把戏!"当然,雷马也不屑于卡卡的诗和人,说他平庸、虚伪、落后,"读了半本唐诗就以为自己是诗人了,以为诗只能卿卿我我风花雪月,纯属狗屎!一大堆狗屎!"——那天,卡卡较为详细地向我和另两位朋友介绍了雷马的历史,他们曾在同一公社插队,返城后又一起参加了同一文学小组:在卡卡的介绍中,雷马简直是一个无赖加小丑,作恶多端,不杀都不足以平民愤——虽然那段时间我对雷马怀有偷偷的仇恨,但也必须承认,卡卡的描述既添了油也加了醋,雷马远不像他说得那么可恨、卑鄙。

"那是你们被他的表面迷惑了。他很会作秀。难道你们看不出来他一直在表演?他很清楚自己要什么,怎么才能得到。"(这番话,我也曾在雷马的口里听到过。不过在他那里,针对的对象是卡卡。雷马很少说别人坏话,但谈到诗歌的时候却一直充分展现着傲慢。一次某个学生问他对一个名声显赫的诗人的评价,雷马头也不抬,只用了一个字:屁。随后那个固执的、显然被激怒的学生接连又提到五六个名字,雷马一直用同一种姿势回答:屁。屁。屁屁屁……)

三个月后,我和雷马又坐在了一起,在雷马一阵波涛汹涌、激情澎湃之后是学生们的提问,雷马摇头晃脑,有些漫不经心,至少从我的角度看上去如此。忘了是一个什么样的问题,也忘了具体的回答(我的日记中也没有与之相关的记录),我觉得雷马的观点实在无法接受,于是我按捺不住站了起来:"雷马老师,我不能同意你的观点。我认为……"雷马很有兴致地听过我的阐述,然后示意我坐下。"虽然我也不同意你的观点,但我誓死捍卫你表达的权利……"雷马是用这句话开始了对我的反驳,当时的我根本不是对手。不是,对手。

在日记里,那一页记完当日所发生之事后还空有三行。我用三行的空白一笔一笔写下：不是对手不是对手不是对手不是……

12

好吧，长话短说，在回忆和诗人雷马有关的记忆时我总忍不住想列举当时发生的点点滴滴，总忍不住发些毫无用处的感慨。它应当打住，从一大堆的乱麻里面找出那条属于他的褐色的红色的线，把山羊和绵羊分开，把那条线头拎在手中，一路下去，一路向北……

可我总是忍不住想叙述一些另外、旁及挂在这条线头上不易摘掉的麻。就像现在：

前日我回沧州老家，接受一位官员朋友的宴请，同时受到邀请的还有一些当时的文友诗友。席间，我那位也文学青年过的官员朋友对我说，前些日子他收拾一堆杂物的时候突然翻出了三四十封当年的旧信，睹物思人，颇有些感慨。"有三封写给我的信开头基本上是一样一样的，其中有你的一封。你能不能想起来或者猜到，你信的开头是怎么写的？"

强迫我连干了三杯白酒之后，我的那位官员朋友一边嚼着一根黄瓜一边向我揭开了谜底："某某某（我朋友的名字），以我的分析，现在国内国际的形势是这样的……"喝酒喝酒。再来一杯。

13

这一节留给空白。

留给，消逝着的和正要消逝的岁月。

14

悬浮。在时间、空间和旅行中

这多像一种别处的生活，我对面距离遥远，列车的方向与我的设想恰恰相反。

我抓不住你的手指，它有些冷，有些战栗，我抓不住你的眼神，抓不住你的心灵，尽管，它在痛着的时候我也在痛……

两片窗外的树叶，隔着玻璃，落入了你的眼中

……悬浮就是我爱着，而你的爱情

交给了另一个，危险的人。

《悬浮》，这首诗所记下的是我和安雯的一次旅行，她要我陪她去外地散心，当时我并不知道，她要和过去告别，甚至是和我们所在的城市告别，我不知道在她瘦小的身体里还装得下那么大那么坚硬的毅然。之前安雯也曾找过我一次，是一个有些晚的黄昏。

瘦，弱，憔悴……你可以把其他类似的词用在这个黄昏里出现的安雯身上，她就是那副让人认不出来的模样，她是另一个让人心酸的人，在她年轻的身体里积累下的许多东西似乎已被悄然而无情地抽走，像一枚放在窗外风吹日晒的桃，被吹干了许多的水分。她在一个角落里坐下来，不许我开灯，不许我和她说话，她需要安静一会儿，说这话的时候她已带出了哭泣的腔调，泪水早早地开始了汹涌。是的，汹涌，这不是一个被严重夸张的词，用在那时的安雯身上是恰当的。天渐渐地暗了。房间里的光线变得稀薄而凉，作为易碎品的安雯抽动着肩膀，大的泪滴串着小的泪滴，它们被安雯那件暗粉色的上衣接住，像水落入了海绵。

安雯的哭泣大约进行了一个小时，或者更久，在停止哭泣之后她突然地站起来，把笼罩在她身上的黑暗推开一些："我走啦。"她的声音很轻，含满了沙子。她真的就那么走了。

我们是在售票室的门口决定向南还是向北，目标是哪一座城市。列车上，安雯的目光一直盯着窗外，仿佛有所发现，但我清楚地知道她的心在别处。坐我们对面的是两个大学生模样的人，他们旁若无人、意气风发地指点着江山，谈论着政治改革。如果在平时，我很可能会加入他们的争论中去，但那天我缺少那样的心思，我的心也在别处。

窗外的一切都在飞速地向后移去，新的景色以大致相同的速度填充过来，那些新的景色和刚刚过去的一切并无大的不同，它们仿佛都是旧的，像一个快速旋转着的走马灯，可变换的图片只有那么几帧……可安雯的目光一直留在车窗外。她接过我递给她的水杯，"我感觉自己的身体内部都杂乱地碎了，像一大堆碎玻璃，车一走它们也在咯咯吱吱地晃动着，更没原来的形状了。"她显得平静，声调和表情都仿若零度——我的日记里留下了大片的抒情大约有四百字，现在看来，它们过于热烈也显得矫情，所以不再抄录。

我和安雯看了那座城市的寺庙和塔，在一棵棵白杨的树下留了影，先后说过"茄子"，然后吃了当地的小吃，故意找了一个众声喧哗、人声鼎沸处，还要了两瓶啤酒……我和安雯，有意把那次旅行当成是一次轻松的、毫无背负的旅行，我们的有意忽略有一点假。我们也故意不提居住的 A 城不提旧岁月不提雷马甚至不提诗歌，只专注于旧日的旅行所见，眼前的小吃……这里就有了更多的假特别是在我们的兴致勃勃中。我们一言一语，小心地维护着，一旦延续不下去就举一举酒杯——

"你还记得我们第一次见到雷马时的情景吗？"在我买单的时候

她忽然问我。我愣了一下,不知该怎么回答。"我失恋了,嗤。"安雯翘了翘她的右嘴角,眼睛一下子红了。

那是一个不眠之夜,我和安雯说了一夜的话。其实主要是她在说,她的心里塞满了爱与痛,怀恋和委屈。那一夜,可怜又可爱的安雯异常平静,仿佛她说的是多年之前在他人身上所发生的事,她旁观了其中的一切一切。那是一个旁观者的铭心刻骨。

她说她和他的开始,他对她的引诱,她知道那属于引诱但装作毫无觉察,其实引诱是双重的她不能把自己说得像一个受骗者,不是,如果那确是一方陷阱也是他和她合力挖出的,只是她率先跳了下去。她说他和她之间,和她们之间,她以为自己可以什么都不要虽然他承诺给予,但一步一步,她肯定自己想要,想要一切。她说他们之间的快乐和争吵,说她突然的小气和他的自私虚伪、装模作样、在女人间的周旋……在日记里我尽可能详尽地记述下了她的所说,但现在看来那只是一个平常的通俗故事,在新世纪的今天依旧层出不穷,毫无新意地发生,只不过,今日的男主角身份不再是诗人而换成了商人和官员。那些花言巧语包括某些伎俩都未曾改变,从这一点上说,太阳每天也许都是旧的。

她把那个通俗却让人唏嘘的故事讲了一夜。她讲了她每日的幻想和痛,讲了她的无法自拔和积满骨髓的疲惫,讲她一次次被击碎的自欺欺人……她依然讲得平静,从语气更换上看,她说的"无法自拔"只是一个普通的的词,没有任何的重量。她用同样的语调讲她一次即将成功的自杀和获救,讲他在医院里的陪护细节,讲他们重归于好然后又一而再再而三的争吵、伤害、欺骗和其中的小幸福……天渐渐亮了起来,透过窗帘射入的光有些惨白,无力而稀薄,安雯在我的胸口上躺了一会儿然后离开了房间。

不辞而别。

等我回到 A 城的时候安雯已经在了,她对我说她理解,她能想到我的焦急。但那时她一心想的就是尽快地离开我,她说她有一种强烈的负罪感,她应当在雷马的身边而不是另一个男人的身边,她要我原谅她对我的伤害,她不得不这样做。

没什么,你没事就好,我做得非常绅士。

一个月后,安雯辞职去了南方,这是有关她的最后消息,而这消息也是从她同事那里得来的,她没和我们任何人打过招呼,无论是我、卡卡还是雷马。没有了安雯的这座城市立即死寂了一半儿,空无了一半儿,崩溃了一半儿——这是我在日记中的感觉,它还使用了其他程度强烈的词,现在看到都有些脸红。

15

为了,纪念,致无尽的岁月。致那些消逝和残留,致美好和不美,致那些匆匆的过往……致一颗心,其中的柔软和粗糙,致那些隐藏……

在安雯离开 A 城很长一段时间里我都处在一种半隐居的状态,默默地读书写作,尽量避免和雷马遇到的尴尬——我不知道该用怎样的方式来处理我们的面对,我对可能的面对有深深的胆怯。那段时间里外面的世界风起云涌,而我的日常却相当平静,波澜不惊。后来的一篇文字中,我写下自己当时的感觉:我好像生活在一面镜子的背面,和"世界"隔了一层玻璃,我能"看见"在这个"世界"里的人来人往和正在发生的事情,却缺少融入感。现在,多数的时候依旧如此,我和世界隔了一层玻璃。对我小说缺少些烟火气的指责我非常认同。

这是性格使然，是我内心的怯懦使然，"我把我的思想寄托于这本书中，我不知道用其他的方式表达。我始终是一个冷静平和的人，没有强烈的激情或狂热……可内心里，又是多么地难过哟！"

诗人雷马重新成了我的朋友，虽然我们之间存在着一块看不见却可以触摸到的"隔"。是他来找我的，就像原来那样，径自躺到我的床上，毫不顾及我端出的是一张缺少热情的冷脸。

他说他怀念安雯，以前她在的时候他并未察觉她是那么好，他也没意识到自己是那么爱她。他说自己很不是东西那么自私只顾及自己的感受一次次地伤害到她，此刻惩罚来了，他真的失去了她，他的生活变得毫无生机和趣味，虽然他的身边不缺少女人。雷马的身体转向了内侧，他的肩膀一动一动，真的哭出了声来。

我设想过一千种一万种和雷马的"相遇"，可从来没有想到会如此。所有的设计变得全无用处。我递给雷马一杯水，"以后酒少喝点儿。"

那天晚上，我被雷马硬拉到一个饭局，朋友们招待一个来自四川的流浪诗人，当年四处流浪的诗人到处都是，如果不是我母亲极力制止，我也想用半年的时间加入他们的行列中，体验一种我所不熟悉的生活——我说过我的怯懦和循规蹈矩，在写诗的岁月中，我很为自己的这些感觉羞愧，我希望自己的骨头里埋伏一个兰波，一个尼采，金斯伯格，或者莫迪利亚尼……但我的骨头里确实缺少那样的隐藏。许多时候，我都幻想自己能成为一个并不为自己所熟识的人。

虽然是一副邋遢而潦倒的样子，但那位流浪诗人却充分显示了他的傲慢，他把自己带来的破旧的军用挎包放在一把紧挨着他身侧的椅子上，这样他和他的挎包便占用了相当的一块位置，而全然不顾还有两位朋友因为拥挤无法坐下。点了酒、菜，流浪诗人又要了一包烟，自己拿出一支点上,其余的便被装入了自己的包里——"谈谈你们的诗歌吧,"诗人吐了一个潇洒的烟圈儿,用他夹着烟的手指点了点雷马,"你的就不用说了,我看过。有几句还像回事儿。"雷马笑着,不停地点头。

那天雷马收起了自己口里的河,他少有的谦卑,少有的话少,夸夸其谈的权利交给了那位来自四川的诗人。四川诗人一边大谈诗歌的宇宙意识、生命意识、自由意识和原始冲动,一边渲染自己生活的艰难和受挫,"不反复经历失败的诗人肯定不是一个好诗人,不让自己生活在困苦中的诗人肯定不是一个好诗人。好诗人,是那些勇于承担苦难又敢于自我放逐的写作者。"他的这番话引起了一片掌声,带头鼓掌的是诗人雷马,但四川诗人对雷马的表现毫不领情:"你敢不敢自我放逐?放开你现在的名气、利益和女人,过一种四海为家的生活?留恋这些垃圾,你就彻底毁了!"

席间,有人提议请四川诗人朗诵一首自己的诗,没想到他的反应竟那么强烈,如果不是雷马和两位在座的女诗人拦住,四川诗人必将离席而去,在火车站的候车室里睡上一晚。"朗诵?诗歌用来朗诵?你当它是白菜白薯?!它是艺术中的艺术,是要用大脑来想眼睛来看的!朗诵,能朗诵的诗能是诗吗?你必须向诗道歉,收回你对诗的污辱和亵渎!……"

各自散去的时候已是晚上十一点,雷马悄悄将我拉到一边问我带没带钱,他说四川诗人想去放松一下,见我不解,他又跟我解释,找个女人,大概歌厅里会有。"一起去吧,哥们儿,也算给哥哥个面子。"

我找了个理由,雷马也未勉强,"以后有的是机会,我要补偿你,"他等着我拿出身上的钱,"哥哥是有些对不住你。"

把钱递到雷马手上,我问他读过那位四川诗人的诗没有,雷马愣了一下：没有，好像。但那有什么关系？他是个天才，这一点毋庸置疑。

16

十个海子，十种永恒

十个海子，我是那个在悲伤和火焰中
打铁的铁匠　兄弟
我要用我的泪水，你的诗行和亚洲铜
打造十个安放你身体、忧伤和死亡的
天堂，永恒的天堂

"击鼓之后，我们把黑暗中跳舞的心脏叫作
月亮——这月亮主要由你构成"
哦，十个海子，山海关外数十倍的痛苦
都上升为此刻不朽的月亮
你像投入天堂之火的秘密火柴
我的兄弟，十个海子
让我一起拥抱你们十个当中的十个
让一个铁匠的心驱赶围在你们身边的荒凉
…………

这是诗人雷马的一首诗，在 A 城"高校诗歌联盟"组织的"不染的星辰——海子纪念诗歌朗诵会"上由诗人雷马亲自朗诵，后来发表在一家颇有影响的民刊上。少见的认真和严肃——后来雷马告诉我们,海子是他极为要好的朋友,至今他还保留着数封他们之间的通信,一起谈论诗歌和哲学、政治。有段时间,雷马在自己的房间里挂出一张请照相馆人员翻拍放大的海子的照片,下面摆放着海子的诗集和据说是他生前爱吃的水果……对此,诗人卡卡表示了他的不屑,他认定,雷马是在撒谎,他根本不是海子的朋友,肯定不是,说不定他们并不认识,更谈不上相知相识。"他说的那些都是报纸刊物上有的,无非是他加入了些油盐,把海子身边的ABC都换成了他雷马,反正死人也不会站出来和他对质。"至于海子的信,"你让他拿出来让大家看看!他要是有海子的信,还不要求A城日报晚报给他全文发表,装进镜框里挂在墙上?"

姚遥当时也在场,"他肯定是瞎说,他这个人,我了解他,嘴里几乎没有一句实话!"姚遥还提议,我们可找A城日报负责副刊的刘石涛一起前去讨要海子的信,"看他能不能拿得出来!"

…………

之所以在这一节的开始我抄录诗人雷马的这首诗并不单单是它引发了这样一段插曲,不仅仅如此。这是我所见的诗人雷马在上个世纪里以及到本世纪初他从监狱里放出来之前所写的最后一首诗,最后一首。为了纪念,我才抄录了它。

在这首诗后,诗人雷马便"不复存在",当然出于某种惯性,他还要保持这一身份许多年,直到二十世纪九十年代初他获得了商人的身份,并且属于较为成功的文化商人。当然,在这首诗后,诗人雷马在一段时间里还延续着他一贯的口若悬河,滔滔不绝,并且同样延续着旧时反复的"痛苦",跟我们大谈他正在准备写下的诗——但在那首纪念海子的诗歌之后,他再没有完成任何一首诗或者别的文字。不知道究竟是什么堵住了他的那只耐克笔,据说那支钢笔是某位倾慕他的女性送给他的,雷马乐道于这种据说,他会笑嘻嘻地默认,并引导我们注意他的那支笔。然而,那支笔被堵住了,在他大脑里存在的那泓"诗之泉",竟也悄悄地干涸,没有了足够的水分。

17

雷马说,他准备写一首题为《火葬场边的四重奏》的长诗,这是一个相当庞大而复杂的计划,他将杂糅诗歌、散文、小说、歌剧和论文于一体,表现一群人的被动、不自由、绝望和反抗,写他们对性和欲、生与死的理解。"至于具体内容,暂时保密。"

他要写一个男人的幻想和想入非非,最后偷偷溜进了一个女孩的房间里诱奸了那个女孩,在他准备离开的时候女孩锁住了门,经过一番挣扎搏斗他杀死了她。那个女孩躺在床上也如此幻想如此想入非非,她感觉那个一直似乎对她有意的男人悄悄溜入了她的房间,在她的半推半就之下对她进行了诱奸。事后,她想表现得无辜一些可那个男人误解了她的意思竟然紧紧地掐住了她的脖子……"它是诗,不是小说,它必须要用诗的方式来表达!小说,如果没有诗性它就只能是俗物、大便、避孕套里的精液!这首诗的难度在于一是要解决好诗句和叙事之间的矛盾,保持必需的张力,二是要让整首诗有种梦境感,似乎诱奸和死亡都已确实地发生,又似乎是他们两个人的分别想象,只是想入非非而已……"

"我要写丧失和失明,写黑暗对人生的笼罩,写……题目还没有想好。"

当然,这些都是诗人雷马的酒桌和沙龙中的诗歌设想,不知出于什么原因，我把本属于雷马的这些设想都记入了我的日记。重新阅读自己的日记，我不得不承认诗人雷马是一个很有些想法的人，尽管有些，是出于对一些我当时未曾见过的西方作品的模仿。

他还说，他准备写一篇有关家族命运的长篇小说，一篇题目为《此岸·彼岸》的小说，但这些都只是说说而都未曾真正地获得完成。

在那首纪念海子的诗歌之后，诗人雷马的笔被狠狠地堵住了，里面似乎已挤不出一滴墨水来了，他连一首短诗也再没有完成。

18

把雷马再没写出一首能让他拿出来发表或朗诵的诗完全归结于他的"江郎才尽"似乎也不太正确，我相信，那时的雷马确实遇到了一道横亘的坎儿，但还不是永远无法跨过——是在这个需要艰难爬坡的时候，另外的事件吸走了他的激情和注意，他走向了另一个方向，于是……

二十世纪八十年代，在最后的几年里真可谓是风起云涌潮升潮落，我不知道该用怎样的语言来描述它，尽管真的是事隔多年，可我……和世界隔着一层玻璃的感觉是慢慢清晰起来的，这层玻璃，也许就是在那个时候加入的，它缓缓生长，越来越厚。"诗人应当是时代的弄潮儿，他必须最早地感知水的冷暖。是时候了，是我们表演的时候了，为诗歌，也为祖国。"雷马躺在我的床上，他摇晃着自己的屁股，让下面发出吱吱吱吱的声响，而眼睛紧紧地盯着我的眼："怎么样？我们需要一个声势！跟着我，绝对……"在日记里，我记下他当时所使用的一些词，现在看时它们的上面已有了厚厚的一些灰尘。

我大约没有答应。也许仅仅是因为他屁股的缘故，也许仅仅是吱吱吱吱声响的缘故，当然也可能多多少少有安雯的缘故，我的怯懦和私心的缘故——日记里对此没有任何的描述。我记下的是，雷马甩过来一句恶狠狠的话：你没有热情也没有良知。你不会是一个好诗人！

在雷马走后，我摔碎了他用过的杯子，并把我的床单丢在地上，然后朝着街口走去。我不在乎屋子里的狼藉。

诗人雷马购买了滑板，竖起了旗帜，摇摇晃晃地立在了波涛之上，这让他可以暂时地忘掉写诗特别是写出好诗的艰难，忘掉他早想甩掉的平庸日常和乡下的妻子，忘掉……他扮演着弄潮儿的角色，扮演着春江上的鸭子和容光焕发，他走南闯北……那时的雷马也许将自己想象成兰波或者切·格瓦拉，生活汹涌，生活火热。

潮水退去。大概那些追逐潮水的游鱼无法想象那汹涌壮阔的大潮会退得如此，以这样的方式——我丢下隐喻，继续说诗人雷马，我不去猜度原本无法猜度的，我不假设，我只提供在那个旧日记本，乳白色条纹，硬皮，封面上印有一束金色的水仙和"日记"两字，32开，150页，053批，由"天津市教师进修制本"印制的"书式日记"中的记述：

"在菜市场的外面碰到了雷马。他那颗突出的门牙让我一眼认出了他，虽然他的下巴上留出胡子。我和他打过招呼，他冲我摆了摆手，相当漠然。"

"再次遇到雷马。他看上去很疲惫，还有些紧张。和他谈起前些日子的发生，他制止了我。'兄弟，你没有经历过……我比你知道得多。有更多的感受。别谈这些了，'雷马左右看了看，'我感觉，我感觉……我可能要出去些日子。'"

"坐在沙发上的乔森森用手里的笔敲打着桌子的角儿，大发感慨，这个诗歌沙龙已经很长时间没聚了，似乎自从陈皮买了沙发之后。

姚遥只坐了三四分钟便离开了，她面前的那杯水还升腾着袅袅的水气——于是乔森森再发感慨，没有女诗人参加的沙龙还有什么意思，在这个时候谈诗是可耻的。对这句话，陈皮和李寂寒的反应激烈，于是乔森森改口，他把这句话的第一使用权（日记中就是用的这个词）交给了雷马，他说这话是雷马私下说的，他仅仅是转述而已。话题转到了没有到来的雷马身上，有人说他看破红尘，到乡下当和尚去了。'哼，他当和尚，花和尚吧！'陈皮的话自然引起了一片哄笑，这时画家李去雷发布了一个权威的消息：诗人雷马的的确确是去了乡下。他想和自己的妻子离婚，也不想再交孩子的抚养费。李去雷信誓旦旦，他的消息绝对权威。"

"和非红、小亚、盘索去雷马家，不在，只遇见了锁。上面的锈迹和尘土以及塞在门缝里的信提示我们，雷马没回这个家，已有段日子了。"

"……下午四点，消失很长一段日子的雷马来到我的单位，他看上去小心翼翼。给我和赵主任递过烟后，他把我拉到一边：能不能借我些钱。我，我想做生意了。"

日记中记载，我借给了雷马三百块钱，是第三天给的，一月有一百四十块钱工资的我当时肯定拿不出那么多的钱。他本想在我的宿舍里再加张床，他的房间则要替出来当库房——这个提议被我拒绝了，我当时的理由是，单位的宿舍不方便，我也做不了主。雷马借走的钱注定要打水漂，我不能再把自己的住处搭进去——虽然日记中只记下了过程没有记录我的想法，但我想我当时一定是这么想的。

19

雷马消失了，借过我的钱、朋友的钱和情人的钱的雷马消失了，他像之前安雯的消失一样消失，离开了A城，或者使用他的那个比喻，他走出了A城，像雨水落入水流之中，在更多的人中间获得了隐藏，埋没。有时我们聚会，偶然有朋友还会提起雷马，毕竟他曾是A城诗歌的象征，他曾影响过许多人。当然在雷马走后，我们的聚会突然就减少了。

雷马去了哪儿？之后，即使雷马重返A城之后，他在那一年的时间里的去向依然是个谜。至少对我来说，是。

20

略过某些无关的时间，我直接去写雷马的重返，那是一个天色还暗的早晨，硬硬的敲门声把我从一个天使的、魔鬼的梦中惊醒。日记里是这么写的，我在做一个天使和魔鬼的梦，层出不穷的魔鬼使疲惫的天使处在了下风，这时一个巨大的魔鬼出现了，他挥动着手里巨大的锤子，面目狰狞……"华子，开门！华子，是我！"

雷马站在外面，和屋外的昏暗融成了一体，只是比昏暗的颜色略深。他一身有些皱的西装，少有地打了领带——"我先在你这儿睡会儿觉。屋里没别人吧？"他的皮箱似乎很重。

直到中午，雷马才止住他可以撼动屋顶的鼾声，睡醒了。"真累，你所想象不到的累。"他挪动了两下屁股，随手拿起我放在床头的一本《里尔克诗选》，翻了两页："你还在写诗？"

中午的时候雷马只喝了一杯啤酒，这很不是雷马的风格。他不让我招集之前的旧文友，饭桌上只有我们两个，这也很不是雷马的风格。他说下午有事，他来 A 城是为了一桩生意。他不谈离开 A 城的这一年里都去了哪里，做了些什么，我的追问只换来一句混得不好，总走麦城。而此刻，他对谈论诗歌、哲学、政治也了无兴趣，他含在口里的河似乎早已干涸。终于把那顿没话或找话的午饭吃完，雷马拉了拉自己的上衣，问我，"你再见过安雯没有？"

下午三点，雷马电话到我单位，告诉我他要走了，晚饭不用等他了。我问他生意谈得怎么样，他在电话另一端笑声里传递过来一丝丝的苦："还能怎么样？难啊！"

这个电话之后，雷马再一次消失。不知为何，雷马的再次消失让我有些怅然，我感觉有许多的东西我说不上名字的东西也跟着消失了，虽然它们未必和离开的雷马有多大的关系。

21

伟大的豪尔赫·路易斯·博尔赫斯一生写下无数的、关于迷宫的故事，其中一个故事提到，巨大的迷宫由无数的石柱组成，这些石柱最初被涂成了大红。这个迷宫确实巨大如同我们连绵的时间，也缺少变化。但变化是存在的，就在那些涂了颜色的石柱上，只是其间的区别甚是微小，依靠人的视觉根本看不见变化，它们很像是完全统一的颜色。一个人进入迷宫，沿着石柱之间的道路一直走下去……这段时间足够漫长，这段迷宫中的道路足够漫长。当这个人走出迷宫，你去问他石柱的颜色，他会坚定不移地告诉你，蓝，深蓝色——可以肯定他没有撒谎。石柱的色阶经历漫长的变化的确过渡到了深蓝，以至那个进入迷宫的人完全忘记了石柱最初的颜色，只记下了变化后的颜色。我不知道是在哪本书里看到这则故事的,我的记忆是不是经历了漫长的时间之后对它进行了篡改和欺骗……前些日子我重读王央乐译的《博尔赫斯短篇小说集》希望重新找到这则故事,然而无功而返,它不在这本我认定的集子中。同时消失的还有另一篇小说,我甚至坚定地认定它就在这本小说集的哪一页码上……我承认我的记忆一直不好而且它还常自觉不自觉地篡改,遗忘,自欺欺人,指鹿为马……

时间。从二十世纪的八十年代、九十年代,一直到今日,它的某些过渡大约类似于迷宫里石柱颜色色阶的过渡,相邻的两个日子,两个星期乃至更长的时间里都显得毫无变化,太阳每天都是旧的,日子里面充斥着那样多的周而复始那样多的日复一日那样多的……凭借发黄变脆的旧日记,我像进入迷宫的那个人,重新"发现"迷宫入口处石柱的颜色,它甚至让我怀疑这是否是真的,我一路走来似乎从未见过大红,包括另外的红色……那一个我是如何变成此时的我的,那样的一个时代,又是如何……

博尔赫斯说:"事物的寿命总比人的经久。"(《遭遇》)

22

事物变化着,潮起潮落,云卷云舒,我在玻璃的后面度过了很多年,有过一两次很不起色很不成功的爱情,热烈之后又归于平静,笨拙地参与过单位人事的倾轧和钩心斗角指鹿为马,有了隆起的肚腩开始了和生活的妥协……"可是内心里,又是多么地难过哟!"我把那段时间的我当作是夜晚的鼹鼠,看作是"埋智之年",写作依然是我悄悄的梦想之一,我觉得自己需要这样的"彼岸生活"。

在此岸,有些日子我会和姚遥生活在一起,是被需要的那种——

这是姚遥给我制定的界限,"我不相信你们任何男人。"我承认我愿意遵守姚遥所规定的界限,在别人面前,我和姚遥都会伪装得像……

雷马这个名字被提到,已经是多年之后的事了。我记得那个下午,我刚刚写完一个《关于机关政治理论学习情况的汇报》,将打印出的材料交到部长手上的时候,电话打了进来。办公室的小刘冲着楼道里大喊华子,有你的电话!省部来的!

电话那端的非红和小亚肯定笑弯了腰:"刚才接电话的是谁?真他妈牛,要不是我装得比他还牛,哈哈,这孙子,我们一说是省部的他马上变了口气,真是乐死人啦!"

小刘在一旁,他支起耳朵足以听见话筒里的说话,于是马上拉长了他的驴脸,把手里的圆珠笔丢在桌上。"小刘是我哥们儿,"我说,"有什么事?"

"雷马请我们吃饭!你还记得雷马不?他现在发达了!"小亚几乎是一种喊叫,"他发达了,据说赚了不少钱!他要请我们A城所有写诗的画画的一起吃饭!"非红接过了电话,"都多年不见了,还是去吧!不应当少了你。"

发达的雷马应当不再是诗人雷马,当然他们又确是同一个,在不同的时间段里生活,他让我想起博尔赫斯关于迷宫,关于那些石柱的比喻。人来了四桌,雷马包下了晏宏楼的大厅,包括原本和雷马素来不睦的卡卡、刘胜利、张尧也都在场……那真是一个熙熙攘攘的大场面。雷马给每个人敬酒,他的身后跟着一个面容姣好、大约比姚遥和安雯都小上一两岁的女人,保持着四颗半牙齿的微笑,和雷马一起给大家敬酒——走到我的身侧,雷马停下来向那个女人介绍,华子,我的哥们儿,当年我对不起他,抢走了他的女人。雷马用他突出的门牙冲我笑了笑,"有没有安雯的消息?还写不写诗?"

我忘了是怎么回答他的，相关的记忆一片混乱，我能记下的是我有些失态，自己的回答似乎很不得体——进入九十年代之后我放弃了写日记的习惯，它毫无来由地终止，虽然有时我还会在一些纸片上记下点什么，但它们是散乱的、片段的、随时会遭到遗弃的——我的回答肯定对雷马构成了冒犯，大概我对他过于频频的喜新厌旧还进行了贬损，反正雷马的脸色变了变，他用一种特别的努力使自己恢复了常态："看你说的，哈哈。"他拍了拍我的肩膀，"哥们儿，下海跟我干吧。"

是的，那个时代流行下海。在雷马说这些的时候我突然想起他曾借过我三百元钱，想到这里的时候我有了一份暗暗的得意，有了一份小小的恶毒，我追在那个女人的屁股后面从她的肩头伸过手去拍拍雷马的肩膀，两个人一起回过头来，我说出的却是：咱们，再干了这杯酒。

23

那天晚上，姚遥和我住在了一起，那天晚上我和姚遥都有种心事重重的激烈，仿佛两只小兽的撕咬。姚遥突然问我，你交代，你和安雯之间是否有过咱们这样的关系，我说没有。虽然我那时强烈地爱着安雯但她在爱着雷马，骗子雷马。我说到骗子雷马的时候有些气喘，我们没有。

姚遥用我所不熟悉的声音发出一阵冷笑。你在说谎。她用一根手指硬硬地点着我的胸口："我早就知道你这个人不坦荡。我知道，你们男人没一个好东西。"随后她背过身子。

她告诉我，安雯和她谈及过安雯和我的关系，谈及过安雯和我的那次秘密旅行，那次旅行让安雯决定永远地离开 A 城，不复出现。姚遥说,现在安雯生活很好,很平静,在 A 城她是安雯唯一的联系,安雯已不想见其他的任何人。

之后是漫长的沉默,整个房间只有一块时钟的嘀嗒和我们并不自然的呼吸。我们都装出一副已经进入睡眠或正在进入睡眠的样子,却都装得不像。窗外有很好的月光,但透过窗帘之后它们便变得惨白和斑驳,仿佛是点点的污迹——为了打破隔在我们之间的不自然,我找到一个话题,我问姚遥,她如何看待那个诗人雷马,那个旧雷马,没想到她的反应竟异常强烈:"别跟我提他!这个不要脸的人!"姚遥支起她的身子,在黑暗中盯着我的眼睛,"想想都觉得恶心……我也爱过他。没有他,我也不是这个样子。"

在黑暗中,姚遥问我,你还关心什么,我都告诉你。

24

回到 A 城的雷马很快成为这个小城的名人,至少我们是这样感觉,我参与的所有朋友聚会,总会有人提起雷马,然后一阵感慨。他不再是诗人了,现在回到 A 城的是商人雷马,而且是一个成功的商人。

某个傍晚,《A 城日报》副刊的高海涛打来电话约我吃饭,告诉我说是一个很好的朋友请客,地点在某某酒店,至于是哪个朋友,到了就知道了。电话里的高海涛很有一些兴奋。

是雷马。下午的时候高海涛刚刚完成对他的采访,大概吃饭是高海涛提出的,反正我来到酒店时雷马一幅疲惫而倦怠的样子,没有丝毫的兴致。

那顿饭的开始有些沉闷,受邀的姚遥、李霞和非红都没有来,高海涛悄悄出去了几次却没有任何进展。好在,几杯酒后,高海涛把话题引向雷马由诗人转向商人的角色变化，使雷马的话多了起来，这时的气温才开始转暖。雷马的口里，那条滔滔不绝的河又开始了它的波涛汹涌，这波涛把我们吞没在其中，只露出两只眨动的眼睛。

不得不承认，雷马很有一份表演的才能，掌控话题的才能，把故事讲得风生水起的才能，这一才能在我初见他时他就已充分发挥，现在，他用当年谈论诗歌的激情来讲述他的经商历程——

之前，我听朋友们说过雷马的发达过程，那是另一个样子，而在雷马的口中，则有着完全的不同，在他的讲述里没有钢材、官员和女人，有的是惊险、脑子、机遇——"别总满足于当一个落魄的小文人了，现在诗歌已经死亡！我告诉你们，现在的生活已缺少诗歌写作的土壤，它已不可能提供任何新质的东西，和它一起去死有什么意义？你们，我想写一辈子也未必能混出个样来，再说也不是那个环境了……"雷马毫无顾忌，暴露着他突出的门牙。

那个晚上我们喝到深夜，说喝到深夜其实并不确切，因为后面的时间我们根本没有用来喝酒，菜也都凉了下来。我们待在那里主要是听雷马说话，听他讲自己的传奇，对诗歌的看法和未来的蓝图。那天晚上雷马还提出了一个成立文化公司的构想，他说有许多大公司大企业需要宣传自己仅仅靠广告是不够的，它们可能需要大型报告文学，需要影视资料，需要制作专题片，而这一切恰恰又都是我们这些人所擅长的。"要把你笔下的那些字变成钱，它才有意义。而且不用费脑子！现在写诗，谁看啊！"雷马用手敲了敲桌子，目光扫过所有人的脸，"谁也不会跟钱过不去是不是？是不是？"

回去的路上，高海涛骑车追上我，"像雷马这样的，到什么时代都是能人。"见我没有反应，高海涛再次感叹，"他真能说。是越来越能说了。"

25

之后的三五年,我和雷马之间几乎断了联系,我们很像在两条道路上奔跑的马车,这大约还算一种贴切的比喻。在之后的三五年里,我和雷马的相见都是在酒桌上,越来越显得亲热,但那勾肩搭背的动作里却蕴含了越来越多的陌生。

我记得有一次,忘了是一个怎样的由头我和雷马聚在了一起,同时出现在酒桌边的还有雷马带到A城来的那个女人和姚遥,当时,那个叫朱小雅的女人已经成了雷马的妻子,而姚遥也已和我分手。姚遥和我分手已经很长很长的一段时间了,我也有了新的女友,她是一个木讷安分的人——那天的相见我和姚遥还是略显一些尴尬,她最终选择坐在了我的身侧,席间,用很小的声音问我还好吧,最近。在得到我的答复之后姚遥盯着雷马的女人,却继续用那种小声音和我说话:安雯让我向你问好。她,离婚了,自己带着一个有病的孩子。不,她不希望任何人去找她,我也没有她的地址。

我和姚遥的对话都尽量压低了声音,它只是小小的插曲,主要的核心当然是雷马和他口中的河——那天雷马大谈的是他返回A城之后的经商经历,颇为自得,话里话外透出的信息是,他和A城的书记、市长都是要好的朋友,他的意见可以影响A城的决策,他和A城的政要、企业家们都是哥们儿,他的公司有着相当深厚的背景,几乎无所不能⋯⋯之后,不知是谁把话题引到了女人身上,兴奋的、至少是微醺状态的雷马马上抢过话题——坐在他身侧的他的新妻子始终挂着一种得体的微笑,即使当时得意的雷马在大谈与其他女人的性生活。倒是姚遥有些变色。她借口去厕所而离开了饭局,一去不返。

还有一次,是诗人卡卡请客,他在电话里强烈地要求我出席,因为受邀的主角儿是雷马,而我则是雷马较亲近的朋友。"现在文学不景气,"电话那端卡卡顿了顿,好像口里有一块堵住的痰,当时他刚上任市文联《A城文艺》的主编,"我们一起拉雷马给文学做点儿事儿。我觉得不管怎么说,他应当对文学还有些割舍不下的感情。"

雷马晚到了半个多小时,同时他还带来了一个穿着西装的胖子,据他介绍,那人是某个公司的老总,是一家什么样的公司我已没有印象。和卡卡多少有些谄媚的热情形成对照,雷马对我们的存在缺乏兴致,尽管他依然口若悬河,但近乎所有的话都是对着他领到酒桌上的那个老总说的,他的话里话外,重复着之前聚会时的主要内容,他是某某某局长的朋友,某某某市长给他送过一盒堪称极品的茶叶,两个人经常一起去打保龄球……

卡卡伸着他热情的耳朵,不时发出一两声赞叹,说几句明显带有奉承意味的话,然而雷马的注意力却始终在别处。大家吃完主食准备散去时,卡卡终于吞吞吐吐地说出了他请雷马吃饭的目的:我刚刚接手《A城文艺》,现在面临着巨大的经济压力,文学刊物的不景气你应当知道,你应当知道,你应当比我更清楚,我知道的是A城而你雷马了解的是全国。我希望,你作为A城文学的一面旗帜,永恒的旗帜,能不能给我们一点儿赞助,或者把你们公司的广告、报告文学也分给我们一点儿……

雷马看了他侧面的那个老总一眼,然后把声音提高了八度,相当爽快地答应了下来:"这样吧,我每年给你们三万块钱,并组织一次外出旅游,让编辑们四处走走开阔眼界有好处!地点你选,别超过半个月,可以带家属!以后我们拉的广告、报告文学全部在你那里首发,咱们四六分成,五五分成都行!……"

事后和我一起出席了那场酒宴的非红这样形容卡卡:"一听雷马

的表态,他的眼睛都绿了。"

之后又有两次遇到,趾高气扬的雷马在酒桌上指点江山,他说自己终于明白商业和金钱的重要,没有钱真的是万万不能,任何虚假的幻象已不能再对他构成迷惑。他也跟我们谈他即将开始的商业计划,譬如和晚报合作承包某个版面专发报告文学(当年,大大小小的企业到处找人写报告文学也是一股风潮),成立一家广告公司,建立两家高档餐厅一条龙服务(雷马多次对A城的餐饮表示不满,特别在服务上,他认为A城的餐饮业仅能满足于口腹之欲远不如一些周边的城市更人性化更有文化感,也没有特色服务吸引不了高层次的消费),开一家像样的咖啡馆,建一家药厂或水泥厂,当然也可以对一些化工企业进行投资……他和我们说得最多的,是一项为全国寺庙进行宣传的野心勃勃的计划,他对这一计划充满了信心:"我要组建一个全国一流的团队,请全国一流的撰稿人,请全国一流的导演和摄像,请全国一流的策划,同时请全国各家电视台、知名报刊一起参与……我要为全国大大小小的寺庙拍摄专题片,进行宣传,他们需要这个,太需要了!而且可以拉赞助,现在寺庙不会缺钱,而加大宣传会大大增加各家寺庙的门票收入,让它们的香火更加旺盛!"每次,雷马都会在说到这里时停下来,用一种俯视环顾我们的脸:"挣钱并不难,关键是你有没有好点子,想别人之不敢想!我想出来,你们也未必以为是什么好点子,你们可能会以为,僧人们本来不爱钱,也不会像那些老板们一样愿意宣传自己……"每次,雷马都会在此故作神秘,打住,不再多说。当然他也不是真的打住,而是在谈及其他的时候向我们透露,他和某某市长如何谈过这一计划又获得了怎样的支持,他与某协会会长有如何亲密的关系,等等。

热情的雷马会热情地邀请加盟他的这些计划,他像一个大气功师，向我们描绘着一个个灿烂而美妙的前景，这前景是有说服力的，这个说服力来自雷马自身，他是 A 城少数拥有"大哥大"和私人汽车的老板之一，当然在文人当中肯定属于第一——后来两个朋友先后在他的热情感召下停薪留职，但跟他干了半年之后先后离去，其中一个重回原先的单位几经拼杀坐上了副局长的位置。每次我们问及他都环顾左右而言他，只字不提在雷马手下工作的经历，只是说，雷马给了我一大笔人生财富。这可能是雷马也没想到的。

26

在 A 城一次文代会上，以日报记者和作协理事双重身份参加会议的高海涛与我住在隔壁，闲谈的时候他谈到一次为雷马工作的经历，尽管已事隔几年但高海涛还是掩饰不住他的愤愤：雷马给他打电话，说请他给某县的某企业写一篇报告文学，在电话里雷马说一切都已谈妥，条件非常优厚，而他也会给高海涛再开一笔稿费，第二天那家企业将派车去接，等等等等。高海涛推辞了一下，还是答应了下来。可是第二天等到上午十点，车也没来，高海涛只好给雷马打电话，雷马说可能他们的车坏了，这样吧，你委屈一下，坐车过去，车费他们给你报。于是高海涛只得去赶班车，等到了某县已是下午一点，好面子的高海涛没去打扰人家，而是找了一家小饭店自己吃了点饭，两点多钟才过去——采访倒还顺利，但结束的时候已是六点四十，天已黑了。企业办公室主任客客气气地把他送出大门，然后挥手再见。这时高海涛也有些急了，你们怎么也不安排食宿，这么晚了我如何能回 A 城？办公室主任依然客客气气，不是我们不想管，当初定协议的时候你们老板说让我们多加点钱，你们全部自理，这样负责采写的人员也可多分一点。所以我们不能管。抱歉。没办法,高海涛只好给当地宣传部的一个朋友打去电话。

"这还不是最气人的!"高海涛说,最气人的还在后面:他熬了两通宵,终于拿出了一个大约有一万五千字的报告文学,雷马叫人将稿子拿走之后便再无音信。等了一个多月,忍耐到极限的高海涛终于忍无可忍,他给雷马打去电话,不下二十次,雷马要么不接,要么推三阻四,气急败坏的(这是高海涛自己用出的词)高海涛堵在雷马的办公室,热情的雷马终于热情地接见了他,找了种种理由。但高海涛已经不为所动:拿钱,什么也不用说,拿钱!

把脸拉长的雷马叫人给高海涛拿来了一千元钱。他对高海涛说,你写的东西人家看不上,一直没有兑现之前的承诺,以至于雷马不得不找人重新再写。这些话要不是高海涛这样追的话他是不好意思说的。这一千块钱,是他雷马从自己的钱里拿出来付给高海涛的补偿,"我这个人做事肯定对得起朋友!我宁可自己吃亏也不会让朋友吃亏,这点钱对我也算不得什么!"

高海涛说,话说到这里他真的不好意思再拿这一千元钱,可雷马也相当固执,一定要把钱塞给高海涛,僵持很久高海涛只得把钱收下。在接下来的一段时间里,高海涛对雷马充满了感激。雷马有几次找他,他都尽心尽力给予完成。

"可事实跟他说得完全不一样。"高海涛的嘴角挂出一丝冷笑,"他要付出代价的。一定。"高海涛说的事实是,一天他去上次那个县采访,宣传部的那个朋友接待了他,席间那家企业的办公室主任也在。席间,那个办公室主任盛赞高海涛的文笔,弄得他还很不好意思但也不好否认。下午,应景性的采访结束之后高海涛请宣传部的朋友接洽来到那家企业,他在企业收存的报纸上看到了自己的文章,换了个题目,也换了个作者,除此之外,文章的内容和他写下的完全一样。高海涛故作冷静,他没在当时有任何表现,但内心里却是波涛汹涌。"我后来又打听到,那家企业不光给了雷马两万块钱,还送给他四箱酒!这四箱酒,是雷马厚着脸皮索要的,人家并不愿意,所以我去采访的时候才受到那样的冷遇!"

"我要把这件事告诉圈子里的所有人,"说这些的时候高海涛有些愤愤,"这个骗子,他不会有好下场的。"

27

为了,纪念。写到这里窗外已经深夜,妻子也在我的身边睡熟,二环路上的车流却依然不息。我突然有种若有若无的颓丧,有种若有若无的莫名的恐惧,我不知道自己为什么要写下这些,它有什么所谓的意义。所谓的,意义,我一直在找寻它的存在,安放它的存在,可是,可是它总是显得那么轻,那么经不起推和敲,特别是相较于生死。

我是谁?我从哪里来,又到哪里去?这样的问题问得相当陈旧我却一直找不到答案。写下这篇属于纪念的文字但我突然对"纪念"又感到陌生,它似乎并不是我所想要的那个词,不是我所想要的那种"纪念"。那它是什么呢?那,雷马是谁?

诗人雷马和商人雷马,是不是一个人,是不是都值得使用"纪念"?那他们和犯人雷马,以及之后的雷马,又是一种怎样的关系?我得靠怎样的方式,把这么多的"雷马"串在一起?

…………

为了,纪念。

28

七年之前我离开了 A 城和旧生活,先后在几个城市辗转,然后落户在这座城市,成为一家文学刊物的编辑。这七年的时间我觉得过得飞快,并且有种越来越快的趋势,这大概也是我要写下这篇文字,并开始"纪念"的原因之一。七年里,发生了许许多多的事儿。

七年的时间,当然可以发生许许多多的事儿,和雷马相关的第一件事应当是他的被捕。据说他的小女儿刚刚一岁。据说雷马是在床上被抓走的,被抓原因是经济问题和行贿。还得继续使用"据说"这个词,据说雷马被抓是省里领导下的指示,这位领导对雷马反复向他人标榜两人关系,并用这位领导的威势打通各种关系进行诈骗感到愤慨,指示严办;还有另一说法是雷马栽在了女人的身上,他为自己的不检点付出了代价。

有了这些据说的时候我已离开了 A 城,而在此之前,也有较长一段时间没和雷马联系了,我们渐渐变成两条路上奔跑的马车,已没有了交集——第一次听到这些据说是出自高海涛之口,他问我雷马被抓了知不知道,然后猜测,雷马的女人会很快和他离婚然后远走高飞,她本来也不属于 A 城……临走,高海涛问我想不想去探视一下雷马,如果需要他可以陪我一起去——高海涛是真诚的,即不幸灾乐祸也不落井下石,这很符合他的性格。那些和雷马之间的不快他应当真的已经忘却。

我当时回答得有些含混其词,缺少热情和同情,甚至还有些幸灾乐祸。这个幸灾乐祸的里面成分复杂,当时,我的生活相当窘迫,我甚至把雷马被抓的消息当成了一点光亮——我承认我设想去监狱里对雷马进行探视。他已不太是朋友,我不知道如何面对狱里的雷马,他已不太是朋友，我不知道面对狱中的他能说些什么。

又有一两个朋友向我通报了雷马被抓的消息，他们对雷马一案的案情也知之甚少仅有一些坊间的传言，能说出的，是属于雷马或和雷马有些关系的公司、茶馆的倒闭，车和房也都已卖掉……倒是诗人卡卡知道得多一些，他已是A城的文联主席、作协主席，并兼有七八项社会职务。卡卡说，雷马的案情很复杂，但说什么省委领导指示严办纯属无稽之谈，将他牵扯出来的是倒下的A城某局局长，那位局长供出雷马曾多次向他行贿以赚得一些大的工程，由雷马再承包给别人。卡卡说，雷马曾送给那位局长一幅宋代名画，并有众多行家的鉴定报告——要不是后来法院请来的专家证实它属于高仿的赝品，单这一项雷马就可能多判十年。现在，雷马被判了三年零四个月，这还是他坦白之后的从宽结果。"这老兄平时看上去像个汉子，可一进去，尿湿了不知多少条裤子，法院民厅有人建议，以后审讯女士回避，让雷马光着屁股来就得了！"卡卡的幽默自然赢得了一片哄笑。

随后，不知是谁，把话题引到雷马的大话上，卡卡自然不会放过这一机会："他妈的，雷马的话十句中如果你信了一句，那你必然是上当无疑，他这个人从来就不肯讲一句真话——真话都留到法院里去讲了！还记得我刚接手《A城文艺》时，刊物缺钱，急得我没办法只好找他，你们当时应当有人也在场吧！他答应得多痛快！我那个乐啊，第二天就对编辑部的人进行了宣布。可结果呢？我两天一个电话，三天一上门，两年之后还没有一点着落！有段时间我最怕去单位，我怕人家指着我说，骗子又来了！说大话的人来了！至少也是，那个上当的人又来了！"

说到这里，卡卡的脸竟有些发红。

29

在很长的一段时间里,雷马都退出了我的生活乃至记忆,就像那些发黄的日记本,我将它们放在角落里一任时光和岁月给它们打上印迹。雷马也退出了仍在 A 城的朋友们的生活,我回去探望自己的父母,和朋友们聚在一起也没谁再对雷马有所提及,我们有另外的话题,另外的话题也足够显现朋友们的热情。现在想想,其实诗歌、哲学和政治也已被挤出了我们的话题,我们谈的是房子、孩子和一些让人感到新奇却事后了无印象的事儿,之间开些和性有关的玩笑——其实我们就是当年那些意气风发,带着斗鸡的眼神,反复讨论文学艺术往何处去、中国和世界往何处去的那些人,"粪土当年万户侯"的那些人,和人争论一个无解的、可笑的问题争论到凌晨三四点的那些人,想想,世界真的是变化快。

似乎只有一次,偶尔有个人提到雷马的妻子和孩子,说她们生活得艰难,"可惜了那样一个人。可惜了,这一辈子。"我知道他是说那个女人为雷马这样一个人静守得不值——这个话题未能继续很快便被岔开了,酒桌上的气氛不适合它,酒桌上的话题应是另一个样子,有另外的面目。

雷马,大概已退出了我的生活,我们的生活。

30

去年九月。一个下午,我和刘建东在打乒乓球,突然手机响了起来。因为"战争吃紧",我没接电话,而是示意刘建东继续——可电话却一遍一遍,显得异常固执。我也有自己的固执。

十几分钟后，一名门卫敲门，他告诉我，门外有一个大约五十几岁的男人找我，都待了半个小时了，给打电话也不接，可他也不走，说一定要见到我，是我在 A 城最好的朋友。

我只好跟着很负责的门卫去了门口。是雷马！竟然是他！

他再一次变了。比任何一次的变化都大，也更为陌生。坐在我对面，他显得沧桑、木讷、忐忑，不善言辞：几乎都是我问他答，所有的回答都异常简短。我问他出来啦他点点头是。我问他什么时候出来的他不假思索，五月八号。然后我问他身体还好吧，家里还好吧。他用力地点着头，还好，都还好。我问他现在在做什么，他盯着眼前的杯子，没想好。不知道还能做什么。我说你可以继续经商啊，以前你做得那么成功，他摇摇头，依然盯着眼前的杯子，现在。他只说了一个"现在"。然后是沉默。我惊异地发现那条悬在雷马口里的河已经干涸，如果他肯伸出舌苔，那里肯定布满了干枯河床一般的龟裂，没有一丝的水分——眼前的这个雷马突然地让我心酸、心疼，于是我用出一种冲动的语调对雷马说，你把我当成是朋友，如果你有什么事需要我的帮助尽管说，只要我能做到。雷马的目光躲过我的目光，他盯着一个低矮的角落：没什么。我，也没什么大事儿。

饭后，雷马给我拿出一袋红枣，说是他的妻子，也就是"我嫂子"让他带给我的，推搡了几下我只得收下。在我收下了红枣之后雷马的忐忑开始有些缓和，当然这可能也是我的错觉，反正在那之后，雷马的话开始多了起来，他从自己一个旧布兜里拿出几页打印的稿子递到我的面前，矮小着，躲闪着：这是我最近写的。老……老弟你给看看。他的额上似乎渗出了汗水：多、多批评。我相信这几个字被他在心里默念了很久，但说出来的时候那么生硬，吞吞吐吐，仿佛这几个字有连在他腹内的脐带，他在说出它们之前必须用牙将它们咬断——

没问题,我会好好看。我对眼前这个陌生的雷马说,包在我的身上,对待它们,我会像对待我自己的作品一样。我说,我会尽量把它们发表出来。

31

下面,是雷马的诗。

北方汉子

北方的大风沙,雕刻着
你轮廓鲜明的脸
穿过那坚定不移的眼神
我能看见你内心的淳朴、热烈
以及对祖国永远的忠诚

顺着你的视线,抬头
再看一眼广袤的平原
整齐的防护林在风中摇晃
它们捍卫着田野上的丰收
北方汉子,你站在高大的树下
擦一擦脸上的汗水
却擦不去,岁月在你脸上的刻痕
…………

写给祖国

祖国,我的祖国,在我心里的感谢
它澎湃,却一直未曾说出

我感谢让我在这里出生
这辽阔的地方,这悠久的国度
让我降生的第一声啼哭
便有了归属

感谢这样的眼睛,这颜色的皮肤
这浩瀚而生生不息的种族!
是你给了我这样的性格
是你,我的每一步远行都让你牵肠挂肚
…………

中国智慧

仿佛是一条古老的河,不息的河
从秦汉之前的历史流到今天的想象
那超前的百鸟齐鸣的晨曲
一直是我平庸诗歌中高亢的引擎
……今日,我坚信
坚信孕藏着无限智慧的中国脑
蕴藏着,让世人惊异的大潜能

> 我坚信，坚信休眠了百年的中国智慧
> 一定会在历史给予的时刻蓦然
> 苏醒……

好了，打住。写下这段文字的时候雷马已经死亡，所有的雷马，都一起进入到死亡中去——也正因如此，才有了这篇题为《为了，纪念》的文字。抄录进行修改，甚至删除，它不应当是我在A城认识的那个旧雷马的文字，我无法想明白这两个雷马之间究竟发生了什么——但在这个挣扎的夜晚，我还是将它们按照原来的样子抄录了下来。是的，为了，纪念，我要在这纪念当中尽量做到真实。

这不是雷马的诗，它和雷马之前的诗有着过于强大的差别，它没有之前雷马诗歌中的野性和才气，没有。但，这又的的确确是雷马的诗，我真怀疑他是在某些自费诗集中抄来的，他是想和我开一个玩笑。这两个写诗的雷马，同样写诗的雷马，让我如何也联系不到一起。

这些诗，和雷马后来寄来的诗，被我放在一个厚厚的纸袋里，我不知道有什么更好的方式处理它。我曾想选几首推荐给我的朋友李寒，他在《诗选刊》当编辑，但直到雷马突然死去，我也没曾开口。

32

雷马的死亡非常突然，毫无征兆，埋伏在他心脏里的疾病也许早就预谋已久，蠢蠢欲动，谁知道呢，反正雷马从未提及，他在那日的下午还修好了一扇损坏的窗户，晚上吃了一块凉馒头，半碗热粥——早晨他的妻子叫他起床，这才发现睡在自己身侧的雷马面色青紫，已没有了呼吸。

通知我雷马死去的还是高海涛，他是在去北京的路上打来的电话，他问我，北京大学有没有要好的朋友，他想去听奥尔罕·帕慕克的讲座，但据说人数控制很严，怕进不了大讲堂。说完这些，高海涛随口说了句，雷马死了，心脏病，就在前两天。你还不知道啊。我问怎么啦，是真的吗，那边的电话已经断了。

我也没有再打过去。

33

事情就这样被放下了，虽然我在自己的文章中曾这样申明，世界上每一个人的死去都是你部分地死去，丧钟的鸣响既针对他也针对你。但具体到某个人，我时常并没有那样的感觉，我的内心有比我的想象更多一点的麻木和漠然。之后又有朋友通知我雷马死去的消息，在电话里，我们像模像样地感慨、叹息，然后挂掉电话，把有关雷马的一切和感慨、叹息都关在电话的里面不把一丝的情绪带出来——

然而，一个月后，我突然收到了一封厚厚的来自 A 城的信，信是雷马的妻子寄来的，她说这是雷马的吩咐或者算作遗言，她说，雷马信任你，他希望你能处理他最后写下的这些诗。是的，她用的是处理，没有其他的要求。

信的后边是雷马的诗稿。有一部分是打印的，多数是他的手稿，密密麻麻地写在纸上，其中，还有几份复印件，那应当是雷马在二十世纪八十年代所写下的诗。看着它们，我突然感觉到了雷马的死亡，那死亡有了质感有了气息，突然，就有了一份沉甸甸的，百感交集。

…………

变形魔术师

0

  他从哪里来？我不知道。不只是我不知道，孔庄、刘洼、鱼咸堡的所有人都不知道，即便是爱吹牛皮、在南方待过多年的刘铭博也不知道，多年的水手经历并不能帮助他做出判断，他也听不懂那个人的"鸟语"。我们把所有和我们方言不一样的口音都称为鸟语，而那个人的鸟语实在太奇怪了，无论如何联想，如何猜测，如何依据他的手势和表情来推断，都不能让我们明白——相反，我们更加糊涂起来，因为他每说一句话就会让在场的人争执半天，大家都希望自己的理解是对的，于是总有几个人会坚持自己的判断，他们南辕北辙，害得我们不知道该听信哪一方。在这点上，刘铭博也不是绝对的翻译权威，他的坚持也仅是自己的猜测而已。那么，他是谁，他叫什么名字？不知道，我不知道。不只是我不知道，孔庄、刘洼、鱼咸堡的所有人也都不知道。我们当然问过他啦，而且不止一遍两遍，在他能明白一些我们方言的时候也曾回答过我们,"吴优思""莫有史""无有事"?……他还有一些其他乱七八糟的名字,被我们从鸟语中翻译过来,其实谁都知道这里面没有一个是真的。在我们孔庄、刘洼、鱼咸堡一带,大家都习惯随便使用假名字,这是我们祖上迁来时就留下的习惯,他们多是杀人越货、作奸犯科的人,流放者,贩卖私盐和人口的,土匪或偷盗者。驻扎在徐官屯、刘官屯的官兵也怕我们几分,轻易不来我们这片荒蛮之地,我们和他们井水不犯河水,倒也相安。所以那个人随便报个什么名字我们也不会多问,能来到这里的人要么是走投无路的人,要么是被拐卖和抢掠来的——有个名字,只是方便称呼,在此之前他叫什么干过什么都没有关系。不过,多年之后,在这个"吴优思"或"无有事"变没之后,我们孔庄、刘洼、鱼咸堡的人都还在猜测这个会变形的魔术师究竟是不是那个人,是不是那个让大清官府闻风丧胆的人……这事儿,说来话儿就长了。

他最后……他最后变没了,真的是没了,我们找了他几天几夜也不知道他是死是活,我说了他会变形,可那时他已经很老了,腿上、肩上都有伤——这绝不是一句话两句话就能解释清的事儿,这样吧,你还是听我从头讲起吧,真的是说来话长。

1

同治六年,秋天,苇絮发白、鲈鱼正肥的时候。

那年我十四岁,我弟弟六岁。

我随父亲、四叔他们出海,刚刚捕鱼回来。我的弟弟,李博,跟在我父亲的屁股后面像一条黏黏的跟屁虫,他根本不顾及我们的忙乱:"来了个变戏法儿的!他会变!""来了个变戏法儿的!他会变!""来了个变戏法儿的！他能变鱼！能变鸟！他还能变成乌龟呢！"……

他在后面跟着，反反复复，后来他转到我的屁股后面，一脸红艳艳的光。我说去去去，谁没见过变戏法的啊，没看我们正忙着吗！他只停了一小会儿，又跟上去，扯着自己的嗓子："他会变！他自己会变！他可厉害啦！不信，问咱娘去！"

变形魔术师来了。来到了这片大洼。

在我们将捕到的鱼装进筐里的时候，四婶她们一边帮忙一边谈起那个魔术师，她们说得神采飞扬。

在我们将鱼的肚子剖开，掏出它们肠子的时候，邻居秋旺和他的儿子过来串门儿，话题三绕两绕又绕到了魔术师的身上，一向木讷的秋旺，嘴上竟然也仿佛悬了一条河。

在我们将鱼泡在水缸，放上盐和葱段儿，腌制起来的时候，爱讲古的谢之仁过来喝茶，他也谈到了魔术师，谈到了他的变形。谢之仁说，这个魔术师的变形其实是一种很厉害的妖法。有没有比这更厉害的妖法？有，当然有啦！你们知道宋朝的包拯吗？他有一次和一个妖僧斗法，差一点没让那个妖僧给吃了！也多亏他是天上星宿下凡，神仙们都护着他。后来包黑子听了一个道士的建议，叫王朝、马汉、展昭弄了三大盆狗血，等那妖僧大摇大摆出现的时候，三人一起朝他的身上泼……那个妖僧没来得及变形，就被抓住啦！包拯说，来人哪，将这个妖僧给我推出去斩首！也是那妖僧命不该绝。法场上，人山人海，为了防止他逃跑，官兵们里三层外三层，每个人都端着一盆狗血，马上就要到午时了，包拯觉得没事了，吩咐下去，给我斩！刽子手提着刀就上——可是，就愣是让那个妖僧给跑啦！问题出在哪儿？问题出在刽子手的身上！你猜怎么着？本来，那个妖僧身上尽是狗血，他的法术施展不出来……

我们的耳朵里长出厚厚的茧子,我们耳朵里,装下的都是关于那个会变形的魔术师的话题,它们就像一条条的虫子。

"怎么样,我没骗你吧?"我弟弟抹掉他长长的鼻涕,他那么得意。

"你带我去看!"

我们赶到的时候已经有许多人围在了那里,空气中满是劣质烟草的味道,孩子们奔跑着就像一队混乱的梭鱼。"我说要早点儿来嘛!"弟弟的声音并没显出任何的不满,他挤过去,将一枚铜钱响亮地丢进了一个铜盘中。那里已经有几枚康熙通宝和嘉庆通宝,还有一个大海螺。我弟弟想了想,将他手上的一只螃蟹也放进铜盘,这个动作逗起了一阵哄笑。

大家站着,坐着,赤膊的赵石裸露着他的文身,他身上刺了一条难看的鱼,而刘一海和赵平祥则显示了自己的疤痕。几个不安分的男人在婶婶、嫂子的背后动手动脚,惹来一阵笑骂。曹三婶婶提起裤子,将自己的一只鞋朝谁的身上甩去,那只鞋跑远了,一直跑进了苇荡——"挨千刀的!把你老娘的鞋给我送回来!"……我们要等的变形魔术师没有出现。

"他怎么还不出来?"我问。刘一海向前探了探他的头,"嫌盘子里的钱少吧!我们把他给喊出来!"

"我们去看看!"一群孩子自告奋勇,他们梭鱼一样摆动背鳍,飞快穿过人群游到屋门外。在门外,他们为谁先进去发生了争执,一个孩子被推倒在地上。突然间,他们一哄而散,被推倒的孩子也迅速地爬起来,带着尘土钻入人群。

变戏法儿的,那个变形魔术师终于出来了。

他向我们拱手，亮相。赵石用他辣鱼头一样的嗓音大声喊了一句"好！"坐着、站着、赤膊的、纳鞋的全都笑了起来。那个人也笑了笑，说了一句鸟语，伸手，指向一个角落——

顺着他手指的方向，我看到的是一面斑驳的墙，几簇芦苇，一只蚂蚱嗒嗒嗒嗒地飞向了另外的芦苇。这没什么特别。然而，当我的目光再回到刚才的位置，魔术师已经没了，他消失了，在他刚才的位置上多了一只肥大的芦花公鸡。你看它——

"这就是他变的！"弟弟用力地抓着我的手，"他变成鸡啦，他变成鸡啦！"

那只鸡，在孔庄、刘洼、鱼咸堡人的口中后来越传越神，多年之后，我随叔叔到沧县卖鱼，得知我们是从刘洼来的，买鱼的人都聚在一起，七嘴八舌："你们那里有个蛮子，会变戏法，能变成一只金鸡，是不是真的？""它的眼睛真的是夜明珠？在晚上会发红光？""听说，是谁悄悄拔了一根鸡毛，后来他就用这根金鸡毛买了一处田产？"……

我反复跟他们说不，不是，他变成的是一只普通的鸡，一只大公鸡，只是比一般的公鸡更高大些，而且，它还能捉虫子。而我叔叔，则在一旁乐得合不拢嘴："你就说实话吧！那金鸡又不是咱家的，你还怕人家抢了不成？乡亲们，等我把鱼卖完了，我和你们说！这个孩子，唉，像是得了人家好处似的！"

天地良心，那天，我所说的变形魔术师变成的真的就是一只大公鸡，普普通通的大公鸡，和我平时所见的公鸡们没什么大不同，可我叔叔却卖足了关子，似乎那天魔术师变出的真是金鸡，而我在说谎，向别人做了什么隐瞒。鱼，倒是很快就卖出去了。

好了，我接着说那一天的魔术。

只见那只公鸡，从桌子上面跳下来，昂首发出一声嘹亮的鸡鸣，我们一起扯起嗓子："好！"有几个婶婶嫂子再次向铜盘里面丢下铜钱，叮叮当当——那只鸡，昂首阔步，来到墙角的草丛，捉出一只绿色的小虫，又是一片的"好"。它扇动两下翅膀，仿佛有一团雾从地面上升起，突然间，那只公鸡不见了，草地上多了一条青色的鱼。这条鱼，张大了口，一张，一合，然后跳了两下。又是一团淡淡的雾，我看见，一只野兔飞快地腾起，跃进了苇丛，而那条翻腾的鱼已不知去向。

苇荡哗哗响着，苇花向两边分开，我们看见，那个变形魔术师从里边向我们走来，他的衣服上挂满了白灰色的飞絮。"好！"我们喊着，将自己的嗓子喊出了洞，我弟弟的下颌因为喊得更为剧烈而脱了位，许多天后都不敢大口吃饭，平日爱吃的海蟹也不再吃了，他将自己的那份儿全偷偷送给了魔术师，放进了他的铜盘。

2

就这样，来路不明的变形魔术师就在孔庄、刘洼和鱼咸堡交界的大洼里住了下来，并且生出了根须。他住在两间旧茅草房里，那里原是有人住的，在半年前，旧草房的主人孔二愣子因在姚官屯嫖妓与人斗殴被抓，然后牵出贩卖私盐、偷盗杀人的案子，被砍了头。据说，变形魔术师住进孔二愣子的草房之后孔二愣子还回来过，当然回来的是他的鬼魂。他回来的时候魔术师还没有睡觉，他正在看一本《奇门遁甲》，一阵阴风之后孔二愣子提着他的头就出现在魔术师的对面，他脖腔那里还不停地冒着一个个血泡。变形魔术师不慌不忙，他拿出一块石头将它变成了一把桃木剑，然后又顺手抓了几片苇叶，撕碎，一抖，变成了一把冥钱。提着自己头的孔二愣子不由得倒退几步，别看他成了鬼魂，他也依然知道自己遇到高人了。要是换成别人，拿了冥钱就走也就没事了，可这孔二愣子的愣劲儿上来了，他偏不，于是他将自己的头放在桌上，腾出两只手朝变形魔术师恶狠狠扑去！魔术师一闪身，挥动桃木剑刺向孔二愣子，要知道这孔二愣子也练过多年，于是他们便斗在一处。孔二愣子的功夫也真是了得，他们你来我往竟然一直打到鸡叫头遍。要知道鬼魂是听不得鸡叫、见不得阳光的，于是孔二愣子就慌了，他变成一只狐狸就想跑，那个魔术师怎么能让他跑得了？要知道他也会变化啊！只见他一晃肩膀，变成了一只猎犬，三下两下就将孔二愣子的身子撕成碎片。孔二愣子的头还放在桌上呢！它一看不好，怎么办？变成狐狸跑不了那就变成蚂蚱吧！它刚刚变成蚂蚱，正要往外面蹦，只见一只青蛙早在那等着了，青蛙一张嘴，便将蚂蚱吞进了肚里。当然，这只青蛙还是魔术师变的，要不然哪有那么巧的事啊！从那天之后，孔二愣子的鬼魂就再没来过。

　　我不知道这是不是真的，和我们讲这些的是谢之仁，他也看出了我和弟弟的不信。"你们不信是不是？我告诉你们，孔二愣子被砍头后，是赵四和赵平祥收的尸！他们肯定知道孔二愣子埋在了什么地方！你们不是不信吗？你们就去孔二愣子的坟上挖一挖，他的身子肯定是一片一片的肉都被撕烂了，而他的坟里肯定没有头！当时，赵四和赵平祥是将他的头也埋了进去的……"

　　不管是不是真的，反正，那个讲一口让人听不懂的鸟语的变形魔术师就在那里住了下来。

　　他是同治六年的秋天来的，那时苇絮发白，鲈鱼正肥，河沟里的螃蟹纷纷上岸，而北方的大雁、野鸭、天鹅落进了苇荡，肥硕的狐狸、草兔、黄鼠狼出出没没，天高云淡……以往，在这个季节，屯守在姚官屯、徐官屯的官兵会来大洼渔猎,他们会带来米面、棉衣、马匹或者灯油,孔庄、刘洼、鱼咸堡的百姓领一些回来,当然也可以用狐狸和兔子的皮毛、腌制的鸟蛋、鱼肉和兽肉去换。这一年,官兵们又来了,可他们带来的米面、棉衣和灯油都少得可怜,根本就分不过来。而且,那个细眉毛、满脸肉球的防守卫还将我们聚在一起,眯着眼,用鼻孔里的声音和我们说话:"听说你们这里来了一个南方人……要知道,他可能是朝廷的要犯,率众谋反!你们最好将他带过来,谁要知情不报,哼,那可是要吃苦的,那可是要杀头的!谁告诉我,那个南方人藏在了什么地方?"

没有人理会。我听见背后的人们窃窃私语,大家商议好谁也不能出卖那个魔术师,不管他犯的是什么罪。"不给我们米面、棉衣,还想从我们嘴里套出东西?姥姥!""这是个什么东西?看他那副样子!妈的,老子可不是吓大的!""干吗跟他说?我就是说给一只狗听也不说给他听!""到我们的地盘上撒野……妈的,不收拾他们一下,他们就不知道锅是铁打的!"……

"怎么,你们不准备说?我告诉你们,我早得到消息了!……"

我们一起斜着眼瞧他,用一种和他同样不屑的神情。要知道,我们多数是土匪、强盗或者流放者的后代,而且在我们这里,一直把官兵当成是满人的狗来看,这里一直涌动着一股驱逐满人的暗流、和官府作对的暗流。

"你们,你们到底说还是不说!"

——我们没见过什么南方人。没见过。

——他早走啦!他朝南走啦!

——我们哪敢藏匿犯人啊!我们这些好人多守法啊,是不是?

——他走啦,变戏法的人哪里不去啊!

我们嗡嗡嗡嗡，七嘴八舌，很快，就让那些官兵的头都大了。"别以为我什么都不知道！你们想错啦！给我搜！"

看来，官兵们的确事先得到了线报，他们兵分三路，飞快包围了魔术师住的那两间茅草房，将箭放在了弦上——房间里面静悄悄的，没有一点儿的动静。"你还是快出来吧！你是逃不掉的！"

房子里面依然风不吹，草不动。细眉毛的军官叫过来一个士兵，两个人窃窃私语了好一会儿，那个士兵使劲儿地点着头，军官用力挥挥手："放箭！"

箭如飞蝗。我想不出更好的词儿，在我十一岁那年大洼里曾闹过一次蝗灾，它们遮天蔽日，纷乱如麻，的确和那天射向茅草屋的箭有些相像。箭射过后，房间里依然没有动静。

风吹过苇草，吹过箭的末梢的羽毛，呜呜呜呜地响着。"给我进去搜！"长官下达了命令。四个紧张的官兵步步为营、相互掩护，费了许多力气才靠近草屋的门，然后又费了更多的力气才冲进了屋里。

"报告防守卫，屋里没人！"

"再搜！他明明在屋里！"

"报告防守卫，我们每一寸都用剑扎过，连油灯和草席也没放过！可是，屋里确实没人！"

不过，士兵们搜出了一张纸，上面歪歪斜斜地画着一队小人儿，胸口上写着"清"字。"谁给叛贼报了信？难道，你们不怕满门抄斩吗？"那个防守卫真的生气啦，他眉头那里长出了一个大大的疙瘩，而鼻子歪在一边："给我放火烧了！"

"慢！""不行，不能烧！""凭什么烧我们的房子？""这么大风，火要是连了苇荡，不是断我们活路吗？"……他要烧那房子，我们当然不干了，孔庄、刘洼、鱼咸堡的人们纷纷聚集过来，将那队官兵围在中间。"难道，你们要造反不成？你们有多少脑袋？"他拔出腰间的剑。人群中一片哄笑，"大人，我们都让你吓死啦！"

几个士兵按住暴跳的防守卫，"你们回去吧！我们不烧房子啦！""不过窝藏疑犯的罪名的确不轻，何况他可能是捻军的叛贼！上面怪罪下来我们谁都不会好过，最好……"

房子没烧，讲鸟语的魔术师未能抓到，给他通风报信的人也没有查出来，但官兵们也没离开大洼。他们驻扎下来，打秋围。

傍晚时分，一队大雁鸣叫着落入了无际的苇荡，在它们对面，埋伏着的官兵将弓拉满，等待防守卫一声令下——突然，那群大雁又迅速地飞了起来，四散而去——"这是怎么回事？""是谁没有藏好，暴露了我们？"

他们在河沟里下网，用竹子、苇秆和树枝在水流中建起"迷魂阵"。我们当地叫它"密封子"。第二天，下河的军士只提着十几条小鱼上岸："报告防守卫，我们的渔网破了一个大洞，而迷魂阵被人改过了，根本困不住鱼！"

随后，他们去捕捉狐狸、獾、野兔和黄鼠狼，可是，不知道它们怎么预先得到了消息，和官兵们捉起了迷藏。

"这些刁民！我一定饶不了他们！"

"大人，这些刁民可不好惹！别和他们一般见识！"……

是谁给讲鸟语的魔术师送去了信？他又是如何逃走的？这在我们那里是一个谜，即便是多年之后。对于这个问题，讲鸟语的变形魔术师总是装聋作哑，或者讲一通莫名其妙的鸟语，让我们找不到北摸不到南——既然他提供不了什么线索，那就让我们的想象来补充吧。后来，在刘铭博和谢之仁的讲述中，那天发生的事简直是一段惊险的传奇，一波三折，千钧一发……

在官兵离开我们大洼之前，眼尖的荷包婶婶一眼认出，在防守卫身边和他耳语的那个士兵曾来过孔庄，他是和四个变戏法的一起来的！荷包婶婶提醒了我们，是他，是有这么个人，他给我们表演的是上刀山和铁枪刺喉。在我们当地，将一切魔术、杂技都称为"变戏法儿"，每年秋天和春节，变戏法的都会来我们大洼表演，换点银钱、咸鱼或一些稀奇古怪的贝壳什么的。那年秋天，他们受到了冷落，无论铁枪刺喉、三仙归洞、大变活人都不如变形魔术师的技法来得新鲜、刺激，他们的戏法儿甚至吸引不到孩子。

"他竟然引官兵来报复！"我们最瞧不起这样的人啦！后来，第二年吧，那些变戏法儿的又来过一次，他们打开场子准备表演，孔庄、刘洼、鱼咸堡的男男女女老老少少，呸呸呸呸呸呸呸呸！我们用唾沫将他们喷走了，从那之后这些变戏法的便再没来过。

3

同治六年的冬天特别地冷，大雪一场连着一场，在那个冬天，从窗户里爬进爬出成为我们的家常便饭，因为大门被雪给堵住了，刚刚清扫干净，第二天早晨去推门，依然推不开——大雪又下了一夜，风将我们清扫过的雪又送了回来。"檐冰滴鹅管，屋瓦镂鱼鳞"，我弟弟学会了两句诗，他在屋里屋外反反复复地念，据说是好讲古的谢之仁教给他的，只教了这么两句。

收割完苇草，除了凿冰捕鱼、打打野兔狐狸，大洼的男人们闲了下来。闲下来的男人干什么？那年我只有十四岁，能知道的不多，只知道他们打牌、串门、喝酒，而有些人，似乎在密谋着什么。我和弟弟一出现在他们的视线里他们就顾左右而言他，说一些乱七八糟缺少逻辑的话题。那一年，我感觉空气里有一股让人紧张的味道，等你用力吸一下鼻子，这股味道却没了，好像并不存在。那年，我时不时听人抱怨，抱怨大雪，抱怨沧县设立的层层关卡，抱怨层出不穷的苛捐，抱怨身上的棉衣太薄打酒的钱太少等等等等。那年我十四岁，我的心思没在这里，我的腿，时常会带我到谢之仁家或刘铭博的家里去。他们那里，有永远也倒不完的各种故事。而且，那一年冬天，我又有一个新的去处，那就是讲鸟语的魔术师的房间。

那个新去处，不只是我一个人的。

仝家四个兄弟给魔术师扛来了苇草，他们的苇草满满堆在屋后，足够明年开春前烧柴使用。四个人，粗壮地扭捏几下，最后老大提出了要求："这位师傅，你能不能，能不能教给我们点石成金的口诀？要不，将、将这块石头变成金子也行。"硕壮的三兄弟从苇草中搬出一块几乎可以称得上巨大的石头。

赵石提来两桶酒，他的要求是，请魔术师将他背后的罗锅变没，上一次他去沧县贩鱼，就因为这个罗锅被官兵抓住审问了三天，他们说，某大户人家失窃，邻居和地保一直追了三四里，窃贼就是一个罗锅。"哼，那一票本来就是他做的！在我们面前还装！"我叔叔一脸不屑，他告诫我和弟弟，无论做什么事都要敢作敢当，别两面三刀阳奉阴违，他最瞧不上那样的人，大洼的老老少少也瞧不上那样的人。我父亲在一旁听着，他的鼻孔轻轻"哼"了一声，然后低下头，将身边的苇叶一片片捡起。

我叔叔也提了要求，他想当变形魔术师的徒弟专心学习变形。"到那时候，我才不会像现在这么辛苦呢！想吃鱼，变一张网，自己一提鱼就上来啦！想吃雁肉，也好办，就在雁滩那里变一棵芦苇，大雁落下了，睡着了，马上变回来，一把抓住它的脖子！"

刘一海一手提着一袋大米，一手提着一把刀子，走进了魔术师的房间。他的要求比我叔叔的简单，他只要求学一样，就是变一条蛇。"刘一海为什么想变蛇？"刘铭博给出的答案是，为了盗窃方便。要知道，刘一海可是我们大洼乃至沧县、河间一带有名的大盗，据说他曾三次偷得知府的大印。在济南府大牢里，他将两个被抓的兄弟从卫兵的眼皮下面偷出来，三天之后才被发觉，刘一海和他的兄弟早已无影无踪。要是学得了变蛇的戏法儿，刘一海肯定是如虎添翼，谁也奈何不了他。谢之仁当然不会同意刘铭博的推断，他说，现在刘一海的功夫就如此了得，他根本不需变蛇来添什么翼。那他为什么想变蛇？谢之仁给出的理由是：一是刘一海属相是蛇，他一直把蛇看成是自己的保护神，这样一个生性残暴的人却从来没有打过蛇；二是刘一海有个特别的嗜好，就是好听人家新房，喜欢听人家新婚夫妻的悄悄话，以至于在大洼几个村堡里新婚夫妻有的在前几夜都不敢脱衣睡觉。学会了变蛇，刘一海就更方便了，只要有条缝他就可以钻到屋里面去，新婚夫妇就更加防不胜防⋯⋯谢之仁的话最终传到了刘一海的耳朵里。某天晚上，谢之仁被刘一海以喝酒为名叫了出去，回来时把他的妻子吓得摔倒在地上：谢之仁的嘴，厚厚地肿起来，就像戏剧里猪八戒的样子，但比猪八戒难看多了。

赵四嫂子是和我婶婶一起去的，她送去的是一件旧棉衣。在一番吞吞吐吐之后，还是我婶婶代她提出了要求：她希望，魔术师能给她变一种蝴蝶，蓝色的蝴蝶，上面有黑、红相间的花纹。我婶婶将躲在一边的赵四嫂子向前推了推："她也没见过那种蝴蝶。是她娘讲的。她娘是逃难逃到这边来的。唉，也是苦命人啊。老人临死的时候，总跟她提起那蝴蝶怎样，那蝴蝶怎样。先生你是南方人，一定见过那种蝴蝶吧？"我婶婶拍拍赵四嫂子的肩，"先生，你就当行行好，行不?我觉得变一下也不损你什么,可对她来说,也算了一桩心事是不?"……

后来,那些密谋者也来了,他们神神秘秘,一副见不得光见不得风吹草动的样子。后面的话是我父亲说的,是对我叔叔说的,因为入冬之后叔叔时常和他们在一起,他也变得魂不守舍起来。我父亲说完之后便沉下脸,继续编他的筐,去皮的苇秆在他手里生出了刺,他的筐越来越难看。叔叔也没说什么,他只是用力地使了一下眼白,他的这个动作被我看在了眼里。

密谋者们来到魔术师那里的时候我正巧在场,我在魔术师的对面坐着,一言不发,默默望着外面的积雪。我和他已经坐了整整一个下午,好像对方并不存在,仿佛只是要打发掉无所事事的那些光阴。我几次想张口和他说点什么,可不知道是什么原因,它们被堵在嗓子里,一个字也没有出来。远远地,我看见两个密谋者来了,接着是第三个,他们跺脚抖掉鞋上的雪:"去,一边玩去。我们要说点事儿。"其中一个指着我的鼻子:"听话。听话会有好处。"

傍晚,我在魔术师茅草房的外面又看到了那三个密谋者,他们的表情凝重,好像在争执着什么。我想,他们肯定在魔术师那里碰了壁,不然,他们不会是这样的表情。

4

在我们这里,一切事件都有可能变成传奇,只要这一事件经过了三张嘴、三只耳朵,即便它原本平常,毫无波澜和悬念,你再听——它已经一波三折,风生水起,面目全非。在我们这里,有的传奇接近于流言，有的接近于妖言，有的接近于谎言……通常，我们将传奇的外衣剥开，打掉它的枝杈和叶子，就会按住它的核，这个核多数时候还是接近真实的；通常，我们会将这个核重新包装，给它加上更多的枝杈、叶片、花纹，甚至羽毛，甚至翅膀，再向另一双耳朵传递过去……在我们这里，各式各样的传奇层出不穷，那些外地的说书人很少来我们大洼，因为他讲的故事未必比我们的精彩。

在我们大洼，在孔庄、刘洼、鱼咸堡一带，最会讲传奇的当然是刘铭博和谢之仁。当然，他们讲的故事各不相同，谢之仁的故事多是本地掌故，它是旧闻和传说，发生在我爷爷的爷爷之前；而刘铭博，则愿意讲南方，讲他当水手的经历。谢之仁的传奇装在他微微隆起的肚子里，而刘铭博的传奇则装在他的秃脑门里——最后这话是我叔叔说的。每次说完，他自己都大笑不止。

"当年，秦始皇修长城，本来都快修好啦，结果叫那个孟姜女一哭哭倒了八百里！秦始皇一听怎么着？她有这么大的胆子敢哭倒我的长城？杀！不，先别杀，先把她抓来见我，我倒要看看，这个女人到底是个什么样的人！孟姜女一上殿，秦始皇就傻啦！真的是垂涎三尺，眼珠子都掉下来啦！那孟姜女长得漂亮！而且，她身上有一股野气，皇帝后宫里那些娘娘、妃子一个个都温顺得像猫儿似的，秦始皇早就厌啦！于是他传旨，这个孟姜女不杀了，纳入后宫，封为娘娘！孟姜女说要我当娘娘也行，但我必须去和喜良话个别，我得告诉他一声。秦始皇没办法，好，你去吧！孟姜女一边哭一边走，这一天，来到了大洼边上，她趁着看守她的官兵没注意，一头跳下了大海！秦始皇的脾气多大啊！他一听就急了：孟姜女跳进大海淹死了？不行！东海龙王得把人还回来！不然，我就用山把他的东海给填平了！你说秦始皇为啥这么大口气？因为他有一个宝贝。什么宝贝？他有一条赶山鞭，这可是大禹治水的时候用过的。秦始皇挥动鞭子，啪！太行山就裂开了，秦始皇再甩一下，啪！那山轰隆隆就朝着东海来了！东海龙王急得像热锅上的蚂蚁一样，站不住坐不住，一天到晚唉声叹气。他派龙王三太子去阴间和阎王商量，带去三百颗夜明珠，可阎王就是不答应，不行，要是人死了还让她复生，不乱套啦？不行不行，谁说也不行！他再派三太子去和始皇帝商量，那秦始皇的火气大着呢！不还给我孟姜女，谁说也不行，给我送多少夜明珠也不行！就在东海龙王无计可施的时候，他的女儿，九公主出来说话了。她说父亲你别急，我听说赶山鞭之所以威力无穷是因为鞭梢厉害。我想办法给你将鞭梢偷来，我们东海就没事了。龙王说我也听说了，可是秦始皇一直鞭不离手，晚上睡觉都把鞭梢盘在头发里，你怎么去偷？九公主说你不用管了，我有办法。咱再说秦始皇。他把山一路赶着赶到了海边，这一天，一个太监来报，说在海边上发现一绝色美女，她正坐在海边哭呢，看上去比孟姜女还漂亮，你要不要见一见？秦始皇一听，见，当然要见！这一见，皇帝又傻了，好，封为娘娘！你猜在海边发现的女子是谁？就是东海龙王的九公主呗！她来偷鞭梢来啦！……"

"相传明朝的时候，我们这一带害起了蝗虫。蝗虫那个多啊！它们一飞起来，方圆几百里都见不到太阳，你要是这时候出门，眼睛睁得再大也看不见自己的手指头！当时鱼咸堡那里住着一个大户人家，姓王，他家养的马跑出去踩死了一只蚂蚱，可不得了！这只蚂蚱是蝗虫神的女儿！蝗虫神生气啦，指挥他的大军从王家上面飞过，掀起一阵大风，呜呜呜——这阵风那个大啊！王家房上的瓦都给掀走啦！就连房子的脊檩也掀走啦！接下来，蝗虫神下令，都给我落下来！铺天盖地的蚂蚱们一起落到了王家，他家的房子就轰的一声都倒啦，王家人？王家人和他家的马、狗、鸡，一个也没活，都让蚂蚱给压成了肉饼!这事儿后来让皇帝知道了,这还了得!皇帝一声令下,派大将军刘猛带着三千士兵来到大洼,准备治蝗。大将军刘猛来啦,一天,他走到沧县的一个村子,口干舌燥,喉咙里都冒出了白烟!怎么办?刘猛将军看见村外有一口井,可井太深了,够不着。就在他急得团团乱转的时候,村里出来了一个妇人,拿着绳子,提着水桶。刘将军一看喜出望外,叫人去和那个妇人说借水桶一用,可那妇人说什么也不答应。你猜那个妇人是谁?猜不到吧?她是蝗虫神变的!原来,蝗虫神也得到了消息,于是他就变成妇人截住刘猛,刁难他一下,让刘猛觉得此地百姓刁蛮,心肠太坏,就不会好好治虫了。他可看错人啦!只见大将军刘猛一咬牙一跺脚,跳下马来走到井边,扳住井沿,双手一较劲,嗐!你猜怎么着?那口井,竟被刘猛将军给扳倒啦!井水从扳倒的井里涌出来,后来,那个村子就改名叫扳倒井……"

这些传奇是谢之仁给我们讲的,他的肚子里装着太多的故事,它们多数是本地的掌故,你可以在现实中找到它们的影子。譬如秦始皇赶山那儿,九公主最终得手,偷走了鞭梢,怒气冲冲的秦始皇用足了力气也只将山赶到了渤海边上——大些的山叫大山,距离我们大洼四十余里;小点儿的山叫小山,距离我们只有十多里,谢之仁给我们讲这些的时候一抬头就能看见它。还有扳倒井,的确有这个村子,我和叔叔曾到那里卖过鱼,卖过虾酱。谢之仁还给我们讲过另一类传奇,那是他从书上看来的,譬如有一次,他叫我们去变形魔术师那里,问他能不能用土和泥,做成蜡烛。"你们猜,我为什么要这么做?"见我们一脸茫然,他抚摸着自己的肚子,给我们讲了一个故事。

"大宋时,这一天开封城外来了一个女子,她穿着一身的素衣,端着一个旧碗,坐在一个土坡上,向过路的行人说道:各位乡亲,我是一外地人，和丈夫一起来此想做点小生意，不料我丈夫得了风寒，一病不起，求大家给我点水喝，给点饭吃，给点小钱让我度日。当然我也不白要大家的钱，这样吧，我每天做十只蜡烛卖，一支一文钱，有哪位乡亲肯行行好呢？那些过路的人只见她一身素衣，一只旧碗，哪里有什么蜡烛？这时有一个好事的人过来，说，姑娘，我买一支，你给我拿来。那个女子不慌不忙，她说我的蜡烛得当着你们的面来做，好用得很呢！这样，请你拿我的碗去，给我端一碗水来。那个好事的人一听，当着我的面做蜡烛？行啊！可你没有蜡油没有丝线怎么做？拿什么做？要一碗水，行啊，我马上就给你端去！我非要看看你拿什么来做这蜡烛！他打水去了，周围的人是越聚越多，大家都想看个热闹。不一会儿，水来了。只见那个女子将碗里的水倒在地上，将土和成泥，将泥做成蜡的形状，吹一口气，蜡就干了，她就把用泥土做成的蜡递给了那个好事的人。那个好事的人当然不干，他说，我可不是稀罕那一文钱，钱我可以给你，但你得给我真正的蜡烛不是？这蜡，这支蜡，只是样子上像，它能点着吗？那个女子笑了笑，随手借了把火钳，吱的一声，那蜡还真的点着了！周围的人一片惊讶！着了着了！还真着了！好事的人没办法，只好买了一支拿回家去。他想，不知道这支泥做的蜡烛能点多久？于是他天还没黑就将蜡烛点着了，第二天天亮，他过去一看，蜡还着呢，而且只烧掉了一小半儿！……

"你们知道，这个女人是什么人吗？告诉你们吧，她是妖！她卖泥蜡烛为了什么？她是在等人，后来那个人真的就来啦！在这只妖的蛊惑之下，那个人后来就起兵反宋，和包黑子他们打了起来……"

我明白了，我们明白了。那时候，官兵正在四处搜捕漏网的捻军，冬天时沧县的官兵和差人们还曾来过两次，变形魔术师被老刘家藏了起来，那些人又无功而返。后来，老刘家又使了些银子，县衙的人传过话来,这个南蛮是逃荒来的,没有问题,官府不再追究。谢之仁之所以叫我们去问他会不会和泥搝成蜡烛,肯定觉得他的变形法术大概和宋朝时的妖人功夫一样,他可能也是妖,他也可能真的参与了谋反,甚至是捻军的头目!我们去问过了,先是用手比画,然后将画好的图、写好的字递到魔术师的面前。他只看了一眼,就使劲摇了摇头。他不懂和泥变成可以燃烧的蜡烛。这也许说明不了什么。

爱吹牛的刘铭博也有道不完的传奇,每次开讲,他总是先要说"当年,我在某地……"他当过水手,到过我们大洼人难以想象的南方,经历过大洼人可能永远都不会有的经历,所以,多数时候我们知道他是在鼓起腮来吹牛,但还是爱听。

"当年,我在一个叫簿州的地方当水手。有一次,一位神秘的客人要我们的船送两箱货物到一个小镇上去,那两个箱子得八个人抬才抬到船上!箱子上贴着横横竖竖的封条。那个客人对我们说,谁要是偷看箱子里的东西,就得推到江里喂鱼!更不用说拿里面的东西啦!一路上,我们逆流而上,走了七天七夜!你们不知道江里那个险啊!越走我就越纳闷儿,箱子里装的是什么?金银?财宝?青花瓷?我想不行,我一定得看看!可人家看得很紧,八个大汉都是练家子,日夜守着,眼睛一眨都不眨。怎么办?好办!我偷偷抓了八只乌龟,将它们划过来,肚皮朝上,晒到了甲板上。南方有一种鹰,专门爱吃乌龟,它们一看到我晒到甲板上的龟,眼都红啦!于是一个个俯冲下来,将那八只乌龟全抓走啦!你们不知道,乌龟的壳多硬,鹰将它们抓去打不开龟壳也吃不到龟肉不是?那种鹰可有办法呢,它们抓起乌龟飞到高处,然后朝石头上摔,龟壳就裂开啦!你说这和箱子有什么关系?当然有关系啦!看守箱子的那八个大汉都是秃头!从上面看,就像一块块磨圆的青石,鹰飞得那么高也看不太清楚,就把他们的秃脑门当成是石头啦,于是就将抓起的乌龟狠狠朝他们的秃脑门摔去!嘭,嘭嘭嘭嘭!嘭嘭嘭!别看龟壳撞石头撞不过,可撞人的脑袋,哼!这八个大汉哪经得起乌龟壳砸,立马都晕了过去!我飞快地掏出早准备好的药水,将封条们都完整地启下来,然后我的帮手,船上的厨师也过来帮忙,他飞快地打开了锁。这个厨子会开锁,在船上只有我一个人知道!我们打开箱子一看,啊,可不得了,一箱是金银,另一箱则全是明晃晃的钢刀!我和厨子一人分了两块金子。等那些大汉醒过来,箱子完好如初,就是当初锁箱子的人也看不出箱子曾被人动过!可是,也巧了,我们以为做得天衣无缝,偏偏叫另一个人给看到了。谁?也是船上的水手,但他也是长江最厉害的强盗齐鲶鱼的探子!他当天夜里穿上特制的夜行衣,潜到水里,给齐鲶鱼报信去了。齐鲶鱼一听,好!这两箱东西我都要啦!他还真不是吹,在长江上,只要齐鲶鱼看上的货物,他一定能搞到手,从来就没失手过!这一天,我们的船划着划着,不好!只见前面江面上竖着三十几根大铁柱子,船根本就过不去!而且,铁柱子那边有两艘小船,上面站满了举着刀枪的人。过不去了。船老大说,掉头掉头。船正准备掉头往回驶,有人来报,后面发现了不少的船,看上面的标志应当是齐鲶鱼的。一听是齐鲶鱼的船,船老大一下子就瘫软下去,眼泪、鼻涕全涌了出来。我说,不怕不怕。这样吧,你给我准备两大锅沸油、三大筐黄豆,都给我放到船头!我自有妙计,一定能让我们的船平安闯过去……

"当年,我在洛阳得过一次大病,那次病几乎要了我的命,好在我身上带有一块通灵宝玉,它替我挡了煞。那块玉?在我病着的时候它也慢慢变黑,一天我醒来发现它无缘无故地碎成了九片,从那之后,我的病才慢慢见好转。我要说的是我病好之后的事儿。我病好之后,得赶路啊,在我病着的时候船早走了,我就一路打听着一路向下游走。

这一天，我路过一片荒地，看见一个白须白眉的老头儿，正在那里蹲着往远处看。我问他干什么？他说他是放牧的。我又问你养的是什么？怎么拿着肉而不是草呢？他告诉我他养的是狼，养了一年多了。我是谁，我一听就明白了，这个老头儿是个异人，他在憋宝！他养的狼绝不是一般的狼！我和他聊了会儿天，然后告辞，我不能让他看出我在打他的宝贝的主意不是？晚上，我带上迷香，换上夜行衣，回到老头儿待的地方。我先用迷香把老头儿放倒，然后扛着袋子，朝老头儿的狼圈摸过去。是狼圈，真的，老头儿把他的狼圈在圈里呢！我往前一凑，六道瓦蓝瓦蓝的光一起朝我射来：那些狼可不认识我啊！它们冲我吼叫，露着雪白的牙。说实话当时我也害怕，可我知道，这三只狼可都是宝贝，既然来啦，就豁出去干他一把！我一咬牙，打开狼圈，将口袋飞快套到一只狼的头上，但另外那两只狼朝我恶狠狠地扑过来……我根本不是它们的对手。我且战且退，后来干脆口袋也不要啦，飞快地向远处跑——可我哪里跑得过狼？那可是我最狼狈的一次，也是我大病之后身子太弱。眼看我就要被狼追上啦，也是天无绝人之路，我突然发现前面有两棵高大的树！我也是真急啦，一个箭步飞起两丈多高，一下跳到了树上！而其中一只狼，也跟着跳到了树上，它一步一步跟随着我。我向后退着，马上要退到树梢了，那只狼却不肯放过我，它准备把我赶下树去，另外的两只狼还在下面等着呢！我一边倒退一边观察，我发现这种树的枝条很有韧性，而且我头上还有一根粗大的树枝——有办法了！我抓住上面的树枝，让自己退到树梢的边上，我的重量将枝条压得很弯，那只狼没有发现我的意图，紧紧跟过来，就在它扑向我身体的时候我纵身一跃，脚下的枝条立刻弹了起来弹到狼的脸上，它完全措手不及，在慌乱中一头摔了下去！我攀着头上的枝条向下一看，刚才在树上的那只狼已经摔死了，原来它是金子做的！另外的两只狼正围着它哭呢！……"

好了，言归正传，接下来我要说的是那个变形魔术师的传奇，它是由谢之仁和刘铭博共同"创作"的。多年之后，关于魔术师的传奇，他们二人也无法再辨认出它的本来面目，他们也不知道，是不是他们一起还是其中的一个创造了它。传奇，渐渐变成了最初的传播者也意想不到的样子。

5

讲鸟语的魔术师之所以得到刘家的庇护，将他藏起躲过官兵的搜捕，是因为，刘家人把他当成是恩人，因为他救了刘家刘升祥一命。要知道，刘升祥的父亲刘谦章可是我们方圆几十里响当当的人物。

就是那年冬天，大洼人收割完全部的芦苇，将它们堆积成三十几座壮观的小山，它们在被运到外地之前得有人看守。不瞒你说，我们自己也承认，孔庄、刘洼、鱼咸堡一带的大洼人身上有股贼性，一只鸭子从洼东走到洼西，它身上至少会丢一半儿的羽毛，那时你要是再仔细看：那只鸭子已经只剩一条腿了；已经只剩一只翅膀了；咦，它的眼睛也只剩一只啦！冬天一闲，我们更爱偷来偷去的，去谁家串门，一定得想方设法偷点什么走。"贼不走空"，是我们的规矩，要是被盯得太紧我们就会偷折一根扫帚的苗儿充充数。所以，堆起的芦苇山是必须要有人看的，往往一两个人来回巡视，不知不觉中那山就慢慢变成丘，变成台，就变得无影无踪。这一年，刘升祥被他父亲安排看芦苇，他住进了和变形魔术师茅草房不远的旧房里。

这一住，刘升祥的身体就垮下来了。他先是眼圈变黑，印堂发暗，后来渐渐没了精神，坐着站着都如同一摊烂泥，他身上的骨头仿佛早就变酥了。再后来，二十六岁的刘升祥一病不起，并且他的身体在慢慢缩小，没有了原来那副牛高马大的样子。刘洼的医生，沧县的医生，抛庄的巫医都来看过，他们的看法惊人一致：不行啦，准备后事吧，大约过不了年。就在刘家人心急如焚、悲痛莫名的时候，有人提到了那个讲鸟语的魔术师，另外的一个人跟着恍然："对对对！也许南蛮子有办法！说不定就是……对了，升祥刚住进洼里，这家伙就对升祥左看右看，一个劲儿摇头。他一定有办法！"

魔术师被请来了。他盯着刘升祥的眼，一眨不眨地看着，以至给他端水过来的刘谦章感觉自己的身体一阵阵发凉。小半个时辰之后，那魔术师拿过纸、笔，写下了一个药方和两道符。他用鸟语指挥着刘谦章，将一道符贴在脊梁上，而将另一道符贴在门口的树上——事后刘谦章说，当时他听魔术师的鸟语并不费力，即使魔术师不打手势；而刘升祥的病一好，他又一句也听不懂了，想得脑子都大了，大了的脑子挤得眼睛都鼓出来了，可还无济于事。他叫一个侄子：快，马上，照着先生的药方给我把药抓回来！

他的那个侄子，不一会儿就气喘吁吁地跑了回来，手里依旧抓着那个药单。"药房里没人？""不。""药房里没药？""不。""那你怎么没将药抓来？""人家，人家不，不抓给。""为什么不抓给？""人家、人家说，这药，得大夫自己去抓，人家怕、怕、怕吃死人。人家说里面、里面的药，太毒啦！就是，不放在一起，也能、也能药死两头牛！""什么？"刘谦章拿过药方，他的手抖出了声响。

倒是那个魔术师，一点儿都不慌不忙。他用刘谦章当时能听懂的鸟语，对刘谦章说，你没必要生气也没必要紧张，反正，你儿子也已经不行了，就让我死马当活马医吧，我保证能将他的病治好。刘谦章沉吟半晌，吐出了他自己咬碎的半枚牙齿："行！我答应你！你就给他治吧！"想了想，刘谦章又说，"可是，你这药拿不出来啊！你又不会我们的方言，解释不清。""没问题，我去抓。我自有办法！"

你还别说，不一会儿，药还真让他给抓回来啦。

深夜。北风呼啸，雪花飘飘。魔术师闩好门，关严窗，开始给刘升祥煎药。刘谦章和他老婆守着火盆儿，伸长脖子，不一会儿刘谦章就闻到一股焦糊的气味。"有什么东西烧着了？"他老婆往火盆儿里看了看，说："没有啊！""快，是你的手！"就在这时，闩着门的那间屋里传来一声惨叫，接着又是一声——在我们大洼号称一霸的刘谦章一下子瘫在了炕上，他软弱得像个孩子："升祥，升祥啊……"

那惨叫声一声紧过一声，一声比一声还惨，那惨劲儿像针一样像刀子一样插进刘谦章和他老婆的心里。"咱不治啦！咱就是看着孩子死也不能让他，让他……"刘谦章老婆两只都已烧焦的手紧紧抓住刘谦章的右臂，把他的右臂也抓出了血印。"不治啦！"刘谦章用力砸门，门不开，他又去敲窗，魔术师早有防备，他把窗户已经给钉死啦！"南蛮子！你给我开门！再不开，我让你不得好死！我把你，剁成肉酱喂王八！""南蛮子，我日你八辈祖宗！"……

人越聚越多。更多的人加入到叫骂中。那么多人的骂声，却始终也盖不住刘升祥屋里的惨叫！"我们把门砸开！妈的，这个南蛮子，他就是变成苍蝇我也剁他八百刀！""对，我们砸门！""那升祥这孩子……""你们不用管他！"刘谦章瞪着他的红眼珠儿，他抽出自己的那把大砍刀，当年，它可是砍过不少的骨头，喝过不少的血。就在大家准备合力撞门的刹那，门突然开了，只见一只老虎恶煞一样冲出来！我们大洼是平原地带，是海滩，我们见过狐狸见过鲸鱼见过鱼鹰可谁也没见过真老虎！大家一片尖叫，一片混乱，刀也不敢挥了，斧也不敢砍了，只得眼睁睁看着这只有血盆大口的老虎驮着赤身裸体的刘升祥朝雪地里奔去。"我的儿啊!"刘谦章的老婆嘶哑地喊了一声,就硬硬地摔在地上。大家又一阵忙乱。

启明星亮起,飘忽的白雪变得黯淡,没冻掉舌头的公鸡开始打鸣,刘谦章的血眼珠刚刚有些转动,只听得屋外有人喊,"升祥回来啦!他到鬼门关转了一圈,和牛头马面打了个招呼,就又回来啦!""什么?""什么什么?"

等刘谦章扶着自己的老婆,艰难挪到刘升祥那屋时,刘升祥已躺在炕上。他笑了笑,叫一声"爹",叫一声"娘"——屋子的人,屋里屋外的人,他们的泪水汹涌,一直流得满屋里都是水流,湿透了他们的鞋子。

刘升祥真的好了起来。当天晚上,他一气连吃三碗面条,他的命,真的捡回来啦。后来,刘谦章将变形魔术师开出的药方进行装裱,高悬在大厅的墙上——据说一位远近闻名的中医看到那个药方,多年未犯的痛风和牙痛病突然一下子都犯了起来,临走,他留给刘谦章一句话,"向死而生,这份狠毒我下辈子也长不出来。"那个药方里,有硫黄,有巴豆,有砷和水银,还有人参。

"你们说,魔术师将刘升祥背出去都干了些什么?他为什么要刘升祥赤身裸体?要知道,那可是在冬天,刚下过雪。"

那天晚上,魔术师变形成一只白眉老虎,驮着赤裸的刘升祥从人群的缝隙里闪出,朝大洼深处的一片池塘奔去。那时候,刘升祥的身体简直就是一块烧红的铁,风卷起雪花朝他身上飞来,在距离他半尺的地方"哧"的一声便蒸发了,变成一缕白色的烟。只见那魔术师将刘升祥放在地上,变回人形,掏出一把锋利的刀子,刀光飞舞——那刀光并不是冲着刘升祥的身体去的,而是池塘下边的塘泥。他挖出一块湿塘泥,叭,贴在刘升祥的前胸,然后又挖出一块塘泥,叭,贴在刘升祥的后背——刘升祥双目紧闭,他的身边笼罩着一团热气升腾的雾,贴着他前胸后背的塘泥很快变成了墨黑色,干得不见丝毫的水气。魔术师将原先的这两块塘泥敲碎,叭叭,又贴上两块新挖出的塘泥……如此七次之后,刘升祥的脸色已由墨黑变得红润,这时魔术师一声大喝,用力拍了一掌:刘升祥吐出一块拳头大小、被血丝包裹着的东西,那东西很柔软,就像一团烂掉的肉,散发着恶臭。随后,刘升祥开始大便,一直拉得有一大截肠子都翻在外面——这时,魔术师重新变成老虎,驮起他,顶着风雪朝村子奔去——

刘升祥吐过、拉过的那个地方,多年之后还散发着一股特别的臭味儿,周围的芦苇和各种的野草都变得枯黑,第二年春天也没开始生长。而且,那个池塘从此之后再也没抓到过一条鱼。要知道在我们大洼,马蹄大的水洼里也至少有三条鱼,那个池塘有二亩多地。那里也没有蚊虫,害蝗灾的年份儿,它们也不在那里落脚,你说奇怪不?

…………

6

不知为什么,我感觉同治六年的那个冬天特别地冷、特别地长,它甚至漫过了同治七年的好大一截,以至于草一直不发芽、河水一直不化冻,无所事事的日子也一直过不完。同治六年,我当时十四岁,我感觉冬天特别冷特别长也许是因为我身子单薄,骨头一冻就被冻透的缘故。不过,我的骨头里还有一股隐隐的热量,它们时不时地冲撞起来,让我有些不安。

就在那一年,我生出了一个新舌头,它受幻想、梦、谎言和无中生有的谣言控制,模仿着谢之仁和刘铭博的样子讲述着传奇。开始,我讲给我弟弟听,讲给比我小的孩子们听,后来,新生的舌头有了不满足。木讷的父亲可不喜欢我这样,虽然谢之仁到我们家来他总显得兴奋异常、脸上有光,但他却不希望自己的儿子变成那样的人。"吹牛能当饭吃?吹牛能吹出米来,能吹出钱来,能吹出媳妇来?"有一次,我正给我弟弟和三两个孩子讲那年夏天捻军和清兵之间的故事,变形魔术师被我说成是捻军将领,他化身知了刺探军情,在被包围之后又变成一只鱼鹰飞离了重围——我讲得兴高采烈,挥动着手臂,翘起屁股,就在我一回头的时候发现阴沉的父亲站在背后。他恶狠狠地骂了一句,吹牛能吹出米来?光知道胡编乱造!我说,我没有胡编,这是……当着那群孩子的面,当着弟弟的面,他突然挥动拳头,打在我的脸上。那一天,我被父亲打掉了一颗牙。但他没有打掉我新生的舌头,离开我父亲的眼,它就会发痒,就会将梦、幻想、事件和无中生有搅在一起,变成传奇。

不过,我那天所讲的故事,讲鸟语的魔术师化身知了、化身鱼鹰的确不是我的编造,它出自刘铭博的口。那年冬天,刘铭博离开我们前往济南、保定,据他自己说是贩鱼买米,回来之后他带回的却是捻军和官兵的战争故事。他还带回了一个女人,那个女人有好看的眉眼,却长了一颗突出的龅牙——她的这颗牙,在两个月后被刘铭博给打掉了,同时被打掉的还有她肚子里的孩子。当天晚上,这个女人就离开了孔庄,再也没有消息。我母亲说,她就像丝瓜秧上的谎花儿,跟过刘铭博这样的人,她的一辈子就算毁了。

"西捻梁王张宗禹率三十万大军浩浩荡荡杀过济南,杀向京城,一路上过关斩将,杀得天昏地暗血流成河……同治皇帝这个急啊,他急得满嘴都是血泡:'众、众、众位大臣,你、你、你们有什么办、办法退兵啊?我给、给你升官!'这时,大殿上站起一人。谁?左宗棠。他说皇上你不用着急,我自有妙计。西捻梁王张宗禹之所以如此这般战无不胜,全靠他手下有一异士,此人名叫吴优思。他会三十六种变化,能够撮草为马,撒豆成兵,只有破掉这个人的妖法,我们才可能取胜。'怎么破掉他的妖法?'左宗棠说也好破。你让我们的弓箭手脸上涂上狗血,箭头上涂上狗血,城墙上贴上符,然后将叛军周围的草全部烧掉,将粮仓和老百姓家的绿豆黄豆红豆都收集起来运走,吴优思的妖法就算破了。他的妖法一破,捻军也就算完啦!'好!准奏!就按你讲的去准备!'

"官兵的准备早让吴优思知道啦。他怎么知道的?因为他会三十六种变化,深入对方大营易如反掌,他变成一只知了落在官兵统帅营帐外面的槐树上,看了个满眼,听了个满耳。回去后,他马上来到张宗禹的大帐里:'不好了,官兵那边有高人指点,我的法术被人家识破了。我们先撤兵,以后再做打算吧!'张宗禹张阎王一听急了:'什么,撤兵?姥姥的,门儿都没有!我还有不到百里就杀到京城了,马上就要活捉同治狗皇帝啦,现在撤兵?不行!'吴优思也着急啊:'梁王,这次非同小可,在我们三十万大军中,有十五万豆兵啊!只要一交手,它们很快就会变回豆子,就一点儿用都没有了!'张宗禹一听,怎么着,你威胁我?我梁王是什么人啊,没你那十五万,剩下的十五万兵我也能赢!再说,再说我张阎王把你砍了!

"果然不出吴优思所料,第二天,两军一对阵,官兵那边一阵涂上狗血的乱箭,吴优思撒豆变成的兵一粒粒都变成豆子啦!捻军里面一片慌乱:'不好啦,清兵的箭用了妖法,射到身上就变成豆子啦!再也变不回人形啦!我们快跑吧!'兵败,可真的是如山倒啊!这一仗,直打得捻军丢盔弃甲,尸横遍野。他们流出的血,形成了四条弯弯曲曲的河,我去济南的时候,有一条血河还在,一头牛去河里饮水,结果不小心掉了下去淹死啦。吴优思保护着梁王张宗禹且战且退，退到了茌平南镇一个叫玉陨坡的地方。张宗禹实在走不动啦，他背靠一块白色的大石头休息，忽然觉得背后一阵阵发冷。要知道那是三伏天啊！梁王感觉不好，叫来一个当地人，问这叫什么地方？叫玉陨坡。噢。那我靠的这块石头呢？它怎么这么特别？那个人说了，这块石头是自己从天上掉下来的，有四十多年了吧，我们叫它斩王石，至于为什么这么叫我也不清楚，反正大家都这么叫。张宗禹一听大叹三声，天亡我也！我张宗禹要在这里陨落，要在这里被杀啊！随后，他对吴优思说，'吴将军你懂得法术，我们被困这里走不掉了，但你是可以走的，这样吧，你带上我的宝刀走吧，要是你有机会逃脱找到我的孩子就将这把刀给他，让他给我报仇！'吴优思哪里肯听？他说梁王不必多虑，我吴优思现在别的法术已经没用了，但救你出重围还是能办到的！说着，吴优思就要施法，但张宗禹一把抓住了他：'天要亡我，我怎么能违背天意一个人偷生？我意已决，我要学那楚霸王，江东我是不过的！'这时，喊杀阵阵，官兵们里三层外三层，像一张大网围过来。张宗禹率领残部边打边退，打到徒骇河边的时候就只剩下八九个人啦！官兵多少？七十万人！那七八个人苦苦哀求：梁王你跟着吴将军跑吧，不然就来不及啦！那张宗禹是什么人？血性男儿，顶天立地的大英雄！他长啸一声，将宝刀递到吴优思将军的手里，然后一纵身，跳下了徒骇河！扑通扑通扑通扑通！那些捻兵也跟着一起跳下了徒骇河。本来，徒骇河的河水并不很急，可是这几天的生死大战，战死将士的血也汇流到这条河里，使得这条徒骇河变得汹涌、湍急，水流的声响三十里地以外都能听得见，他们一跳下去，立刻就没了踪影。吴优思对着河水磕了三个头，然后一咬牙，一转身，变成一只鱼鹰……"

刘铭博带回的故事一时间在我们孔庄、刘洼、鱼咸堡一带家喻户晓、沸沸扬扬。闲暇的漫长冬天有利于传播——"他是捻军的将军？那他一定杀过不少人吧！""那还用说！听说在南方，一提张宗禹，孩子都不敢哭，就是山里的老虎也会吓得掉头就跑！""捻军一定积攒了不少的金银财宝吧？既然吴优思是最后逃出来的人，那他身上也许会有捻军的藏宝图！""你怎么知道这个吴优思就是我们这里的无有事？天下重名重姓的人多得是！我们鱼咸堡光赵祥就有五个，一个个穷得光着屁股，也不见谁祥了起来。""屁话！天下会变形的人，又叫吴优思的人有几个？你的脑袋让驴踢过？""你的才让驴踢过呢！刘铭博的话，哼，你也全信？他捕风捉影呢！"

又有人说："捻军他们也真是傻。要跑到我们这片洼，别说五十万清兵，就是五百万也一定让他有来无回！""张宗禹是黑虎化身，不是龙，所以他根本就不该去打京城！虎和龙斗，不是找死吗？""要是他们打到这来，老子一定参加捻军，妈的，这种日子老子早过够了！""就是就是，杀了那狗皇帝，我们也弄个元帅、丞相当当！""我们先杀到沧县，把姚官屯的那些官兵绑起来，一刀一个，咔咔咔，把他们的脑袋挖空后当尿壶！""听说京城里那些格格、小姐的身子白得就像雪，一招就出水！她们在炕上，那滋味，啧，你想都想不出来！""我们反到京城，顶不济也打下直隶府，一个搂个格格，一个搂个小姐地搞一搞！""捻军不来老子也想反啦！"……我的耳朵里灌满了这样的话语，它们真的形成了厚厚的茧，我用苇秆儿的一截将它们掏出来，丢在一条小沟里，引起了两条黑鱼的争夺，它们用头撞开厚厚的冰，将茧子们吞下去。孔庄、刘洼、鱼咸堡一带地处偏僻，条件恶劣，我们祖上遗传的匪气、暴气就藏在我们的血脉里，它们每隔一段时间就会间歇发作,不必太当真。在我们这一带,骂骂皇帝老子,说些所谓大逆不道的话是一件经常的事儿,你要连这些都不敢说,就不会有人瞧得起你,觉得你是个胆小的废物。至少,我们谁也不愿意在嘴上就成了废物。

"我们跟着这个魔术师造反吧!凭什么他们吃香喝辣,老子只能这样!"

对刘铭博的故事,谢之仁像惯常一样嗤之以鼻,他认定,刘铭博的说法完全是捕风捉影,毫无根据:"纯属胡扯!你们都常去他那里,你们谁看见他那里藏着一把宝刀?要是有,不早让谁偷出来啦?""他要是会三十六变变成鹰,那他为什么不直接飞回家去却待在我们这里受罪?"

想想也是。谢之仁的说法还真有些道理。魔术师那里要真是有什么宝刀,以我们孔庄、刘洼、鱼咸堡这些人的贼性,有十把也早给他偷走啦。就是他将那把宝刀变成碗筷,变成凳子,变成镰刀或者其他的什么,也早就被谁偷回家里了——其实他的碗筷、凳子或其他的什么还真的丢过不止一次。某个人将它们偷回家去,用水泡,用火烧,再浇上狗血、兔血、狐狸血,希望它们"变回原型",变成金了银子,然而结果却让人失望。过不了几天,魔术师的东西就会失而复得一次,接下来,它们又将丢失一次,另外的人又将它们偷走,水泡、火烧地重新折腾一次。魔术师屋里的东西就这样失失得得,到春天来的时候他已经习惯啦。

7

"唉,我的银子怎么不见啦!"

"怎么会？咱家又没谁来！你一定是自己放忘了！"

"胡说！我明明放在这里了，我藏得很严！是不是，你拿去喝酒了？再不就是，讨好哪个狐狸精去了！"

"我没拿！你别瞎说！"

"你没拿？前天我往里面放钱，只有你看见了！难道它自己会飞？你说，昨天我去赵三婶家织布，你、你一定偷拿了钱出去了！"

"我昨天一天都没出这个门！"

"那好，你没出门，那钱怎么丢了？你不说清楚我就到房上去喊，看是丢谁的脸！"女人不依不饶。

"我……我昨天……在屋里编筐，对了，那些筐在编房里呢，不信你去看！"

"放屁！你从秋天就开始编，那么多扭扭歪歪的粪筐谁知道哪个是你新编的，到底是不是新编的！我告诉你，今天你就是编也得编圆了，编得我信了！你开始编吧！你说，钱上哪去了？！"

"我昨天在屋里编筐……编着编着，看见……看见了一只芦花鸡，是，像是咱家那只，又不太像。我当时想，咦，鸡怎么进屋里来了？看来它也怕冷啊！我赶了它一下，它没出去，我想算了吧，只要不拉屋里屎就行。等我编完筐，再找那只芦花鸡，没了！"

"这和咱的银子有什么关系？难道鸡能偷钱？"

"我也是刚想明白！我太大意了，你想，咱们这一带，谁会变成鸡？真正的鸡不会偷钱，可人变的，会。"

"你说是那个变戏法的南蛮子？不可能吧？"

"怎么不可能！你说，除了他还能有谁！"

"你们给我过来！说，锅里炖好的那只鸡呢？"

"不知道,我们不知道。"

"不知道?你们给老子偷了去还说不知道?想找死啊,想挨鞋底子是不是?"

"我们没偷!我们真没偷!"

"妈的,跟老子嘴硬,你看看你嘴角上那油,你一张口,我就闻得到鸡肉的味儿!跟老子撒谎,反了你了!"

"我、我……我们真没偷,不信你问姐姐。我们,我们就喝了点鸡汤。"

"你再撒谎老子打死你!你说,那鸡肉上哪去了?"

"让猫叼走了!"

"猫?谁家的猫?"

"我们也不知道……是一只黑猫,全身黑得发亮——对了,就像是魔术师变得那样!"

"你们说是……"

"对,就是他!"

"你说,你一个姑娘家,你……你让我们怎么外出见人?说,孩子是谁的?!"

"孩子,就听你爹的话吧,你这样……也不是办法啊。"

"妈的,老子的脸都让你丢尽了!说,那个男人是谁?!"

"孩子,你就……都三天了,你准备这样跟我们耗下去?快说吧,你爹……他也不能害你不是?"

"告诉我,那个男人是谁!我不扒了他的皮!"

"孩子啊,你要你娘死不是?你可是说啊,那个男人到底是谁,娘也好给你出出主意想想办法……"

"爹，娘，你们就让我死吧，我不……"

"你就是死，也得把那个男人给我供出来再死！我饶不了他，我一定让他不得好死！"

"孩子，你说，你想害死你娘不是，你想气死你爹不是？这种事……我们知道是谁，也好给你……"

"娘啊，我不……我也不知道是谁！"

"胡说！"

"别吓她啦！你说，你怎么会不知道呢，你怎么会不知道他是谁呢？"

"我，我真的不知道是谁。那天晚上，我闩门睡觉，一转身，看见……炕上蹲着一只猫。我吓了一跳——"

"你怎么不喊？娘不是在那屋吗？"

"我没来得及喊。我吓坏了，伸出脚，将它一脚踢下了炕。"

"后来呢？"

"后来……那只猫叫也没叫，一溜烟，没有了，门闩着，我也不知道它是怎么跑出去的。我半宿没敢睡。"

"唉，我的傻孩子。"

"后半夜实在太困啦，那只猫也没再出现，我迷迷糊糊就睡着了。再后来……"

"怎么了，怎么了？"

"我感觉……感觉疼，那里……我睁开眼，看见……"

"你看见了什么？快，快说！"

"我看见了一条蛇！它趴在我身上，蛇头钻进了我的身体！"

"…………

我说过，在我们这里，一切事件都可能变成传奇，即便它原本平常，毫无波澜和悬念。讲鸟语的魔术师刚来大洼的前几年，有关他的传闻实在是太多了，他几乎无处不在，我们不知道他真真假假地有多少条影子。那个魔术师好像对此一无所知，他改变着自己，越来越像一个出生在孔庄、刘洼、鱼咸堡一带的洼民，越来越像。只有他的那口鸟语不像，只有他懂得大洼人所不懂的变化，这点儿也不像，不过，他在众人面前的变化已经越来越少，似乎他怕自己的变化会阻挡他在大家中的融入。

我和我弟弟，还有一些十五六岁的年轻人相信着魔术师的清白，而我母亲、二婶、谢之仁、刘长锋等人则忧心忡忡。他们觉得魔术师的到来使大洼原本脆弱的道德律令遭到了巨大破坏，人心不古。他们把打架斗殴、吸毒嫖娼都看成是受了这个南蛮子的教唆、蛊惑，虽然这些在变形魔术师来之前早就有；他们把偷盗、姑娘们未婚先孕的私情、流言的传播等等责任都算在了他的头上，"他不来之前，我们这里哪有这么多的事儿……"

我母亲她们的忧心在悄悄地蔓延，就连刘谦章、刘升祥他们也难以阻止。"我们让他搬到刘洼来住吧，和我住一趟房！"刘升祥和自己的父亲商量。"那也得看他愿不愿意过来。再说，再说，"一向爽快的刘谦章突然有些吞吞吐吐，"再说那些事儿也未必都是无中生有……你们刚结婚，就是，就是……别人也肯定瞎说，人嘴太臭啊！""那，我们出面，给他娶一房媳妇吧！""也好。就是在哪找合适的人，怎么去找？"

"这事包在我的身上！"刘铭博用力拍着自己的胸口，同时悄悄地收起刘家送来的酒和碎银。"咱走过南，闯过北，这点儿小事，易如反掌！绝对让你们满意，让那个南蛮子吴优思满意！"

这件包在刘铭博身上的小事儿，直到我们三村的"叛乱"被镇压下去，直到讲鸟语的魔术师悄无声息地消失，他也没能完成。

请刘铭博办事，多数都会没了下文。

8

现在，该轮到那些密谋者上场啦！

说实话，在我们这片荒蛮之地缺少那种真正意义上的密谋者，他们是些因为皇帝大赦天下而被释放的罪犯，一肚子委屈、怨天尤人的农民，屡试不中的书生，无所事事却一腔热情的少年，怀有侠客梦的铁匠。后来，我的叔叔也加入他们的行列，这似乎给他的驼背带来了些许的荣耀。在我们这片荒蛮而偏僻的洼地，有利于不满和怨愤的滋生和生长。

不过，事情的起因似乎和那些密谋者并无很大关系，他们是后加入进来的，推波助澜，直到酿成大事件。事情的起因是，事情的起因是我们大洼来了两个年轻的官差，他们来收民丁税。他们太咄咄逼人啦！

"怎么歉收了还长了五钱？不想让人活啊！"

如果是以往县衙里的老官差，他们会端着笑脸和我们解释，至少会摊摊手表示自己无能为力，在收钱的时候让上几个钱，事情也就过去了，可那年来的是两个没长胡须的新手，他们比我大不了几岁。"不行！说什么也不行！谁说也不行！马上把钱交上来吧！"

"差爷，你抬一下手，少收一钱行不行？我们今年的收成，唉。"

"废什么话！我们只执行上面的命令！"

"那好，我们就不废话了！"

结果是,我们将这两个差人用绳子绑好,嘴里塞上布条,半夜时分将他们丢在县衙门口:"这是我们的民丁税!"

第二天上午,驻守在徐官屯、姚官屯的官兵来到了大洼,他们叫孔庄、刘洼、鱼咸堡的人都集中在打麦场上。那时,麦子刚刚收割不久,打麦场上热浪翻滚,晒出了麦秆的气味和汗水的气味儿。"你们竟敢殴打官差!不想活了!难道你们敢造反不成!"防守卫脸上的肉球在颤动着,他用手上的剑对着我们的脑袋指指点点。

"老子就是反啦!怎么样!"密谋者们开始答话。

一阵混乱之后,防守卫带来的十几个官兵被我们打跑了,当然,我们的混乱、官兵们的抵抗和逃跑都带有一定的游戏成分,他们多年来大洼围猎和我们都熟啦,也了解我们的脾气。他们跑了,把他们的防守卫丢给了我们。被绑起的防守卫依然十分嘴硬。

"官爷,我们出面将你送回去,那些不听话的兔崽子我们好好管教,所有的税这几天一定交齐,这事儿……你看行吗?"孔庄、刘洼、鱼咸堡三村的老人们出面了,他们可是些德高望重的人。

"狗屁!你们快把我放了,把那些主使的人抓起来送到官府!这事儿没完!"

"官爷,你看这样行不……"

"不行!……"

当天下午,密谋者开始串联:

"官府也太欺人了!他们就不想给我们留一点儿活路!"

"他们都干了些什么?你们家二冬不就贩几斤私盐吗,有什么大不了的,不是想活命谁肯走险?到现在还没放回来吧?好,他们不放,我们就将人抢回来!"

"根本是官逼民反啊!现在,我们打了官差、扣了军官,不反也不成了，不反也是死罪！"

"……我，我没有参与打官差，也没参与……"

"哼，你以为你会说得清楚？谁会给你证明？要是别人都抓起来，只有你一家什么事都没有，你，你还能在这里待？……"

"拼了吧！拼了也许能有活命，说不定还真能封王拜相，我们的子孙就不用在这破地方受苦啦！人家的刀都架在你脖子上啦！"

这时，传来一个消息：被关在牛棚内的那个防守卫自杀了，他在自杀前就已经气炸了肺，谁也想不到他有这么大的火气！

"现在怎么办？"

"还能怎么办？反吧！"

听到这个消息，我和弟弟都兴奋异常，特别是我弟弟，他来回乱窜，自己摔了好几个跟头，弄得满身是泥。我父亲从衣橱底下掏出一把生锈的刀，而我母亲，则坐在一个阴影里，泪水流个不止。

傍晚时分下过一场小雨，落在苇荡里像一簇簇射下的箭，风的声里包含着厮杀、哀鸣和刀光。雨下过之后，大洼里的那支队伍打出了自己的大旗，那是一条藏蓝色的床单做成的，上面写了一个黄色的"义"字。这支队伍集中在打麦场上，由那些密谋者引领，举行了一个简单的起兵仪式。我说过我们这里地处偏僻，没有人能提供起兵仪式的规范样式，参与密谋的秀才不能，见多识广的刘铭博和谢之仁支支吾吾，也派不上用场，那些密谋者们只好用他们的想象来部署。所以，我们这里的起兵仪式极为简单。就是这样，在这个简单的起兵仪式上还出了点小插曲。一个被封为"汉武大将军"的密谋者宣布，我们的这支队伍是捻军的一支，由吴优思将军指挥，我们将和捻军的旧部一同起事，杀进京城，把皇帝的头砍下来当球踢——"现在，请吴优思将军入座,宣布我们起兵!"

椅子是空着的。等了好大一会儿,讲鸟语的、会变形的魔术师也没有到来,下边扛着刀枪、镰刀、锄头的脑袋们开始窃窃私语。"大家静一静!吴优思将军马上就来!我们不要急!"这时,一个主要的密谋者出现在"汉武大将军"的身侧,和他一阵耳语,"大家静一静!吴优思将军为了刺探官兵的动静,已化身为鹰飞到沧县去了!临行前他吩咐,大家要听我的指挥,违令者,斩!"汉武大将军在说到"违令者斩"的时候不自觉地带出了京剧的念白,下边的刀枪、镰刀、锄头们歪歪斜斜地笑起来。

那个凑到"汉武大将军"身侧和他耳语的密谋者就是我的叔叔,那是他一生中最为荣耀的时刻,以致他最后的步子迈得飘飘然,而脸涨得通红。多年之后,叔叔跟我说,什么吴优思将军化身为鹰、前去沧县刺探军情的那些全是谎话,屁话,无稽之谈。真实的情况是,他们偷偷杀死那个军官之后马上来到魔术师的房子里,拿来纸笔,和他商量如何起事造反,拥他为王。然而那个魔术师连连摇头:"不,我不懂带兵打仗,也不想造反,只想过几年清闲日子。"那些密谋者用早想好的策略威逼利诱,然而这个魔术师除了叽叽呱呱讲几句鸟语之外根本无动于衷。怎么办?我叔叔他们偷偷使个眼色,几个人扑上去,用浸过狗血的绳索将那个魔术师绑成粽子——"这回由不得你啦!我们就是绑,也要将你绑去,你想不参与造反,门儿都没有!"

就在他们抬着被绑起的魔术师出门,路过芦苇荡和被收割完的麦田,下起了那场该死的小雨。雨的确下得不大,没有影响到他们赶路,然而却给魔术师的逃脱创造了机会。他们走着,忽然感觉肩上的分量一下子轻了,扁担上只剩下那条被狗血浸泡过的绳索。"快点!快,那只蚂蚱是他变的!""不,不对,我觉得,是刚才那只鹌鹑!""刚有条蛇从我脚下爬过去！那也许是他！"……

9

大洼三村的造反根本就是一场闹剧，充满了盲目和滑稽，然而代价却是惨重的，它重得让多年之后的大洼人都抬不起头，更不用说那个惨字啦。每次写到这个字，墨汁都会慢慢变成红色，弥漫着一股浓重的血腥气——

在密谋者们的率领下，我们赶到小山，不费吹灰之力就打败了那里的守军，咔咔咔咔砍掉了他们的头。可不等我们下山，就有人来报：官兵们追来啦，他们已将小山团团包围！"他们有多少人？""不知道！山脚下全是！""他们是谁的队伍？从哪里来的？""不知道，我没看清楚。"

显然，这些官兵不是驻守沧县徐官屯、姚官屯的那支，也不是驻守小山的那支，他们厉害得多，凶狠得多，和他们比我们这支队伍完全是乌合之众，平日的夸夸其谈在这时起不到一点作用，那根本不能算是一场战争而只能算是屠杀，咔咔咔咔，咔咔咔咔——

参加到造反队伍中的男人们十有八九都丢下了自己的脑袋，他们的血汇聚起几条弯弯曲曲的小河，一路向北经过高粱地、芦苇荡、溪流和碱滩流回了大洼。我母亲打开门，她看见有一股血液的河流聚在门口，马上哭起来："你们的父亲死啦！你们的父亲他回来啦！"她拿出一个旧碗，将门口的血流收进碗里。后来，这只盛血的碗和我父亲的一身旧衣服被埋在村西的新坟里，那一年村西的新坟多得数不胜数，让人触目惊心。

秋天的时候，死去男人们的鬼魂也回到了这里，每天晚上，他们在坟前的芦苇荡里点起蓝灰色的小灯盏，一个个坐在苇叶上，开始他们活着的时候还没进行完的争吵，没完没了。

"老秦家做的鱼汤特别好喝，她放了葱，却没有葱味儿，放了蒜，却没有蒜味儿。那天，我的头被砍掉了，在我身子歪下去的时候，刚喝过的血汤也从脖腔里涌出来，我说别啊，别啊，我这辈子再吃不到了，给我剩一点吧！"

"是老秦家的鱼汤好还是老秦家的好？别以为我不知道！你们干的那事儿，除了老秦这个傻蛋你问问谁不清楚！"

"对了，那天玩牌，你偷牌了是不是？我一气输了八吊钱！"

"操，我什么时候耍过诈？是你笨，是你手气太差，要不咱们再来四圈儿！"

"……我一看不好，我拿的是一把镰刀，怎么能和人家的钢刀去碰？于是我一闪身，让过他的刀锋，用镰刀的刀头顺着他的胳膊一拉，他的一条胳膊就只剩下骨头啦！我不慌不忙，拾起他的钢刀，嘿，还真是把好刀！那个官兵也傻啦，他举着自己的胳膊，我把刀给他递过去，你还打不打了？你不打，我就要你这把刀了！这时，又一个官兵扑了过来，他使的是枪，看得出是练家子，一抖枪上的红缨，扑，枪尖刺向我的喉咙！我刚闪过他的枪尖，左边，一把大刀嗖的一声朝着我的胸前砍来！我心想你们来吧，看老子怎么陪你们玩儿！……"

"那你是怎么被砍死的？"

"……我蹿向半空，躲过刀锋，可那杆枪又到了！在半空中我借不上力，怎么办？我猛吸口气，朝着拿枪的官兵吐出一口浓痰！那口痰，我可是运了气的！使枪的官兵'啊'了一声向后倒去，他的枪就刺得没有力气了，我再运口气，用胸口挺住他的枪头，借着他的力气向后一倒，又躲开刚刚猛砍下来的钢刀！说时迟那时快，那把刀猛劈在枪杆上……"

"别吹啦！你说，你是怎么被砍死的？"

"我是怎么……唉，也是我倒霉，主要是我心软。那些官兵们见我本事了得，就三五个人一起朝我招呼，你一刀我一枪，把我包围在里面。咱什么阵式没见过？打呗！可就这时，一颗人头滚到我的脚下，我用眼一瞥，是赵傻子的！你们知道我平日和赵傻子不错，我怎么忍心落脚踩他的头啊？我只好后退两步，绕开了他的头——这下，可给官兵们抓到啦！你不是怕踩坏自己人的头吗？好，我们把砍下的头都丢给你，看你怎么躲！于是，那些官兵有几个人继续围着我打，另外的几个人则四处拎头，往我的脚下扔，我跳我跳，再也没有落脚的地儿啦！没办法，我虚晃一招，向后一跃——有个官兵特别地阴，他提着两个人头就等着我跳起下落，然后将人头丢在我脚下……我向下一落感觉不好，脚下有一颗人头！就在我准备再次跃起的时候，没注意背后偷袭而来的刀……"

"你他妈的死了还瞎吹！你还说不踩，老子的鼻子都让你踩没了，你还我鼻子！"

"本来，我的日子过得还好，饭吃得还有滋味，是谁让我落得这般田地的？"

"是那些密谋者！我们受了他们的蛊惑，我们是他们害死的，害得我们成了鬼魂！"

死去的密谋者们见势不妙，"要不是那些凶残的官兵，我们会死得这么惨吗？对了，都是那个会变形的魔术师！他要是参与了指挥，我们怎么会变成这样？说不定，他是官兵的奸细、走狗，说不定是他通风报信，走漏了风声，使得官兵有了防备！"

"可是，我们打了官差，杀了军人……这还用他去报信？"

"怎么不用？他在我们这里生活这么长时间了，对我们的想法了如指掌，所以我们才……我们应当找这个南蛮子报仇！外地人就是不可信。"

"是啊，都是他害得咱们！"

那些鬼魂因为被砍过头，没有多少脑子可动，所以很容易相信。虽然有些鬼魂也并不信任密谋者们的话，可大家都相信了也不好再说什么，都乡里乡亲的，叔叔大伯地叫着，算了吧！"我们去找南蛮子报仇！"

一时间，魔术师所住的茅草房外围满了鬼火，那是死去的冤魂们手里的灯笼。它们在屋子外面叫嚷，吵得魔术师根本无法睡觉。魔术师写了几道符，贴在门口和窗台上，但因为他的符写在了一种劣质的灰纸上，而南方的符画和我们这边的也有较大不同，影响了效果，鬼魂们并没能被驱散。它们围着屋子叫嚷，朝屋子的方向扔鬼火：那些鬼火落在墙上便像水滴一样散碎了，直到浸入到土坯里去。鬼魂们还在月黑之夜朝着魔术师的房子里吹气，它们认定这会加重他屋子里的阴气，让他尽快地衰老。

10

"我的铜钱呢？它怎么不见了？它明明放在这儿的！"

"我也不知道，是不是……昨天晚上有一只猫蹿进屋子里来了！"

"又是他？他偷我的这些钱干吗啊！我这日子……"

"说，卖虾酱的钱呢？你脸上的伤又是怎么弄的？"

"唉,别提啦!昨天晚上走夜路来到鱼咸堡的时候,遇到了一个蒙面的贼。"

"编,你就编吧!我听赵成三说,昨天晚上你和他赌了一夜的钱!他说,你输了钱想赖账,让赵石头哥俩打的!"

"他妈的这个成三,真是满嘴里……我们可以当面对质,看谁在说谎!昨晚,我碰见那个蒙面的贼,他一言不发,就来抢我的钱袋子,我想我们一家人还指着这钱过日子呢,就是要了我的命也不能给你啊!我挥动铁勺,他根本就靠不上前!突然,我眼前一花,人没了!我想不好,马上回头,钱袋子还在。我将它装进自己的怀里,然后转身,还是没有!就在我准备推起车子赶路的时候,头上挨了一闷棍!"

"哼,那你的伤,怎么在脸上?"

"……你听我解释啊!棍子打在我头上,把我打得,眼前金星直冒,我忍住疼痛一回头,那个蒙面人就在我的后面!他的拳头又挥过来,就打在了我的脸上!"

"你说那个男人是谁?你,你肚子里的孩子是谁的?"

"我……我不知道!"

"你怎么会不知道?你自己干的好事,干的丢脸的事能不知道?"

"我真的是不知道!我晚上睡觉,闩上门,脱了衣服,忽然发现窗台上有一只猫……"

"怎么又是猫?"

"怎么又是猫?它本来就是只猫!我叫它花花花,它就来了,躺在我身边,不一会儿就打起了呼噜。我想就让它在这里睡吧!谁知道,谁知道,半夜里……"

"他妈的!我要杀了他!我……"

自打孔庄、刘洼、鱼咸堡三村的造反失败之后,变形魔术师的日子就越来越不好过,我们,以及比我们小的孩子都受到大人们的告诫,不允许去他那里玩,不允许再缠着他变形,变成鸡、鸭、蛇或者鱼。这时候,关于他的流言、传言也较以前更为迅猛,虽然三个村子少了不少的男人,虽然,那些流言和传言的制造者也未必相信它们都是真的。不止这些,讲鸟语的魔术师还得和夜里出现的鬼魂们纠缠,他不得不提高警惕。

鬼魂们吹出的阴风也起到了效果,魔术师真的变得衰老,甚至还得了一场大病。要不是刘升祥和他妻子细心照料,他也许会病死在那三间旧草屋里,尸体也慢慢腐烂。刘升祥,是那次屠杀中少数活着回来的男人之一,不过他的左腿被敲碎了,成了一个瘸子。我母亲只要一看到他一瘸一拐的背影肯定会泪流不止,她恨透了我的叔叔,后来我叔叔的儿子得了一种怪病,婶婶来求她想借三两银子,我母亲明明有却说自己只有三吊钱了,以致他的病被耽搁下来,死在了炕上。我这个弟弟死后,母亲叫我买了三两银子的纸,我们在他的坟前烧了整整一夜。这是题外的话了。

同治八年,秋后,南去的鸟群在歇脚之后离开了大洼,苇絮飘飘一片悲凉,那个讲鸟语的魔术师在我们那里进行了最后一次变形表演。它不是一个好结局。

和往常一样,魔术师变成了鸡,然后一阵烟雾,他变成了一条蹦跳的鱼,接着是一只乌龟。乌龟在爬坡的时候摔了一跤,它不见了,草丛里多出一条墨绿的蛇——

就在这时,刘桂花的爷爷,外号犟死牛的刘树林笑嘻嘻地跑过去,突然,他的手里多出一把雪亮的斧头,寒光一闪,它剁在蛇的腰部,血立刻喷溅出来——"我叫你祸祸我家孙女,我叫你祸祸我家孙女!"

等众人拉开泪流满面的刘树林,魔术师已恢复了原形,他脸色惨白,血从手指间不断地涌出来。"你仔细去问问你家孙女,你问问她,到底是和哪个男人睡的!她要再不说实话,我告诉你!"一瘸一拐的刘升祥上场了,他俯下身子,查看着魔术师腰间的伤口,"我也告诉你,要是我的恩人有个三长两短,我们,我们跟你没完!"

"你,你敢跟你叔这样说话?"刘树林外强中干,他的声音很快就小了下去。

11

到这里,有关变形魔术师的故事也该结束了。我在十四五岁时生出的舌头帮助我将他的故事添枝加叶变成了传奇。现在,我靠这条多生的舌头吃饭,这是我父亲当年所想不到的,即使想得到他也未必喜欢。他喜欢两类人,一类是英雄、霸主,另一类则是扎扎实实做活儿的农人、渔夫、木匠。很可惜,我两类都不是。在讲述变形魔术师的开始,我计划将他塑造成一个落难的英雄、霸王,可随着讲述我的回忆越来越多,它们使得这则传奇偏离了原来的计划,成为现在的样子。下一次我若重新再讲一遍,它可能更加面目全非,也可能会丢掉枝叶,老老实实——那是下一次的事。

他从哪里来?我不知道,我真的不知道,在前面的传奇中我已经说得很清楚了;他是谁?我也不知道,我只知道,他在大洼生活的那段日子里,一定没使用过他的真名字。那么,他,到哪里去了?

那一日,他在最后的表演中受伤,伤得很重。刘升祥卖掉一处旧房子,那是他父亲刘谦章生前住的,他死在了小山。卖房子干吗?给那个魔术师治伤，三乡八店的大夫郎中巫医都请来了，他们各自施展着自己的绝活儿，可魔术师的病情还是一日重过一日。犟死牛刘树林也多次来看过，他一进屋就流起鼻涕，害得刘升祥的妻子从不给这个叔一点儿的好脸色——后来他也不来了。那一天傍晚，魔术师的神色似乎有些好转，他甚至喝下了三碗鱼汤。喝过鱼汤后，他叫刘升祥和他妻子都回去吧，他一个人想静一静。再二再三，刘升祥夫妇就回到自己家里。

第二天早上，刘升祥送饭，推门进去，讲鸟语的魔术师已经不见了，桌上留了一张纸条和一角破碎的玉。纸条上写着：不用找我。我已回去。

仔细找过，屋里没有。刘升祥跑到屋外，冲着飘起的苇絮大喊，可是除了自己的回声和风声，别的再没听见。就这样，会变形成鸡、鱼、蛇的魔术师，讲鸟语的魔术师离开了我们的生活，从此不知去向。后来，刘升祥请来一个道士，让他和打蓝灯笼的鬼魂们说话，然而那些鬼魂们也不知道他是死是活，到底去了哪里。

我知道的，就是这些。

夏冈的发明

"我有一个庞大的计划,大得,都要让我喘不过气来了。"夏冈对我们说。他让我们看他被庞大计划烧红的鼻子,让我们看他为庞大计划所做的草图。这张草图像一张世界地图那么大,图纸上画着密密麻麻的线路和符号,在这些线路和符号的上面插满了红色、蓝色、白色和绿色的图钉。"我在唐纳德·巴塞尔姆的书里见过这张草图,"诗人南岛从上面拔出一枚绿色的图钉,在手上转着,"当然也可能不是。我觉得,所有带图钉的草图都是一个模样。"

"在你看来,大概所有的蜜蜂都是一个模样,"说这话的时候一只蜜蜂正从麦雷的眼前飞过,"大概,所有的响尾蛇也都是一个模样,"——电视里,一群响尾蛇刚从洞穴里纷纷爬出——"但在它们自己看来,相互之间的区别是巨大的,不会混淆的。这是个问题……"

在失意的公务员麦雷说出"这是个问题"的同时,我和南岛、宽叶苔一起跳了起来,制止了他的继续。 般来说,只要麦雷说出"这是个问题"就意味着一篇报告又开始了,那篇报告如果没人强力打断的话将会和 A 市的政府工作报告一样长,我们才不想给他机会呢。一直在旁边垂头丧气的"歌星"秋波也加入了我们的行列,他刚刚又被一家酒吧辞退。"收起你的报告吧,别再增加我对生活的厌倦,我都低到尘埃里了。夏冈,你的庞大计划是什么?是不是还是那些:缝合伤口的机械手,黏住二氧化碳的胶,制造永恒快乐的机器,制造混乱的天使?我们已经受够了。"

夏冈的脸上显出一丝窘态,他的窘态很快便集中在鼻子尖上,它上面的红色变得更重。是的,我们已经受够了,夏冈之前的发明给我们造成了多大的麻烦!现在,它的后遗症还在,并且会时时发作。"不,这一次肯定不一样,绝不一样。"夏冈冲着我们挥一挥手,他用一种让我们都感觉陌生的语调:"我的计划是按照我们的想法,制造一批新人。"

"你是说克隆?克隆人?"南岛问。他还在转着手上的图钉。本来,他早就想将这枚图钉按回到图纸上,但他却忘记了它原来的位置。

"别和我提克隆!"夏冈表示了他的轻蔑,"那种小儿科的技术怎么能和我的发明相比!我要制造一批新人,新人,懂吗?!"

"夏冈,你能不能制造点有用的东西?搞一些有用的发明?譬如你能不能,让土、废塑料或别的什么变成金子?……"宽叶蓉将她的身体黏在诗人南岛的身上,"你就是制造一些抗皱养颜的化妆品也行啊!怎么了?"她扫过我们的表情,"难道我说得不对吗?"

"制造新人,这是个问题……"我伸出手去,堵住了麦雷的嘴巴,同时被堵住嘴巴的还有秋波,我们害怕他用唱歌的方式表达自己的意见,那样的话,会比麦雷的演讲还让人难受。

  "啊,新人!他们像初升的阳光一样洁净

   像一个处女,包在荷叶里面的体香……"

南岛还在转动手上的图钉,他不仅没能将图钉按回原处,并且因为寻找可能的线路,将更多的图钉拔了出来。"快堵住他的嘴!快!"夏冈指示站在南岛一侧的宽叶蓉,宽叶蓉冲着我们笑了一下,然后对着南岛递上了自己的嘴唇。

夏冈真的开始了他的"新人计划",我们原以为他只是说说而已,这个计划真的过于庞大,庞大到只适合于夭折,甚至公务员麦雷和歌星秋波还为此打赌,麦雷赌夏冈的这一计划很快会无疾而终,如果夏冈真的制造出了什么新人,他将三个月内不再向我们做什么政府工作报告,让我们获得一些清静;而假设秋波输了,他会在三个月的时间里同样闭嘴,不再叫驴一样吼叫——我、南岛、宽叶蓉,我们一起支持他们的赌局,无论谁输谁赢,我们的耳朵都会获得一半儿的清静,这就足够了。宽叶蓉甚至希望他两个一起输掉或者一人输掉一次——当然,从我们现在的逻辑上,这不可能。

夏冈制造出了第一个新人。

他将那个新人领到我们的面前,如果不是夏冈告诉我们站在他身后的那个憨厚的中年男人,是一个新人,是他的创造物的话,我们很难想象他会是一个创造物,会是塑料、硅胶、水、钢、羊毛和鹿皮的混合体。我们围绕着这个新人,上下打量,摸摸他的头发、皮肤,和他握一握手——他的手上很有些力气,和他握手,宽叶蓉的眼泪都被他握出来了,如果不是夏冈的制止,他也许会握碎宽叶蓉的骨头——"这就是你要的新人?就是这个样子?"

夏冈向我们道歉,他承认,这个新人研究计划还在一个初级阶段,一切都还有待完善,慢慢会好起来的。"你看他的嘴角!总是向下,还有些斜,是不是?我觉得他不会笑,不信,让他笑一笑!"宽叶蓉说。眼泪还在她的脸上挂着,我们的诗人南岛伸出了他的手。

是的,新人不会笑。也不是不会,只是,他表现笑容的时候异常难看,向下斜的嘴角并没有配合他的笑容向上。夏冈承认,一切都还是初级阶段,他会改进的。"好了,让他跟我一起干活去吧,我的新人计划需要帮手!"

这个新人的出现,虽然只是一个初级阶段的新人,但已足以点燃我们的兴奋,在新人刚出现的日子,我们因不受重视、无所事事而产生的抱怨、愤怒和无聊被风吹得无影无踪。我们换上了另外的情绪,我们都那么以为,以为那些情绪早已和我们绝缘,在这一生中都不可能再次找回。"解放区的天是晴朗的——"第一次,我们容忍了秋波的嚎叫,让他把半首歌慢慢喊完,我发现,正在帮助夏冈将一块烧红的铁放在车床上锻打的新人竟然也皱了皱眉头。以前,这个新人只知道按照我们的要求干活儿,却从来没有任何表情。

时间一长,当我们的新鲜感消退之后,针对这个新人的指责便多了起来。

"夏冈,你能不能改进一下,你的这个新人根本是一块木头!我看不出他的新来!喂,新人,给我倒一杯水!"

"把那个,不是那个,是另一个!给我拿过来,放在这里!夏冈,新人,在你的设想中不应当只是一个奴隶吧?没想到,你的观念这么滞后!这是个问题……"

"情趣!新人应当有情趣!他勇敢、无私、正义,哦,还应当浪漫,是一个诗人!……"

"我觉得新人应当这样……"

"他竟然睡觉的时候打那么响的鼾!简直,简直比秋波的歌声还让人心烦！他……"

一个月后，就连疯疯癫癫的发明家夏冈也厌倦了自己的新人，他也开始和我们抱怨。在我们中间，只有失意的公务员麦雷和歌星秋波的抱怨略略少些，其中的道理非常简单：我们没人愿意听麦雷冗长而枯燥的报告，但他可以拉住新人，让他充当自己的听众；我们没人愿意听秋波叫驴一般的歌唱，他也可以叫新人来听，并且不会露出特别厌烦的表情。后来，又发生了一件事：心地善良的秋波将一只奄奄一息、遍体鳞伤的狗拖进了夏冈的实验室，据说这是他在路上捡到的——他把这只几乎可以算作死狗的狗塞进了缝合机械手，这是夏冈在很久之前的发明，而等秋波喝过一杯咖啡将狗从缝合机械手的下面拉出来的时候，那只狗已变成了确确实实的死狗。埋了它吧，秋波对那个新人说。

第二天，秋波、我、麦雷来到夏冈的实验室，那条死狗还在，它的身上起起落落着密密麻麻的苍蝇，它们使一条黄狗看上去仿佛是条黑狗——"新人呢？他在干什么？我不是让你，让你……"

新人当然还在。他正待在外面，紧挨着窗口底下，又是敲又是锯。"你在做什么？"我们问过三遍，那个新人抬起头来：我在做一副棺材。请相信我，我一定能够做好它的。为了证明他的认真，这个木讷的新人给我们拿出了一张纸条：

我把它做成斜面交接的。这样一来

一、钉子吃住的面积比较大。

二、~~每一个接合~~的面积是原来的两倍。

三、雨水只能斜斜地渗入棺材。要知道雨水顺垂直、水平方向渗流起来是最容易不过的了。

四、屋子里的人，有三分之二的时间是垂直生活的。因此房屋的接合面与榫头都是垂直方向的。因为力量是朝垂直方向作用的。

五、床上人总是躺着的，因此床的接合面与榫头都是水平方向的，因为力量是朝水平方向作用的。

六、但是。

七、狗的尸体不是人的尸体，也不会像一根枕木那样方正。

八、还有动物磁力性的问题。

九、尸体的动物磁力性使得力量朝斜向起作用，因此棺材的接合面与榫头也应当做成斜向的。

十、人们可以看到旧坟的泥土往往是斜向塌陷的。

十一、可是在一个自然形成的洞里，塌陷处总是在正中。因为力量是垂直作用的。

十二、因此，我把棺木做成斜面交接的。

十三、这样一来，活儿就做得漂亮多了。[1]

"告诉我！夏冈在哪儿？他跑到哪儿去了？"拿着纸条的秋波，他的手一直在抖。

在解决过第一个新人之后，夏冈开始继续他的新人计划，这一次，我们这些人都参与了进来。表现最为积极的是从事下半身写作的诗人南岛，"新人，应当是诗人！难道你们没有感觉，我们的生活，我们的世界太缺少诗意了吗？太缺少激情、荷尔蒙、性冲动了吗？新人，首先要是一个诗人，其次，还应当是一个诗人……"

好了，就依着他吧，反正，如果我们对这个新人不满意，还可以像对上一个新人那样将他"解决"掉：能解决掉新人的仪器也是夏冈的发明，那台像一个高大橱柜模样的仪器就是。我们趁着新人睡熟的时刻将他麻醉，然后将他放入仪器里面的床上，按下按钮，橱柜里的时间便会倒流，新人便恢复到它塑料、硅胶、水、金属或其他物质之前，当然也可能更久远。再说，要将新人塑造成诗人的模样的提议至少有两票，在我们的争议中这已算高票了。尽管麦雷坚决反对，尽管他说宽叶蓉和南岛属于情人关系只能算是一票，但最终，夏冈制造的新人的确是一个诗人。这个新人还获得了相当的改进，他不仅可以表现丰富的表情，而且，夏冈还让南岛将自己喜欢的一些书扫描到一张芯片上，将这枚芯片放在夏冈特制的塑料盒子里面，新人便拥有了书上所有的内容——那段时间，平日总喊"漫长的生活太无聊，性交的快感太短暂"的南岛变成了一个忙人，他甚至比我们的发明家都显得忙碌，就连宽叶蓉也开始抱怨，南岛注视她的时间明显有了减少：天知道南岛都在芯片里塞入了一些什么，他竟然要和我们保密，他说，新人出来之后大家自然就知道了，保持对事物的神秘能刺激人的情欲——

诗人来到了我们中间。

他穿着一件暗蓝色的大衣。我们围绕着他，听他翻着白眼珠吟诵：

"果园的夜晚

六位吉卜赛姑娘

舞姿翩翩

身上穿着洁白的衣裙

果园的夜晚

姑娘们，头戴王冠

上面镶嵌着纸玫瑰

　　以及鲜艳的花瓣"[2]

　　"我凝望着她；正如温暖的阳光

　　使夜间被冻得僵硬的四肢

　　活跃起来；我的目光也是如此

　　使她的舌头敏捷，使她的身子

　　立刻完全地挺直，她的脸

　　蜡黄的脸上泛起了爱情的红晕……"[3]

　　"我爱死这诗了！啊，有诗的日子多么美妙！"宽叶蓉的手臂吊在南岛的脖子上，她抱得那么紧，从她的衣领那里能够清晰看见她被挤出的乳房。

　　"我喜欢这样的吟诵！它让我感觉自己是在另一个世界里面，身上流着热热的血……"宽叶蓉挂着一幅陶醉的样子，陶醉像两朵桃花，一杯红色的葡萄酒，她将自己的白色皮衣脱下来，因此显露了脖子后面的痣。它让我浮想。也许南岛说的是真的："她是一个黑发美人，身上长着许多的美人痣，一颗在乳房上，一颗在肚子上，一颗在膝盖上，一颗在臀部上，一颗在脖子后面。所有的痣都在左侧，如果你向下看，它们大略排成一行：

　　"．

　　　．

　　　．

." 4

当然,宽叶蓉黏在南岛身上的动作也让人浮想。

"诗使真理有点不安,
像一个好奶罩,用双手举起它
把它递出去。(在一些更庸俗的商店
模特儿的双手都缝着或红或黑的奶罩。)

因为需要这样的手,你后来和世界结了婚,
陷在床里,你的身边一个疲倦的妻子
因为需要这样的手,月亮的脸也被厌烦……" 5

"不能再这样下去了。"麦雷用一种细细的声音俯在我的耳边,"我们不需要诗人,不需要。他什么也不会干,还不如第一个新人呢。"麦雷伸了伸脖子,他朝着宽叶蓉衣领的位置看了两眼,"你也知道,我不是那种思想僵化的人,"麦雷将声音压得更低,"可这……简直是精神污染,它不符合……"

说实话,我们对于诗歌并没有那么多持续的热情,这个"我们"中间也包括宽叶蓉,甚至诗人南岛。公务员麦雷曾用一种有些刻毒的语调说过,诗歌,所谓诗歌在南岛那里只是一种手段、一种资本,目的是引诱更多的女人和他上床,借以消耗他身体里过剩的荷尔蒙。对此,南岛并没有特别地否认。他说,语言产生,最初都是当作性资本来的,何况诗人还会使用一种更美的语言:只有那些被社会异化了的性无能者才会否认这一点……好了,我略过他们的争执而继续说夏冈的第二个新人,他们的争执从多年之前刚开始有了聚会的时候就开始了,没完没了。不过,这倒也是我们排遣寂寞、无聊,打发多余时间的方式。在上一篇题为《×××××》的小说中,我曾详细地介绍过我们这些失意者的聚会。现在,在我们这些无所事事的失意者中,又多了一个新人。是的,他的的确确是一个新人。

随着他吟诵时听众的减少,新人的热情也在衰减,他似乎更愿意坐到一个角落里沉思,或者盯着缓缓下沉的夕阳发呆。"春江潮水连海平,海上明月共潮生。滟滟随波千万里,何处春江无月明!江流宛转绕芳甸,月照花林皆似霰。空里流霜不觉飞,汀上白沙看不见。江天一色无纤尘,皎皎空中孤月轮。江畔何人初见月?江月何年初照人?人生代代无穷已,江月年年望相似。不知江月待何人,但见长江送流水……"[6]

那个新人一脸愁苦的神色,似乎他的面前是一轮惨白的明月,似乎他正在面对月夜下的江水。当然,你知道,事实并不是这样,新人面对的是夕阳而不是月亮,接下来的夜晚也不会有月光出现;何况,初冬已经开始,宽叶蓉早就迫不及待地穿上了她那件白色的皮衣,何况,我们所在的A市距离长江有十万八千里。咏完这首诗,新人的眼睛里有细细的泪光闪现,他将面前的几张白纸撕成了纷纷的碎片。

在和诗人南岛发生过一次激烈的争吵之后,这个愤怒的诗人摔门而去,他消失了,直到三个月后才重新出现。重新出现的新人依旧穿着他那件暗蓝色的大衣,不过,用暗蓝色来说大衣的颜色已不够确切,那个"暗"已被洗得发白,似乎还有众多颜色不明的斑点。新人回到我们中间,同时带回的还有他一本自费出版的诗集,《靠近乳房的斑点》。他将书全部拉到了夏冈的实验室,那么多的书拥挤在一起,带着一股淡淡的霉味儿,它们把我们的空间和呼吸都挤得很小。更为过分的是,他时常将那些书一本一本地挨着摆到地上,一直摆到房间的外面去——这个新人,他一会儿脱下大衣,一会儿穿上大衣,被带有斑点的乳房弄得有些神经质。整个房间里都摆满了他那些白净的书。等到摆不下了,便往房门外扩张,一直摆到走廊的拐角。他重又脱下大衣,过一会儿又将它穿上,一切视他出汗的情况而定。有时他只把衣服披在肩膀上,觉得冷了,又穿上袖子,过一会儿又立即将大衣脱掉。有两小团棉花还老从他的耳朵眼儿里掉出来,他也是一会儿将它们塞进去,一会儿将它们掏出来,这根据他是否想听见周围的世界而定。我们的这个新人,总是宣称要要再次离开我们,他将我们叫作"平庸的生活""世界"或者是其他的什么,这当然也得视他的情绪而定。他宣称到乡村的田野中去,到十八世纪或者更早的唐朝去,他宣称……他开口便谈作为艺术家的诗人的任务是寻找新人。新人。可爱的可气的可恶的,新人。

歌星秋波曾有过一次针对这个新人的恶作剧,要知道,这个新人除了反反复复地穿大衣、脱大衣之外,还有一个反反复复穿鞋子、脱鞋子的习惯,这同样得视新人的情绪而定。秋波的恶作剧是,趁着新人脱掉鞋子、趴在纸片上书写着诗句的时候偷偷向他的鞋子里倒入了啤酒。我们端出一副若无其事的样子,一副心不在焉的样子,但目光却悄悄地瞟向新人的鞋和脚。他一穿鞋,啤酒立刻涌了出来,于是新人冲着我们大喊:"你们干什么!你们这些该死的、可恶的无赖!"接着,他的眼泪便情不自禁地涌出来了,据他说他流眼泪并不是因为生气和委屈,而是感到了幸福:往他胶皮鞋里倒啤酒应当算是对他的一种关注,说明我们并没有将他遗弃,说明这座城市、月亮(又是月亮)、邻居家的狗、路灯、草地和女人都没有将他遗弃。虽然我们没有对他表示敬意,但还是将他当作一个年轻人来平等对待的。[7]

> 复活节上,我剥掉羔羊舌头——新教的
> 天主教的——宛如剥掉我自己罪人的灵魂。
> 每当十一月间她捋鹅毛时,
> 我吹得细绒毛漫天飞扬
> 好让白天飘动起来[8]

麦雷把夏冈和我拉到一边儿,他的表情严肃而正经。"不能再这样下去了,不能!我们的新人不能是这个样子,他不符合……夏冈,难道你觉得这样的一个,一个废物,精神病患者,完全不能融入社会中的人,就是你所要的新人?要是世界上的所有人都是这样一副疯癫的模样,那这个世界……"

一个傍晚,我们全都不在,穿暗蓝色大衣的新人找到了宽叶蓉。后面发生的事,是宽叶蓉告诉我们的。

"他脱下他的大衣,然后穿上,然后低下头去脱他的鞋子。我问他有什么事儿他说没事儿。只是觉得有些烦闷。孤独像一条粗大的虫子,他说,哼,孤独像一条粗大的虫子!

"随后,他的话题便围绕着夜晚,说夜晚的灯、房间里的气味儿以及怎样去炒爆玉花儿。我对那样的话题完全没有兴趣,我觉得他对那个话题也毫无兴趣,它只是引子,只是用来搭话儿的。随后,果然,他奔向了主题:'每天晚上你都在干什么?''还干过什么有趣的事儿?'我知道他的暗示,他试图让我说一说诸如我和南岛,诸如性关系之类的事儿。这样的手段太小儿科了，我早在书上见过，南岛也曾这样使用过。我故意装作不懂。'你在生活中渴望什么？'他又问。夏冈，你的这个新人让我感觉可笑，他以为，我没有读过凯鲁亚克！于是，我决定继续装下去，就用《在路上》那个黑美人的方式和他周旋：我说我不知道我渴求什么，不知道像找点儿活干、看电影、夏天去看望祖母之类的能不能算。后来，后来他竟然向我表白，他爱我。因为我是女人。他要和我做爱！天啊！你们想象一下，他只是一堆塑料、硅胶水和金属……真让人恶心！"

事情并没就此结束，更糟糕的事情还在后面：夏冈制造的这个新人，竟然以"发现新人的名义"去追逐街上十一二岁的小女孩，他叫她们为"洛，丽，塔，我的洛丽塔"，一位怒气冲冲的、肥胖的中年女人还向我们展示了这个新人写给她女儿的情书：

"洛丽塔，这是我给你的新名字，它和你很相配。你是我的生命之光，欲念之火，我的罪恶，我的灵魂。

"你也许早已忽略了我们的相遇，但我不能，不能，每当空暇下来的时刻（空暇的时刻那么多，简直无边际）我便会回味我们相遇的战栗，我发现要恰如其分地表现一刹那的那种战栗，那种动了感情的碰撞，真是最为困难。在太阳直投下来的时刻，我的目光滑过蹲跪在地上的你（你的眼睛在那副严肃的墨镜后闪烁——啊，这个小大夫，你会治愈我所有的疼痛），那一刻，我从你的身边若无其事地走过，打起成人的伪装，但我灵魂的真空却把你闪光的美丽每一处细节都吸进眼里：你这个新人儿，这个洛丽塔，我的洛丽塔。啊，自那之后，我期待着一次可怕的灾难。地震。壮观的爆炸。可怜的母亲随着方圆几公里里的其他人突然永远地消失掉了。你，投到我的怀中抽泣。（请原谅我这样安置你的母亲，虽然我与她并不认识。）只有那样，只有那时，我才能作为一个自由人在废墟里享受你，和被你享受……"[9]

这样的信，新人向不止一个十一二岁的女孩写过。他让我们……

"如果你不管好你的弟弟（我们向杀来问罪的母亲们说，这个新人是夏冈的弟弟，失散多年），再让这个无耻的臭流氓接近我的女儿的话，肯定会有他的好看，肯定会有你们的好看！我会让你们吃不了兜着走！"那个怒气冲冲、略显肥胖的中年女人还采用明示、暗示的方式告诉我们，她的丈夫是一个不大不小的官员，她的哥哥在A市人事厅，姨夫在公安局。"我都没敢和我丈夫说！我都没敢和我姨夫说！哼，按我姨夫那脾气，他要是知道了，还不带他们刑侦科一半儿的人来……哼哼，你们也有得好看了……当年，他抓一个强奸犯，那小子都出来八年了，一见到有女孩看他他就尿裤子，这样的人，只有这样才长记性！……"

当天晚上，公务员麦雷组织我们召开了一个会议，会议的地点设在麦雷的办公室他说在他办公室召开会议一是为了避开那个新人，二是在办公室里有个气氛，可以保证会议的严肃性。他说，这个会议将由他主持，会议的中心议题是关于当前这个新人存在的问题以及关于下一个新人的设计构想。他还要求，大家最好带上纸笔，将手机静音或调到振动状态……"行啦行啦，我们满足你的领导欲，未来的局长大人！"南岛说。最近一段日子，因为这个新人，他已经饱受我们的指责。本来，我和夏冈、秋波是不准备去的，但南岛已经答应，我们也只好答应，别无选择。"就给麦雷点面子吧！他在单位受的挫折已经够多啦！"

等我们到齐，坐好，宣布过开会之后，兴奋的麦雷（虽然他尽力保持着一种僵硬的严肃，但兴奋的神情还是悄悄地从他严肃的表皮下面透了出来，就像掩盖不住的雀斑或是麻疹）立刻拿出一大沓厚厚的纸片，开始他的滔滔不绝：

关于"新人计划"前段情况、问题的说明——一、"新人"在当前的表现鉴定：1.缺乏正确的人生观、世界观、道德观，思想腐化堕落；2.缺乏理性和规则意识，不能和广大人民群众保持一致，存在无政府主义倾向；3.严重破坏了邻里和社会道德关系，引诱纯洁少女，造成了恶劣影响；4.他的行为完全违背了人民群众对于"新人"的希望和期待，是一种背道而驰……二、"新人"暴露出来的问题：1.没能抓住和掌握新人生产的规律，对问题估计不足；2.组建新人制造领导小组的建议一直未被采纳，因而造成了新人设计思路上的混乱，没能形成一个坚定、统一的核心；3.讲政治的责任意识不够；4.存在盲目性、冲动性，有ＡＡ主义的倾向……三、整改措施：1.加强学习，提高认识；2.加强领导，确保统一；3.抓好整改，力促落实……

后面麦雷还讲了些什么我就不知道了，困倦先是堵住了我的眼睛，随后又堵住了我的耳朵，再然后，抽掉了我全身的力气，脖子再也无法支撑起我的头。其他人的情况也大致如此，等我们一个个被麦雷叫醒，悬挂于猫房鼓楼上的钟表已指向第二日的凌晨。

"按照麦雷的设想，下一个新人……是不是会设计成一个官员？他最后的那部分你听到了没有？是不是这个意思？"

"我睡着了……不过我想，麦雷可能会计划制造一个能天天听他做报告的人，能给他溜须拍马满足他当官愿望的人——这应当更符合他的设想吧。谁知道呢！"

"天啊，还是饶了我吧，这些新人已经让我受够了！"

只要我一息尚存，功能健全，我决不会停止哲学实践，不

会停止对你们进行劝导,不会停止向我遇到的每一个人阐明真理……[10]

这句话出自第三个新人之口,他的出现是我们经历了大量的争吵、申辩、阐述和妥协之后的结果,在他的身上,耗掉了我们大量的时间和精力,虽然我们的时间和精力也确实没有什么更好的用处。是的,第三个新人被塑造成了哲学家的样子,在那枚芯片上我们塞进了我们所有可能找到的哲学书籍。在第三个新人的制造中,挫败感最强的就是麦雷,他写了三十六页的"新人制造的几点意见"完全变成了废纸,没有谁想按照他的方案实施,南岛不想,我不想,秋波不想,夏冈和宽叶蓉也不想。他坚持了十几天的孤立,一边将那三十六页的"几点意见"打印之后塞给我们人手一份,同时还分别做我们的思想工作……在最后时刻他不得不妥协,然而,他关于制造一个什么样的哲学家的"几点意见"又遭到了大家的反对,按照他的意见,我们找到的这些哲学书籍只有两本半可以获得通过——"那样一来,他还能算哲学家吗?连一个哲学系的大专生都不如!"挫败感让麦雷委屈、愤恨,他宣布要退出我们的聚会,和我们这些社会的人一刀两断,甚至威胁我们的"新人计划"违反了《克隆法》《思想道德建设条例》和公序良俗……离开七天之后,麦雷找了个堂皇的理由又回到了我们身边,那时,新人已经来到了我们中间。"我们还得有个核心。不能任由事情无序地发展下去。"麦雷几乎是自言自语,尽管他用出的声音我们都能听得见。

夏冈的实验室再次进行了改造,之前,第二个新人的诗集几乎堆满了整个屋子,我们将那些诗集最终卖给了废品收购站,那里收来的旧书就像三座高大的山峰。"他有几首诗,写得还真是不错,"南岛说,

"对了,他给自己起了一个什么名字?诗集上有,可我已经忘了。"

现在,夏冈的实验室里挂起了一张巨大的世界地图,在地图的旁边,是一块同样巨大的黑板,上面经常写一些箴语或者格言:

"仅仅根据柏拉图所说的情况,我们很可能得出这样的结论:苏格拉底之所以得罪他的同胞,是因为他劝诫他们要有美德,而这是一件从来不能讨好人的事。但如果我们撇开《自辩词》而把眼光放得宽一些,我们就会看到,苏格拉底和他家乡城市发生冲突的起因是他在哲学的三个根本问题上与他的大多数雅典同胞乃至与古代一般希腊人有着深刻的分歧。"[11]

"正当我们仿佛同生存之无限欢欣合而为一之际,正当我们在醉境的陶醉中期待这种快乐永垂不朽之际,在这一刹那,我们就深感到这种痛苦锋芒的猛刺。纵使有恐怖与怜悯之情,我们毕竟是快乐的生灵,不是作为个人,而是众生一体,我们就同这大我的创造欢欣息息相通。"[12]

"诸菩萨摩诃萨应如是降伏其心:所有一切众生之类,若卵生,若胎生,若湿生,若化生;若有色,若无色;若有想,若无想,若非有想非无想,我皆令入无余涅槃而灭度之。如是灭度无量无数无边众生,实无众生得灭度者。何以故?须菩提!若菩萨有我相、人相、众生相、寿者相,即非菩萨。"[13]

"现在,十九世纪东方主义的重要发展之一就是把关于东方的本质思想——其感性,其专制主义的倾向,其异常的精神状态,其习惯性的不准确,其落后——净化成一种独立的,未受到挑战的连贯性。"[14]

"其一,上帝是创造者,但又不被创造;其二,能够创造而又被创造的就是柏拉图和苏格拉底意义上的理念,理念,是创造者,但被上帝创造;其三,时空中的诸事物属于不能创造,但可以被创造;其四,作为总体目标的上帝,既不创造,也不被创造。"[15]

....

"天哪,我这辈子最怕的就是哲学,"宽叶蓉对我们说,她的脸上布满了痛苦的表情,"你们都往他的脑子里塞进了什么书?我看不明白他写在黑板上的那些话,只要看上一眼我的脑袋就有一大块脑仁在疼!我找不到工作,事事碰壁,已经够烦的了,为什么还要拿这些话来烦我?现在,我都有些害怕进这间屋子了!"

"那是,那是你还不懂哲学,"歌星秋波露出一丝坏笑,接着,他模仿起这个新人的语调,包括表情,"那个,那个什么顿是怎么说的来着?……噢,哲学教给我们顺应全方位的现实,从而,从而,……即使我们遭到挫折在所难免,也至少能……情绪激动而遭受……后面的话怎么说来着?"秋波自己先笑了起来:"意思就是吧,哲学能让你不情绪激动,给你心灵鸡汤,给你慰藉,让你少受挫折的伤害。"

"傻×。"南岛说。

"什么是傻×?这是个问题。傻×是大多数的人。那大多数人是谁?傻×。二律背反。"秋波的脸上挂出了更多的坏笑。于是,南岛只得又重复了一遍,傻×。

"不经过思考的生活是不值得过的,"我加了进来,"无知是产生罪恶的首要根源。为了达到善,我们必须要具有知识……"我用出的也是新人的语调和表情,我相信,我的模仿比秋波的模仿更像。

"行啦行啦!你们还是饶了我吧!不光是大脑,现在我的心脏也跟着疼了！"

…………

我们把第一个新人称为"木头"，第二个是"诗人"，那第三个就是"哲人王"。我们确是这样叫他的，哲人王，这个新人似乎对此并不反感。

许多时候，哲人王都对着那张巨大的世界地图发呆，他的手上拿着一支铅笔，一头红色，一头蓝色。他也时常对着地图指指点点，口里念念有词，伸着的手，手上的铅笔似乎碰触到地图，但仔细看去，地图并没有被画上红色或蓝色的痕迹。"他究竟在干什么？"这个貌似简单的问题却逼得我们面面相觑，哑口无言。我们这些人，几乎天天都在盯着这个新人的发呆，发呆，却谁也说不清楚他究竟要干什么，我想这已经很是哲学了。

也许是受到"哲人王"的传染，我们这些原本就无所事事的人变得越来越无所事事，大家甚至可以一起陪着哲人王发呆，他在前面盯着地图或者黑板，我们盯着他的后脑以及地图和黑板，房间里一片静寂，除了宽叶蓉不停嗑瓜子的声音。"这个房子里的空气越来越少了。"宽叶蓉说。在这点上，她和南岛开始了分歧，南岛认为，房子里的空气和原来相比没有任何的减少，是她的情绪影响了感觉，而感觉又影响到她的鼻子……说这些的时候哲人王的眼神重重地向他们的方向瞟过来，显然，他受到了打扰。他的这个回头使我们重新又回到了发呆中去，当然，更准确的叫法应当是，冥想。

"你们说，你们都在地图上看出了什么？"有一天，秋波问我们，当时哲人王不在，他应当在院子里或者更远。"我在看那些星罗棋布的河流。我想象它们的流速，流速的不同构成了不同的音阶，于是，这一片的河流就是一首美妙的曲子,它如果唱出来应当是这样——"

"它是土耳其浴室!你看那滚滚的热浪,它们构成了带有肌肤香气和女人汗味的雾!你看它,像一个仰卧的女人,那一片是浴室里缓缓的水流……"宽叶蓉走过去堵住了南岛的嘴,"你没听哲人王说吗,那个叫什么的哲学家,天天在酒馆里坐着,来的时候将一枚金币放在桌子上,走的时候又将金币放进兜里带走。时间长了人们都感到奇怪……"

"如果哪一天诗人南岛在一小时内不谈女人,不谈女人的身体,这枚金币就会被捐给某个机构。"麦雷凑过来,"地图在我的眼里还……是地图。它不能是别的,它和其他的什么都不像。我盯着它,想的是历史,是历史的规律。"

夏冈说,这张地图要是看得久了,它就会变成某个他正在构想计划实施的机械的图纸。那里有线路,有标出和未被标出的符号,有计算公式……

"博尔赫斯有篇小说,《创造者》,说一个野心勃勃的创造者一心想画一张世界地图……""我们没问你博尔赫斯看到地图想的是什么,问的是你,你自己!"我说我的眼睛虽然盯着地图,但想的都是和地图无关的事儿。我想的事具体、琐碎、无聊、混乱。譬如这种无所事事的境况什么时候结束,未来等待我的能有些什么,如何应付这个月的房租,明天的早餐在哪里……我很想在年老之前看一看希望是种什么样子。

"你想这些干吗?"宽叶蓉说。她的声音很细,过了一会儿,她用一种更细的声音:"我也想过这些……"

写到这里,我也许给你造成了某种错觉,你也许以为,这个新人,哲人王,是一个呆板的、过于严肃的甚至制造压抑的人——不,不是这样，至少在哲人王的主观上不是这样：只要不是在他冥想的时刻，他是很愿意和我们交流，就像他反复宣称的那样，"只要我一息尚存，功能健全，我绝不会停止哲学实践，不会停止对你们进行劝导，不会停止……"只要不是他冥想的时刻，他都愿意和我们坐在一起，随便地聊点什么，他和善得就像是一个……问题是，他总能把一切问题绕到哲学上去。

一天，参加聚会的麦雷向我们询问时间，他必须在某个时间之前赶回办公室，有一个材料需要他整理上报，夏冈看了看表，"你还可以再待一小会儿。""你说的一小会儿是怎样的一个时间概念？在你说出一小会儿的时候，一小会儿的一小会儿已经过去了，你的一小会儿已经没有了原来的长度。"那个新人，哲人王插了进来，他将手里的橘子分成四份儿，其中的两瓣递到麦雷手里："有人说，时间的问题是形而上学的核心问题，一旦时间问题获得解决，形而上学的任何问题都会迎刃而解。我不知道你是否认同这个观点。"他将另外的两瓣给我，"对贝克莱来说，时间是所有人参加的，同时发生的完全一致的概念的持续不间断，而在休谟那里，则是不可分割的瞬间的持续不间断。凡尼尔·冯·切普科却是这样说的：在我之前没有时间，在我之后没有存在。时间与我同生，时间也与我同死。叔本华也谈到时间的问题，他认为……"

"不行啦，我得快走，我已经将那'小一会儿'用完啦！"一向善辩的麦雷几乎是从椅子上跳起，他来不及掩饰自己的落荒而逃，奔出门外，骑上自行车，迅速地消失。

另一日，我随手翻看宽叶蓉带回的一张报纸，它也许是某件物品的包装，因为充满了叠痕和折皱。我看到上面一则新闻，说高速路上，一辆疾驶的汽车突然爆胎，汽车失去控制竟然翻滚着越过了高速路护栏，翻到对面一条高速路的路中间。而恰巧，那条路上也有一辆高速行驶的汽车，于是爆胎的汽车便成了名副其实的"飞来横祸"，砸在那辆汽车的顶上，造成一人死亡多人受伤。在新闻的右侧有两副图，一副是事故发生的次序略图，另一副则是损毁汽车的照片。我叫过秋波，让他一起看这个新闻，哲人王凑到了另一侧。他指着那张事故发生的次序略图，"这副略图在这里起着一个命题的作用，就是说，它是对事物可能状态的一个，描述。而它之所以能起到这样的一个作用，是因为图中的各个部分都与实在的事件或事物之间存在一种对应的关系。而如果将这个类比颠倒一下，一个命题就相当于一个图像，它的各个组成部分……"[16]

"你们知道吗，我现在开始怀念起第一个新人来了。"宽叶蓉说，她说这话的时候天色已经渐暗，窗外是一片清冷的白雪。"木头，我宁愿他是一块木头。你看他干了多少活！而这个新人！哼！只会那么滔滔不绝，哲学，哲学对我来说就是让人不知所云的废话。"风吹起浮在表面上的白雪。

"我也见不惯他的那副忧心忡忡的样子，仿佛全世界的人都在醉生梦死，只有他一个人在为人类思考。他以为他是谁？连个科长、股长，甚至办事员都不是！他预言，民族主义的重新抬头和世界利益的分配不公将会造成战争，并且会像'一战''二战'那么大的规模，可到现在我们却看不到任何的大战迹象；他预言，世界经济将因为某些乱七八糟的原因会陷入危机，可现在，我们也看不到任何的迹象，而恰恰相反！他其实，只是，在贩卖一些谁都不懂的名词！"

"他对我说，人类需要一部共和体制城市的宪法，一部男人、女人、老人、孩子、鱼类和鸟、毒蛇、乌龟和毛毛虫公平生活的宪法，在这部宪法中，民族平等、阶级平等、人与人权利的平等乃至生物间权利的平等必须严格确立；而后，他又说，凡是企图使人平均的人，绝不会使人平等。在由各色公民所组成的一切社会里，某类公民必定是在最上层。因此，平均派只不过是意图改变和颠倒事物的自然秩序，所有存在都有其合理性……"麦雷在翻阅着他的一个旧笔记本，上面有密密麻麻的字。"他在7日的下午（我的记录上没记是哪一个月）说世界就是宇宙，万物在其中各司其职，各得其所；而11月6日傍晚，他又说世界是一片混乱，充满了不可知和偶然。他说，国家是道德概念的现实，后来又说国家是阶级统治的工具，是统治阶级对被统治阶级实行专政的暴力组织，他还说过，国家是他人，是不可理喻的一个虚假的概念。他说……"

"前天刚下雪的时候，"秋波重重地抽了一下他的鼻子，他向我们表示，他身上该死的感冒还在继续，"我发现鱼缸里有一条死掉的金鱼。我随手将这条鱼捞起，丢进了雪堆里，它被哲人王看见了。"秋波又抽了两下鼻子，其中一下表示感冒的严重，第二下则可能出于对这个新人的愤慨，"他叫我一起坐在雪地里观察这条金鱼，观察它被冻实需要多长的时间，在鱼变得僵硬之后，鱼腹内的内脏是否也跟着变成充满冰凌的一块儿。后来他又叫我将那些活着的金鱼一条一条丢进雪里，观察它们被冻实需要多长的时间，在雪地里的死亡和在水泥地上的死亡哪一种用时更短……"这次，秋波又抽了三下鼻子，他的感冒应当完全归罪于哲人王，那天秋波长时间地站在雪地里，于是感冒便侵入了他的鼻子，"你们知道，我并不是一个残忍的人，我很爱惜这些金鱼，我将死鱼捞出来是出于对那些活着的鱼的爱，我怕病菌的传染……可我，不得不将那三十一条金鱼一一放进雪里，看着它们死去……哲人王反复说，归纳法不能是简单的枚举归纳，得到一个结论必须要有大量的实据,就这样,那些可怜的金鱼便充当了他的实据!"

"可我也没见他得出什么像样的结论来。"

"那天,我因为一件什么样的事正在生气,生了很大的气,究竟是一件什么事已经记不清楚了。哲人王对我说,当承受失败和痛苦时,人们总问'为什么是我',可当他获得成功的时候,却从来不问'为什么是我'。每个人都希望真理站在自己一边,却没谁想要站在真理一边。他说,我这副愁眉苦脸看上去十分可笑。"

"我见到的是另一副样子:一个黄昏,我推门进来,发现哲人王站在角落里,眼睛里含着泪水。他背对着我,抚摸着地图,'我不知道新的世纪将给我们带来什么。它一开头就不好,接着可能会越来越糟下去。青年时代的理想、光明,我们在二十世纪的希望,都在化成灰烬。'后来他转过身来,接过我递给他的茶,'我觉得,我始终是一个冷静平和的人,没有强烈的激情或狂热,任何的急剧动荡都没曾使我经受大起大落,而且,我也一直希望如此继续下去。可在内心里,又是多么的难过哟!'接着,他脸上的泪水越来越多。"[17]

"听听!这个哲人王哪曾有过什么年轻的时候?他连'去年'都没有!"

"那些混乱不堪的哲学升高了这个新人的体温,让他患上了更为严重的感冒!我们是不是真的需要这样的新人?"

窗外一片冷雪,它们泛着惨淡的白光,风将表层的雪吹了起来,那些细细的白色闪过金属般的光泽。一些风扑在门上,它们变成细条挤进来,但把卷起的雪片丢在了后面。"我重提我的反对,事实证明,我的意见是多么正确,多么具有前瞻性,可是却没有引起大家的足够重视,没有谁理解我意见中的科学性内涵……"麦雷用他的目光——

扫过我们的脸,他将自己的笔记本重新打开,仔仔细细地翻着,"当然,我也要向大家做个检讨,在这件事上我也负有责任,主要是未能继续坚持自己的正确意见,在预见要出问题的时候未能及时纠正。"他终于翻到了要找的那一页,看来,他等待这一时刻已经很久了:"这个新人,哲人王,他存在的主要问题有以下七点……"

"算了算了,我们不想听他的七宗罪,就算你已经读过了好了,就算我们完全同意,集体通过了好了!"我们制止了麦雷的长篇报告,"我们已经够累了。麦雷,你明天没有材料要写吗?还是,把你主要精力放在工作上去吧!"

"我已好长时间没有和蓉蓉上床了,也有好长时间没有写诗,那些乱七八糟的哲学总是在我脑子里萦绕,赶都赶不走,啊,哲学损害了我的激情!"

"哼,别说得那么、那么……"宽叶蓉狠狠地拧了拧南岛的鼻子,"别当我不知道,哼,我知道你的激情都投向了哪里!我见过你和那个狐狸精在一起,我在那里见到了你那令人作呕的激情!"

南岛一副不自然的笑,他把宽叶蓉甩开的手重新搭在她的腰上:"我们蓉蓉才不小气,你知道我是爱你的……我们还是继续刚才的话题吧,的确,应当把这个哲人王送回去,我们不要他了。"

南岛的话使公务员麦雷抓住了稻草,因话题被打断,脸上还挂着尴尬表情的麦雷很愿意能够继续刚才的话题,"创造新人可是一个伟大的计划,它需要极端的正确性、深刻性和开创性,当然,我们也必须要理解它的复杂性,要正视可能出现的困难。所以,制订一个完善的制造计划,成立一个坚强高效的领导小组,认真抓好实施检查工作是非常必要的……"

我们一起沉默,所有的目光都盯着窗外,收敛起自己的耳朵,任凭公务员麦雷在我们的背后口若悬河。窗外是雪,天色渐暗,一只蓬松的麻雀落在了雪上,然后飞快地飞走。远远地,那个新人,哲人王走过来了,他走在雪地里的身影显得有些孤单。

"其实,其实,"夏冈神色黯淡地说,"他也不是一个坏人……"

后来,我们又制造了一个满身充满美德的人,这个人虽然有一张完整的脸,但只有一半儿脸活动自如,另一半儿脸的活动则相对僵硬一些,不过不仔细看你是看不出来的。之所以会这样,夏冈的解释是,我们对"美德"的争吵影响了他的制造,他是科学家、发明家,但不是伦理学家,所以在给新人输入美德的时候总感觉有些言不由衷、力不从心。"你们一直在吵,在吵,最后让我感觉我原以为的美德可能并不是美德,也许美德并不真正存在。"

不,美德存在,他就是这个面部表情略有些怪异的新人。长话短说,开始,这个新人是让我们满意的,他为我们赢得了许多人的夸赞。

"美德,将一个老人送到了医院!报上说,他的及时救了老人一命!报纸上还说,他没有留下自己的姓名,但记者却已偷偷拍下了他的照片!"

"美德今天帮助一个迷路的女孩找到了自己的母亲!"

"知道吗,今天前进街发生了一起械斗,我们的美德出现在那里,他挺身而出,将一个受伤的青年救了出来,然后又制止了械斗!哈,我们的美德具有勇敢和乐于助人两项美德!"

"看看我们美德做的好事!他又上报纸了,《A城日报》《A城晚报》《A城财经新闻报》都刊出了这一消息……"

可是,时间一长:

"美德!今天,一个老妇人在路上摔倒了,昏迷了,是你给她喂了一碗带姜片的糖水?"

"是的，我是在救她。我想她需要。"

"她需要，哼，她需要！她患有严重的糖尿病你知不知道？你可把她害苦了！"

"我给三柱的父亲做了一根拐杖。他说，自己的风湿又犯了，走不动路。"

"他说谎！他根本没有风湿！他用你给他的拐杖打自己的老婆，三柱已经找过我们了……"

"我说美德！你为什么把赵之问家的孩子放在冷水里？你想干什么？人家的孩子才七岁！"

"我是在帮他，我在一本健康杂志上看到，十岁以下的孩子洗凉水澡有助于血液循环……"

"你知道吗？这孩子感冒了，得了肺炎！你马上去给人家赔礼道歉——别去医院！那孩子见到你肯定要哭！"

"听说你帮人画了一张银行地下室的草图，使那个人顺利地进入到银行内部，盗走了大批金钱。是这样吗，美德？"

"我不知道他要那草图是做什么用……我是出于对友谊的尊重与遵从而帮他画的。他请求我画，我觉得为了我们的友谊我应当……"

"哼，友谊，和盗贼之间有什么友谊可言？谁告诉你，和强盗的友谊算是美德？尊重，遵从——啊，你们大家听听，你们的美德又干了什么样的好事！"

"我说美德，你为什么要偷走养龟人的饲料，而且偷了不止一次？"

"那不是饲料，而是一些泥鳅和鲢鱼！它们都是可怜的生命，我相信假如你们在场也会那样做的。我相信谁也看不下去，它们那么睁着无助的眼睛，张着无助的嘴巴……"

"可是,结果,你将养龟人的龟全给饿死啦!你害了另一些生命!"

就在我们还为什么才算真正的美德、美德的限度和存在问题争吵不休的时候,又一个新人进入了我们的生活,他也应当算是一个发明家,他的任务是为宽叶蓉制造香水——是的,这个新人是由宽叶蓉和夏冈一起制造的,他的设计完全出自宽叶蓉的要求,那一时刻,我们其他人都忙于对"美德"的争吵,而完全忽略了宽叶蓉和夏冈在悄悄地制造着新人。"这绝不是我的想法,"夏冈说,"打死我我也不可能设想,新人是用来制造香水的,它完全违背了我的初衷。"夏冈看了看我们,然后把目光停在南岛的脸上:"都是宽叶蓉的主意。她说之所以南岛在有了她之后依然是一个花心大萝卜,应当是她的魅力还不够强大,而让自己魅力强大起来的手段就是获得一种特别香水。她要求,要么我按她的设计制造一个香水制造者,要么,就给她一个一模一样但专心爱她的诗人南岛。我想,后一个我肯定做不到。"

在这里,需要提一个插曲,那就是,印刷厂的一个会计找上门来,她说,住在我们这里的诗人在她那家印刷厂里出版过一本诗集,叫什么《靠近乳房的斑点》,到现在还欠着印刷的费用没有结算,"他留的就是这个地址。"南岛和宽叶蓉来得晚了些,他们的脸上浮动着一层红晕就像刚喝过酒,等南岛打听了情况之后便迎上前去:"我们这里没有你说的那个人,也没看过那本什么乳房什么斑点的诗集。我是这里唯一的诗人,可我没在你那出过诗集,也没欠过谁的印刷费。"随后,两个人发生了激烈的争吵,那个女人大骂见过不要脸的却从未见过这样不要脸的,她指着夏冈的鼻子,他刚才都已承认了他有这个弟弟,你在这里装什么蒜!争吵又继续了一会儿,南岛最终败下阵来,他恶狠狠地瞪了夏冈一眼,"我×,你早承认了为什么不早告诉我?害得我丢人现眼!"其实南岛的责怪完全没有道理,他只听了我们简短的介绍就冲了上去,根本没容我们将话说完。"三天后我来取钱!到时候你们要是再耍赖,可别怪我翻脸!哼,我们做生意,什么样的人没见过!"她拉开门,气哼哼地走出去,门也没关,一股巨大的凉风直直地灌进来,让我们在寒风里打着寒战。

夏冈颤抖着关上了房门,他端上了一张苦脸:"怎么办?我可没有那么多的钱。"南岛的鼻孔里发出一种特别的声音,他走到一个角落里坐了下来,将他的脚跷到另一把椅子上。我们劝夏冈,既然发明过那么多的东西,既然他连"新人"都可以发明,那不如就发明一种造钱的机器,这对他来说应当不难。夏冈的苦脸用力地摇了起来,他说不能,他不能制造这样的机器,他的发明从来都不是那种直接可用在生活上的俗物,那不符合他的理念。"你还记得吗?我们在最初聚会的时候,你曾发明过几种电灯,"麦雷也站了出来,要知道,他可从来都反对任何的违纪违法,"那不是直接可用的吗?"夏冈却坚定地坚持,不,不一样,很不一样,他无论如何也不会制造什么造钱的机器,那样的发明会把他的心搞乱。边时,南岛抽下自己的腿,他还为刚才发生的事耿耿于怀:"那,你就制造一种能到银行里偷钱的机器,或者,等人把你的手脚砍下来。他们能做得出来。现在的人,哼。"南岛拍拍夏冈的肩膀,"傻×。都是傻×。"

好了,我们开始迎接香水制造者的出场,他的出场也弄出了一些响动,夏冈的工作间再次经历了一次改变——房间里多出了太多的瓶瓶罐罐,它们是真正的易碎品,即使摆在那里,不经历搬动或使用,也总是有那种破碎的声音在其中孕育。一个相当巨大的蒸馏锅,上面装有一个冷凝器,连接着进水和排水两个软管,用来盛放花朵和香料的木箱与玻璃瓶，堆积如山的各种花瓣：茉莉花、枣香、薄荷、玫瑰、百里香和薰衣草……夏冈的工作室完全变成了一间香水制造厂，其实在香水制造之前，那个房间里已经充满了我们还不习惯的芬芳。

可以说，新人，眼前的这个新人是一个迷恋自己的工作并且无比勤奋的人，他对所有的人都相当和善，彬彬有礼，完全是一个绅士——他的表现让宽叶蓉非常得意，我们对这个新人的夸赞在她看来就是对她的夸赞，夸赞如同是一种特殊的香水，增加着她的自信和魅力。每试制成功一种新的香水，这个新人都会分给我们一些，伸着他耐心而谦敬的脸，等待我们的评判。从这个新人那里，我们知道了蒸馏法、热提取法、冷提取法、油提取法，知道了用橙花、桉树叶和柚树叶如何制造橙花香水，知道了……"香水制造者对花朵的情感会影响到香水的质量。香水是有情感的，甚至有它内在的温度。来，您体味一下它的香。""制造这瓶香水，我使用的是蒸馏法，我知道多数香水制造者在制造这类香水的时候都不用蒸馏，他们会认为，蒸馏的过程会使花朵隐在花粉里的香气受损。是这样的，没错，可我找到了解决的办法：我在蒸馏的过程中加入了微量的葡萄酒。当然，不光是这样，还有一点别的。"他仔细给我们解释，有时还要重新操作一番，然后退到一旁，就像一个听话的，等待老师批语的孩子。他制造了一种引人注意的香水，一种唤起同情心的香水，一种激发情欲的香水，还有一种拒绝他人的冷艳香水。"这些香水让我……我刚刚明白神魂颠倒的真正含意！啊，迷人的香水！要不是我还难以克服这个新人是一个被制造出来的人这一心理障碍的话，我想我会和他上床。"

这天，新人找到宽叶蓉，说他要出去几天，他要制造一种更具魔力的香水，如果这种香水获得成功，宽叶蓉将会获得所有她想要的男人的芳心，男人们对她的爱，将会像吸毒者对鸦片、冰毒一样上瘾，一生都无法戒除:"表面上看,它大概很像普通的橙花香水,基本的原料和加工手段也的确如此。但它的里面有别人难以预想的精华之物,那就是,人的气味,少女的气味。每个人的气味都有些不同,人的气味,是一层汗腻的,像干酪一样酸酸的东西,这是它的基本。在这基本之上,还飘浮着一丝具有个性的、非常精美的分子,这就是肉体之香。我要将这些飘浮的分子装入到香水的瓶中。"

从新人走出门去的第三分钟,他刚刚消失于街角处的那一刻宽叶蓉就开始了她焦急的等待,她为等待拉长了脖子,这也治好了她所患有的轻微的颈椎病。然而等待也带给了她另一种疾病,那就是,因为长时间保持凝视的状态,眨眼变得困难起来,晚上睡觉的时候只得依靠夏冈发明的一种胶来黏合。一天一天,宽叶蓉等来的,却是新人被捕的消息。

"他犯了什么法?像他这样的绅士,如何会触犯到法律?我不相信,这肯定不是真的!"

这是真的,我们的新人真的被抓了起来,抓他的罪名是,杀人未遂。后来我们终于打听到了事情的缘由:这个新人以一个作家的身份住进了一家宾馆,很快,他便取得了宾馆老板的信任。那个老板有一个十一岁的女儿,生得美貌,然而功课却是一塌糊涂,尤其是作文——新人便以辅导老师的身份与那个女孩有了接近。不知他用了什么策略,老板家女儿也和他亲近起来,要知道,她以前可从来没给过任何家庭教师好脸色。一天,新人和女孩待在房间里,女孩的父亲去给某局的局长送礼晚上才能回来,新人觉得机会来了,于是趁着女孩专心写一篇《故乡的河》的文章的时候,抄起了准备好的木棒。也是女孩命不该绝。她父亲在出门的那刻忽然想起自己有件重要的东西忘带了,于是将车开回,停车,上楼——他推门进屋时新人的木棒正准备落下。毫无精神准备的新人大吃一惊,他挥下的木棒也就失去了准头,而重重地砸在了女孩的肩上。

"怎么会这样?怎么会这样?"

"你好好想一想,问题出在了哪儿……"

"不会有问题的,我只给了他一些有关香水制造的书,他不会从书里得到杀人的知识,他不会产生这样的倾向……一定是夏冈制作的过程中出了疏漏!"

夏冈认真地回想起来,随后,他打开箱子,将他们设计的图纸和记录的有关数据都找了出来:"没问题。一点儿问题都没有。我不觉得制造过程有什么失误。问题不在我这里。"

"也不在我这里。你看,就是这些书,幸亏我将它们都留了下来,现在它们成了有力的证据!"宽叶蓉翻出了那些书,"它们都在这儿了。我留下它们是出于爱好,我也想多了解一些和香水有关的知识。"

《十九世纪的香水制造法》《品牌香水制造》《香水制造工艺》《气味的美学——和香水有关的美学话题》《香水》《香水辞典》《珍品购物——香水篇》……我拿起那本《香水》,"你把这本书也给他了?"

"是的,怎么啦?"

南岛指了指那本书,"是帕·聚斯金德的《香水》?"

"我可不记作者的名字!书的封面很熟……"

南岛再次指了指那本书,"你难道不知道它是一本小说?你难道没有看封面上还有一行字,一个谋杀犯的故事?"

"我以为,它是一本介绍香水的书,"宽叶蓉脸上的红一直红到耳根,"那行字那么小……我太匆忙了,确实没有看到……"

"好在,他并没有杀掉那个女孩,要不然,我们的麻烦可就大了。"

"可那个女孩受了伤!她也受到了惊吓。我早就说过,制造新人的事可不是件小事,千万不能大意,千万不能掉以轻心,一次次的教训已经够多了,我们交了太多的学费!当务之急,是先要把领导小组建立起来,制订一个详尽、合理、安全、科学的实施方案……"

我们七嘴八舌,宽叶蓉突然跳了起来,她踢倒了一个长颈的玻璃瓶,这间房间里终于有了玻璃的破碎——"引人注意的香水!激发情欲的香水!我必须保存好剩下的那些,它们对我来说,应当是贵过黄金!"

(被麦雷缠得没办法,夏冈将芯片交给了他,让他按照自己的设想制造了一个新人。这个新人只"活"了三天,最终还是麦雷请求夏冈,你将这个新人解决了吧。在我写作这篇小说的时候,遵照麦雷的意见,我把和那个新人相关的文字一一删除,将它留给空白。)

□□□□□
□□□□□
□□□□□
□□□□□
□□□□□
□□□□□

发明家夏冈,疯狂的发明家夏冈,他在房间里来回,穿着一双几乎没有鞋底的鞋(他穿的是一双普通的皮鞋,这不属于夏冈的发明。之所以几乎没有鞋底,是因为他在房间里的来回太多,而他又有焦躁就用力跺脚的习惯),眼睛里布满了紫色的血丝(尽管我们夏冈的发明总那么与众不同,但流在夏冈血管里的血依然是红色的。之所以他眼睛里的血丝变成了紫色，是因为新的血丝覆盖了旧的血丝，它们层层累加，却一直没有机会消褪的缘故）："我必须要找出问题的关键所在。否则我就难以获得良好的睡眠。啊，解决问题是一种安神的药剂！在此之前，我必须承受问题的折磨。问题，问题属于病菌。它在大量地繁殖，像在我身体里养大虫子，它变成它们，变成一群它们，撕咬着我的心脏，我的肝，我的肺……不，我绝不放弃计划——我依靠这计划，信赖这计划，我和我的计划相互支撑，它是我的信仰我的梦想我在平庸无聊丑恶的日常中活下去的理由。我需要新人，我们需要新人，难道不是这样吗？难道它，不是你们的共同的希望？你们只是不说而已，你们只是出于世故，你们只是不能信任你们感觉这一计划成功的可能性极小你们对没有亲眼看到的事物从来都不相信你们不愿承认自己的目光短浅鼠目寸光你们厌倦这一比喻。我们需要新人，是的，在这点上我们的目标相同我们是一个整体。我知道你们和我一样对这个由旧人组成的世界感到厌倦，无能为力，和我一样，这种情绪由来已久。你们也厌倦充斥在我们生活里的虚伪与自私，邪恶与暴力。钩心斗角，端出的却是一副充满假象的笑脸，那些有意损人、给别人制造麻烦的恶意，贪婪，贪食，懒惰，欲望，骄傲，妒忌，愤怒……指桑骂槐，落井下石，不断膨胀的野心，次贷危机、战争阴影、金权政治、社会不公、劳资失衡、贫富不均、中产衰落、医疗困难，阴谋和阳谋，指鹿为马，笑里藏刀，被利用的信任和从不信任……多数人的愚蠢，盲目，麻木，醉生梦死……我梦见自己变成一条细小的虫子，躲在角落里毫无害处但躲不过踏上来的脚，我又变成一条巨大的毛毛虫，引起那些女人们的尖叫，仿佛我会伤害她们仿佛我是魔鬼但我同样处在恐惧当中怕得要死……赤裸裸的功利无耻已不需要一点点的伪装他们正把一切都看成是可以买卖的商品我记得我的爷爷曾留给我一块不大的钟表他对我说孩子我将钟表给你并不是要你记住时间而是希望你能偶尔地忘掉时间反正时间是怎么也征服不了的打钟的声音里皇帝在恋爱一支火焰里皇帝在恋爱新丰美酒斗十千咸阳游侠多少年……太阳每天都是新的所以我们需要新人。我们需要新人,新人,七点多钟的太阳,烈日炎炎似火烧。上面是什么?芝麻。为什么是黑的?糊啦。东城那家火锅城的火烧确实不错我曾邀请齐静到那里去吃可惜她没有来,我在那里等啊等啊等啊等啊伤心总是难免的也不知道现在她在哪里。她没有成为我的新人也许以后还会水滴石穿我的,新人……"

宽叶蓉悄悄碰了下我,"夏冈怎么啦?他是不是疯啦?"这个声音只有我俩可以听见,"哎,当个发明家也没什么好处。看他,在受着发明多大的折磨!"

我走上去,摸了摸夏冈的额头,"他烧得并不严重。我们还是送他去医院吧!但愿没事。"这时,南岛和秋波走过来,南岛露出黄白的牙齿冲着我们乐:"傻×!你们看不出来,他喝醉了?真是傻×,一群傻×。"

"可他的脸没红,身上也没有酒气!"

"他只喝两杯啤酒就醉成了这个样子!中午我们仨在一起喝的,结果用了半个小时……平时,谁见他这么多话?"

"是啊,我怎么也想不到,夏冈的身体里还埋伏着一个麦雷!"

"我们俩,都看了一下午的戏了。不过话说回来,我们的夏冈正遭受着前所未有的打击!"……

第二日凌晨四点,我正做着一个过独木桥的奇怪的梦,在梦里,我走得战战兢兢,桥下是浑浊的黑水仿佛还有星星点点可怖的眼睛——突然的敲门声使梦里的我受到了惊吓,一脚踩空,飞快地朝桥下掉去，黑水张开了它巨大的口……我醒来的时候，敲门声还在持续不断，它的坚韧让我联想起某部日本的恐怖片。是夏冈。他迫不及待，语无伦次："我找到办法了！都去，马上集合！猫钟五点二十以前，越早越好……通知麦雷……我去还是你去？"

倚着门框，我感觉困倦缠绕在我的腿上吸走了我站立的力气，"夏冈，不能喝以后就少喝或者干脆不喝。你也该清醒过来了。"

夏冈摸了摸自己的鼻子，"我说的是真的，我想出了办法，将会有一个完善的新人！我现在很清醒，不信，你可以出道数学题。"

"好了，就算你很清醒，就算你真的找到了更好的办法，那能不能等天亮了大家都睡醒了再说？你不知道我有多困。"我伸了伸懒腰，"现在我可是什么也听不进去。睡眠就像塞在我大脑里的一团棉花，它们还在那里堵着。"

"不，不能，"夏冈用力摇晃了我的身体两下，"这是一个让人震惊的发现！我正被兴奋的火焰烧灼着，迫不及待……我相信你听了我的讲述，也会兴奋起来的，你会——我的发现能驱走任何睡眠！"

说完，夏冈骑上他的飞行扫把（这是夏冈的发明中，最接近实用目的的发明之一。本来我们劝他更进一步，发明一种空、陆、水三栖的汽车，但遭到夏冈严厉的拒绝。在我们疯狂的发明家那里，他鄙视一切实用），绝尘而去。他奔向麦雷或是南岛家的方向。

……我们一一到齐。那时天还没亮，窗外的天色一片浑浊的黑，它们显得拥挤。我们一起抱怨，用软塌塌的身体和迷离的目光向夏冈表示着抗议。

"我终于找到了办法，大家相信我，这一次肯定会获得成功！这个世界上，将会出现完美的、阳光的、勇敢的、正义的一批新人！"

"我的话你们没有听见？你们，为什么还是这个样子，没有一点儿兴奋？难道，你们的心……"夏冈一脸悲伤。

秋波探了探他软塌塌的脑袋，他的声音有种故意的无精打采："我们这个样子，一是因为缺少睡眠，二是，这灰的消息我们实在听得太多了，多数消息只是个消息。说实话，夏冈，我，反正我是兴奋不起来。"

"不一样，这次肯定不一样，"夏冈用力盯着我们，都有了几分乞求，"我已经找到了办法。这一次，我需要你们的配合。"

秋波在某家怪异的商店里购买了一件很像电影里面蜘蛛侠的夜行衣，他向夏冈提出要求，他要夏冈为他设计一款像电影007系列里007使用过的间谍手表，随后，他又去书店，购买了一批关于日本忍术的书和动画片，于是，我们的房间里充满了"可恶"和怒气冲冲的吼叫。麦雷的手上捧着的是《谈判的艺术》《谈判十例》《保罗·克里斯顿的谈判艺术》之类的书，他要求我们给他准备一个黑色的皮箱，两副墨镜（颜色深浅略有不同），以及对方主要负责人的年龄、身高、血型、爱好、政治面貌等等等等的详细资料，当然，还需要一笔钱。我的任务是去设计院，和负责设计的工程师搞好关系，以便获取相关的资料和图纸……我们的目的是一致的。我们的目的就是进入某家医疗机构的贮藏库，获得精子和卵子。

这是夏冈的要求，他用它们来制造新人，这就是他找到的办法：他认为，充当新人"大脑"组织仅仅靠芯片是不够的，有缺陷的，我们之前的失败也证明了这一点，我们就是给芯片输入再多的知识，它的向度还是单一，它将知识变成智慧的能力还是远远不够。它可以有丰富的历史知识却没有那种历史的纵深感。而由精子和卵子结合的受精卵则不同了，现代医学、心理学证实，受精卵其实"遗传"了人类发展的诸多记忆和经验,它能够做出多种判断,具有很强的转化知识为智慧的能力……

"用受精卵制造,它和我们所说的'旧人'有什么区别?它遗传了优点难道就不会遗传缺点、弱点?难道,我们只是在增加人口,让这个世界更拥挤一些?"

问得好。夏冈说,问得好。他会在受精卵孕育的过程中将一些明显劣质的基因剔除,当然,要将它们完全剔除是不可能的,好在我们还有一个芯片:它同样会发挥作用,受精卵和贮存着诸多知识的芯片共同控制新人的所作所为,一旦受精卵那部分出于自私、自利、邪恶或其他什么不好的目的向新人发出指令,那芯片就会根据我们先前定下的"界限"将这条命令删掉,使错误一定能消灭在萌芽的状态。夏冈说,我们可能还会有人问,一直参加我们聚会的有男人有女人,也就是说有精子和卵子,为什么还要费如此大的力气去医院去科研机构取?因为夏冈是科学家而不是医学家,并不清楚如何从人体中取得完整的卵子,同时,要是用我们某人的精子或卵子制造新人,万一实验归于失败(尽管可能只是万一,但这种可能性并不是没有。科学从来都不保证百分百成功),这个新人必须要被解决掉,那提供精子或卵子的人一定会异常痛苦,他们会把这个新人看成是自己的孩子。"你们不知道,我们每解决一个新人,我就心疼好多天,我就感觉,自己身体的一部分在死去。而我,还没在新人的制造中用到我的精子、血液或别的什么。"夏冈说。

再一次长话短说,许多时候,我都把长话短说当成是一个好习惯:我,麦雷,秋波,包括夏冈自己,我们获取精子与卵子的计划都失败了,秋波甚至还引起了警察的注意,他把三个警察带到我们的房间,让我们一一接受层层盘问,好在那个月里我们居住的地点附近没有杀人、强奸、盗窃之类的举报,否则我们肯定会遭到更多的怀疑。我们接受批评教育,和"法网恢恢疏而不漏"的警示之后,这几个警察走了出去,他们也忘了关门。

就在我们一筹莫展之际,就在我们已经无计可施之际,诗人南岛取来了精子和卵子。他对夏冈说,先取这些,要是需要的话他可以再去取,没问题,没有任何问题。"你是怎么得来的?我们……""哦,这是个问题。"南岛卖了关子,"不过我不会说的。它属于很个人的秘密。"

(后来南岛还是向我们透露了谜底,他说,表面上,贮藏库那里戒备森严,规章明确,但在管理上却有着相当多的漏洞。他找的是贮藏库的一个管理员,年轻女性,南岛使用美男计很快让她堕入了情网,对他言听计从,于是他提出要求能不能搞到库里的精子和卵子,她说好办,第二天真的就取了出来。南岛说,取出里面的精子和卵子对库管员来说非常容易,她只要不将新入库的登记,或者借口保存不当、保存时间过长将它们从登记表中删除,就会万事大吉,永远不会受到追查。他要求我们不要告诉宽叶蓉,可后来宽叶蓉还是知道了真相——这并不是我们没有保守承诺,而是南岛自己的泄密。那个库管员给南岛送去他要的卵子,宽叶蓉推门进去的时候两个人正拥抱在一起,相互交换着气味、唾液和可能的病菌。)

我们再次拥有了一个新人。出于技术安全和更好控制的考虑,我们将这个新人设计成一个少年,当然也是出于让他能够更多地与社会接触,学习新知识的缘故,麦雷和秋波一致认为,书上的知识多少都会陈旧一些,而且有些知识也必须经历检验才行。夏冈说,将新人设计成少年,就是要我们集体成为"这个孩子"的父亲母亲。"出一点失误你们就嚷着解决解决,解决容易,可解决的痛苦却只让我一个人承受!"他说现在好了,我们现在一起充当孩子的父亲母亲,万一还需要解决的时候,那种滋味大家一起分担好啦。

"我们的孩子又得到了老师的夸赞!说他不光有丰富的知识,还相当勤奋,懂礼貌,是老师的好助手!"

"他在作文大赛中得了第一名!老师说,将让他参加全国的征文比赛!啊,他已经得了太多的第一了,是不是?"

"这个孩子真讨人喜欢!他就是我想要的新人!"

"看,他又得了奖状!他今天又做了两件好事,他……"

"他才应该是美德!当然,他不光有美德,还有,还有……反正还有很多!美德,概括不了他的所有品格!"

"孩子,我的孩子!告诉你的父亲母亲们,你又做了什么!你又得到了怎样的奖赏!"

…………

别以为我们又创造了一个"美德",不一样,他可比那个旧"美德"多出了许多,虽然,他在样子上还只是个孩子,讨人喜欢的孩子。

"孩子,听说,今天你拉赵小海的耳朵,把他拉哭了?"

"是。但我要解释原因。赵小海在班上总欺侮女同学,他用圆规扎女生的屁股,还说下流的话。我是迫不得已才出手的。"

"孩子,你听我说,赵小海的做法是……他是应当受些惩罚、教育,但你不该,不该拉他耳朵……你应该,应该对老师说,对不对?"

"父亲们,老师的批评对赵小海根本无效。你不知道他有多厚的脸皮!我如果不对他进行惩罚,以后,他还会继续下去……"

"孩子,你做得对!"宽叶蓉跳起来,她抚摸着那个新人的头,"你们不知道那些男生多可恶,他们对女生成长的阴影有多大……再有这样的事,这样的人,你还要出手!不要怕,妈妈支持你!"

"我不主张再用这样的方式处理……我们不能鼓励暴力什么的……"

"那你说,对赵小海这样的人能用什么?他吃这个,他只吃这个,只有暴力才能让他畏惧!再说,我们孩子的方法怎么算是暴力呢?"

"我是害怕这样下去……"

"你害怕什么?大街上一群人打架打伤了人,所有人都在围观你不害怕?大街上有人抢劫,所有人都在躲闪再没人出来制止,这个你不害怕?孩子的行为叫什么?叫正义,叫见义勇为,你们懂吗!"

……(出于长话短说的考虑,宽叶蓉舌战群儒的场面到此为止,后边的略去。南岛说,他也从来没见过宽叶蓉的这一面,虽然他早知道她有多面,会有多面。那时刻,她真像一只护着自己鸡仔的母鸡。他真想冲上去拥着她狂吻,他爱死她啦。)

"孩子,你今天打架了?这样可不好。"

"父亲,母亲,我可不是无缘无故的,韩海不学习,抄人作业,我制止他他不听,还骂我狗仗人势,总想踩着别人的肩膀往上爬。我是忍无可忍才出手的。"

"孩子,听说……"

"是的,所有错误都必须受到惩罚,这样才能保障正确和规范。你们说呢,父亲,母亲?"

不管怎么看,夏冈的这个新人都可算作是一个成功的新人,他具有我们希望他有的一切美德,有知识和智慧,有坚韧和坚定的一面,有维护正义的责任感和勇气……虽然,我们为他某些行为的正确正当与否曾发生过争执,但这样的情景并不是太多,而且我们最终也达成了一致:既然芯片的部分没有对他的行为进行制止,说明这一行为应当还是在允许甚至是赞许的范围之内，应当修正的也许是我们的理解力。"也许我们太旧了。也许，我们的大脑也应当装一枚芯片。"我说。听我这么说，秋波马上跳起来："是啊是啊，要是我们大脑里也有芯片，我们就是天才，再也不会为失业和工作发愁，再也不会受人歧视，再也不会这么无所事事，我也讨厌我现在这个样子！"

"好的，我马上去实验！应当不难！"

我们只得拉住夏冈，对他说，我们只是说说而已，并不真的希望在大脑里面装什么芯片，并不希望我们有什么特别的改变。其实这样也挺好。还不错。就是错也没错到哪里去，没到非得那样的地步。是的，劝服我们疯狂的发明家颇费周折，他可不是那么好劝服的，最后我们只得说，如果他一意孤行非想试验可放进我们大脑里的芯片的话，我们就再也不再理他，将他看作是仇人——他这才放弃了原来的念头。

"我们可以更多地制造新人，这一次，要制造很多很多！他们将改变世界的进程，将我们的发展速度大大提高！所有人，都会得到更多的益处，让贫穷开始逃亡啊叫太阳不西冲……"

宽叶蓉还提议，这次的新人计划中应当有女性的位置，必须有女性的位置，前面所有新人的设计都是男性，这不公平，包含了歧视，无论从哪个角度上讲都应当设计女性新人了，这是她和所有女性的激情的政治；同时她还提议，更新的新人不必再是孩子，我们已经证明了实验的成功，没有必要再让新人经历那个阶段，和那么多智力、知识都比他低得多的人待在一起听老师讲那些他已熟知的知识，这本身就是浪费和消耗。

行。夏冈说，确实应当如此。

得到夏冈和我们大家的认同，宽叶蓉更加灿烂：新人中，应当有人懂得香水制造工艺，有人懂得服装、服饰，懂得美容和减肥，我们不光要有秩序、更合理地生活，也要有情趣地生活；新人中，应当有人懂得……

在我们生活的这个世纪，"新的"是那么层出不穷，它们那么迅捷地到来，真的让人目不暇接，我们甚至来不及理解其中的一部分新它就已经成为旧，被抛在一边。在我们生活的这个世纪，一些旧也纷纷改换面目，以一种旧自己也不认得的面目泛起，我们对这些旧的理解也许因为语境的不同已不是它的本意……有时我盯着窗外，想起一个旧新人"哲人王"曾说过的话，"我始终是一个冷静平和的人，没有强烈的激情或狂热，并且一直希望如此继续下去。可是在内心里，又是多么地难过！"……它让我颇有些百感交集。这个旧的新人已成为历史，他被解决的时候我并未感到悲戚，可现在悲戚却来了，它在我的心里一点点聚集。在我们生活的这个世纪，夏冈制造的新人也开始了他们的生活，某些"新的"也许就是他们所创造的奇迹……我要说说那些新人。

问题来得相当突然，让人完全措手不及：

先是秋波，他躺进了医院，给我们送信的警察说他被人割开了喉管，取走了声带。但罪犯有着高超的医术，秋波没有生命危险，只是会变成一个哑巴。警察们，是凭借秋波写下的纸条找到我们的。

"是谁把你弄成这个样子的？"

"新人。"秋波将字写在纸条上。

"怎么会？他们为什么这么做？"我们感觉，这实在令人难以置信。

秋波流起了眼泪。"那天我在桥上练声，来了两个新人。他们说我的声音完全是难以容忍的噪音，我的声音已影响了他人的生活，于是他们麻醉了我。醒来之后便成了这个样子。"

"他们为什么这么做?"我们还是觉得难以置信,"谁给了他们这样的权力?"

秋波的眼泪流得更多了。"他们说,"秋波的字写得更加难看,"正义。"

第二个是南岛,他同样住进了医院,同样没有生命危险,和秋波不同的是,他被割掉的不是声带,而是睾丸。

"又是新人们做的?"

"还能是谁?你们说还能是谁?"南岛恶狠狠地盯着夏冈,"都是你,我可让你害惨啦!"说着,南岛撩起盖在身上的被子,朝自己的下半身瞧去:"它们不在了,我找它们有什么用呢,它们已经不在了。我以前没这样重视过它们可等我懂得重视的时候,已经晚了,它们不在了。我已经说了我向他们保证可他们还是……《圣经》上说耶稣曾使死人复活让大海交出其中的死人他能不能让我的下半身也恢复原状,我可不想这样……"

"他们凭什么这样做?"

"凭什么?他们说我的淫欲早该让我受到惩罚,他们代表了迟到的正义……"南岛一把抓住夏冈,他的眼睛里闪过希望的火:"不过他们也说,等医学再发达些,能够从根本上解决我过分放纵的毛病,我的东西还是会回来的。他们说新人从来都是说到做到。"南岛眼里的火焰渐渐变成了蓝色,也就是说他在乞求:"你帮帮我,快点改进医学吧!我真的不想失掉它们,我不想不完整地进入死亡……"

秋波挤到夏冈面前,递上他的纸条,那些字,写在一张处方笺的背面:"他们也曾说过,等他们研究出改造声带让声音变得好听的方法来,就把声带重新给我安上。但他们没有确切的时间表。"

"宽叶蓉呢？出事的那天你们没在一起？"

"没有，"南岛低着头，"在我床上的是另一个女人。"

"这是我所没有想到的。"夏冈在屋子里踱着步子，他的举动只能进一步增加自己的心烦："那些负责控制和纠正的指令为什么不起作用？难道，芯片和受精卵形成的胚胎已经联合？还是，它控制了芯片，使纠正和控制限制的指令不再有用？……"麦雷说，也可能是另一种情况，无论新人想做什么事情，做多么不合理的事情，多么充满谬误的事情，它都先找一个很阳光很合理很冠冕堂皇的理由，然后把这个理由传递给芯片，只有知识而少有智慧的芯片当然发现不了这一理由下面的真实目的，这样，新人就基本处在被受精卵完全控制的状态……"我想他们马上就要来对付我们了，马上。我们得尽快找到解决办法。这样，我们先成立个领导小组，迅速研究一下基本方案……"

"不用了。我们已经有了方案，我们知道如何实施。"说话的是新人。他走到我们面前。

"为什么？你们，你们想怎样解决？"

"我们知道那是一台怎样的机器，"新人指了指夏冈用来解决新人的那台能使时光倒流的时光机，"你们之前已解决过不少新人了，对不对？古人说己所不欲勿施于人，现在，就让我们新人也帮你们解决一下。我们这样做，也是为了维护公平这一原则。"

"不，你们不能，你们没有这样的权利！"

"恰恰相反，这样的权利我们就应当有，我们有这样的权利。"新人一步步向我们走近，走到我们身边，他背过身子，朝门口的方向慢慢走去，我看见，那里还聚集了三个新人。"我知道你们提到了正义、良知、法律、规则、道德这样的字眼。我们正是按照它们的要求来做的，我们一直依靠它们的指引……"

"胡说！完全是胡说！"

"我当然不会胡说，在你们给我们制定的律令中，撒谎是必须要摒弃的词儿，是不允许的。当然，有可能我们对正义、良知、道德在理解上略有不同，你们大概还在使用一些陈旧的概念……我一直倾向在对旧人实施改造和惩罚的时候给他们讲清道理，让他们知道，明白，自己所得的惩罚都是应得的，恰当的……你知道，"这个新人首先走到了夏冈的身侧，"在你的创造下，新人在这个世界上出现了，这个世界被分成了'新人'和'旧人'两类，当然旧人占有绝对的数量，新人还寥寥无几。在一个叫拉斯科尼科夫[18]的旧人那里，他分成的是'平凡的'和'不平凡的'两类——你得承认，我们新人无论在知识、智慧、才能各方面都高过旧人太多，属于不平凡的一类。就连拉斯科尼科夫这样的旧人也都承认，'不平凡的'人有权……并不是官方给予的正式权利而是自己有权允许自己越过自己的良心这道障碍，虽然他会为此经受痛苦……越过这道障碍，是为了让他的思想（有时也许是可以拯救全人类的思想）得以实现，必须这样做的情况下……你可以找旧人的书看一看他是不是这么说的，当然你也可能已经读过，那就更好办了。何况，即使没有这些理由，我也有权利正义地将你放进这台机器里去，因为，你是一个伤害了许多新人的刽子手。我只是在恰当地，对你的过错、罪恶进行恰当的处罚。"

那三个新人快步走来，他们用力地抓住了夏冈……

注释：

1 纸条上的文字是从威廉·福克纳的小说《我弥留之际》中抄来的，小有变动。我想它还只是开始。在这篇小说中有尽可能多的互文。

2 西班牙诗人洛尔卡所著《舞》中的诗句。

3 见于但丁《神曲·炼狱篇》。

4 唐纳德·巴塞尔姆《白雪公主》中的句子。

5 诗人唐纳德·芬克尔《手》中的诗句。

6 唐代张若虚《春江花月夜》中的诗句。

7 这段文字可参照博胡米尔·赫拉巴尔的小说《我曾侍候过英国国王》，它们构成了互文。

8 诗句出自君特·格拉斯的小说《比目鱼》。

9 其中大部分的句子出自纳博科夫的《洛丽塔》。

10 语见苏格拉底的申辩词。

11 出于斯东《苏格拉底的审判》。

12 出于尼采《悲剧的诞生》。

13 语出《金刚般若波罗蜜经》。

14 赛义德《隐蔽的和显在的东方主义》。

15 约翰·司各脱·厄里根《论自然的区分》中的主张，我没阅读过原作，这个自然的四重划分法是罗素在《西方的智慧》中提到的。

16 见维特根斯坦《逻辑哲学论》。

17 这一段，与卡尔维诺《树上的男爵》30章的开头属于互文。

18 拉斯科尼科夫是陀思妥耶夫斯基《罪与罚》中的人物。后面的部分文字也出自这本书，略有变动。

藏匿的药瓶

突然醒来的菡子首先看到的是一片黑暗,床头上那盏昏暗的小灯也不知什么时候熄了,她睡着的时候,那盏灯还昏昏沉沉地亮着,那时秋子没睡,他有个人的忙碌。

黑暗在慢慢地变薄、变淡,菡子一点点适应着眼前的光线,她的额头和手心存有细细的汗水,而腹部却感觉微凉。"你在做什么?"秋子声音含混,他的手搭在菡子腿上,随后,轻轻的鼾声从他的方向泛起,他又睡着了。

"没什么。"菡子拿开秋子的手,在黑暗中这只手显得陌生,仿佛——菡子用力甩掉那种仿佛,重新躺下,背对着秋子和他的手,"没什么。"她是对自己说的。在她躺下去的那个瞬间,她竟然对自己,对自己的床和房子都产生了一种陌生感,它们一起到来,仿佛——

醒来之前,菡子做了一个奇怪的梦。她梦见,自己被装在一个药瓶里,药瓶的上面贴着"氯丙嗪"或者"阿普唑仑"——她记不清药瓶上的字了,反正是那种镇静剂类的药物。在梦中,她赤身裸体,因为空间狭小她不能为自己掩盖什么，而药瓶却是透明的，透过淡褐色的玻璃瓶她能看清药瓶外的人流和车辆，外面的人应该也能够清楚地看见她——在梦中，菡子的药瓶被丢在一个商场或者超市的门口，反正人来人往，车水马龙。因为被封在药瓶中的缘故，从菡子的方向看，所有人都异常高大，匆匆忙忙。这个药瓶经常会被碰倒，踢到，菡子就随着瓶子的方向摇摆，滚动，颠簸……盯着黑暗，菡子感觉梦还没有完全褪去，还在笼罩着她，像一层丝织的网。菡子蜷缩了双腿，把手放在自己的乳房上，在梦中，她就是这样地蜷缩着。她发现，梦里的那个她，没有惊讶，没有委屈，也没有丝毫的羞耻，仿佛她早就接受了被赤身裸体塞进药瓶的命运，仿若她早就适应了瓶子中的生活——她发现，梦中的那个她只是在看见，却没有心理和表情。菡子朝着黑暗叹了口气。那口气也是黑暗的，它很快就被吸纳到缓缓涌动的黑暗中。床头的灯熄了，菡子猜不到它在黑暗中的位置，虽然它在。

　　秋子的手又搭了过来，搭在菡子腰上。他的手有一股缓缓的温度。这一次，菡子没有将他的手拿开，而是将它轻轻地握住。她感觉到，自己握住的是那股温度，而不是手，手依然是陌生的，陌生得让她产生出一股莫名的羞耻。秋子动了动，那只陌生的手走了，一只脚却伸过来——不知为何，菡子突然想到医院泡在福尔马林里的手和脚，以及一些其他的物件——她只想了一下。困倦又重新袭来，大约是一个新的梦，这个新梦用一个毛毯将她的手和身体罩了进去。

　　吃饭时，菡子和秋子谈起自己的梦。她说的是另一个梦，在梦里，她还是个怯懦的小学生，好像是趴在桌子上写作业，那些作业没完没了。在桌子旁边，一个旧木柜的上面摆着好多的药，在她写作业的时候，那些药悄悄地不安分起来，它们缓缓地向前挪动，并纷纷向她伸出小手……菡子说，自己的心呀肺啊痒痒的，有些坐立不安。她很想抵抗一下，不去想那些药，不去看它们的小手儿，可是就是忍不住……

秋子把油条塞进嘴里，他的嘴角还有煎鸡蛋的油渍，一块鸡蛋黄的碎屑还挂在上面，"你就是在药房里待得太久了。"他拿起另一根油条，停了停，给菡子讲起他以前经常做的两个梦，一个梦是他被一群看不清面孔的人追赶，东躲西藏，那群人总能毫不费力地找出他来，他只得重新飞奔，鞋子跑掉了，地上尖锐的草或土块扎得他生疼……另一个梦是他在考试，试卷上的试题他一个都不会。监考官一直笑眯眯地看着他。那时，他真想变成一只虫子钻进地缝去。秋子说，"你在药房里，当然做些药的梦，我毕业都七八年了，还时不时地做考试的梦呢。"

菡子面前的米粥洒出了一点，她用一张餐巾纸轻轻擦拭着。"真的有些讨厌药房的工作了。"她看着秋子的表情。

可秋子没有表情，至少是，没有她想看到的表情，他大口地吞咽着油条，一副麻木的样子，"无论是什么活儿，干长了都会烦。"他低着头，专心地喝着面前的米粥。"在医院里就是药房的活最好了。又干净，又不用碰脏东西，也不用天天看哭啊叫啊死啊的。"秋子把粥喝出了响声，然后不再说话。

不再说话的秋子让菡子又回想起夜里的那种陌生感，她看着有些陌生的手，有些陌生的嘴，有些陌生的鼻子和胸膛。"你干什么？"秋子盯着菡子怪怪的样子，"有什么事吗？病了？"

经秋子一问，菡子突然笑起来，笑得前仰后合，花枝乱颤。笑过之后，她告诉秋子，如果只盯着手的动作，其他的什么也不看，让自己感觉面前的手是孤立的，很快，手的任何动作都变得不可思议起来，奇怪，滑稽；而盯着嘴，看嘴唇那么上下张合，你只是孤立地看它，不将它和鼻子眼睛联系在一起,于是嘴唇动作也就莫名其妙起来……"在医院待久了,都变得神经兮兮。"秋子也笑了,他摆脱掉菡子的手,"在你们的眼里,哎,目无全人啊。"

上班的时间到了,菡子还在沙发上一副懒懒的样子,她没有理会秋子的催促,后来,她干脆给了他一个后背,"我晚不了。"

摔门的声音也许没有那么巨大,也许,它平时也是这样响的,可它多少还是让菡子心颤了一下。屋子里空了,秋子一走屋子里就空出了很多,足够菡子伸开她的腿,伸出她的手。客厅里的钟表均匀地响着,秋子的走使它的声音变得响亮,回旋,菡子故意不去看它。她在沙发上,在那些厚布纹里陷着,蜷着。

阳光很好,很厚,有一层重量,它晒到菡子的身上,让菡子的身体热了起来。她还是那么慵懒。

阿莫西林,复方丹参片,双黄连口服液,盐酸克林霉素,阿司匹林……菡子在药瓶间来回穿梭,她感觉自己是在药的气味中穿梭,那种气味早已经浸入到她的身体中,使她成为一种混合的药剂。所以她应当被装在药瓶里——她又想起了昨晚的梦,她可不是第一次做这种梦了。在她上小学时就已经做过了。那时,她母亲刚刚有过一次未遂的自杀。

曼秀雷敦复方薄荷脑软膏,霍胆丸,佳静安定(阿普唑仑片),普乐安片,青霉素,皮炎平软膏,诺氟沙星胶囊。

药房窗口,伸着一张张形形色色的脸。菡子感觉自己有点轻微的眩晕,不知是不是昨晚没睡好的缘故。

脸上长有小雀斑的女孩,于燕,一副心不在焉的样子,她忙碌得毫无头绪。那些小雀斑在她脸上一跳一跳,使她阴沉沉的脸色更加阴沉。

"不舒服吧。"菡子问,"要不你先休息一下,我一个人也忙得过来。"

菡子的话肯定给于燕的内心制造了不小的涡流,从她的脸色可以看得出来,从她的表情可以看得出来。她紧紧跟在菡子的背后,一副急于倾诉的样子,然而菡子的忙碌却让她只能欲说还休。"休息一下吧。"菡子说,她努力克制自己的眩晕,这眩晕,好像更强烈些了。

药房的忙碌往往是有时间性的,它终于告一段落。停下来,于燕的话匣子便迫不及待地打开了。她是个存不住话的女孩,当然也正处于存不住话的年龄,她到药房工作的时间刚刚一年。

无非是鸡毛蒜皮。无非是恋爱中的挫折。无非是吵着分手其实根本是口是心非,无非是,这些那些。菡子安静地听着,她拿出了安静,尽管它有些表面。她没有表现出任何不耐烦,时不时还抛出一两句安慰的话——这些平常的套话,却将于燕给安慰哭了,她泪流满面,怎么也止不住。

"我们以前吵架都是他让着我,用不了几天他就发短信哄我高兴。可这次他两天都没有回话了,我发短信他也不回。"于燕用双手捂住全部雀斑,她的肩头微微抖动。过了一会,她突然抬起头来。"分手就分手,算什么东西,别觉得自己了不起!"那些泪水流得更快了。

青霉素注射液,生理盐水,输液器。菡子将它们递给窗口外那张肥胖的脸,转过身子,于燕还在哭。她飞快地移动着手指,发出一条短信。手机链上那两只白玉的猪呆头呆脑地摇晃着,显得亲密无间。

"他还不回短信,这个混蛋,没良心的!"

菡子继续她的安慰,那些都是被使用过上千次上万次的老话儿。不知为何,菡子突然有些妒忌,它在胸间聚集起来,用力按也按不住——菡子不得不背过身去。外面的阳光很好,有一股特别的味道。

"没良心的!没良心的。"于燕甩着她的手机,两只袖珍的小猪发生着碰撞。她没注意到,菡子的目光有些冷。

有人来拿药。外面有些喧嚣,一个满身鲜血的男人被抬进了医院,众多的人众多的声音跟随其后。菡子盯着外面,那些人的经过留下点点滴滴的痕迹。

这时于燕的手机响了。"爱一个人能够爱多久——"

于燕那张脸晴了,有了阳光和露水,晴天后的于燕透着几分的秀气。那些小小的雀斑也应当包含在她的秀气里面。看着晴朗起来的于燕,身体变轻的于燕,菡子心里泛起一股莫名其妙的酸。这可不是一种好的心态,菡子提醒自己,她匆匆忙忙地摆弄着大大小小的药瓶,虽然她现在可以空闲,虽然那个小窗口没有任何一张脸出现。

"他来电话了。他跟我道歉了。"于燕追着菡子的屁股,"他说这两天一直在反省自己。他说,我的眼里只有你,我宁肯失去世界也不能失去你。"用眼角的余光,菡子看了看于燕那张夸张的自我陶醉的脸,"男人的花言巧语你还是要小心些。"

"我知道是花言巧语,"于燕的脸略略暗了一下,"要是没有花言巧语,我可怎么活啊。"她的手指又飞快起来。"我要问问他,他说的是不是全是花言巧语。"

阳光很好,有些热烈。一个中年女人哭着匆匆走进了医院,然而走到门口,她又不知道往何处去了。菡子看着她手足无措,看着她泪流满面时难看的样子,忽而有些厌恶。那女人哭着,毫不掩饰地张着嘴,毫不掩饰嘴里参差不齐的黄牙,毫不掩饰一条鼻涕和着泪水悬挂在嘴角。阳光很好,很好的阳光同样打在这个女人身上。她站在门口,木然地转动身体,不朝任何方向。

"他说他所说的都是真心话，哼，我更不信了。"于燕沉醉于自己的世界。

从楼上下来三个男人。其中两个架起木然的女人朝医院楼上走去，还嗡嗡地说着什么。第三个男人在门口停了一下，掏出手机，朝灿烂的阳光里走去。他大腹便便的样子很像有钱人。

门开了，办公室的肖副主任在药房里转了一圈，说了几句话，然后离开了。"他倒是越来越把自己当盘菜了。"菡子说，她把高高低低的药瓶摆得整齐。"小同志要注意啊，要好好工作啊，别迟到早退啊。"于燕拿着声调，她虽然对肖副主任的话略有篡改，但显得更具效果，菡子也忍不住跟着笑起来。

阳光真的很好，有一种特别的温暖，菡子让她的后背和头发对着阳光，让阳光的温度从后面，从她发梢里一点点渗进来。不知为何，眩晕的感觉忽然再次强烈起来，她似乎变得透明，似乎处在一个自己完全陌生的地方，处在空气里。是的，是那种梦中的感觉，在这个梦中，她被塞在药瓶里。

于燕盯着手机。短信密密麻麻地发着，她完全是一种沉浸。从来都是当局者迷，从菡子的心里涌出这样的一句话，费了些力气才没有让这句话真正地说出来。于燕根本就旁若无人。

菡子的腿在走，它带着菡子在药架间缓缓走动。菡子拿起一瓶药，放下，再拿起一瓶，这动作有些机械，菡子没有在意自己拿起的是什么，只是拿起。她的手，终于碰到了氯丙嗪。氯丙嗪，这个药名很灿烂地亮了亮，里面似乎有着电流，将她的手电到了——

那瓶药掉在地上。声音肯定有些响亮，它竟然吸引到于燕的注意。于燕有点过分关切——"菡子姐，你怎么啦？不舒服吗？"

于燕率先拿起药盒，药瓶已被摔碎，她将碎裂的玻璃丢进了垃圾筒。"这药可不是闹着玩的,吃多了要死人的。"于燕脸上的雀斑跳了起来,她做了个吞咽药片的动作,那些乳白色的药片在她的手上显得狰狞。

"我把药买下吧。"菡子的声音有点冷,刚才于燕的关切让她感到距离,甚至厌恶。粗心的于燕也感到了冷,她的表情有些僵,一时找不到合适的台阶——

"我知道药性。"大约是出于缓和,菡子说,"年轻的时候,我母亲有过一次未遂的自杀,吃的就是这类药,只是当时不叫这个名字。"

说完菡子马上就后悔了。其实在说到一多半的时候她就后悔了。

菡子一直不愿别人提及她的父亲,颅外科专家,这所医院建立初期的副院长。之所以不愿提及是因为她的母亲,那次未遂的自杀一时间闹得沸沸扬扬,使菡子,菡子的父母,成为这所医院的焦点。在报考志愿的时候,菡子只有两个坚定的想法,一是绝不学医,二是离开这座城市,然而——

"我听说过你母亲的事。她们都说她长得挺漂亮,人也非常安静。"

菡子的身子抖了三下,她喉咙里突然生了点什么,它有尖刺,有黏液。于燕的话触到她的旧疤痕。

"她们说,你母亲很少说话,见人总是带着笑容,很古典的样子。"于燕依然不舍。没有意识到她揭开了菡子的旧疤痕,并且向里面撒了少量的盐。她没有意识到,这点菡子看得出来。

"别人看到的都是表面的那些,"菡子旋转着手上的药盒,她没有注意上面的字,"事实是怎样?可能差着十万八千里。"菡子放下药盒,略略加重了语气,"所以,我从不依据别人的传言判断是非。"

交谈停止了。于燕的手指又开始她的忙碌,手机链上两只白玉小猪相互亲昵地撞击着，没有声响。"我也不是依据别人的话判断什么对错。"于燕又拾回这个话题，显然，她根本就没有将它丢下，"我只是听到一些议论。因为和你有关，所以留了点心。"

"我也没有别的意思。"菡子说，她盯着面前的药盒，"其实我母亲——怎么说呢？在家里，她时常有些歇斯底里，一生气就喘不上气来，咬牙切齿，用力摔椅子摔枕头，一把把撕自己的头发。"菡子的目光碰了于燕一下，"没想到吧。所有人都说我母亲脾气好，她在外人面前也确实是这样。我和父亲都小心翼翼地让着她，但，唉。"菡子对于燕说，"我性格里母亲的成分多一些。小时候，看着她的歇斯底里一发作，我就朝角落里躲，心里还暗暗地想，我可不能像她，我可不能像她。"菡子笑了起来。她觉得自己的声音有些可怕。

"菡子姐，你的脾气这么好——"

于燕的手机又响了，炫铃插入到她们的谈话中："爱一个人能够爱多久，拥抱到天明算不算久——"

母亲的自杀成为疤痕，是慢慢被养起来的，事件发生时它对于菡子来说并不具备疤痕的性质，甚至还有点解脱感……当然，那时菡子还小。那时，菡子还在上小学。

尽管事隔多年，菡子依然清晰记得那天发生的事，它清晰得就像昨天、前天。那天也有很好的阳光，好得温暖，好得让人发懒，放学回家的菡子刚走到院口，就感觉到有什么发生。她犹豫徘徊，然后在混乱的阳光中朝家跑去。邻居胖周阿姨出来叫住了她。多年之后，菡子认定胖周阿姨根本是有意。她一定在门边埋伏着，等待自己的出现。

她是那么说的，她拉着菡子的手，"你母亲自杀了，正在抢救。"胖周阿姨眼红红的，似乎还有点肿，"可怜的孩子。"

菌子没有感觉自己可怜。她当时的想法只是，怎样将自己的手从胖周阿姨黏黏的胖手中挣脱出来，她很不习惯手被那样握着。

"我要去看我妈妈。"菌子说，菌子觉得自己应当说这样一句话。

"你爸爸早去了。孩子，你去了也进不去啊。"胖周阿姨的眼睛更红了，仿佛含着泪水，她的胖手更用了些力气，"先到我家吧，在我家等。我家……家里有葡萄。"胖周阿姨将她搂进怀里。菌子感觉，她身上有一股油和葱花的气味，还有淡淡的汗味。

菌子一再坚持，她才回到自己的家。很好的阳光也投进房间，空气里飘荡着淡淡的灰尘，它们小而轻。菌子放下书包，给自己倒了一杯凉水，用力咽下。她在各个房间走了一圈，然后坐在茶几前，打开书包。

那天的情景清晰可辨，真的就像昨天前天。菌子记得自己将一只鞋子脱下来，用脚将它甩向远处，而另一只鞋却好好地待在脚上。她打开书包，拿出铅笔盒——她忽然对自己的冷静和冷漠感到惊讶。我应当失魂落魄才对（那时她刚刚学会这个词），我应当痛哭流涕才对（这应当是个旧词，作为一个在医院里长大的孩子，她早在认识汉字之前就知道这个词了。甚至有些见怪不怪），我应当哭喊着去找妈妈才对。菌子转着手上的铅笔，她问自己，我是不是有什么问题？我的血是冷的吗？她放下铅笔，用小刀在手上划出一道小伤口，疼。

穿着一只鞋，菌子走到水杯的前面，再给自己倒上水。她就要死了，从此我就再见不到她了，她会变成一个死人，一具尸体，然后是一座坟——菌子还是痛苦不起来。她不觉得这值得伤心，也不觉得死有多可怕。

就像睡觉一样。菌子在屋子里走动，她看了看床上母亲的那个位置，她想从心底呼唤出点悲凉，可悲凉以及其他的情绪都被阻挡住了，被封在橡皮塞的那边,她什么也没有唤出来。只是,光着的那只脚感到了凉。

她找到了药瓶,褐色药瓶。菡子晃动着它,有一小块封蜡残留在空药瓶里,发出细细的响声。菡子将它丢在地上,想了想,又将它放回原处。

那天的情景可以说是历历在目,就像发生在昨天,最多是前天。现在菡子回忆起,她依然能叫出那瓶药的名称、基本成分、形状、功能主治、用法用量、禁忌、注意事项和规格。就从那天开始,第一次,她感觉药有喧哗的声音,有着伸出的手。(这些,她从未和秋子有过提及。)

第二天凌晨,她的父母才先后回来,菡子急忙掩盖起她的辗转反侧,安静得像一只睡熟的猫。她听见母亲关门的声音,父亲似乎没有跟进去,他被关在外面。是的,父亲被关在门外,他一动不动地在某个暗处待了很久,然后,他顺着菡子支起的耳朵,一步一步,轻轻走进菡子的房间。"睡熟"的菡子感觉,父亲在她背后躺下来,出着长长的气,吹得菡子的发梢有些痒。父亲的手搭在她的肩上,他的手有很重的药味儿,缓缓弥散着,菡子觉得死亡的气息也大概如此。她一动不动。背后的父亲,压抑地,抽泣了起来。

带着经久不散的眩晕,菡子回到家里,阳光正在慢慢散去,窗帘上的余晖红得像血。它不是一个好比喻,菡子想,也许会有更恰当的比喻,她对血缺少感觉,可窗帘上的余晖却让她心颤。

那种红,像什么呢?

秋子不在。他应当早下班了。菡子拿起手机,接通之前又飞快地挂掉,秋子手机上也许已显示她的呼叫。将手机丢在床上,将一只鞋甩到一边，穿着另一只鞋一高一低地来到沙发前，躺下，电视从一换到四十，然后又是一、二、三、四。

"你别总是这么心不在焉的好不好？"电视里有个男人在吼叫，盯着面前的女人。

女人没有抬头。她呈现了更多的疲惫。

"我是在跟你说话，听到没有！……"男人的表演过于激烈，有些傻。"我就像是跟一块木头一起生活！"他挥动手臂，将脸侧向镜头。

"你要我怎样？我还能怎样？"女人终于说话了，她的表演有着同样的假，同样的傻。

换台。心不在焉根本不是这个样子，不是。心不在焉没有这样激烈，它更柔软，却也更坚固。十三频道，新拍的《封神榜》，陷入孤家寡人的纣王正在和女娲探讨命运和道德，女娲伸出手去，她想擦掉纣王眼角的血，还是泪痕？纣王闪开了。继续换台。

天黑下来，窗外昏暗一片。房间里电视的荧光在来回闪动。菡子踩在地上，有些凉意从没穿鞋的那只脚缓缓上移。她想起，那瓶氯丙嗪还在她包里，那些药"经过伪装"，被她装在一个空药瓶里——"复方丹参片"。

药片伸出手，它们用此起彼伏的声音召唤着。菡子用力甩甩头，声音小了，它们有些失意也有些不甘。

幻听还是幻视？菡子盯着桌前的药瓶，故意不再控制。小手有了，仔细看过去它并不存在，还是原来药瓶的样子；声音有了，支起耳朵它们也并不存在，药瓶里面没有任何响动。在精神病患者中，我应算是较轻的类型，要自我控制，菡子想。她想，明天上班去安大夫那里问一下，自己算是哪一类型，准确的病名叫什么。她想，如果她向安大夫透露她是精神疾病患者,并在上小学就曾有过,肯定会把安大夫吓坏,医院里很快就沸沸扬扬。菡子悄悄乐了一下,安大夫其实也属于有心理疾病的人,他总爱把芝麻大小的事情看成是西瓜。

在黑暗中,在闪烁的荧光前面,菡子将药瓶放倒,在桌子上转来转去,转来转去。

一连几天,长雀斑的于燕心神不宁,她的心被挂在别处,上班的是一个空壳的人,丢失了心和魂魄的人。

她木然地忙乱着。上午九点,一个护士前来取药,于燕将一瓶硝酸甘油当作白蛋白递了过去,叽叽喳喳的护士看也没看。九点三十分,副院长、内科王主任和护士长一起出现在药房,他们的脸全部阴得发青,阴得可怕。好在没有酿成医疗事故。

于燕被叫去院长办公室,回来时她泪水涟涟,大滴小滴地落着,菡子看得都有些心疼。她将于燕推到一个角落里,"你休息会儿吧。看开些,什么事都会过去的。"于燕的泪水更加汹涌,后面的泪水很快追上前面的泪水,它们连成了片。

肖副主任推开门,那时菡子正在拿药,她留给肖副主任的是一个忙碌的背影,而于燕,她在角落里,双手紧紧捂着脸上的雀斑。

他站着,跟在菡子背后跟了两步,然后朝于燕的方向走去。菡子视而不见地忙碌着,她用余光看见,肖副主任在距离于燕半米左右的地方停下来,他盯着于燕蜷起的身体和染成红褐色的头发。

菡子侧身从肖的身边走过,拿了一盒阿莫西林快速绕过他和她,肖回回头,似乎想找个话题,可菡子没给他机会。肖副主任那里的空气肯定稀少,他多少有些坐立不安——菡子心底泛起一股莫名的快意。

时间在缓缓过着，于燕始终没有将头抬起，她的肩膀一动一动，终于，肖挪动他的步子，朝门口走去。

"你刚才说什么？"菡子侧过耳朵。

"我，我没说什么啊。"肖副主任的表情古怪，脸偷偷地红了，"我就是……我没说什么。"他关上门，像是在逃亡。

"菡子姐，你晚上有空吗？"于燕终于抬起她的脸，"我想，和你说说话。"她的眼泪又涌出来了。

菡子毫不犹豫，"好，有空。"

家里似乎没人。菡子翻出钥匙，打开门，却发现秋子静静地躺在沙发上，手里握着电视遥控。

换鞋。挂好外衣。去卫生间洗手。从卫生间出来，路过客厅时秋子叫住了她，"怎么回来这么晚？"

"有点事儿。"

"什么事儿？"秋子的语调有点逼人，包含着沙子，"你不会给我打个电话发条短信？"

"电话你可以打啊，短信你可以发啊。"菡子使用同样逼人的语调，她径自走回了卧室。

"你是说昨晚吧。"秋子跟进来，遥控器还握在手里，"昨晚来了个客户，喝酒喝到挺晚，他还吵着闹着要打牌，吹嘘自己是牌林高手，客户提出的条件只能尽量满足啊，我和乔主任、司机小刘就陪他打牌了。散的时候已经凌晨三点，我们三个就都没回家，跟客户在宾馆睡的。"

"我没问你昨天的事儿，你不用急着解释。"菡子躺下来，头枕在自己手臂上。

秋子也在一侧躺下来，他的手放在菡子腰上。"我以为你晚饭会回来，就熬了一大锅粥。现在应当还热。"

菡子的鼻孔哼了一声。她没动，任凭秋子的手在那里放着。

"你在想什么？"过了几分钟，秋子问，他的手开始移动，探向菡子的乳房。

"没想什么。"

秋子听出菡子的冷。他的手停住动作，有些僵。菡子能清晰听见秋子的喘息。过了一会儿，僵着的手在缓缓复苏，从一根手指，一根手指，一根手指。复苏的手指对菡子来说是陌生的，当然，躺着的菡子也是陌生的，她并不在场。

她想着的是，于燕的事儿。今天晚上，那个心直口快的泪人儿。某个间隙，她还想了一下昨晚带回的那瓶药，伪装的，复方丹参片。她想我将它藏在哪了？

…………

菡子拿过手机，那时，天刚刚有点泛白，厚窗帘遮住外面，外面显得非常静寂，只是一只蛐蛐的叫声时隐时现，它孤单，无精打采。短信是于燕发过来的。

"菡子姐，你醒了没有？想和你说说话。"

"我醒了。说吧。"

"我一夜没睡，睡不着，越想睡却越清醒。我知道什么是地狱了。"

"傻孩子。"菡子对着手机笑了笑，这个于燕，真善于夸张。"地狱肯定不是你想象的样子，你也永远进不了地狱。别想这些，忘掉它吧。"菡子先选择的"忘掉他吧"，后来，在将信息发出之前，她将"他"改成了"它"。

"咱们的药房里怎么没有叫人遗忘的药？我想要。"

秋子的身体翻过来，他醒了。"这么早给谁发信息？"他用一只手支起身体，他的身体宽厚健壮，挡住一些微微的光线。

"是于燕。"菡子将她的信息发出去。

"于燕？"秋子朝菡子的怀里探出了头，他似乎有些狐疑，"哪个于燕？"

"我的同事，来过咱们家。"菡子挪开手机，继续看她的回复。"你能不认识她？"

于燕的短信又来了："菡子姐，我被压得呼吸艰难。我没有能力应付它。我感到绝望。"

秋子的手搭在菡子的胸上，有力气的手。可他的眼睛却悄悄盯着菡子的手机，因为光线昏暗，秋子的眼睛看上去有点灰。

"于燕，我又开始妒忌了，因为你还有机会说绝望。其实这只是一个阶段，它只说明你年轻，有这个资本。真正的绝望其实是，"菡子停下来，想了想，把手机屏幕挪到秋子能看清的位置，"真正的绝望其实是，你想不出希望也想不出绝望，它们都没有，只剩下日子，日子。周而复始。"她写完，用自己的眼睛去寻找秋子的眼。发现她在看他，秋子将眼睛垂下来，他的头靠近了菡子的胸。

餐桌上，菡子向秋子提及了于燕，她说的是于燕心不在焉而造成的事故，一贯严厉的院长肯定狠狠训斥了于燕，当班的护士甚至护士长都肯定受到牵连。"她也太粗心了，医疗事故可不是闹着玩的。"秋子喝下一口粥，"不过就因为这个，哼哼，这个于燕心也太小了，拿不起也放不下。"

短信又来了："我抵御不了自己的崩溃。我脑子里全是他，全是怨恨。"

秋子用筷子点着餐桌:"什么人都允许犯错误,唯独对医生来说,不能犯。你拿错药了,开错药了,就可能造成一个人没了,死了,这个错还纠正不了。"看得出秋子为自己的话感到得意,他一定觉得自己特深刻,"你说是不是这样?"

"是人就会犯错误。"菡子将短信发出,"好在,于燕的错误没酿成事故。病人和家属都没意识到出了问题。要是让他们知道了,还不把于燕吃了。医院也会因此损失几十万。那是个癌症患者,知道了肯定不依不饶。"

"你是站在医院的立场看问题的,要是站在患者角度……"秋子的电话响了,响得急切而热烈,它打断了秋子的话。秋子拿起电话,铃声却停止了,手机在他手上仿佛一块有点烫手的铁。秋子站起来。他若无其事,朝卧室的方向。

电话又响了。"快使用双节棍哼哼哈嘿",这个彩铃和秋子很不相称,也不知他什么时候换的。"嗯嗯,我在吃饭,在家里。"秋子将声音压低,他朝菡子的方向瞄了几眼,"回头到我公司去谈。好的好的。嗯嗯,一定。"

挂断电话,秋子仔细地按动手机上的键,然后回到餐桌前。"一个客户。"秋子将煎鸡蛋塞进自己嘴里。

"她姓蒋还是姓汪?"

"你说什么?"秋子用力咽下,"你说什么?我听不明白。"他的声音含混。

"我也不明白。"菡子将面前的煎蛋分成四块,她的动作缓慢、优雅。"你那么急匆匆地删除号码干什么?我没兴趣。"

菡子接到父亲打来的电话,说她表哥来了,如果她不忙,最好回家一趟。"我正在上班呢，离不开。"菡子奔忙于药瓶与药瓶之间，她将药单上的药一一取下来，"哪个表哥？哪来的表哥？"

父亲在那端吞吞吐吐。随即声音换了，看来是那个自称表哥的人接过了电话，"我是你姨家表哥啊。忘了吗？哈，姨夫不好意思说，我告诉你吧，我是那个有神经病的表哥，记起来没？我的眼前总出现小人儿、小狗、猫啊什么的。"

菡子早记起来了，只是她不知道说什么好，对这个表哥。"你来……住几天吧。"菡子的话音半吞半吐，她说得有些勉强，住几天，得给父亲找多少麻烦啊，父亲料理自己的生活就够困难了。她很怕这个表哥说，我要住，还真得住几天。

表哥在那端没说住与不住的问题，他只是反复强调，想找表妹买几支杜冷丁，"你姨早不行了，一会儿不用药就喊，可这药人家医生不给多开，说什么也不行。表妹你在医院里，应当有门路。我又不是吸毒。"那端停了停，电话里传过一声尖锐的声响，就像刀子划过玻璃，"表妹别为难，不行就算了。"

窗口处，一张黝黑而丑陋的脸伸过来，他用那只带着黄金戒指的手敲着玻璃："你有完没完？快点快点！让我等多长时间了！"

菡子说表哥中午再说我回家陪你吃饭现在我太忙便匆匆挂掉电话。她将手中的药丢在窗口前，丑陋的黑脸伸出手将药收拢，骂骂咧咧地走了。"真是，什么人都有。"菡子说，可在她左侧的于燕没有附和，于燕正在专心致志地发着信息。菡子发现，手机上小玉猪的手机链没有了，代之的是奥运福娃。它能说明什么？菡子看着于燕消瘦的脸，她的眼倒是变大了。

一个间歇，于燕坐下来，眼睛死死盯着窗外，那里，两株美人蕉紧紧依偎，只是它们的花已经开败，低下头来，仿若一堆彩色的泥。

"菡子姐，你说咱们这样周而复始，天天如此，有意思吗？"于燕的口气里透着几分幽怨，这个缺心少肺的孩子长大了。菡子忽而有些心疼。

"都是这样过的，谁不在周而复始？"菡子倒了杯水递到于燕手上，"我建议你歇班时找几个朋友出去散散心，爬爬山，回来就好了。"

"要是像你就好了，工作稳定，家庭稳定，什么事也不用多想，看你多幸福。"于燕拉着菡子的手，轻轻握了握。"我有什么幸福的，"菡子抽出她的手，"谁的经都难念。至少，你还可以重新选择，可以把话说出来。"菡子盯着于燕的眼："别把自己打扮得像一个怨妇似的，没什么大不了的，哼，那天看你哭，我都有些嫉妒，像我这个年龄当着别人的面哭的权利早没有了！苦也没处说！"

于燕笑了，她搂住菡子的脖子，"你真是个好姐姐。"

短信。是秋子发的，他说有应酬，一个上海浦东的客户，中午不回家吃饭了。交代完这些，秋子加了一句："爱你，老婆。"菡子的鼻孔哼了一声，她发过去："正好，表哥来了，我也不回家。"短信在发出的过程中菡子就合上了手机。

"又卿卿我我了吧。"

"唉，此地无银三百两。"菡子将药单上的药递出窗口，"我姨家表哥来了，找我买几支杜冷丁。"菡子很想说话："他是那种，精神病患者，好在不伤人。上学时我这个表哥就表现怪异，有时上着上着课，他突然莫名其妙地笑起来，老师问他笑什么，他说他看见一只猫和狗打架，猫抓破狗的鼻子，狗用一只前爪捂着鼻子，用另一只前爪继续和猫打。可别人，谁也没看到猫和狗！我这个表哥经常闹笑话！"

"他买杜冷丁干什么？是不是，又是幻听幻视啊？"

菡子低下头，她的手机上有两条秋子的短信。"哪个表哥？""哪个表哥？"同样的短信他发出两遍。菡子回复，"姨家的，你没见过。"

是的,菡子从未向秋子提及过这个表哥,一次也没有。

发完短信,菡子恍然察觉她还没回答于燕,"谁知道呢,中午吃饭时再说,看他是不是还有幻听幻视的症状。"菡子望着窗外,有几个男人提着花花绿绿的礼品盒走进医院,他们有说有笑,其中一个人还朝药房的方向看了两眼。"他也怪可怜的,人挺老实,却因为这个病一直没娶到老婆。我姨急得,她说话从来没有别的事儿,就是给表哥找对象,主题倒是集中。"

"也许,嫁这样的男人挺好的,"于燕笑得略有夸张,"至少挺好玩的。能和他一起看小猫小狗。"

短信:"晚餐咱们请表哥,时间地点你定。"

"要是哪一天,你表哥出现幻视,将面前的人看成是排骨,拿刀剁了下锅——那可就惨了,就不好玩了。"于燕吐了吐舌头。她倒是晴得也快。

"中午,我把安大夫叫去,理论总得和实践相结合嘛。"菡子脸上的阳光也灿烂起来。

晚饭之后,菡子坐在沙发那里刚看了两眼电视,秋子的手机便响起来。他压低了声音。菡子调大音量,从十到四十,频道被她换来换去,秋子从卧室里出来的时候,她还在飞快地换台。

"祥子叫我去打牌。"秋子说。他直直地站在那里。

菡子没有任何表示,她专心致志,盯着一则皮炎的广告,然后是皇帝脚下一片大臣,张国立所扮演的皇帝正在发火。

秋子直了一会儿,然后转身,换下鞋,"三缺一,不去也不合适。"

"我说不让你去了吗?"菡子说,她的手用力按了一下电视遥控,电视上,此时播放的是选秀节目,"哇哇"一片,菡子再次换到另一个台。秋子出去了。

天色暗下来,电视里闪动的荧光有些寒意。菡子打开客厅的灯,几秒钟后,她关掉了电视和刚刚打开的灯。她在床上躺下,四周的黑暗迅速聚拢,她猜测,此刻,卧室里她的眼睛,睁着的眼睛一定也发着类似电视屏幕发出的荧光。"像一个鬼魂。"她悄悄地笑了。

睡不着,当然睡不着,她也没想那么早就睡,眼睛睁着,看着头顶上的黑暗。黑暗有了越来越多的丰富,容下她太多的胡思乱想,那些胡思乱想里带着强烈的酸、甜、苦、辣。她的眼球也连接着味蕾。

不知过去了多少时间。时间有时是黏滞的,让你在里面左冲右突也走不上几个格,而有时又迅速得像骑在顺风中的单车。菡子想,我现在的时间大约属于黏滞的那种,总有那么多那么多,她坐起来,打开灯。

书柜里只有稀稀落落的几本书,它们也相应显得溃败,无精打采。菡子随手拿起一本《菜根谭》,看了两眼便将它放回去。菡子记得买这本书时她正上大学,一个男生向她反复推荐这本书如何如何,她便去书店买了,买了就买了,一直都没看。这本书,也许一辈子都不会看完。将书放回时菡子看见书的扉页上有一块莫名的污渍,它是什么时候出现的怎么出现的菡子竟然了无印象。《医药学》《医药与临床》《海蒂性学报告》,还有秋子的书,《实用化工》《化工辞典》《厚黑学》《商用三十六计》《财富的秘密》……一本金庸的《倚天屠龙记》,只是下册,还有一本被撕掉书皮的书,菡子拿起它。

"因此我省下鸡蛋,昨天烤了些蛋糕。蛋糕烤得还蛮像样呢。我们养的鸡真帮忙。它们是生蛋的好手,虽然在闹老鼠和别的灾害之后我们已经所剩不多了。还闹蛇呢,夏天就闹。蛇糟践起鸡窝来比什么都快。因此,在养鸡的成本大大超过了塔尔先生的设想之后,在我向他担保鸡蛋的产量肯定会把费用弥补回来之后,我就得格外上心了,因为这是我做了最后保证之后我们才决定养的……"

菡子合上书。突然,有一些碎片从这本被撕掉书皮的书中掉下来。菡子将它们捡起,拿在手上,它们是干萎的玫瑰花瓣。是的,没错,它们是玫瑰。菡子将它们又一片一片地放回到书页中去,她对自己的冷感到惊讶。"我的血管里,流动的曾经是冰"——这是谁的诗句?是洛夫,北岛,席慕蓉,还是大学时,那个脸上长满痘痘的男生?菡子将她的右手搭在左臂上,她感觉着脉搏的跳动。她想摸出,其中隐藏的冰凌。

那一夜菡子重新做起她被封在药瓶里的梦。她依然被丢在某个闹市,那里步履匆匆,人来人往。蜷在药瓶里的菡子像一个未出生的婴儿,她赤裸着,用身体来遮挡另一部分的身体。人群在她的周围形成涡流,她在涡流里起伏,摇摆,如同被丢弃的不倒翁。突然一个人的脚踢到了她的腰。她知道她和那只脚之间隔着玻璃,但这不影响她那么感觉——那个人的脚硬硬地踢在她的腰上。

本来,她那么麻木,可这只脚的出现却点燃了她的怒火,那股怒火如同落在汽油瓶上——在梦中,菡子的愤怒立刻塞满了药瓶,让她呼吸变得极为不畅,让她眼前的一切都在模糊……被封闭的菡子大叫起来,她用尽全身的力气,在梦中,菡子能清晰看见自己那张扭曲的脸……

"你怎么啦?"秋子推醒了她。不知他什么时候回来的。恍惚中,菡子感觉秋子的手臂就像电影《异形》中某只怪兽的腿。这条腿,陌生,丑陋,多毛。带着气味的腿又向她伸过来。"去,一边去!"菡子猛地推开秋子,"你给我躲开!"

"你到底怎么啦？"秋子打开床头的灯。他一脸疑惑。

"我叫你离我远一点！"怒火还在燃烧，被叫醒的菡子仍然在其中沉浸，她的胸口堵着一块巨大的石头，让她无比委屈。委屈，委屈来得似乎没有来由，却来了，并且无边无际。

"是做噩梦了吧？"秋子关掉床头灯。他的话语有些冷。

此刻，菡子最受不得这个。火焰将她胸口的石头烧红了，那块石头压不住火。你凭什么这样对我？你凭什么这样对我？凭什么？有个声音越来越显得强烈，它几乎要变成轰鸣，几乎让菡子的身体也跟着颤抖起来："我叫你离我远点！听见没有？！"

"你这是干吗？谁惹你啦？有病啊！"秋子坐起来，他的话语不仅仅是冷了，"不睡觉折腾什么？"

菡子的脚重重地伸过去。她有一肚子的苦水，它们被积攒下来，被隐藏着，被她盖上盖子，但此刻，那个瓶子碎了。

菡子敲开安大夫的门，他和一个年龄不大的女孩坐着，两个人的距离很近。见到菡子进来，那个女孩欠了欠身子，她略显得有些羞涩、不安。

"有病人啊。"菡子将"病人"咬得很重，那个女孩的羞涩又增加了几分。

"是菡子啊，有事吗？"安大夫拿出了热情，"我给你倒杯水。"

菡子挥挥手，"我是来找秦大夫的，给我父亲拿点药。我以为他在你这儿。"菡子撒了个小谎。

"他没来，一上午都没来。今天没他的班吧？"

…………

楼道昏暗，而窗口阳光却灿烂得一塌糊涂，它让菡子感觉自己似乎是置身于某部香港影片里面。那是一部"鬼片",幽灵会突然地附身于某个病人或者护士的身上。医院的楼道和影片里面一样寂静,接着,脚步纷乱,一群人急匆匆地从拐角处出现了。

那群人神情凝重。他们推着一架平车,上面躺着一个中年男人,他的脸上和身上没有伤痕,而脸色蜡黄,眼窝里则充盈着深深的灰。和那群人擦肩而过,菡子对自己说,那个男人已经死了,他现在只是碳水化合物,或者说是一堆聚在一起的器官。她又想起那部香港电影,在电影里,平车上的男人将会被送到太平间,晚上,他会突然复活,并长出两根尖利的獠牙。问题是,这个男人会不会?他看上去应当不是一个坏人。

那群人走得匆匆,其中一个穿深蓝格衬衣的男人肩膀还碰到她的乳房,菡子回头,那个男人已经走过去,她见的只是背影。在后边,有两个女人远远跟着,她们窃窃私语,并不显得悲痛,却分别长出了悲凄的脸。她们也许只会有这样的命运,菡子想。她用力甩甩头,我怎么这么恶毒。

经过向下的楼梯,晕眩如影相随,菡子有点恍惚,她似乎真的走进了那部鬼片里面,虽然没有丝毫的害怕。她只是想知道故事会如何继续下去,现在,她介入了,成了其中的人物,那故事的发展只得改变,它有了另一种可能。

菡子真的很想知道,在她介入之后,电影中发生于医院内的鬼故事该如何来继续。说实话她不怕死亡,一点都不怕,从小就不怕,在医院里长大的孩子,实在见惯了各种各样的死亡,它不用比喻,就是死。死就是那个样子。

走下最后一级台阶,手机响了,是信息提示音。她打开手机,它显示有四条短信,于燕的,刘副院长的,但没有秋子的。怒气又开始充满,将她当成是一个氢气球,她的眼前出现了噼噼啪啪的火花。此刻,必须要躲开能将气球扎破的针,必须!菡子唱起歌来。她劝慰着自己:我没有生气的理由,真的,我怎么啦,必须克制情绪没什么大不了的,我可以充当自己的医生,进行心理调节。这些年不就是这么过来的吗。可是,可是,我积攒下太多的委屈怨恨他总以为我一无所知我每天都在过那种自欺欺人的生活,凭什么啊,凭什么啊,我还只是指桑骂槐,凭什么啊……

"你怎么才回来?"肖副主任将她堵在门口,他挂着一张行政的脸,"你应当知道自己工作的重要性,你晚来他晚来,咱们医院还能办下去么?菡子姐我可是为你好……"

菡子的眼在抖动,鼻子在抖动,她想我不能发作我不能发作可我忍不住了,凭什么啊,凭什么啊,难道是只狗都能咬我两口?凭什么啊凭什么啊……

冷战进行时。

锅锅盆盆,噼噼啪啪,还有相互的冷脸。他们相互不看对方,忽视对方的存在,仿佛床的那边是空气,椅子那边是空气,碗的那边是空气——尽管如此,空气也没多出来,反而显得更少了。菡子不得不粗粗地喘气,秋子支着他的两只脚,装作什么也没听见。

于燕的短信少了,她两天没来上班,病假,菡子发过短信去,直到下午才有一条简短的信息,谢谢菡子姐,我没事。看着短信,菡子突然生出许多的空落。

冷战进行中,她不止一次地想到死。死去。去死。这样的念头变得越来越强烈,她无法挣脱,在她身体里,有横横竖竖的十几条橡皮筋连着这个念头,它几乎就是如影随形。

对此，菌子没有恐惧，她就像一个完完全全的旁观者，没有痛感，什么也没有。她觉得，死亡和她有一种特别的亲和力，就像她在上小学和初中的那些年。

那些年，她会呆呆坐着突然想到死，想象自己吞下比母亲多得多的药片，被人发现时她已经四肢冰凉。她想象自己被平车推进太平间，门在背后重重地关上，将她关在黑暗里。她能听见关门声，这让她觉得奇怪。那时她常对自己说命该如此，命该如此。这是她母亲常说的话，说完这些黯然的母亲要么痛哭一场，要么歇斯底里地发作。她不害怕死去，但一直害怕自己的母亲。后来她才理解，母亲有太多的不甘，她属于那种心比天高却命比纸薄的人。

那些年，她时常会有灵魂出窍的感觉，灵魂悬在一个并不算高的高处，向下看着她自己，看着她的一举一动，完全是种旁观。因为"灵魂"不在身体里，那个她便是一副痴痴呆呆的样子，父亲可没少叹气，而母亲的处理办法则是用鞋、毛巾或者能随手拿到的东西打她，一边打一边骂，自己怎么生了这样一个孩子，一点都不像她。

事实上，她和母亲很像很像，就连她厌恶的那些都像。

那些年，她收藏了许许多多奇怪的药片，有些药的药性她熟悉，而一些根本叫不上名字。它们大大小小地排着，散发出诱人的气息，大约每个星期天菌子都会偷偷检阅一下自己的收藏，为它们的增加而兴奋。在"检阅"中，药片们变得不安分起来，它们伸着小手，诱惑着菌子，偶尔，菌子真的会拿起某个药片用舌头舔一下，或者慢慢将它咽下。菌子的心急促地跳起来，她以为慢慢会有怎样的反应，她可能会因此死去，可结果却是什么也没发生。她还是她，还待在医院后面的那个家里，跟踪父亲行踪的母亲也应当快回来了。

停止收藏药片时她开始升入高中，离家住校，父母将她的房子重新改造了一下，两木箱药片也不知去向。菡子对药片的迷恋也终止了，她遏制住自己，不再去想药片，药片的小手，死亡。上高中时菡子悄悄地喜欢上一个人，她和于燕还提起过，那时她要尽力表现正常些，必须不带半点的病态。她对于燕提及那场无疾而终的爱情，就算是爱情吧，现在想起来觉得很傻。味道已经全无。

后来是这个秋子。和她进行着冷战的秋子，他堵在眼睛里，让菡子感觉不适，不止一次，菡子用余光瞧着秋子木木的表情，想象用一把刀如何刺穿他的喉管，或者将他丢在一口大锅里煮熟。这样想并没有效果，有股气还在她胸口积压着，并一点点压紧，让她喘不过气来。她决定，去父亲家里住几天。"如果不能永久逃避，那么暂时也好/我就要求这片刻/把积在鞋子里的沙砾倒掉"——这是谁的诗？管它是谁的呢，已经十几年不再看诗了，诗什么诗啊。

路上，菡子收到于燕的一条短信："我以为自己找到了天堂，当大门关起，却是在地狱里。"菡子笑了笑，合上手机。她没有回复于艳的短信。她悄悄按了按藏在衣兜里的药瓶。"复方丹参片"，不，不是，这属于假象，里面是什么药她自己知道。

于燕自杀了，刚刚得到消息时菡子认定它是个玩笑，不可能，绝不可能。于燕，怎么会？向她传递消息的人被她的表情吓住了，变得不自信起来。"应当……没错。于燕，不就是和你同在药房的那个……我倒是没见到她死。应当没弄错吧，好多人都这么说……"

菡子给安大夫打过电话，给办公室的刘姐打过电话。于燕，真的自杀了。她有了两个月的身孕。

她怎么会自杀呢？菡子耳朵里满是于燕的声音，它被渐渐放大，菡子的耳朵盛不下了，于燕的声音涌出来，在墙壁和药瓶之间来回碰撞。

她怎么会自杀呢？

"失恋啊，你不知道？她让一个男人给搞大了肚子。掩盖不了了，又想不出别的法子，就自杀了呗。"办公室的刘姐一脸不屑，"你没看出她的反常？我可听说，她有好长一段时间都……心神不宁。那个男人被抓起来了，据说还骗了小于不少的钱。"刘姐挺了挺她的肚子，"现在的男人，哼，没有一个好东西。"

菡子没有搭话。她走神了，走出了很远。刘姐用手指捅一下菡子的腰，压低声音："你真的什么都不知道？哼，我对桌的那个傻种还在打这个于燕的主意呢，要不他怎么跑你们这里那么勤。"

"有吗？"菡子说。她说，"我真的想不到于燕会自杀。她们这些孩子，来得快去得也快，可懂得疼自己呢。"顿了顿，菡子幽幽地说："她倒是表达过死的念头，可我没在意。我想她只是说说，就是我自杀了她也不会，可是。"

"你可别这么说，"刘姐环顾一下四周，"她父母来了，天天来医院闹，你这样说，让他们知道了肯定说你见死不救，那你的麻烦就大了。唉，最怕遇见这样的人。我天天给他们做工作，嘴皮子都磨薄了。你别说，还真的是薄了！"

…………

一个药盒，毫无缘由地从药架上翻滚下来，摔在地上，发出玻璃那样的脆响。它里面的药瓶也许碎了。

"怎么回事？"刘姐的脸色略显苍白，"不是没人动它么？怎么回事？"菡子看看刘姐紧张的胖脸，"没事。也许是我碰到了药架。"她朝着药盒的方向走过去，药瓶的确碎了。

刘姐还在不安，"我就觉得你们药房有点不对劲，刚来的时候就觉得脖子后面发冷。"她再次压低声音,"人家说自杀的鬼魂阎王不收。她没处去啊。"

"她要是在这儿,"菡子环顾一下四周,阳光强烈地透入窗子,给人一种发黏的感觉,"她要是在这儿,我待闷了和她说说话倒也不错。"

菡子扫过刘姐的脸,刘姐的面色变得更为苍白,眼睛里透出一些惊惧来。"所谓鬼魂,都是人用来吓人的。"菡子说。

秋子没在家,房间里依然保留着冷战后的气息,床头的烟灰缸里塞满歪歪斜斜的烟头,卧室里却没有多少烟味儿。菡子瞧着烟缸,端起来,又放回原处。

黄昏的余晖在一点点地散着,它们像松鼠尾巴上的毛,被夕阳抽走,窗棂的颜色缓缓变淡,变暗。秋子还没有回来,房间里却有着残存的冷。那股冷中,带有淡淡的香水气息。

是的,香水的气息!它没能躲过菡子的鼻子。

菡子猛地坐起来,用力,香水的味道似乎没了,它们似乎并不存在。可菡子一定要找到。她俯下身子,一点一点嗅着床上的枕巾、被子、床单……

秋子回来很晚。打开灯,直直躺在床上的菡子让他吓了一跳,看得出,他对菡子的归来有些意外。他为什么意外?

秋子晃来晃去,看得出,他有意在等菡子的表示,在等冷战的结束——可菡子偏不。她的眼睛向上,圆圆地睁着,却目中无人,根本不理会秋子的晃来晃去。

"你们单位的,于燕死了。自杀。"秋子脱掉一只拖鞋,他将屁股和一只脚放在床上,床垫陷下一些,菡子感觉得到。"你不问我是怎么知道这个消息的？"秋子继续这个话题，他卖了一个关子，"你们办公室的一个胖女人，领着于燕的父母找过我，说是了解情况，问你在家不。我说大概要过几天才回来。于燕的母亲可能是个厉害角色，她一直在不停地说，说。"

菡子依然木木的，她还是那副表情。

秋子脱掉另一只鞋。整个屁股乃至身体的全部力量都压在床上，床垫陷得更深了。"听说，于燕还怀着个孩子。她不是还没结婚吗？两条人命啊。"

"以后你不许将她带回家来。"菡子终于说话了，她的语气里包含着碎冰、沙子和灰尘。她给秋子一个后背。

"你说什么？"

…………

"你说什么？"见菡子没有回应，秋子只得又追问了一句。

"我说什么你自己清楚。把话说明白了还有意思吗？"还是那样冷，那样充满了沙子、灰尘和碎冰。或者是更冷，更多的冰和沙子。

"你这话什么意思？"秋子的屁股颤了颤，"你还是把话说明白吧，你是说，我外面有女人？"

"你觉得我是这个意思？当然你做的事自己最清楚。"

"我清楚什么？我清楚……你和你母亲一样疑神疑鬼。你说，你说明白了。刚进家，我本来……你一天天就没个好脸色，大家都堵心你就会高兴？有意思吗？"

菡子转过身，和秋子坐得一样高，她盯着秋子的眼睛，"我添堵，是吗？没意思是吗？我天天都被堵着天天都觉得没意思，我才堵你几天呢？秋子，别和我说谎，你的心思一动我就知道，你想做什么，你做了什么。"

沉默。秋子用力咽下一口唾液,"你,你的瞎猜疑没有道理。我承认有时撒点小谎,那都是些小事儿,为的是不让你生气。算是⋯⋯怎么说呢？善意的谎言吧。"

"那我,还得谢谢你的善意了？"

⋯⋯⋯⋯⋯⋯

大街上。三三两两擦肩而过的人,菡子感觉,大脑的某处是一个空空的容器,现在它装下了喧闹和晕眩。她那么外在于这条街道,这些人,这一切,就像一个幽灵。于燕,假如真有什么灵魂存在的话,大概就是这个样子,她能看见这个世界里发生的一切一切,却是被隔开的,任何的事件都不再参与。菡子想象着于燕死去时的样子,两年前,她曾经见过一个服用氯丙嗪自杀的中年女人,脸色白得阴冷,眼眶则是青灰色的,鼻孔里粘着一些硬硬的血迹。于燕的死也许就是这样,当然也可能不是,她不光服用了氯丙嗪还服下大量的舒乐安定(艾司唑仑片)。药房工作,给她的自杀带来便利。她竟然真的死了。

河边,菡子向下看了几眼,黑黑的河水流动得缓慢,上面被一层雾气和酸酸的气味笼罩着。向下看时,菡子大脑里那个容器出现倾斜,似乎有液体洒出来。菡子的胃翻江倒海,却在喉咙处被卡住了。在菡子大脑的另一个区域,浮现的是一具被水淹死的男尸,送达医院时已经死亡。这是前几天刚刚发生的,菡子能记得那个男人的脸,包括他妻子的脸。菡子想如果被淹死,也应当算是一种不错的死法,只是会有个鼓胀的肚子。

天黑了,人少了,几个满身灰尘的人说说笑笑地走过去,其中一个大约四十多岁的男人还回过头来,狠狠打量她几眼,眼神有些异样。他甚至停顿了一下自己的脚步。菡子的速度没有放慢,她朝前走着。

那个男人追上他脏兮兮的队伍，压低声音说着什么，那些人发出哄笑，歪歪斜斜地走上另一条路。

"我到哪儿了？"菡子有些惊讶，自己怎么会在这个地方出现，周围已经异常陌生，需要仔细辨认。"我怎么走到这里来了呢？"

菡子见到了于燕的父母，他们找到了她。于燕的母亲重重坐在椅子上，而于燕的父亲，则将椅子向角落处挪了挪，他掏出烟来，又颤抖着手放回去。

"你应当知道我来找你的原因，你说吧。"于燕的母亲带着一股凌人盛气，菡子感觉这其中包含太多的伪装，她的盛气是伪出来的，一捅便会破碎，她大约属于那种没见过世面的女人。

菡子倒了一杯水。她缓慢地喝着，然后，她又倒了一杯，将盛满水的纸杯递到于燕父亲的手上："喝吧。这些天你们也累了。"

那就说吧。菡子从和于燕在同一办公室讲起，讲药房里的接触，讲于燕的男友，（她母亲扭过半边身子，昂着脸，用鼻孔重重地哼哼。）讲于燕和男友分手，（于燕母亲站起来插话。她的样子在菡子看来很像自己母亲歇斯底里时的样子，但母亲没有她那么多的判断，没有那么多的唾沫。相较而言，菡子觉得自己的母亲还是优雅些的，即使在歇斯底里的状态下。）讲于燕手机链的更换，（这时于燕母亲回过身去，问身边的那个男人，你没忘了手机吧？收起来了？卡里还有没有钱？没试试能不能打出去？）讲于燕和自己两次长长的聊天。谈到这些时，菡子有意无意做了一些夸张，她把自己渲染成于燕最要好的朋友，两人无话不谈。

"如果不是我去父亲那里，如果不是我感冒了心情不好，我肯定会和于燕再好好谈谈的，她也许就不会……"

似乎是为了证明自己和于燕真的无话不谈,菡子谈起自己小时候对药片的迷恋,对死亡的迷恋,她说自己的这些事只有于燕知道,自己的父母、丈夫、同学,包括同事,都不曾听她提起过,"我那属于一种较轻微的精神病症,在上高中时我就给自己当医生,为自己调节。要不是调节得好,现在我要么在精神病院里,要么早就自杀了。你们家于燕,就缺少这种调节能力。"

于燕母亲的呼吸越来越粗重。"你跟她说这个干吗?你跟她说死啊活的干吗?"她的脸上垂下一条伸缩着的鼻涕,"我女儿是被你害死的,你引她走上绝路……你赔,你赔我女儿!"

菡子没有挣扎。她只是觉得自己大脑里有个小容器晃动起来,一前一后,一仰一合,发出咣咣当当的声响,"我为什么跟她说这些?"菡子无比懊悔,自己到底是怎么啦?

一直沉默的男人走过来,举起手,也许是手里的什么物体,在菡子的头上重重一击。菡子"啊"了一声,她的眼泪很不争气地涌出来……

三天后,菡子刚进药房不久便接到办公室刘姐的电话,电话那端,刘姐显出了热情和关切,在菡子听来,那热情和关切的里面分明包藏着幸灾乐祸。"我一会去药房。跟你说说话。"

菡子将药从窗口递出去,"不行啊,我现在忙死了,拿药的人跟赶庙会一样。下午吧。"菡子挂掉电话。脑维路通、阿司匹林、复方丹参片、皮炎平软膏、诺氟沙星胶囊、连蒲双清片,当药单上出现"复方丹参片"时,菡子的身体震了一下,她想起被自己藏匿的那瓶药,鬼使神差,她的手没有伸向复方丹参片,而是将一瓶氯丙嗪递了出去。好在,拿药的女孩是一个细心的人,而且她父亲住院的时间不短,她早已经熟悉那些药了。菌子被自己吓出了冷汗。

人没有菌子在电话里形容得那么多,很快便稀疏下来,空旷下来。阳光和时间都那样凝滞着,菌子坐在窗口,看在医院里进进出出形形色色的人,就像看一场电影。对菌子来说,这是一场周而复始,永不散场,有些乏味的泡沫剧,她不想再看。

氨氯地平、西洛他唑、普瑞巴林、河豚毒素、六甲密铵片、注射用盐酸柔红霉素、博莱霉素、注射用盐酸多柔比星、头孢曲松钠、百癣夏塔热胶囊、恩博克……

她在药架之间缓缓走动,她身上药的气息越来越重,她是一瓶能够行走的药。似乎是这样。菌子的手指划过那些药品的包装盒,就如同滑过——突然,她听见于燕的叹息,随后,是于燕很具特色的笑,吃吃吃吃……

菌子的身体凉了一下,一股阴冷的风钻入她的体内,她飞快转身,而身后只有药架、药品、空气、阳光和微尘,并没有于燕。于燕的笑声是错觉,这个错觉潜藏在她身体内部,被她偶然释放出来。

她怎么会死呢。菌子想,这个孩子,她其实可以好好活着的。可是,什么算是好好活呢?像自己这样么……

下午两点,刘姐准时地来到药房,她将自己的肚腩放在椅子上,向菌子的方向欠了欠身,"怎么样,好点了吧?不是我说你,你怎么什么话都和别人说呢?……"她压低声音并四下张望了几眼:"以后千万要说话小心。也就是你刘姐,现在医院正在改组你又不是不知道,上午还有人反映说你有精神病史如何如何……你说你是真的有吗?平时不是好好的吗?你不说谁知道?……"刘姐嘴角挂着唾液的泡沫,她眼中有一种特别的光。

菌子盯着窗外,楼道里那样寂静光都死死地不动,没有人来也没有人走。她做出一副认真听着的样子,然而她的心在别处,她走进一片浑浊之中,走得很远很远。

她在想那天的发生。她在想她和于燕的两次推心置腹,两个人似乎是什么都摊开了,说出了,可是于燕却从未跟她提及自己已经怀孕,而菡子,也有许多,没有和于燕真正说出。两个人的推心置腹都是有回避的,她以为了解于燕的全部,其实不是,不是。女人的心,也许永远都不会处在完全敞开的状态,总有太多的不能诉说。

"你怎么啦?"刘姐显出惊讶的神色,"你,你可别吓我,你不会真的,真的是……"

菡子笑了笑,她用力擦去脸上的泪水,"没事,你放心,我只是觉得,有点委屈。"

"我说你是受了委屈是不是?对了,你要提防那个肖,他可是一个总想踩着别人往上爬的主儿,要是别人再问你什么精神病史的事,可千万别承认!""你就说是有人造谣!就说,有人想将你从药房挤走,好安排他的亲戚!你知道不?那个肖,他有个什么表妹从卫校毕业了,狗屁不会,找不到工作,他正在求院长呢!可别让他得手!这个活太监,什么好处都是他的……"

菡子笑着。她盯着刘姐的脸,泪水还是止不住,又流下来。

氯丙嗪:

[别名]:冬眠灵、氯普马嗪、可乐静

[性状]:为白色或乳白色结晶性粉末;有微臭,味极苦;有引湿性,遇光渐变色;水溶液呈酸性反应。

[作用与用途]:本品为吩噻嗪类之代表药物,为中枢多巴胺受体的阻断剂,具有多种药理活性。

(1)抗精神病作用；

(2)镇吐作用；

(3)降温作用；

(4)增强催眠、麻醉、镇静药的作用。

[用法和用量]：

(1)口服；

(2)肌肉或静脉注射；

(3)治疗心力衰竭；

…………

盐酸氯丙嗪

[别名]：盐酸冬眠灵、氯硫二苯胺、盐酸氯普马嗪

[性状]：白色或乳白色结晶性粉末；有微臭，味极苦。

[作用与用途]：为强安定药，用于治疗精神分裂症，躁狂症，顽固性呃逆，呕吐，人工冬眠，低温麻醉等。

[副作用和毒性]：……

甲氨蝶呤片

[治疗分类]：化学治疗。

[主要成分]：本品主要成分为甲氨蝶呤。

[适应症]：

(1)各型急性白血病；

(2)头颈部癌、肺癌、各种软组织肉瘤、银屑病；

(3)乳腺癌、卵巢癌、宫颈癌、恶性葡萄胎、绒毛膜上皮癌……

三个月后的某个晚上，菌子夜班。她当然听到了那份吵闹和混乱，

从窗户的拿药孔里,她看见几个衣衫不整的男人抬着两个满身血污的男人走进医院,急匆匆向里走去。也许是车祸,菡子想,这个时间的车祸多数和饮酒有关。

吵闹远了之后,菡子趴在桌子前面,她懒懒地动了动自己的手指。手指的前面什么也没有,没有笔、纸、药瓶或其他,菡子甚至有了些困倦和疲惫,她的思维开始上飘,像一层浮云。

有人在敲玻璃。"快,拿药!"那人的脸上带着泥斑和血迹,但这些并没有掩盖住他的焦急,反而使焦急更加加重。"快,快,大夫!求你快点!"

生理盐水、甘露醇、注射用诺氟沙星,菡子的目光注视在药单的最后,氯丙嗪。这几个字带着呼啸而来,它们显得陌生,让她晕眩。

"快点,快点!他要不行了!"窗口外面的人敲击着玻璃。

菡子的大脑有些发木。她木偶一般朝氯丙嗪放置的地方跑去。没有。那个位置被阿莫西林填充着,而在阿莫西林的位置,多了几盒维脑络通。维脑络通的位置,是,它们,整整齐齐的维脑络通,它们安分地待在自己的位置上。

"求求你啊,你可是快点啊!"窗外的那个人竟然哭出声来,有两个男人匆匆地从楼上下来了,站在他的背后。他们在说着什么。

菡子感到巨大的眩晕笼罩着她,她想到的是,某个相当遥远的下午,母亲带她去游泳,不到十分钟母亲便自己游远了,她在后面跟着水越来越深而她的力气却一点点丧失。那时的眩晕和此刻的一模一样,她想叫喊但发不出任何声音,水没过了她的鼻孔和嘴巴。那一年,她七岁。

…………

护士下来了,值班医生过来了,副院长也来了。他们看见,菡子像一只丢了头的苍蝇在混乱的药盒间寻找,她已经汗流浃背,她已经泪流满面。

"怎么回事?"副院长的声音淹没在那些人的恼怒和喧闹里,但菡子还是从细微中将它抓住了。她没抬头,仍在那堆混乱的药品之间寻找,"找不到了,氯丙嗪找不到了。"

"是没有了吗?"副院长用力探着他的头,"药房没药?"

"不是,"菡子的泪水流得更厉害了,"不是没有了,是我,将它们藏了起来,现在找不到藏在什么地方了。"菡子有些自暴自弃地坐在地上,她停住动作,自言自语地说着什么。

…………

丁西，和他的死亡

1

某个九月的凌晨，四十三岁的丁西打着鼾进入了死亡，停止的呼吸里还包含着淡淡的酒气。带走他的是一个面容严肃的青年人，长着一张麻脸，一路上，他对丁西所说的话不过就是，跟我走。别问，别问那么多，闭嘴，叫你闭嘴！

尽管突然，甚至偶然，但丁西还是接受了结果：人总是要死的。这种死法也挺好。就是……不听话的眼泪又流出来了，他的手不得不再去擦拭——丁西很怕这一举动被前面走着的青年人看见，好在，青年人只顾自己走路，仿佛后面的丁西并不存在一样。丁西不能当自己并不存在，这样的幽暗已让他十分恐惧，尽管已经死亡，可他依然害怕四周的灰蒙里埋伏着什么，于是他紧跟几步，跌跌撞撞地追上青年人的影子。他竟然没有长着可怕的牛脸或者马脸，丁西想。他竟然也没对自己使用鞭子，也没有枷锁，丁西想。他竟然不怕自己逃跑，丁西想。

长话短说,略掉丁西的汹涌着的内心也略去漫长的、风声鹤唳的一路,他们终于走进了一栋大楼。走到二楼,亡灵审核处——"带来了,"青年人还是那样简略,他掏出一张折叠的纸片放在桌上。"你叫什么名字?"里面的人将纸展开,在一个空白处盖下一大一小两个章,她并没有看丁西。"问你呢!"青年人有些不耐烦,"你好好回答。"丁……丁西。丁西这才恍然,他的声音细小而干涩,也许是一路上不停地抽泣而影响到了嗓子。"住在哪儿?"丁西报上自己小区的名字,门牌号。"工作单位?"——里面的那个人哗哗哗哗地翻着厚厚的卷宗,到这一刻,她还没曾抬过头。

丁西报上了自己的单位,出生年月,家庭情况。说这些的时候丁西已经平静下来,他甚至忘了自己身在何处——"不对啊,"里面的人终于抬头,不过她的脸并没有转向丁西,而是招呼着坐在一边的青年,"你过来,你过来看……"他们的头凑在一起,私语着,把丁西晾在一边。他们俩说着,声音不算太小,支着耳朵的丁西听得清清楚楚——不是这个是这个没错儿我的单子上没有可我的单子上是你你看我这里显示他还有两年零三个月的寿命不可能你看我的单子没错儿就是他啊那肯定是他们搞错了这些糊涂蛋今年都两次了不会吧这种事我还是第一次遇到……支着耳朵的丁西津津有味,然而他并没把内容联系到自己,作为"旁观者",丁西盯着青年人的屁股——"你们说什么?!"恍然的丁西尖叫起来:你们,你们竟然犯这样的错!也太荒唐了吧!激动的丁西眼泪又下来了。

2

我还有母亲她的身体不好我的妻子下岗两个多月了而我的孩子刚上高二在这个时候你们把我抓来你们想没想过我的家人是怎样的感受我是怎样的感受不行不行你们必须给我个说法必须把我送回去哪怕我只有两年的时间就是一天也不行半天也不行我要见阎王爷说清楚你们怎么能犯这样的错你们错得也太离谱了你们怎么能这样工作也太没责任心了我要补偿我相信有我说理的地方等我见到阎王看你们还有什么可说的你们一定要为此付出代价……带他来的年轻麻脸根本按不住他,一向木讷的丁西此刻口里有一条高悬着的河,他那样冲动,以致邻桌的目光也都瞄向了这边——"说完了没有?"里面的那个人终于看了丁西一眼,"还想不想解决?"

不知道为何,瞬间,丁西便觉得自己矮了下去,他的力气也被抽空了。

"你过来。我没说你。"青年人凑过去,他们再次继续刚才的话题,这个单子先放我这儿,我不能给你,这个人我不能收,他不该这时来,错不在我这儿。错也不在我这儿,你看我的单子上写得很清楚,我没有半点儿的错误,你把它给我交上去就是了,至于情况我会汇报给我的上司。不行,刚才我没好好看就给你盖了章,这个单子不能给你,你回去把情况弄清楚了再说。大姐,这不是我的义务,我只负责把人带来,到这里,我的任务已经完成了,错不错和我没关系我只负责我的这部分。难道责任在我?我也不负这个责任,在我这里,这个人不应当这时候出现,他就不能出现。你把他带走。"你让我把他带到哪里去?"现在,轮到青年麻脸激动了,"我把他交给谁?我不能把他养在家里吧?凭什么啊?"

"不好意思,我不能接收。我们没这个权利,也没这个义务。"里面的那个人语速依旧缓慢,并没有半点儿的焦急,甚至,她还拿起一支笔,在手上不停地转着。"我也不能带走。"两个人,就这样僵在了那里。

总不能这样僵下去吧,这样也不是办法……丁西向外面看了看,猜测着,十点多了吧,妻子一定发现自己死了,她在打电话,联系母亲和孩子,联系单位、殡仪馆,也许运送尸体去火葬的汽车已经在路上——丁西探了探身子,清清自己的嗓子,"大姐,你经验多,你说,我们应怎么办?我怎么才能回去?"——"靠一边去!"青年麻脸并不领情,"你插什么话!有你什么事儿!"

缩回去的丁西一肚子委屈,怎么会没我的事儿?这本来就是我的事儿,你们再不解决,我可能回不去了,再也找不到我的身体了。想到这,他又低低地哭起来——当然,在那个场合,他不敢哭得太过悲痛,影响到正在办公的和出出进进的人们。

这样吧,我可以把他领走,你是没有责任。可我也没有。你给我单子,我把他和单子一起交给上司,让他去处理。不行单子不能给你,给你就是我的责任了。不行。没单子我交不了差。我不能给你。谁知道你带来的人不应该死。我把章给盖了。你要拿走,责任就变成我的了,我就解释不清了。可没单子,我怎么和上司去说?那不成了我的责任了?……你回去,让他们再给你出份单子就可以了,反正有底档。这份作废了,我不能给你。大姐,不能你说作废就作废,这样,我拿回去,上司看过了我再送回来。不能给你。我倒不是不相信你,而是……反正你不能拿走。

十点。十一点。别的桌的人过来,听上一会儿然后又转回去。十一点十分,后面来了一个身材高大的黑衣人,他站在女人身后,怎么回事?两个人向人解释,我没责任,我也没有责任,这件事和我没关系,我只负责我应做的。我也是,我只负责……那这张单子……"你不能拿走。"被称为主任的黑衣人声音坚硬,"这件事,你确实没有责任,我会和你的上司联系,看看失误究竟出在哪儿。"可我不拿走单子,怎么向上司交代?要不,请你们给我出具情况说明,怎么说明,就是把情况解释清楚,我是严格按照规则完成的,你们也是,但我们之间出现了……"在证实失误出现在哪儿之前,这个书面的解释我不能开。不过我会和你上司联系的,说明不是你的问题。"

晾在一边儿的丁西认真听着,几次想过去插嘴,但始终没有找到合适的位置。在这个间歇,他好不容易抓住了空闲,"主任,那我呢,我怎么办?"

你先等着!青年人已经很不耐烦,我们的事还没解决,你站远一点儿!现在回去已经晚了,上司肯定会怪罪我拖沓,即使他不说……"你是刚上班不久吧,年轻人?"黑衣人盯着他的脸,"如果你懂事的话,我建议你先回去,和你的上司说明一下,后面的沟通由我来做。总这样耗着不会有任何作用,我想你也不能太不把我的话当话,你的上司也不会这样。"

我还是想要一个证明,证明我完成了我的任务,并且完全按时……

"我们不能开具这样的证明,它不在我们的职责范围之内。"

——主任,那,那我呢?丁西的眼泪又下来了,他控制不住,我的家人一定很悲伤,我不能总在这儿,再说,如果回去太晚,他们把我的身体处理了我又该怎么办?

黑衣的主任很是宽宏,没有理会身侧两个职员关于下班了到吃饭时间的催促,而是静静地把丁西的话听完,"唉,你这事的确让人同情。这是个意外，无法预期的意外。这样，我会尽快和负责此事的部门联系，努力解决好你的问题。你和老周保持联系。"他指了一下已经离开桌子的女人，然后走向了后面。

"我，我怎么联系？"丁西追上走出门口的青年人，现在丁西把他当成是最近的稻草，"我怎么才能知道结果？现在，我家里一定乱成粥了……"我怎么知道，青年麻脸并不想当稻草，他也是心事满腹，真是倒霉，别人干十年二十年遇不上的事儿倒让我遇上了，这是我第三次执行任务，就变成了这样。你别粘着我，停下，现在我们没关系了。

——怎么会没关系了？丁西很是恼火，是你把我带这来的，你就把我丢在这里不管？那可不行！你得把我送回去！你不能这样不负责任！

我为你负责，那谁为我负责？连个证明都不开给我！青年人一把推开了丁西，去的时候上司规定我十点前回来，后面还有事儿，现在倒好，都十二点多了！连饭也赶不上了！

这样吧，被推开的丁西冷静下来，这样，你送我回去，反正也用不了多长的时间，我好好地请你吃顿大餐，肯定不会让你饿肚子。再有什么需要，只要我能做的我一定全力这个你放心，只要你肯辛苦一下把我再送回去……再晚，我怕来不及了。

"我叫你别跟着我了。"青年麻脸停下来，他更为冷酷了一些，"阳间饭我吃不惯，也没胃口。我不会送你回去的，除非是上司要求，否则就是严重违规，这样的事儿我不能做。"停顿一下，他哼了一声，"你以为地府的时间和你阳间的时间相同？告诉你吧，到现在，你其实已经离开五天了。我用的是，阳间的概念。"

五天？丁西一下子，感觉自己掉进了冰水里。

3

等丁西找到临时安置点的时候时间已晚,天暗下来,空气中像凝结着层层的灰色油脂,阻碍着丁西的脚步。"证明。"里面有个声音,丁西看不到他的面孔。"我……"丁西咽了口唾液,"没有……""下一个。"下一个走上前,递过他的证明。"那我怎么办?"丁西再次凑近窗口,这时,他的后面空空荡荡,已经再无别人。

"证明。"

"我没有。我的情况特殊,你听我解释……"

"你不用解释。没有证明不行。这是规定。"

我的情况特殊;没有特殊,在我这里不存在特殊,再特殊你也得拿证明来;那你听听我的情况再做结论好不好,我实在太冤了;我不负责这个,也不想听,我只要证明,拿不出证明说什么也白搭。

丁西还想再说,然而窗口已经关闭,关闭的窗口发出一声沉闷的声响,里面的人已经踢踢踏踏地走向远处,抱着他的大水杯。我太冤了,实在太冤了,你们犯了错误把我稀里糊涂地带过来现在倒好都不管了我连个去的地方都没有连个喝口水的地方都没有,你们这是怎么做事的,你们怎么能这样……一边说着,丁西一边抱着头,在窗口的下面坐下去。"我不走。我要等你们出来。你们终得给我解决。"

……院子里的灯光透出来一些,而四周的黑暗依然那么汹涌,里面还夹杂着风声。好在并不太凉。好在,头上的星星看上去硕大,它让丁西心里的恐惧略有减轻。倚着墙角,丁西的怀里有了大把大把的时间,此刻,他再一次安静了下来。

我现在的处境……丁西想,阳间的事不用想了,暂时不用想了,现在的关键是现在,我如何才能离得开,把属于我的时间要回来。也许我的身体已经被烧掉了,烧掉了,市里规定最多只能存放三天,不会例外。不想它了,只要地府肯纠正它的错误,终会有解决的办法——问题是,怎样让那些部门意识到错误,错误又出在哪儿?丁西想,我明天还得去亡灵网收处,就找那个姓周的女人。是她经手的。不解决可不行。要不然,我就成了孤魂野鬼了。想到这儿,丁西竟然暗暗笑了一下,他觉得自己真有点儿没心没肺。

  设想着明天,其实丁西对明天没有半点儿的头绪,他不知道明天会有怎样的结果,那位周姓的女人会怎么应答他;那个主任是不是还会再次出现,如果他们还用今天的话来搪塞他他又该如何……真是有些没心没肺,丁西想着这些的时候竟然已经全无悲伤和愤怒,他都惊讶于自己的平静,仿佛这个遭遇与他的关联不大,他只是在为某个别人设想和设计而已。他不能不想,即使全无头绪,想不出结果。院子里的灯光已经熄了,仅剩下门口那盏暗些的,它在风中晃动,时明时灭,发出嗞嗞嗞嗞的声响。没想到地府的人这样懒惰,它应当修一修了。想到这,丁西想到自己单位卫生间里的水管,滴滴答答地漏水,在自己死去之前就已经三个月了。领导也看到了,骂了两句,叫办公室找人,后来的结果就是滴水的地方缠了些胶带,可水还是漏。这时,丁西忽然察觉,他来到的这个地府和想象中的地府、小说戏剧里的地府并不一样,很不一样——之前,他光顾着想自己的处境,处境,竟然没有察觉到这点!这个察觉让丁西感觉一沉,有些晕眩。这个地府,和自己所处的城市并无太大的区别:砖墙,水泥,玻璃门窗,大楼,以及这盏年久的电灯;那个带他来这儿的麻脸,他穿的衣服,桌子后面的,女人,男人,那个黑衣的主任似乎穿的是件西服……为了验证,丁西挪下身子,用手摸了摸安置所的墙:没错。就像他所处的城市,不过是早几年的样子。不过,在这里看过去,星星要比阳间的大些,近些。

这个忽然的察觉竟让丁西有些悲凉。

明天……要是她让我去找那个带我来的人怎么办？我并没有他的地址，也不知道……我对他一无所知。不行，我一定要盯住姓周的，一定。她似乎更好说话些。

4

她不在。今天她不上班。我不知道她干什么去了，你后天再来吧。我不能告诉你。这事儿和我说没用，我不了解当时的情况。我是听了一点儿，但具体情况不了解，我没权处理。你等她来再说吧。

丁西对这个"明天"有一万个设想，但此刻的情况还是出乎意料。她不在，周姓的女人不在，他的情况实在特殊没有任何一个桌后面的人愿意接手，丁西剩下的只有等待。"我等不起，我得早点回去！"丁西的声音很响他几乎爆发出整个腹腔里的气，但所有人，仿佛没有带耳朵。他们公事公办，有条不紊。"你们听不到我说话？"丁西实在愤怒，"你们把我晾在这里就完了？我不相信在地府里就没有王法！你们，必须给我个说法！"

那些"你们"无动于衷，他们依然漠然地忙碌着，但不等于说丁西的呼喊没有效果，一个穿着灰制服的人靠近了他：你喊什么？我冤枉，我实在太冤了，我来……知道这是什么地方吧？喊什么喊，再喊就给我出去！我不想的，可是……你别再喊，听到没有？听到了。

灰制服极其瘦小，却有着不可辩驳的威严，丁西只好把声音降下去，我不喊了。站一边去，灰制服指指角落，你往那边站，别影响办公。说完，灰制服就朝门口走去，不再看丁西一眼。

慢慢地，丁西挪到刚刚指定的位置。他的手还在颤抖，腿还在颤抖，心还在颤抖。他站着，在远处看，看那些来来和往往。

交付单，姓名，年龄，职业，工作单位，家庭住址，家庭成员，死亡原因。盖章。走左侧窄门，向右转。下一个，交付单，姓名，年龄，职业……丁西呆呆地站在那里看着听着，伸长了脖子——第二个人死于癌症，就是到了阴间他的脸色也不太好，鼻孔里还有未尽的血。第六个，车祸，进门前一定狠狠地哭过，红着眼圈，此时却又木然起来，两条腿还在抖。车祸，第七个也是，他竟然把车钥匙也带了过来，把问题回答得语无伦次，若不是带他来的职员为他补充，结结巴巴的他不知道会吞吐多久才能把那几个简单的问题答复完成。左侧的门，右转，就在他走近门口的时候突然难看地哭起来，丁西看到，他有两片厚得超常的嘴唇，并且发紫。十一个，一个中年的女人，自杀，她一直低着头，小心翼翼的回答都被含在嘴里，不耐烦的里面只得再次提醒她，大点声，大点！十四个，他带来了太多的问题：兄弟你是哪里人，我怎么遇到这种事儿，吸烟不？喝茶！你喝什么茶，我能不能和家里再联系一下么多事儿我没交代他们办不了，给我十分钟就行，就十分钟，你帮我通融一下求求你了，兄弟知不知道我要去哪儿，按你们的规定我下辈子是人还是狗啊羊啊，有什么办法让我还继续当人我一定报答你我绝对说到做到，兄弟我这辈子也没干什么坏事儿不信你查一查，我吃了太多的苦才有的今天可今天来这儿了……你说我下面怎么办合适？——你有完没完？当这是什么地方？里面的已经很不耐烦，你那套在这里没用！左侧窄门！

第十四个人，略略地硬了硬脖子，最终还是退到一边。在经过丁西身侧他停了一下，打量了丁西两眼，而丁西，也用同样的神情盯着他——认错人了，他说。不过，你真的很面熟。像我一个亲戚。

丁西努力挤出一个艰难的笑，我也觉得面熟——这当然是句假话。

十五、十六、十七是一起来的，车祸，带他们来的人说他们在一辆车上，对此三个人都没有否认。可从丁西的角度，这三个人，完全可以说是陌生人，从一进来的时候就都阴着脸，谁也不理谁，谁也不看谁。消失于窄门，里面的人向负责带路的询问：他们怎么了？是什么关系？——而这，也是丁西想要问的。"朋友，平时很要好的朋友，"带路的那个人拿过盖了章的单子放进怀里，"相互埋怨呗。再说，一投胎，各奔东西，原来的关系也就不算数了，没必要了。"他咯咯咯咯地笑起来，在他的带动下，丁西也捧出了笑脸，他感觉自己笑得也一定非常灿烂。

十点。十一点。大厅里空闲下来，桌子后面开始来回走动，钉子，给我两页纸，还在为昨天的事生气？不了，早就不了，听说引渡司那边……唉你看我手上的这个，好不好看？好看，好看，比安琳的那串漂亮，他给的？这种蓝色很少见。我自己买的，对了上次那事儿，主任可不高兴了，我怎么想得到，他也没说过……

"你还在这里干吗？"灰制服踱到丁西面前，"你不觉得自己该走了？"

丁西有些木然：我去哪儿？我哪儿也不去……好，好。我就这走。

就在他转身要走的刹那，突然有人冲着他叫：丁西，是你吧？是不是你？

5

这样的相遇实在让丁西感到意外，仿佛是一缕突然的光，一块漂到面前的木板，沉在水中的丁西立刻伸出手去：梁世平，是你，怎么会是你？你，不是……丁西心里有了再次的汹涌，他的眼眶又红了起来。

真的是你啊。你怎么在这儿？被唤作梁世平的老人上下打量着丁西：你的身体，你……

唉，说来……丁西忍不住哽噎，我，我冤死了。我，我我真是冤死的……"你慢慢说。不急。"

"说实话，你这事儿，还真有些麻烦。"听完丁西的讲述，梁世平一脸无奈，"像我，来这日子也不少了，什么手续也都全，可是，还是没有个回音，光说让等着，等着。天天这样待着你说烦不烦。"对啊，在我印象里，你都死了一年半了，怎么还没有……我怎么也想不到还会遇到你。

"一言难尽啊。"一言难尽的梁世平向丁西讲述了他来到阴间的遭遇，这里的经验教训颇让新到的丁西唏嘘。梁世平也向丁西询问他离开的阳间，事是与人非，丁西把他觉得紧要的、有关的说了，梁世平自然也是一阵感慨，"我以为，我早就不关心，不关心了……"

唏嘘和感慨之后，是一段不大不小的沉默，两个人坐着，就像两块大小不一的石头。老梁……丁西并没说下去，那件颇有些难堪的事儿他不知道该如何开口。"对了，你现在住在哪儿？"

我没有住处。怎么没有？你不是说你找到安置点了吗，没进去？没，昨晚，我就在院子外面过的夜。那谁说让你去那的？把我带到这边来的人。他说让我去安置点。你不早说。一会儿我带你进去。能不能行。没啥不能行的。可他们要证明。也就是例行公事，能混得过去。我有时带出来，有时就不带，说话的时候别吞吞吐吐的就行。能行吗？能。走，现在就走，还没吃饭吧。没……好吧，我先带你吃东西，这里我熟悉。至少比你熟悉。

梁世平说得没错儿，阴间的饭菜的确没什么滋味，丁西感觉自己嚼的仿佛都是湿透的纸。四碟小菜，没有鱼肉，梁世平竟然也没问自己要不要喝一点儿阴间的酒……路上那个热情的梁世平很让丁西不太习惯，要知道，活着时的他可不是这样，而坐在餐桌前，这个梁世平就是丁西原来认识的了，他还是那么小气，吝啬。等我领到家里送来的钱，我一定要先请你吃，吃好的。"阴间的花销……要钱的地方多着呢。能省就省，我比你有经验，老弟。"

梁世平说得没错儿，由他领着的确没费什么周折就进到了院子，忐忑的丁西并没受到任何的检查。"条件还行，三天洗一下澡，就是睡得挤点儿。"梁世平回过头，拍拍丁西肩膀，"紧张什么。用不着。对了，这里没有镜子。我来地府这么长时间了，没看到一面镜子。我不知道你怎么样，反正我没有照镜子的习惯。"

我也没有。丁西说。老梁，我就跟着你了，丁西说。"那是自然。在这里，见个熟人还真不容易。"梁世平在床角处拉出一个旧柜子，在里面翻出一张旧证件，把它递到丁西的手上："你先用着。要是自己出去，给他晃一下就行。"是你的？丁西打开，不是，上面的姓名是常芸，一个女性的名字，照片也是。"我捡来的。没关系，要是不放心你就用我这个，我们换换。"还是我用它吧，这已经……丁西有些激动，老梁，怎么说呢，当年……我那么待你，你还……

——让一下。丁西被打断了，来的人头也不抬，径直走到床上去。这时丁西才发现，这张床上，竟有四床被子，而那边摊着的被子里已经躺了两个人。

"不用管他们。"梁世平说，"明天，明天我和你一起去。毕竟我熟悉些。反正我也闲着，这样也有点儿事做。"

6

有了另一张口和另一个大脑,丁西感觉有了某种的支撑和依靠,虽然,这张口和这个大脑在生前与他并不是非常亲近,但死亡和死亡后的相遇,使他们间的关系一下子密切了许多。老梁,你说我该怎么办?

两个人商定,反正今天审核处姓周的女人也不会上班,他们不如先去亡灵网收处,让他们理出错误也好。"就这样。""关键是,你得认得那个带你来的人。"

你们找谁,那个……哦,青年人,是个青年人,他好像刚工作不久,他的脸上……哦,我明白,你们是说,那个,麻子,是不?是是是。他不在。他昨天下去了。今天有七单任务需要完成。你们要不明天再来?他明天应该没什么事儿。可我等不及。我……那好,你说是什么事儿?

对面坐着的这个人如此和善热心,是丁西所没有想到的。他悄悄看了梁世平一眼,而老梁也正朝他的方向瞄过来:看来,这样的人和事他也不经常遇到。"我,我本来是不应该在这里的……我还有寿命。可是一个错误,荒唐的错误把我带到这里来了。"哦,你的事,我倒是听说了。哦,你看我们的工作,繁重,琐碎,每个人都尽心尽力,从来不敢有所懈怠……我们得负责,只能更好地负责,是不是?因为任何一个小小的疏忽,都可能导致……大意不得,当然大意不得。我们得按照程序来,严格把关。

——"那,我这事儿……"

我们很重视,我们的上司也很重视!你放心,一百个放心一万个放心。你想,如果不是重视,怎么你一说还没说完我就知道呢?那天,哦,前天吧,昨天?反正他一回来就和上司说了,然后我们专门召开了会议……

"那,你们如何解决?"梁世平插话,"他现在急得不行,也不知道怎么办。"

是我们的问题我们立即纠正,但不是我们的问题我们也会……当然我们的工作也存在问题,与有关部门的沟通协调不够,这个,我们已经引起了注意,今天上午我们上司分别与三个部门进行了联系……

"我们能不能,好,感谢你们所做的努力,问题是,他的事,如何解决?不能总让他在地府里等着,得及时,要不然就是解决了他也回不去了。"

我说过是我们的问题我们会立即纠正。"那不是你们的问题吗?"不是。我们在事情出现之后立即进行了核查。我们有一套极其严格的规章,我们是按照规章办的,在这事上,我们不承担任何责任。

"那问题出在哪儿?"丁西几乎又要哭出来了,他从来没这样无助。

你别急,别急。你看,我们的底联,没错吧?你再看,我们的上司给我们的任务单,制式,内容,印章,都没有错吧?我理解你的心情,极为理解,要知道我们也都在阳间生活过……只要找到了问题,我们一定会有解决的办法,在这点上,我们的目标一致,目标一致,是不是?

一肚子委屈的丁西点点头,他努力忍住,但脸上的肌肉却无法掩饰。"你们办事的效率太低了,"梁世平把手搭在丁西的肩上,"我们很希望知道,我们现在怎么办?是不是他的死就白死了?"

——这位老人,你可不能这么说,我们工作一向讲究效率,当然前提是严谨,是不犯错误。我极其欢迎你提意见,如果是对的我也会好好接受。这点也请你放心。不过,你看这事儿,问题没有出在我这里。我们没有责任,是不是?刚才所有的材料我也都请你看了,要知道,这些,都是在你们没有来查询的时候就已经完成的。也请你们能够理解我们一下,我们天天……

"你们是不容易,我刚才——情绪上有些激动,不好意思。"梁世平只得收回,"我想问一下,下一步,下一步我们该怎么办?"

哦,我觉得有两个方向。一是,你们可向我们的上级部门反映,让他们提供帮助。其实我们已经联系过了,他们说没问题,错误也不在他们那里……如果你愿意还是可以再去一下。二是,为什么你们就不觉得是那边出的错?其实,错误更可能出在……我没别的意思,我只是说,有这个可能。当然,这可能是你不愿意接受的结果,一年多两年的,哦,如果按阳间的时间计算还有十年呢,你不愿意接受是可以理解的。但问题是,也有这种可能。你说呢?

丁西没有答话,而是把目光转向梁世平:他更有经验,尤其是和地府人员打交道的经验。梁世平想了想,他接受了建议:这样,你给我出个证明,证明你们没有出错。这样可以吧?——不行。声音是从后面传来的,丁西愣了一下,然后转过身子:是那个麻脸。此时,那张麻脸阴得可怕,头上、身上湿淋淋的,仿佛经过了一场暴雨。

为什么不行?我说不行就不行。你为什么说不行?因为我没有错误,我是按照规章来办的,连半点纰漏都没有,所以这个证明不能出,用不着。

说着,那张麻脸转向里面的人,把公文夹递过去,完全漠视着丁西的存在。丁西感觉,自己的身体在抖着,抖得厉害。

——你这样不行嘛。这个态度可不好。里面的人说。这事儿,你甭管了,我来处理。

你不知道这个人多么讨厌,无理取闹!昨天非要跟着我,我好说歹说都拦不住他。你不知道我昨天受的那鸟气!他们把单子收了,却不要人,也不给我证明……

里面的人不再理这张麻脸,他依然换出和气的样子来:你叫……丁西,好,丁西,我给你开个证明。也不能怪他,这事儿的确没我们的责任是不是?我们给你开证明的确不是分内之责。但人得有恻隐之心,我就看不得别人可怜,当然我们的工作也要求我们尽可能地为你们做好一切可以做的……麻脸的脸色更沉,可是,他也没再坚持。

你收好证明。里面的人在把证明递过来时同时又递过来一张纸:这里也需要你填写,其实也没什么,就是在非常满意或满意栏下画勾。我希望是非常满意,这也是实情对不?哦,后面……你肯定不会不太满意,也没不满意,对不?再说那两栏一般不会填的,有时会有意想不到的后果……是,百日考核,其实不考核的时候我们也是如此,对待工作我们一向尽职尽责……好,你的表现很好,这样,你可以去了。我建议你先去那边,再审核一下。

"我能,我问一下,我需要给他也填张表吗?"丁西有意平静,他指了指一侧的麻脸。

——不需要。

7

……第 N 日,他们去了一趟亡灵审核处,略过其中的周折,丁西的手上又多了一张证明,其内容和在登记司的基本一致:证明兹有新亡灵丁西男××岁其阳间住址为××市××区××街××小区××号于×年×月×日死亡来我处报到新亡灵在亡灵网收处登记时间与我处登记时间严重不符经审核我处登记时间为×年×月×日经手人周××……"我们跑了这么多天，只有一个这个……它有什么用？问题在哪儿？谁负责？""它至少证明时间不符。的确不符。"第N+1日，丁西和梁世平，亡灵网收厅，被告知需要等待：我们在内部审察，三日后正常办公。第N+4日，他们被挡在了门外：亡灵网收厅正在接受上级部门的检查，不办公。之前的内部审察和这有关系，但关系不大。走开，没什么可讨论的，如果想办事儿最好乖乖地听话，再说，你们和我一个看门人较什么劲？我的职责就是，把无关人员拦在外面。请你们配合。

好吧，梁世平拉住丁西，算了，这样，我们去一下通邮司，看你家里给你送什么东西来没有。吃不吃饭关系不大，衣服也应换一换了，好在，在阴间，我们没有具体的肉体，不会有多大的味儿。算了算了，走吧。

街角的通邮司里熙熙攘攘，挤满了等待领取的人。丁西和梁世平在一个角落里坐下，丁西把头深深地埋在臂间。"想家了？"梁世平拍拍丁西的肩膀，"我第一次来也是。通邮司的职工问我，我竟然一把鼻涕一把泪，就是说不出话来。慢慢会好些的。"

终于轮到了丁西，姓名，证件。梁世平的手指捅捅丁西的腰，拿审核处的证明，或者网收处的，都行。快。丁西把两份一起递给满头大汗的灰衣人，他扫了两眼，不行。这个可不行。怎么不行，这里有名字，地址。我们不认这个。你得拿证件。你不知道什么是证件吗？灰衣人的语调略有鄙夷，他擦着头上的汗，看，墙上贴着呢，如果你没带就下次再来，下一个。他没有那样的证件，如果有早就带来了。他的情况有些特殊……死的人哪有不特殊的，我们只认证件，让他去办证吧，办好了再来，这有什么难。下一个。你能不能通融一下他的情况真的极特殊你看证明上写得很清楚——不好意思我做不了主不是我不想通融可出了问题谁负责？不按照规定办理我无法交待请你也理解我的难处。你没看我忙得，下一个。

走出通邮司的门，梁世平拉住丁西，你在这等着，我再试一试。他们的副司长和我还熟。看行不行。你等着。

阳光很厚，厚得有些虚假，而风还有些凉。在街角处坐下，丁西盯着来来往往的亡灵们，他们的来来往往那么虚幻，丁西盯着他们，心在别处。他的心在别处：想着自己的母亲，妻子，孩子；想着自己，自己的身体，它肯定已变成了烟尘，成了灰，成了消散；想着前夜的那场酒，在那时，自己还那副嘴和脸，简直让人羞愧。他想着，自己母亲会怎样面对自己的突然死亡，自己的妻子，她会怎样面对，早上醒来，身侧是一具半裸的尸体，霎时间，她会哀伤还是惊讶，她会……这么多年，这一路，近着远着，亲热着陌生着，小心翼翼地保存着的……他忽然多出了愧疚，一下子，那么多，简直可以淹没掉他。他想着，人情之冷或者之暖，哪些人会用哪种的表情出现在自己的葬礼上；关于自己的生平，悼词，以及熟人们心里的评价……丁西仰起头，试图让自己的眼泪别流下来，试图让流出的眼泪再回到眼里……阳光很厚，有不少更亮的光斑在闪烁着，却少了些温度。对短暂一生的回想让他波涛翻滚，而眼下的境遇同样如此——

走，可以了。梁世平过来拉他，并不看他的眼和眼里的泪水，老梁这一细心的忽略让丁西暗生感激。回到通邮司，另一个略胖的灰衣人冲丁西点点头，你们过来。有你的，在这里了。

衣服，都是旧的，他穿过的和几件没有穿的。可是缺少了袜子。几张照片，丁西的被子，其中一床他似乎没有盖过，那种花色很是老旧，他记不起来。纸车和纸马，梁世平说它们可以变成真的，只要购买一张地府邮管处的符；但现在的阴间也很少用它们了，占地方，甚至可能因此遭受惩罚，不如像他们那样，把它们交给通邮司处理。说着，梁世平压低了声音，这是我答应了的。小损失得受，不然没证件其他的你也拿不走。"好。你安排吧。"说着，丁西缓了一下情绪，从收到的钱包里抽出几张纸币，又抽出了几张：老梁，朋友们都辛苦了，给他们……我刚来，不知是不是太少。

……从通邮司出来，丁西执意要请梁世平吃饭，推辞不过梁世平也就去了。席间，两人很少说话，只喝酒，但没有喝出任何的醉意来。一夜，丁西在床上辗转，直到天亮。他想睡在身侧的梁世平应当会有察觉。

N＋5日，丁西陪梁世平去了一趟转世审核局，去那儿是丁西的强烈要求：你总帮我，不能总是我的事。虽然你走了我就少了依靠，但我不能光想着自己。人山人海，丁西没有想到那里集中了那么多的亡灵。排队，拿号。他们拿到的是1234号——"没戏。今天肯定排不到。"梁世平拉着丁西离开，路上，他们路过"畅直镜观处"，一栋墨绿色的房子——"你想不想给家里人托个梦？"梁世平停下来，指了指那栋房子，"如果你有什么特别重要的事儿，没来得及和家人或者其他什么人说明白，可通过这家公司给指定的人托个梦。""好啊好啊，就是没事儿，也希望能和家人联系一下，你说不是吗？""是啊。不过我得告诉你，价格有些过于……你先去看看吧。"

里面的光线极为特别，它一直在变换，变换，但丁西找不到这些光来自何处。墙上贴着许多关于"托梦家人"的广告，略显有些陈旧，有两幅广告上还有污渍和划痕，看得出很长时间都没更换了。——你们来办什么业务？是给家里托梦吧？是不是首次办理？我们现在有个优惠活动……进入阴间之后，这是丁西遇到的第一个如此热情的人，而且她穿着一件小款的粉色的上衣,这样的制服丁西也是第一次见,他还以为,很自以为是地以为,在阴间是不能有粉或黄的出现呢。她说,她贴近丁西和梁世平的面前,这时办个卡其实更为划算,那样你可以在一年内……我想你也已经了解地府里的效率,我可没有任何诽谤的意思,我是说,总得排队吧,总得一部门一部门地过吧,一年的时间肯定是快的了,三年五年的都有呢,现在阳间里人太多,而地府里的工作人员却一直没有增加多少……优惠22%,这样你可省不少的钱呢!我建议你办一张,办一张吧!

我,我先看看,价格……

不贵,不会贵的,相对于其他托梦的商家,我们绝对是最为便宜的,但质量上又有可靠保证!而且,可以有各种方式供你选择。你要不要我向你详细解释一下?

好。

托梦,分三种类型,当然它们的价格也会有差别:A类,是片段式的,可以显示你在某地的出现,或者你想提醒的某个场景、地点什么的,但不能连贯;B类,是暗示性的,比较隐晦,需要接受者自己猜测、解释,一般而言你的提示接受者会想得到,否则,它就没有意义了;最方便最直接也最可靠的当然是C类,我们可以让你直接在接受者的梦里出现,说出你最想说出的话,说出你的心愿或者秘密,当然在价格上也最贵。再贵也值,不是吗?要是选择了A类B类亲朋好友不理解怎么办,误会了怎么办?梦,可以是黑白的也可以是彩色的,当然彩色的会贵一点儿,也就贵一点儿;如果说,你感觉托一次梦不放心,也没问题,我们可以安排两次、三次或者四次,最多不超过五次——地府对此有严格规定。在时长上,也分不同的价格供你选择,单次时长不能超过二分钟,以阴间上的时间为准,这也是地府明文规定。这是具体的价格，你看一下。

"这也太贵了吧。"丁西暗暗盘算，他求助地向梁世平望去。"是太贵了。""怎么会贵呢？你们当然知道，这时托给家里人、最重要的人的梦是多么珍贵，花多少钱都值，应当是无价的！再说你们托了梦，接受者怎么不会给你们送大批的纸钱过来？冥币面额看着大，可没阳间的钱值钱！你看看我们的这些设备，我们还要有众多的亡灵工人给你们传递，阴阳的阻隔可比千山万水的阻隔大多了，险多了，这条路你让别的什么亡灵走走试试！能在阴阳两界行走……没有专门的渠道，没有专门的技术是做不来的。你知道这一路多少关卡，我们得交多少买路的钱——你要是知道其中的门路，你会觉得这钱花得值，太值了……"粉衣女孩口里简直有条川流不息的河。"是值，"丁西用力咽了口唾沫，"可是我的钱不够。""那少花点儿，就一两次黑白的，片段的，总可以吧？对活着的人也是安慰。这个安慰，你在别处还真买不来。""还是，算了吧，"丁西再次把头转向梁世平，"我不想买了。我们要不，去别处看看。"

"你就这样不关心家人？阳间就没一个让你留恋的人？"

离开镜观处，丁西一直默默回想粉衣女孩的那句话，要不是他确实带的钱不够，他还真会托一个梦给阳间，至于托给谁可以再斟酌。你给那边托过梦吗？丁西问。托过，A类，就一次。又没什么大事儿，不值得花那么多钱。梁世平说。给老嫂子？这次，梁世平没有回答，而是望着天空：你看看，太阳在哪儿？阴间有白天和夜晚，星星也能看得见，可就是看不到太阳。真是奇怪。

丁西也抬起了头。是啊，真是奇怪，他才意识到，的确没有太阳，但阳光却厚。是不是地府在地下的缘故？不知道。我也没有见过鸟。一只也没有。奇怪。是啊，奇怪。要是一直在阴间生活，那他到了阳间会不会也感到奇怪？不会，不会。因为，在投胎前，转世安置局会给灵魂们每人一个小药片，含在嘴里，你就会遗忘掉之前的所有发生。阳间说，给人喝孟婆汤，一个意思。不过我听这边的人说，转世安置局里一个姓孟的人也没有，更没有老太婆。

好像还有时间……我们接下来做什么？

8

第 N + 12 日，亡灵网收厅给予答复：这个证明是无效的，它无法证明哪一个时间才是正确的。发回第二十一亡灵网收处，请查对后再次开具。第 N + 16 日，亡灵网收处似乎还是旧面孔，不过表情、态度都有了变化：我已经开了证明，我只能证明时间不一致，哪个时间是正确的我还真不知道，但在我们这里我们的时间是上下相符的。我没办法开那样的证明，它不在我的职责范围内。我只是一个小吏，小吏，你懂吗，我得时时处处谨言慎行，越权的事儿我可不敢。不行，不行。我也不能要求上级部门，你给他们查一下，怕在阳间你们也不能吧？就是，你们不能为什么我就能？我也不能。N + 17，亡灵网收厅：问题肯定不出在我们这儿。你不用查，我可以保证，我在这里干了近二十年了，从来就没有出过错——何况是这样的错误。你应当相信。我不会给你看我们批文的档案的，这不符合规则，它需要保密。好，我记下来，姓名，年龄，死亡时间，亡灵审核处的时间……三天后你再来。N + 21，亡灵网收厅：我查过，我们的确没有错。证明不能开，我为什么要给你开证明？没这样的先例。我说不行肯定不行，你找谁也不行，这事我做不了主。第 N + 27 日，亡灵网收厅：我只能给你证明你来过。我们经查无误，情况属实。不过我也告诉你，你的做法是错误的,你会为你的做法付出代价的。

N + 29 日,亡灵网收处:错误不在我们,现在已经明确,我们的上级部门也给你开了证明,问题很可能出在亡灵审核司。你找他们去吧。N + 30 日,亡灵审核司:我们没有任何错误,失误也没有。我们已经自查过多次,毕竟,像你这样的事多年也不会出现一例。我可以给你看登记底联,这已经是违规了,按理说是不允许的——你只能看你的那部分,别看他人的。

亡灵网收处:我们没有错。我们是准确的。

亡灵审核司:为什么认定错误出在我这儿?我们更是准确的。

亡灵网收处:我们给你开过了证明。

亡灵网收处:我们的证明当然有效。

亡灵审核司:你去那边问。

亡灵网收处:这件事儿和我们没多少关系,我们只是按规定办。

亡灵审核司:我们是按规定来的。你去那边再问问。

亡灵网收处:三番五次,你们烦不烦?不要再来了,我已经给了你证明。还要什么!

亡灵审核司:证明早开过了,三番五次,你们烦不烦?不要再来了!

亡灵网收处:你已经影响到我们的正常办公,这对你没任何好处!

亡灵审核司:你已经影响到我们的正常办公,这对你没任何好处!

亡灵网收处:还写信告状,哼,那你接着写,我不会再管你的事儿。好说歹说不顶用,你告去,不过我告诉你,网收厅完全支持我们的做法,这件事,我们没任何责任。

亡灵审核司：我们没任何责任。若不是看你可怜……

"现在，我该怎么办？"丁西说，"老梁，我撑不住了，我感觉自己像一只没头的苍蝇，在我面前竟然全是墙壁，墙壁，越来越窄，我本不想撞上去可我没有任何的办法。我想不出办法来。"丁西说，"老梁，和我在一起让你也受……现在，我自杀的心都有，要是能再死一次要是再死一次可以解决我他妈的就再死一次……""我理解你的心情"，梁世平说，"我也是这么过来的。没完没了的等待，无处不在的漠然，现在，我觉得，在阳间过的都是天堂的日子。"梁世平向丁西递过已斟满的酒杯，"别多想。总是有办法的。"丁西接过酒杯，和老梁碰了一下，然后一饮而尽："你说办法在哪儿？"

"等着吧。办法终会出现的。"

"要它就不出现怎么办？"

"那就接着等。"梁世平伸长了手臂，拍拍丁西，"别以为我的境遇会好很多，别以为，和我们睡在一间屋子里的那些人会比你好很多，其实，都差不多，一个样。但你不能总那么闷着是不是？你还得给自己找些乐子。"

"老梁，感谢你，要不是你在身边，我真……唉，我也得向你说声对不起，在阳间的时候……这个死，让我想明白了许多事。"

"你还是不明白。"梁世平独自喝光了自己杯里的酒，"你以为明白了，其实没有。过些日子，你又发现你其实根本就不明白。"梁世平盯着丁西的脸，此刻，他的眼里竟然也有闪过的泪花："老弟，我也是这样啊。我倒觉得，自己越来越糊涂，越来越糊涂。干脆不想。什么都不想。你得学会忘。"

"我也愿意自己不想。可事儿，就摆在这里……"

——哎，你，你是……对不起，又认错人了。站到他们面前的那个中年男子拍拍自己的脑袋，你和我一个亲戚长得真像。他脸上，这边，有个痦子。那个男人在自己脸上比画着，实在太像了。

"我们见过面。"丁西说。丁西说完那个男人也有些恍然："对，对对对，就在我刚来这边的那天，在报到处，不，审核处！你们，就两个人？"

梁世平拉过一把椅子，"是啊，我们俩原是同事。你坐，你坐。"

"不了，我还有朋友，新交的朋友，这边的。朋友总是越多越好。"那个男人略略俯了一下身子，"你们喝你们的，有机会，我请你们吃饭，亲戚，我从看见你就感觉跟你亲，可别驳我的面子。我的朋友来了，我过去招呼一下。"

望着那个忙碌的背影，梁世平问，这个人是谁？陌生人。丁西回答，他总是认错人。对了，老梁，从明天开始，你也就别跟我一起去跑了，反正也不会有什么进展，我也不再抱希望，还让你跟着受委屈……

"你不能拒绝我，"梁世平说，"兄弟，这是我的需要。我和你一起去跑，无论有用没用，我都觉得还有点事做。不然，闲也会把我闲死的。在阴间，再死一次可不容易。"梁世平笑得沧桑："就当帮我，打发时间吧。"

9

不知何故，没有太多滋味的酒竟然让丁西有了些醉意。他喝得也并不比梁世平多，而梁世平却毫无感觉。离开酒桌的时候丁西的头有些沉而腿却在发软，只好由梁世平扶着走回临时安置点。在门口，门卫拦下了他们：证件。

天天来回，这么熟了还要什么证件。我的脸就是证件。尽管这样说着，梁世平还是把证件拿了出来，在门卫的面前晃了晃，然后又放回到兜里——不行，你得让我看清楚了。你今天怎么啦？老梁有些生气，他把证件丢给门卫，看，行了吧，我们可以进了吧！难道是什么衙什么署，混到这里来能干什么！说着，老梁拉着丁西就往里面走，门卫再次伸出手臂：他的。

他和我是一起出去的，早上你是看到的！你拿给他看，真是！老梁从丁西的怀里掏出证件又晃了一下，行了，行了，都是自己人。不行。拿给我。门卫一副僵硬着的表情，这是我的职责。请你们配合。

……结果是，丁西又一次被拦在了外面。你等着，我去找你的证件，肯定是你们俩拿混了，我找她去要。梁世平冲着门外的丁西喊，用着故意的大声，你别走远。我马上就来！

丁西没有走太远，他就在院子的外面，从大路走向小路，从小路走回大路。天渐渐黑了，路灯亮起，累了乏了倦了的丁西干脆靠在路边的树上坐下去，他盯着远处。远处，一个人朝他的方向走过来。

怎么又是你，你在这儿干什么？

没事儿。丁西背过脸去，可那个男人却似乎没看出丁西的不满而径直走到他的身侧，蹲了下去。别介，别什么事儿都自己扛着，说来我听听，也许，我能帮上点什么。多一个朋友多一条路。

的确没事儿。丁西并不愿意多说，面前的这个中年男人让他不适，他觉得自己再说一个字都是多余。

算了吧。我知道你有事儿。那个男人换出一副表情，你没有理由信任我，你可能误解我的热情里会有什么企图……不是，我没那个意思，丁西解释，我只是，我的事太难了。我不想……别把事儿想得太难。要想办，一定会有办法。到现在，只要我想的，我还没有什么办不了的事儿。那个男人颇有些自得,办事儿,你得拿出办事的态度,态度,态度你懂吗?别端着,也别太傻了。要善于钻,善于粘,善于啃,更要善于交朋友,各类的朋友,你还真不知道什么人能在什么事上帮到你……丁西听着,看得出,那个刚喝酒回来的男人心情不错。我今天请的这边的朋友……具体我也不多说了,有个认识不久的朋友,现在是铁哥们儿,他也就是一个看门的,挺倔的一个人,可就是跟我好。想不到,他竟然帮我办成了大事儿!颇为自得的男人从怀里掏出一张纸,展开,递到丁西面前:看,转世安置局的安置计划书,五天后,兄弟,五天后拜拜!他有意压低声音,哥们儿转世,还是人,而且是一很有势力的大户!

五天?!

从明天算起。本来还可以早点儿的,但那边没有合适的人家,而这边还有些事儿没有料理完,有些帮助我的朋友我得一一答谢不是吗,人走茶凉的事儿哥们从来都不干!有句俗话,没有过不去的火焰山!五天,这五天里,我要是有空儿,一定请你喝酒!

谢谢。

别客气。我也可以介绍一些我的朋友给你认识,还是那句老话,多个朋友多条路,还真不知道哪块云彩下雨。

是啊,我也很高兴认识你这个朋友。

这样就对了。走啊,在这里坐着干吗,还不回院子里去?

你也在这里住?我怎么一直……

我在院里住,住在后排,单间。平时我就走后门,今天是喝得高兴,想多走段路,才到这里的。走,咱们一起回。

不了,丁西拒绝了那个男人,我再待一会儿。这些天,我总是想家里人,想他们过得……唉。丁西笑得有些硬,他自己也感觉得出来:

我想自己静一静,再说,喝了不少的酒。

好吧好吧。男人走了两步,然后又转回了身子:老哥,我劝你两句,别那么想不开,他们有他们的日子,你在阴间,就和他们没多大关系了。投胎之后就再没关系了。往前,往前看。想多了没用,别累着自己。

我不想多想,丁西说,他是说给自己的,那个背影已经消失于门口。是它逼着我去想!丁西说,他说给自己,用的是恶狠狠的语气。我不得不想。

躺在地上,丁西望着头上低低的夜空,点缀在上面的星光和它们的摇曳——天已经越来越凉。我不可能在阴间再死一次吧。丁西想,不过受冻的滋味应当也不好受。配合着他的想,一阵冷风从他身上吹过,仿佛还围绕着他打了个旋儿,让他不禁颤抖了一下。在阳间……丁西侧下身,努力把"在阳间"的念头驱赶出去,那个男人说得没错,想多了没用,他需要一个榆木质的脑袋——他几乎成功了,他集中想的是降下来的黑暗和硕大的星星,想的是凡·高的一幅叫《星空》的画,据说卖了不少的钱。丁西想,不知道那笔钱在阴间的凡·高是否有份儿,如果他有了钱会用来做什么。会不会一次次地向他的弟弟托梦,让他把自己割掉的耳朵找回来,放进坟墓?丁西笑了起来,这个奇怪的想法实在过于可笑,他把眼泪都笑出来了。

管它呢。这样也挺好。没什么大不了的。这个想法同样过于可笑,丁西独自又笑了一阵儿,从地上爬起,拍拍屁股,朝着临时安置点的方向走去。

门口那盏灯在风中晃动,时明时灭,发出咝咝咝咝的声响。丁西从地上拣起一块石子,朝着灯的方向丢去。然后是,第二块。第三块。他把第四块石子丢出之后,径直走向了门房,敲门。

干什么?

开门。

门开了。丁西有意把自己的脸在那个门卫的面前晃了几次,门卫冷冷地看着他,并没其他的表示,这倒让丁西有些不好意思了。他冲着门卫点点头,然后碎步走进了院子。

10

他真的有这样的本事?是他说的,我本来也不信,可他让我看了安置局的信函。这应当没错;我还是不信;你这样说,我也觉得可疑;也许他真的有本事,不好说,昨天我就看他不同寻常,应是很能钻营的一个人;是啊;我也想看看那封信,这样,我们先去找他;我不想去;你不去我怎么和他说?我不能总困在这里吧,也许他能有渠道,能出个好主意;好吧,我陪你去找他,不过,我实在……;我理解,理解,你的性格,唉,到了阴间也不肯改一改。你帮助我联系上他就行,要不,我请你们一起吃饭?这样,老梁,我给你联系上我就走,你们聊,我想没有我在你们可能会更谈得开。要是吃饭,就安排晚上,我请,也算是答谢你,这样也显得更自然;唉,你这个人。我觉得他对你更有用。唉,好吧,好吧;那我们现在过去,他总是走后面的门,我怕他早出去了;走,我们走,对了,你知道他叫什么吗?不知道;他住在哪儿?他只说后面,后面,单间。我们去问吧,哪怕一间一间地敲门,反正房间也不多……

这已经是第 N+N 日,时令也接近了秋末。树叶开始枯黄,不过没有一片叶子落下来——梁世平说过,树叶不落也是阴间的特点,即使到了冬天。那它会不会被揪下来呢?在等待梁世平到来的无聊中，丁西走到树前，向树叶伸过手去：树叶揪得掉。不过，到了手上的树叶很快就变了颜色，不再是黄，而是灰，似乎还有被火烧过的痕迹。另一片也是，丁西走得略远，这次，他揪下来的是松树的叶：到达手上，它们也全都变成了灰色的，只是依然坚硬。丢掉树叶，丁西此时的目标是树枝：它们会不会也变灰，有那种灰烬的痕迹呢？

你想折树枝？丁西没有回头，是。你来了？来了。情况如何？唉，别提了。人家忙得很。而且，狮子大开口。梁世平把一根粗大的枝条折断了，可他根本无法将那条断枝从树干上拉下来：他，就不是那种可靠的人。没什么实话。

老梁，饭我还得请，咱们俩个……算了算了，不饿。一点儿都不。天还早，我们要不去一下亡灵网收处？别去了，没什么用。这叫什么话，走，走吧！

N＋N1日，N＋N2日，N＋N3日……N＋N9日……"这样真不是办法。"梁世平做了些沉吟，"我看不如这样，我们去预审司，经查司，检察司，我们可以走诉讼，这件事，我想了好久了。"丁西也学着梁世平的样子沉吟了一下，"我也想过。不过，我不知道阴间……" "管他呢，不试怎么知道？我们碰碰运气，万一碰对了呢。说不定，你小子因祸得福，到时候可不能忘了我。" "我可不敢希望。"

话虽如此，但行动还是进行了起来。第N＋N11日，预审司：这样的案子不归我们管。我们负责的是阳间因刑事案件导致死亡人员的情况分析和审理。你这肯定不是。经查司：我们管不了，它超出了我们职责范围。职责范围，喏，墙上有，写得清清楚楚。你得找对口单位处理。第N＋N12日，检察司：我们负责的是阴间公务职员的管理审察，而你，根本就非阴间公务职员。对此，我们爱莫能助。找哪个单位？我不清楚。这种事，我也是第一次遇到。

N＋N15日，域署判官局——你们找谁？他们被拦在门外。"你看，我们是这么个情况。我们已经跑了许多地方了，他们说，此事只有请域署判官亲自审定。"等着。灰衣人进屋，过一会儿又走出来：今天域署判官局有重要会议，不能见你们，明天吧！

N＋N16日，域署判官局：明天。N＋N17日，域署判官局：今天不行。明天。你早点来，要在判官们刚一上班不是太忙的时候，他们事太多了。你看看门外停的这些车就知道了。是啊，我理解你们不易，要是易了，谁都上这儿来不是吗！N＋N19日：进吧。记住要遵守规则，别乱说乱动。

四十四阶台阶，丁西走得竟然有些发软。"我们找哪一个……判官？"梁世平摇摇头，他也是第一次进来，"门卫也没说。""这样一个个敲门，不，不太好吧？"丁西拉住梁世平，"你等我一下，我再回去问问。""行。"

厚厚的窗帘挡住了外面的光线，让屋子里显得很暗。瘦判官坐在高大的椅子后面，低着头，正专心地审阅放在面前的文件，对丁西他们的进入似乎并没察觉。丁西和梁世平对视了一下，他们俩安静地待在角落里，努力让自己变成石头。一份儿，盖章。两份儿，盖章。瘦判官没有抬头的意思，那两块石头也只好继续小心地呼吸，避免构成打扰。第四份儿，从丁西的角度，似乎看到瘦判官略皱了下眉，他从笔筒里拿出一支笔，在上面勾画了几处，"你们有事儿？"

丁西和梁世平对视了一下，"有，有事儿。"丁西从怀里掏出了申诉材料，以及亡灵网收发处、亡灵审核司的证明。

"拿过来吧。"瘦判官依旧没有抬头，他又拿起了另一份材料。"你们可以先放在这儿。留个方式。我会叫他们联系你的。"

判官大人，丁西壮了壮胆子，判官大人，我没有联系地址，现在，我还没处住呢。这么长时间了,我一直……

"怎么回事?"

是这样,这样的……

"怎么搞的?"瘦判官看过了丁西的申诉也看过了证明,"真是胡闹。怎么着也得先想办法,至少得先让你住下。这样,你拿上我的信,去审核司办一个证件。这次没问题,他们一定会办的。"

感谢判官,大人,丁西激动不已,您真是,真是……我会记得您的。那,我的事……

"从各自的证明中看不出他们哪有问题。我叫人再审核一下。你先回去等着吧。"

判官大人,梁世平插过来,判官大人,我叫梁世平,正常死亡,来这都一年多了,我说的是阴间的时间,要换成阳间的就有六七年了……

"你是说,我们的效率太低,远远不能满足你的要求,是不是?"不不不,我不是这个意思……"现在,阳间的人口越来越多,死亡的人数也年年增长,事务多人员少,规章又严,再说,你总得让公职人员休息吧,总得让他们有点个人时间吧,这样一来……我希望你能体谅地府的难处。"我当然能体谅,判官大人,我不是申诉,我只是感觉大人和善可亲,能体谅我们,肯为我们做实事……"好吧,高帽我收下。你看,我这,还有这么多事儿要做。"

——离开域署判官局,梁世平在路上停下来,他的脸色异常难看:丁西,刚才你为什么不说话?

老梁,你让我说什么?

你拍拍自己的良心!在阳间,你怎么对我我不计较,从你到了阴间……这段时间我是怎么对你的,你又是怎么对待我的?刚才……

哼，我算瞎了眼！

老梁，对不起，我不是不想说，可我想插话的时候，你看人家的表情！分明是逐客！当然我也承认自己有些胆怯，还没想好怎么说合适……

你要替我说两句，有用没用是好是坏我都不管，我会心里舒服些，可你，竟然屁也不放一个！

老梁，这事儿……怪我，我不再解释，这样，我不管我的事的后果，也不管人家判官的脸色，我去，我再去找！丁西脸涨得发烫，他再次走向判官局门前的四十四级台阶——站住，你给我站住！

门卫从后面追过来。

11

很有能量的中年男人走了，临走，他来和丁西告别。本来，我想请你喝酒的，可这些日子，忙得我啊。你长得特像我一个亲戚，我们关系特别好，那小子可没少沾我的光，不过他也够意思，一下子给我烧了那么多纸钱。哥们，来生见，要是能见的话，你记住我欠你的酒，我一定还。

梁世平也送出了大门，他和那个男人又窃窃地说了些什么，略远的丁西并没有听见。男人走后，梁世平变过脸色，一言不发地从丁西的身侧迈回院子，他显得极为冰冷。"老梁……"丁西喃喃地喊了声，并没走远的梁世平应当能够听见，可他没有停顿，仿佛没带出聆听丁西喊声的耳朵。院门口，只剩下丁西一个人，还有风，还有树叶的声响，那一刻，丁西感到莫名的孤独。

孤独，深入了骨髓。

接下来的日子，丁西只好在缺少梁世平陪同的情况下一个人上路，而少一个人，丁西感觉自己的身侧一下子空出了大半。那里没有空气也没有光，当然也不是黑暗，比黑暗还要少，它是空出，是无，是一种坍塌——他不知道该怎么去和梁世平说。他能说什么？无可挽回。

在接下来的 N＋NN 的日子里，丁西一个人上路，他前往的地点更多的是，域署判官局，转世审核局。这是你的材料？不，不是。那你是？我是他的朋友。好朋友。本人为什么不来？他……他病了。不方便。病了？是。你还真够朋友。不过，非本人提交的申请我们是不办理的。等他好些了，方便了，还是自己来吧。下一个。

一天天过去，梁世平依旧没有原谅的意思，每当丁西用小心的笑脸凑过去时他就转向别处，给丁西一个冷冷的背影。和在阳间时一样小气，丁西想。人的本性真是难移。这样的人，就应困在这里，永远出不去才好。丁西恨恨地想。进进不得，退退不得的人是我啊，丁西恨恨地想，这个梁世平，也许正等着看这个笑话呢。在阳间的时候，他就总是……恨人有，笑人无。这个梁世平。算啦，不去想他，我的问题才是大事儿。下一步该怎么办？

丁西心里没有答案。之前，他还想自己的"尸体"，想自己的妻子，记忆里的事儿，现在他几乎都将之前忘光了，即使再想，也完全没有了痛感——我是不是越来越冷漠了？好像，我对自己也冷漠起来了。不过，丁西对此没有遗憾：关键是下一步。现在这个处境，他不得不天天地想下一步，不得不，天天努力不去想下一步。

——办不了，不在我的职责范围内。

——对你的处境，我的确很同情，这样的情况放在谁的身上都会……可是，我真的是没办法。我不是制定规则的，只是它的执行者，我得保障它合理、有效、不变更地执行。要是谁都能根据自己的好恶随意修改，那规则就不是规则了——要规则，就是为了限制我们胡作非为。简历上，你曾在传媒公司工作过，我想这个道理你应当比我更清楚。

——办不了，我不能办。找我们主任也不行，他也不会给你办的。我们不能随意更改规则。

——你得补齐证件、证明。按我说的去补吧。

——我只认证件。手续不全，谁敢办？

——你去亡灵网收处那边查询一下。我没接到域署判官局的文件。

——你去亡灵审核司查询。我没接到。域署判官局也不应直接给我们下文，要下也得下到我们的上一级。你可以自己去。

——你的要求，也不能说不合理，但，真不符合规定。出了问题谁负责？

——错误没出在我这儿。

——错误，也没出在我这儿。

12

昏黄的、阴间的冬日来临了，四处弥漫着无聊，虽然地府再无"再死一次"的危险，但那种刺骨的冷还是让人恐惧。铁锈色的大地上铺着一层白雪，就如是，一条磨出了织纹的寒碜的旧桌布，上面满是窟窿。这张桌布不够宽大，有些屋顶依然暴露在外，它们屹立在那里，从丁西的角度看去，就像一艘艘停泊着的、载着被煤烟熏黑了烟囱的小船。随着冬日的来临，丁西与梁世平的关系有了恢复，他们不再沉默了，开始有了交流、商量，有几次去亡灵网收处、亡灵审核处，梁世平像从前那样陪着，只是，他不再为丁西说话，而是固定地、远远地站着。有两次，丁西约他去吃饭，梁世平没有拒绝，他们依然喝酒，第二次，他们甚至说得火热——但有块冰，一直拒绝融化。这点儿，丁西当然感觉得出来。其实他也放弃了这样的试图。

某日。梁世平突然提议，我们今天去亡灵审核司，我有个这边的朋友，管理员。也许他能帮上忙。你得有点小的表示，也不用太多太重，这只是个表示，表示你的眼里有人家，对人家有尊重就行。不，原来不是，他是新调过来的。时间不长。也没太大的交情，就是，认识。认识而已。

那个认识而已的朋友倒是热心，他直接把梁世平和丁西领到了后院库房。打开门，一股烟一样重的霉味儿扑面而来——"看吧。能够查找出问题的档案也许在里面。这还只是其中的一间。"

里面，整整一间库房已被各种文件、档案塞得满满的，人走过去，只得把一些散乱堆放的文件搬到院子里，挪动一下木质书架——"三百多年的记录都在这里。包括去年以来没有封存的。"管理员随手拿过地上的一本档案，上面，时间和水渍的痕迹极为明显。"这是三十二年前的。七十二卷。就这一本上，记着四百多人的生死。"把这卷重新丢回地上，管理员又拿起几本，分别递给丁西和梁世平："你们看看。别给我弄坏就行。也别说出去，这事儿，说大就大说小就小。"

——我们怎么才能找到有丁西的那本？

"不好找。前面那个管理员，其实也是个肯尽责的人，就是，怎么说呢，他对档案管理不在行，摆放完全没有顺序——也许他有自己的顺序，可走的时候没有向我交代。据说是带着情绪走的。七间库房，我们得一间一间一本一本一页一页地找下去——看我们的运气了。也许你刚翻两本就找到了。"

——他是新死的，今年的，肯定不会放得太靠里。

"外行，完全是外行。"管理员笑了笑，"今年的相对好找一些，可是，至少也有八百本之多。而他的名字，登记在出生时的那本上，按阳间的算法——你四十几岁？只能在旧档案里。对了，审核处、审核司那边是按死亡年月排的，那边好查。"

在霉味和尘土中，丁西仔细翻找，然而始终没发现自己的名字。有一本，和他出生的年月符合，然而从头查到尾，"丁西"这个名字就没出现过，姓丁的也只出现过三次。就在丁西准备翻看下一本的时候管理员拦住了他："时间到了，我得上前面去了，要是被司长或什么人知道了，还不把我骂死，甚至可能因此丢掉工作。要不是老梁，说什么我也不能让你进来这里。"

——是是是。感谢。我们不能给你添麻烦。

"你放心，一旦我发现你的名字，会及时通知你的。你叫于西，于西是不是？看我这记性。"管理员指了指梁世平，"你有这样的朋友真是你修来的福。他可没少求我——自从知道我调任这边以后。"

——我们老同事，用不着感谢，工作还得你做，还得你辛苦是不是？最应感谢的人是你，丁西，要是有了结果，可别忘了这个朋友！

——是是是。谢谢，谢谢。

——可是，老弟，你说……这么多的档案、文件，就是天天查你得查到猴年马月？也不是我说，前面那个管理员，责任心可远不如你……

"也不能这样说。他有他的难处。人手不够，可任务不少，还没人看在眼里。不好干。本来他也想好好弄一弄的。原来，这七间库房，存的档案还多，有六百多年的，后面的档案放不进去只好堆在外面——他前任的前任，曾向上级部门申请销毁一部分过旧的资料，没批准,说要建立新库房永久保存,后来建房没了消息,再后来,也就是去年这个时候,上面又同意了销毁。把那些陈旧的资料销毁掉,再把原来堆在外面的资料档案放进去,还没等他按时间、区域分类,就被调走了。"

——分类,在把它们弄进库房前就应当分好类再弄,现在倒好……我看这活儿等到你退休也干不完。

"没办法。原来我们管辖的区域人口不多,出生和死亡的量都不大,可现在……不急。保持心态最重要。"管理员转向丁西,"有消息我会通知你。我也不想欺骗你,时间上不会很快,就是查出错误出在哪儿后面还有大量的工作要做、程序要走……我记下你的名字了,丁纪。"

——不不不,我叫丁西。丁西。

"放心,这次不会再错了。你先在外面等会儿,我和老梁有两句话要说。"

等待的时间并不长,梁世平就从门边闪出来。走,我们去吃饭;时间还早,这个时候去有点太早吧;没事儿,咱们也好好说说话,丁西,这次咱们一醉方休,唉,也不知这边的酒能不能醉人;老梁,是不是有什么高兴的事儿;算吧,拖了这么长的时间。批文下来了,我三天后去转世安置局报到;祝贺你,祝贺你;没什么可祝贺了,说实话我现在没有半点儿的兴奋,要是在一年前……好事多磨啊,还是应当祝贺,我请你;我都快被磨没了,我被磨得……咱们别争,兄弟,我请。还剩下的这点儿钱,我都花了吧,以后也没多少用了。我就想,走之前,找兄弟好好说说话。

有鱼,有肉,有素食做成的山珍与海味。"以前总是省着,不敢花,你不知道你还要待多长时间。临走,也尝尝阴间的美食。嗯,还不错。

不过怎么也比不上阳间的。"丁西吃着,品着,舌尖上的味道有某种的百感交集。

喝,干一杯。老弟,我给你赔个不是,我的心眼是有些小。不过当时,我特想你替我说句话;老梁,我当时,当时……是我不对。我后来想过补救,可是,唉;我知道,你不说我也知道。我就是一时转不过来。你知道,人在最无助的时候,特希望别人抛根稻草过来,我当时感觉,你不肯抛给我;你知道我的性格,老梁,我,我有些怯懦,见到判官,不自觉地就,不敢说话;在阳间的时候,你也是这样,有次我看你向省里巡视组汇报,腿就一直在颤,看得我都想过去踢你两脚。也就是那次,杨青远说你不堪大用。我不知道你知道不知道他的这个评价;我不知道,但我感觉得到,老梁,我是小人物,一直是,我也没想过什么大用;我看有段时间,你可是一直对他,跟得很紧啊;我一个小职员,不能不听话,换作你你也会。老梁,我知道你们的关系……我当时很想好好地工作,不站队,跟你们每个人都保持良好的关系——后来你就疏远我了,我也知道,有几件事你有意……其实在心理上我与你更近;是啊,我承认,那时还真针对过你,现在想起杨青远来我都还牙痛。本来他的职务是我的,可他使用了下作的手段把我搞下来了。职务可以不要,但他总感觉我是威胁,处处和我斗;老梁,都过去了,这些都过去了,我们在这边,那边的事儿,恩恩怨怨的,算了吧。反正我过来,想明白了,当年,真没意思;丁西,我告诉你,有些人有些事你可以算了,到了这边,咱们俩就……可他杨青远,我还真……他真不是东西!恶毒,阴损,两面三刀,完全是个笑面虎。当时,我看你跟着他跑,心里真是恶心。

不谈他了,我们换个话题,老梁,我得好好敬你一杯。来到这边,要不是你,我肯定早就垮掉啦。"那不一定。人,其实没那么好垮。"

不多说了,要是来生我们还能见到,还是同事,我们一定……"这个我信。我相信我们能够成为好哥们儿,好兄弟。经历过死后,哈,不知道到那边还记得住记不住。"

……一杯,一杯,这次,是梁世平有了醉意,而在丁西那里不见半点儿,他竟然可怕地清醒,可怜地清醒。一杯,一杯,梁世平的话题又绕回到杨青远身上,他的唾液里有了更多的污浊,在那里,杨青远变成了一条长着毒刺的毛毛虫,每一步每一次蠕动都会在地上留下毒液。接着,梁世平又开始对地府的指责,陈述自己和丁西遭遇的不公,怠慢,漠视,尽管丁西一次次制止,可他依旧滔滔不绝。

"老弟,现在回想一下,我们的日子……"

"老弟,我刚刚去世的时候,就想,在我转世之后,一定要如何如何。现在不那么想了,真不那么想了。"

"老弟,我……"

梁世平的声音越来越大。周围的人,邻桌的人,纷纷朝他们的方向看,就像看一出有趣的闹剧,这,让丁西多少生出些厌恶。"老梁,别喝了,我们别喝了。"

突然,邻桌一个胖大的男人,趴在桌子上拉响哭泣的汽笛,他更为肆无忌惮。他,把周围的目光和服务员吸引了过去:怎么啦,怎么啦,别在这里哭会影响我们的生意的你要是想哭最好……一个青年走进餐馆,在丁西他们对面的桌子前坐下来,用一种漠然的眼光盯着丁西他们看。是那个麻脸,把丁西带到这边的麻脸:不会错,丁西认得他。

"老弟,"梁世平似乎骤然清醒过来,"有个提醒,我必须在走之前说给你。我觉得,前面,我们的思路可能不对。"

——怎么不对?

"我觉得,我们现在要的,不是查找究竟是哪个单位部门出了错误,不是要说法、要补偿,这个很难办到,反正我是看不到希望,没有谁肯承认是自己的错,他们不会,即使错误就摆在面前。我们完全是在浪费时间。你也别想越过判官局向阎王申诉,不行,那条路走不通,多待这一年,我知道。我建议,从明天开始,我们别的不谈,就请求他们给予安置,让你去投胎。"

丁西没有说话。他盯着对面的麻脸。他的目光里,有着火焰和刀子。

"你听我说。像你这种情况,要想办妥投胎,难度也是巨大的,两个时间对不上,负责转世安置的肯定也不想负这个责。所以,你得想办法,一切办法。能想出来的办法一定要都用上。老弟,你得学会改变自己,别那么……要不是你那个,那个亲戚,我也转不过弯来。我们要看结果。"

老梁拍拍丁西的肩膀:"结果,结果最重要。你要是再错过了,再办不成,那就要永远留在这边,当你的野鬼了。"

丁西没有说话。他依旧盯着对面的麻脸……